Lisa Pei

Die letzte Stunde

Ariadne Krimi 1063
Argument

Ariadne Krimis werden herausgegeben von Frigga Haug

Deutsche Originalausgabe

Redaktion: Else Laudan
Lektorat: Sybil Volks

Eppendorfer Weg 95a, 20259 Hamburg
Tel. 040/4018000 · Fax 040/40180020
Titelgraphik: Johannes Nawrath; Signet: Martin Grundmann
Texterfassung durch die Autorin
Fotosatz: Steinhardt, Berlin
Druck: Clausen & Bosse, Leck
Gedruckt auf säure- und chlorfreiem Papier
ISBN 3-88619-563-5
2. Auflage 1997

Prolog

Als er sein mit Nadeln durchstochenes Foto auf dem Schreibtisch fand, erfaßte ihn zum ersten Mal wirkliche Furcht. Es war ein Bild vom letzten Betriebsausflug. Durch die Vergrößerung des Ausschnitts war eine leichte Unschärfe entstanden, die das Grauen, das von diesem Bild ausging, noch verstärkte.

Die bisherigen Mätzchen nahm er nicht weiter ernst, und auch die mit verstellter Stimme auf Cassetten gesprochenen Drohungen hatten ihn eher empört als beunruhigt. Das hier war anders. Es kam ihm vor, als sei eine neue Runde eingeläutet, eine neue Runde in einer Spirale, die ihn gleich einem Trichter mit Sogwirkung unaufhaltsam nach unten zog.

Je eine Nadel steckte in seinen Augen, exakt durch die Pupillen gestoßen, und in seiner Herzgegend drei. Die durchlöcherten Augen gaben dem Gesicht den beängstigenden Ausdruck blickloser Leere. Es schien ihm, als sehe er sein eigenes Totengesicht.

Es war wie Voodoozauber. Er glaubte zwar nicht an so etwas, dennoch brachte ihn erst der Übergang von plumpen Beschimpfungen zu diesem geheimnisvollen Ritual auf den Gedanken, die Drohungen könnten ernst gemeint und nicht nur zu seiner Verunsicherung gedacht sein.

Er wußte, so konnte er es nicht weiterlaufen lassen. Er mußte etwas unternehmen.

1

Einen Sekundenbruchteil vor dem Zusammenstoß wußte sie, daß nichts auf der Welt ihn noch verhindern konnte. Dennoch funktionierten ihre Reflexe tadellos. Sie trat die Bremse durch und riß das Steuer herum. Mit durchgedrückten Armen und angespannten Muskeln ließ sie die Druckwelle abebben. Vermutlich war es gar nicht das richtige, die Arme stramm durchzudrücken, und man lief dadurch eher Gefahr, sich die Knochen zu brechen. Aber was verstanden Reflexe schon vom Autofahren.

»Was immer heute noch geschehen wird«, sagte Juliane zu sich selbst, nachdem der Lärm des Aufpralls verstummt war, »dieser Tag muß nicht mehr als 'langweilig' abgehakt werden.«

Dieser Tag, so trocken, klar und sonnig er zu werden versprach, war jedenfalls nicht der ihre. Zuerst hatte ihr neuer Radiowecker aus ungeklärtem Grund geschwiegen, weshalb sie viel zu spät aufgestanden war. In der folgenden Eile hatte sie die Kaffeekanne mit dem frisch aufgebrühten Kaffee zerschlagen, wobei das Bedauerlichste nicht die zersprungene Kanne, sondern die fehlende Zeit für einen neuen Kaffee war. Ohne Kaffee loszufahren war wie nackt aus dem Haus gehen; es konnte nur üble Folgen haben. Halbwach und schlecht gelaunt, wie sie war, geriet sie zu allem Überfluß in einen Verkehrsstau. Und nun, fünfzig Meter vor dem Ziel, fuhr ihr eine dieser Sonntagsfahrerinnen in den Kotflügel.

Juliane verschluckte die unflätige Äußerung, die ihr schon auf der Zunge gelegen hatte, als sie in das offene, breite Grinsen der Frau blickte, die aus dem anderen Wagen stieg. Offenbar gab es tatsächlich noch Menschen, die Wesentliches von Unwesentlichem zu unterscheiden wußten. Das erschien ihr als der erste positive Aspekt dieses Morgens.

Die andere Frau war die Ruhe selbst. Sie zog die Schultern hoch, hob bedauernd die Hände und sah Juliane an, als wollte sie sagen: »Ärgern wir uns nicht. Es ist ein schöner Tag. Die

Sonne scheint.« Laut aber sagte sie: »Eine verteufelte Ecke. Hier habe ich schon hundert Beinahunfälle gehabt.«

»Gratulation«, knurrte Juliane, »soeben hatten sie Ihren ersten echten.«

Noch während sie das sagte, dämmerte ihr, daß sie vielleicht selbst nicht so ganz unschuldig an dem Unfall sein könnte. Sie war recht forsch um die unübersichtliche Ecke in die Parkplatzeinfahrt gebraust.

»Und nun?« Die andere Frau musterte sie unverhohlen, aber freundlich. »Holen wir die Polizei?«

Juliane wehrte heftig ab. »Um Himmels willen, nein! Das können wir doch unter uns regeln, oder glauben Sie nicht?« Sie nahm ihr Gegenüber genauer in Augenschein. Die Frau befand sich in jenen Zwischenjahren, in denen jede Art von Jugend hinter, das Alter aber noch weit vor einem liegt. Sie trug schwarze Jeans, eine weiße Windjacke über einem roten Sweatshirt und nicht ganz saubere Tennisschuhe. Außer ihrem freundlichen Lachen, ungewöhnlich genug in dieser Situation, gab es nichts Auffälliges an ihr.

Juliane hatte mehrfach die Erfahrung gemacht, daß sich hinter einem unauffälligen Äußeren viel Interessanteres verbarg als hinter einer pompösen Fassade. Allerdings waren ihr auch schon eine Menge Menschen über den Weg gelaufen, die genauso mittelmäßig waren, wie sie aussahen.

So durchschnittlich diese Frau auch sein mochte, ihr Blick war angenehm klar. Trotzdem wirkte sie wie ein Mensch, hinter dessen Stirn sich zwar Unmengen von Gedanken tummeln, der aber nur einen Bruchteil davon nach außen dringen läßt. Juliane fühlte sich ihr spontan verwandt. Sie atmete tief durch und schaffte es, ihre Kaffeegier zu bezwingen. »Ich heiße Juliane Valentin. Wir sollten unsere Personalien austauschen.«

»Ja, natürlich. Mein Name ist Barbara Bertram. Warten Sie, ich gebe Ihnen eine Karte meines Versicherungsagenten. Zum Glück sind an beiden Autos nur ein paar Blechbeulen. Es hört sich immer an wie der Weltuntergang.«

Nun mußte auch Juliane grinsen. Es war angenehm, sich an diesem verrückten Morgen endlich etwas entspannt zu fühlen. »Immer ist gut. Hören Sie solche Geräusche regelmäßig?«

»Ich sehe ab und zu fern, und da passiert so was am laufenden Band. Hier ist meine Karte. Ich schätze, fahren können wir mit den Autos noch.«

»Das will ich schwer hoffen.« Juliane warf einen Blick auf ihre Armbanduhr, und ihre Entspannung war wie weggeblasen. »Ich bin nämlich höllisch in Eile.«

»Nun, dann lassen Sie sich nicht weiter aufhalten. Wir werden ja voneinander hören, zumindest von unseren Versicherungen.« Barbara nickte Juliane so freundlich zu, als hätten sie einen Kaffee miteinander getrunken, statt sich gegenseitig reinzufahren, stieg in ihren Wagen und ließ Juliane vorbeifahren.

Juliane betrat das Gebäude durch den Haupteingang. Es war ein gedrungener und langgestreckter Bau aus der langweiligen Sichtbetonepoche der siebziger Jahre. In der großen, durch Lichtkuppeln nur schwach erhellten Halle lief ein halbes Dutzend Kinder unter lautem Geschrei an ihr vorbei nach draußen. »Ihr sollt nicht rennen«, klang durch die geöffnete Tür eines Klassenraums eine Stimme, in der jene Müdigkeit und Resignation lagen, die sich aus der immer gleich erfolglosen Wiederholung ergeben. In Julianes Kopf begann es zu pochen. Ich brauche einen Kaffee, dachte sie, und zwar bald.

Das Lehrerzimmer war ein rechteckiger, funktional eingerichteter Raum ohne jede Atmosphäre. Neben der Eingangstür hing das »Schwarze Brett«, gespickt mit Hinweisen, Mahnungen, Formularen und Erinnerungen an Termine. Ein Zettelwald aus roten, grünen und schwarzen Filzstiftnotizen, dazwischen ein paar computergeschriebene Anordnungen des Schulleiters. Links neben der Tür gab es ein zweites »Schwarzes Brett«, an dem offenbar nur Inoffizielles wie Lehrmittelprospekte, Angebote für Fortbildungen und ähnliches hing. Die übrigen Wände zierten ein paar mittelmäßige Sinnsprüche in randlosen Glasrahmen und ein großer Fotokalender. Die Septemberseite zeigte ein Herbstblatt in Großaufnahme, ein Ahornblatt, durch dessen dünne und brüchige Oberfläche bereits seine Auflösung schimmerte.

»Da sind Sie ja, Frau Valentin. Etwas verspätet.« Edmund Rheinstauff kam aus einem Nebenraum auf sie zu und warf schnell einen Blick auf die Schuluhr an der gegenüberliegenden Wand, die kurz vor zehn zeigte. »Wir hatten halb zehn vereinbart, nicht wahr? Aber an Ihrem ersten Tag konnten Sie die Wegdauer vielleicht nicht abschätzen. Willkommen an unserer Schule, Frau Valentin.«

Kühl betrachtete Juliane den stämmigen Mann mit dem kurzen Hals und dem bulligen, kahlen Kopf. »Tut mir leid, daß ich mich verspätet habe. Das ist normalerweise nicht meine Art, eine neue Stelle anzutreten.«

»Macht nichts«, winkte er jovial ab. »Sie sind ja noch rechtzeitig. Ich will Sie kurz den anderen vorstellen.«

Juliane verzog keine Miene. Seine Art, offenkundigen Tadel mit gnädigem Wohlwollen zu vermischen, war vermutlich ein erster Hinweis auf seinen Führungsstil.

»Meine Damen!« wandte Rheinstauff sich mit erhobener Stimme an die Anwesenden, und das allgemeine Geraune und Gemurmel verstummte überraschend schnell. Juliane fühlte alle Blicke auf sich gerichtet, wenn auch manche etwas verstohlen. »Darf ich Ihnen Ihre neue Kollegin, Frau Juliane Valentin, vorstellen. Sie kommt als Ersatz für Frau Brettschneider, die Ende des vorigen Schuljahres gegangen ist.«

»Gegangen worden ist«, glaubte Juliane von irgendwo zu hören, ohne ausmachen zu können, von wem es kam.

Rheinstauff zog irritiert eine Augenbraue hoch, dann fuhr er fort: »Frau Valentin wird keine Klasse übernehmen, sondern erstmal den gesamten Sportunterricht abdecken. Sie ist Fachmann für Sport, Musik, Kunst und …«

»Fachfrau.«

»Bitte?«

»Ich bin, wenn überhaupt, Fachfrau.«

Auf einigen Gesichtern entdeckte sie ein verstecktes Grinsen, und alle beobachteten die Szene zwischen ihr und Rheinstauff mit verhaltener Spannung. Wie im Kino, dachte Juliane. Aber es war kein neutrales, unbeteiligtes Beobachten, sondern von kaum versteckter Schadenfreude durchsetzt.

»Emanzipierte Fachfrau, wie ich feststelle«, sagte Rheinstauff mit säuerlichem Lächeln, »gut, also Fachfrau. Ich heiße Sie als Leiter dieser Schule herzlich bei uns willkommen. Ich, mein Stellvertreter und alle Kollegen werden Ihnen bei der Eingewöhnung gern behilflich sein. Sie sind nach mehreren Jahren Beurlaubung zum erstenmal wieder im Dienst, und ein Neuanfang nach all der Zeit ist sicher nicht einfach. Wir werden alles tun, um Ihnen diese Umstellung soweit wie möglich zu erleichtern, und Sie werden bald feststellen, wenn Sie hier korrekt Ihre Pflicht erfüllen und sich zum Wohle der Kinder einsetzen, läßt es sich an dieser Schule leben. Die Schulordnung habe ich Ihnen bereits ausgehändigt ...«

Mein Gott, hört der denn nie mehr auf? dachte Juliane in leichter Verzweiflung und staunte über die Grabesstille im Raum, die den Schulleiter zu beflügeln schien, immer weiterzureden.

»Ich bitte Sie, jeden einzelnen der aufgeführten Punkte sorgsam zu beachten, damit Sie sich reibungslos in den hier laufenden Betrieb einfügen können.«

Reibungslos. Der Mann sagte eine Menge über sich selbst aus. Wohl der Typ, der bei Sand im Getriebe das Gerät auf den Müll wirft, statt es auseinanderzunehmen und nachzusehen.

»Haben Sie nun irgendeine Frage oder Bitte, bei der wir Ihnen schon mit Rat und Tat zur Seite stehen können?«

Juliane seufzte leise auf vor Erleichterung. »Gibt es etwas, das ich tun kann, um an eine Tasse Kaffee zu kommen?« Gott, tat das gut! Irgendwie bekam der Raum nun doch Konturen, sogar die wieder schwadronierende Einheitsmenge begann, sich allmählich optisch und akustisch in Einzelwesen zu unterteilen.

Plötzlich entdeckte sie auch unter den Wandsprüchen einen, der alles andere als mittelmäßig war:

DAS MUSS MAN NÄMLICH IMMER AUSEINANDERHALTEN: STUMMHEIT AUS WEISHEIT ODER STUMMHEIT AUS DUMMHEIT.
WOLFGANG BORCHERT

Ein hübsches Motto. Es würde vielleicht eine lohnende Aufgabe sein, herauszufinden, wer hier aus Weisheit und wer aus Dummheit stumm war. Juliane fühlte, wie ihr Kopf hellwach wurde, und die zweite Tasse Kaffee trank sie genüßlich, statt sie, wie die erste, hinunterzuschütten.

»Wir haben eine Kaffeekasse«, erklärte ihr gerade Alexa Wagemuth. Juliane wandte ihr höflich das Gesicht zu. Alexa war fast weißblond und hatte freche, eng beieinanderstehende Augen. »Jeder zahlt in Abständen zehn Mark ein, ich besorge dann immer den Kaffee.«

Juliane schüttelte mit bedauerndem Lächeln den Kopf. »Das geht bei mir nicht. Ich brauche pro Pause mindestens vier Tassen für mich allein, um in die Gänge zu kommen und drin zu bleiben.«

»Sie können ja das Doppelte einzahlen«, schlug Alexa vor.

»Aber soviel können wir gar nicht kochen«, kam eine nörgelnde Stimme von der gegenüberliegenden Tischseite, »wir haben doch nur eine Kaffeemaschine.«

Juliane suchte nach dem Gesicht zu dieser Stimme. Sie sah eine blasse, schmale Figur undefinierbaren Alters, ebensolcher Haarfarbe und mit offenbar selbst zugefügtem Kurzhaarschnitt. Eine jener farblosen Gestalten, bei denen man hinterher nie genau weiß, ob sie mit im Raum gewesen sind oder nicht.

»Schon gut«, sagte Juliane, »ich habe sowieso vor, meine Thermoskanne mitzubringen.« Sie wandte sich wieder zu Alexa, die ihr auf Anhieb ebenso aufgeweckt wie vertrauenswürdig erschien. »Wie heißt diese Kollegin?« fragte sie leise.

»Das ist Fräulein Hedwig Mielenk.«

Juliane bemühte sich vergebens, herauszuhören, ob ein Unterton darin lag oder nicht.

»Fräulein? Sagt man das nicht nur zu sehr jungen oder zu sehr alten Frauen, falls überhaupt noch?«

»Ja, und zu solchen wie Hedwig Mielenk.«

Juliane verkniff sich ein Lachen. Alexa Wagemuth gehörte mit Sicherheit weder zu den Stummen der Dummheit noch zu den Stummen der Weisheit.

Als sich die Tür zum Flur öffnete, blickte Juliane verblüfft von ihrer Kaffeetasse auf: Im Türrahmen stand Barbara Bertram. So war das also, der Zusammenstoß von vorhin war eine Kollegin. Na, bei der hatte sie sich vorzüglich eingeführt. Im übrigen sah sie auch gar nicht so unscheinbar aus, wie Juliane zuerst gedacht hatte. Neben dieser farblosen Amöbe da drüben wirkte sie direkt aufregend attraktiv. Ich sollte über Menschen nicht urteilen, bevor ich nicht mein Kaffeequantum intus habe, dachte Juliane.

Die Überraschung auf Barbaras Gesicht war nicht geringer. »Nanu? Sie hier? Sie wollten wohl auf Nummer Sicher gehen?«

Alexa schaute mit flinken Äuglein neugierig von einer zu anderen. »Ihr kennt Euch?«

Barbara nickte amüsiert. »Ja, wir hatten bereits — eine Begegnung.«

Sie wirkt rundherum nett und sympathisch, dachte Juliane, wo hatte ich nur meine Augen?

Ein lautes, schepperndes Klingelzeichen unterbrach ihre Gedanken, wie am Schnürchen stand das gute Dutzend Frauen auf, und alle außer Alexa und Barbara verließen den Raum. Die eine oder andere nickte ihr noch freundlich zu, dann schloß sich die Tür hinter der letzten. Mit Ertönen des Klingelzeichens stand Rheinstauff breitbeinig im Rahmen, drehte sich nach einigen Sekunden um, ging in sein Zimmer zurück und schloß die Tür.

»Mein Gott, wie preußisch«, Juliane nahm den letzten Schluck aus ihrer Tasse, »ist das hier immer so?«

»Aber ja, haben Sie denn die Schulordnung nicht gelesen, die Ihnen ausgehändigt wurde? 'Auf den stets pünktlichen Unterrichtsbeginn ist sorgfältig zu achten!'«

Juliane blinzelte Alexa mißtrauisch über den Rand ihrer Kaffeetasse an. Kein Zweifel, diesmal war ein Unterton drin. »Und was machen Sie dann noch hier?«

Alexa Wagemuth drehte sich zu Juliane herum. »Ich habe frei. Ich gebe nur achtzehn Stunden und habe montags nur zwei.«

»Na gut. Und Sie?« Juliane wandte sich an Barbara, die ruhig und gelassen ein Teilchen auspackte.

»Ich habe eine Springstunde«, verkündete sie mit vollem Mund.

»Oh, dann waren Sie auf dem Weg zum Bäcker, als wir uns eben — trafen?«

»Scharfsinnig geschlossen.« Barbara kaute genußvoll und sah Juliane fröhlich an. »Wahrscheinlich das teuerste Teilchen meines Lebens. Ich erkläre es dir später«, fügte sie mit Blick auf Alexa hinzu. Alexa tat empört.

»Ich habe weder etwas gesagt noch gefragt!«

»Nicht mit dem Mund«, konterte Barbara.

Alexa wandte ihr in gespieltem Gekränktsein den Rücken zu. »Und Sie?« fragte sie in Richtung Juliane. »Geben Sie heute noch keinen Unterricht?«

»Erst in der fünften und sechsten Stunde in der 3 ... Moment, ich habe es aufgeschrieben ... in der 3a.«

»Ach ja, Fräulein Mielenks Klasse. Viel Vergnügen!«

»Die 3a ist Fräulein Mielenks Klasse? Aber das wird sie doch gewußt haben, wieso hat sie mich nicht darauf angesprochen?«

»Das kommt hinterher, wenn sie die Kinder gefragt hat, wie Sie waren.«

Barbara warf Alexa einen mißbilligenden Blick zu. »Nun hör schon auf, du Lästermaul!«

»Lästermaul? Also wirklich, Barbara!« Dann fixierten Alexas wache, eng beieinanderstehende Augen wieder Juliane. »Haben Sie Familie?«

»Ich habe keinen Ehemann und keine Kinder, wenn Sie das meinen.«

»So genau weiß ich gar nicht, was ich meinte. Aber Sie waren doch fünf Jahre beurlaubt...« Trotz ihrer unverbrämten Neugier wirkte Alexa gutmütig.

»Ja«, Julianes Ton nahm eine unbestimmte Beiläufigkeit an, »aber nicht wegen Kinderaufzucht.«

»Kinderaufzucht! Puh! Nun gut, dann können Sie ja Ihr ganzes Kräftepotential auf die Schule werfen. Ehefrauen und Mütter bringen immer nur das halbe oder gar nur ein Viertel davon ein, zum Leidwesen des Staates und unseres Schulleiters. Was waren das noch für Zeiten, als Lehrerinnen nicht verheiratet sein durften. Ach ja, die gute alte Zeit...«

»Alexa, jetzt reicht's aber wirklich!« Barbara sah verärgert aus, und Juliane überlegte, ob Barbara sich grundsätzlich an Alexas lockerem Mundwerk stieß oder ihr diese offenherzige Art des Redens nur vor einer Fremden unpassend schien.

»Ich brauche keinen Schoß der Familie, um ein ausgefülltes Privatleben zu führen«, sagte Juliane, »da gibt es eine Menge anderer Möglichkeiten.«

»Das geht aber nicht«, Alexa ließ sich von Barbaras Einwand nicht bremsen, »eine Frau hat entweder nur für ihren Mann und ihre Kinder zu leben oder, wenn sie schon berufstätig sein muß, weil sie keinen Ernährer abbekommen hat, nur für ihren Beruf.«

Juliane konnte sich ein Lachen nicht mehr verkneifen. »Hier scheinen in einigen Köpfen noch recht archaische Vorstellungen zu herrschen.«

»Sie herrschen«, sagte Alexa, »genau genommen nur in einem Kopf, leider ist es der herrschende Kopf. So, und nun«, sie griff nach ihrer Schultasche, »werde ich mich der anderen Hälfte meines Lebensinhaltes zuwenden und meine Kinder mit einem köstlichen Fertiggericht beglücken. So long, friends!« Die Tür fiel hinter ihr ins Schloß.

»Unser kleines, buntes Irrlicht«, spöttelte Barbara. Sie hatte ihrem Teilchen den Garaus gemacht und schnippte die Krümel vom Tisch. »An welcher Schule waren Sie zuletzt, vor fünf Jahren, meine ich?«

»An einer Grundschule in Aachen. Ich bin erst vor drei Monaten nach Köln gezogen.«

Barbara bemerkte erneut den Nebenbei-Klang in Julianes Stimme, aber da ihr Alexas Hemmungslosigkeit fehlte, wechselte sie das Thema. »Wenn Sie Lust haben, zeige ich Ihnen ein bißchen dies und das, die Schulbücherei, den Medienraum und so ...«

Juliane machte einen erfreuten Eindruck. »Ja, gern, wird nicht schlecht sein, sich gleich mit allem vertraut zu machen.«

In dem Augenblick, als sie den Raum verlassen wollten, öffnete sich erneut die Tür zum Rektorzimmer, aber herein kam nicht Rheinstauff, sondern ein mittelgroßer Mann Mitte vierzig, mit semmelblonden Haaren und stattlichem Wohlstandsbauch. Er stapfte auf Juliane zu, die ihm mit amüsiertem Interesse entgegensah.

»Frau Valentin? Gestatten!« Er schlug fast die Hacken zusammen. »Jochen Stybermann, ich hatte noch nicht das Vergnügen.«

Sie nahm seine ausgestreckte Hand, fand, daß sie sich wie ein kalter Fisch anfühlte, und ließ sie rasch wieder los. Ob das ein Vergnügen wird, weiß ich nicht, dachte sie und betrachtete den bleichen Mann, der den Kopf hoch hielt, um sein Doppelkinn zu vertuschen.

Jochen Stybermann setzte auf, was er möglicherweise für eine feierliche Miene hielt. »Leider wurde ich eben durch amtliche Geschäfte daran gehindert, bei Ihrer Einführung ins Kollegium zugegen zu sein, Frau Valentin. Ich möchte aber auf keinen Fall verabsäumen, Sie auch persönlich hier willkommen zu heißen, verbunden mit dem Angebot meiner

Hilfe, falls Sie Probleme irgendwelcher Art haben sollten. Ich bin der stellvertretende Schulleiter.«

Wehners Satz über Barzel fiel Juliane ein: 'Alle zweitausend Worte zum Ölwechsel'. Sie schenkte dem Konrektor ein sehr unverbindliches Lächeln und die Andeutung eines Nickens.

Er blieb vor ihr und Barbara stehen, als habe er noch etwas Wichtiges auf dem Herzen. »Ja, äh … hm, Frau Bertram … äh, Sie sind gleich weg?«

Barbara bedachte ihn mit einem gelangweilten, abweisenden Blick. Es war das erste Mal, stellte Juliane fest, daß ihr Gesicht nicht freundlich aussah. »Weg? Nein, Herr Stybermann. Ich habe eine Springstunde und dann bis zur sechsten Unterricht. Gibt es Probleme?«

»Oh, ja … äh … nein … ich meine, falls wir uns dann heute nicht mehr sehen sollten, ja, äh … möchte ich Ihnen schon mal 'Auf Wiedersehen' sagen.«

»Ich habe zwar den meisten gerade erst 'Guten Morgen' gesagt«, erwiderte Barbara spöttisch, »aber es macht mir nichts aus, mich von Ihnen schon zu verabschieden.«

Stybermann lächelte — ein ausgesprochen unangenehmes Lächeln — und verschwand wieder im Rektorzimmer. Nachdem er die Tür hinter sich zugezogen hatte, herrschte einen Augenblick absolute Stille. Juliane fing sich als erste. »Was ist das denn für eine Schießbudenfigur? Hat der einen Sprachfehler? Äh … eh … hm?«

»Nein, seine Fehler liegen etwas weiter oben.«

»Oh«, Juliane sah sie ebenso überrascht wie belustigt an, »ich stelle fest, nicht nur Frau Wagemuth weiß ihre Zunge zu gebrauchen.«

Barbara ordnete zerstreut einige Lehrerhandbücher, die auf dem Tisch verteilt lagen. Sie schien ihre Bemerkung zu bereuen. »Hier wissen einige ihre Zunge recht gut zu gebrauchen, aber selten an der richtigen Stelle. Kommen Sie, ich zeige Ihnen die Schule.«

Juliane sah sich gründlich um und nickte anerkennend. Sie standen im Medienraum. Er lag im Kellergeschoß, war ungefähr so groß wie ein Klassenzimmer, aber ohne Tageslicht. Vier Neonröhren summten laut an der Decke. In den Regalen lagen Diareihen und Toncassetten, beschriftet und nach Sachgebieten geordnet, und in aufziehbaren Schubfächern steckten gut fünfzig Videobänder. »Ganz schön umfangreich«, sagte Juliane, »und voll im Trend der Zeit. So was hatten wir damals noch nicht. Darin steckt eine Menge Arbeit. Wer betreut die Videothek?«

»Ich betreue sie und und habe sie auch in den letzten Jahren aufgebaut.«

»Alle Achtung.«

»Ach was, halb so wild. Dafür gibt's eine Ermäßigungsstunde.«

»Die aber die Mehrarbeit bei weitem nicht aufwiegt, stimmt's?«

Barbara lachte. »Stimmt. Aber das ist mir egal, denn es macht Spaß, manchmal mehr Spaß als das Unterrichten in gewissen Klassen.«

Sie blickte schnell zur Seite und kramte in einer Schublade herum, aber Juliane hakte interessiert nach. »Diese Schule hat ein schwieriges Einzugsgebiet, nicht wahr? Die Kinder sind problematisch?«

»Ja, die Kinder auch.« Barbara schob die Laden zu und ging zur Tür. »Kommen Sie, Sie müssen noch die Schulbibliothek sehen. Die besteht erst seit zwei Jahren. Alexa… ich meine, Frau Wagemuth und Frau Meerbusch bauen sie gemeinsam auf und betreuen sie. Frau Meerbusch ist unsere Muse«, fügte sie lächelnd hinzu, »sie liebt Musik, Malerei und Literatur und besitzt ein ungewöhnliches Talent, dafür auch schon bei Grundschulkindern Interesse zu wecken. Voriges Jahr hat sie mit einem dritten Schuljahr ein Weihnachtsspiel aufgeführt, wie es manche weiterführende Schule nicht zustandebringt. Es mußte viermal vor sämtlichen Eltern, Omas, Opas, Tanten und Onkeln wiederholt werden und zum Schluß noch im nahgelegenen Altersheim. Die Kinder waren ganz schwindelig vor Freude über ihren Erfolg.«

Und mich willst du schwindelig reden, dachte Juliane, die ihr aufmerksam zuhörte, um mich die letzte Bemerkung im Medienraum vergessen zu machen. Aber das wird dir nicht gelingen. Juliane hatte längst begonnen, all die kleinen Anspielungen des Vormittags zu sammeln und in ihrem Kopf sorgsam zu archivieren. Je eher sie sich in diesem merkwürdigen Verein zurechtfinden würde, desto besser.

Sie hatten die Schulbibliothek erreicht, und Barbara schloß die Tür auf. »Hier ist viel abgeschlossen«, bemerkte Juliane.

»Trotzdem kommt erstaunlich viel weg«, sagte Barbara. »Wie Sie schon sagten, ein schwieriges Einzugsgebiet.«

Der Raum war kleiner als ein Klassenraum, hell und freundlich eingerichtet, mit bunten Vorhängen an den Fenstern, flauschigem dunkelbraunem Teppichboden, kuscheligen Sitzpolstern und einem ansehnlichen, einladenden Bücherangebot vom Bilderbuch für die Schulanfänger bis zum spannenden, kritischen Jugendbuch.

»Gemütlicher als das Lehrerzimmer«, stellte Juliane fest, »hier hätte ich schon Lust, die nächste Stunde zu verbringen.«

Barbara sah sie mit offener Sympathie an. »Aber das können Sie doch. Haben Sie schon Ihren eigenen Schlüssel? Nein? Kommen Sie, holen Sie sich einen beim Hausmeister. Herr Canstadt ist ein netter, alter Herr, er und Frau Wittlich, unsere Schulsekretärin, sind die Seele des Hauses. Ohne sie ...« Sie brach ab und führte den Satz nicht zu Ende. Juliane schwieg, um ihr die Möglichkeit zu lassen, noch etwas hinzuzufügen, aber es kam nichts mehr. »Dort sitzt Herr Canstedt.« Barbara zeigte auf die Hausmeisterloge. »Ich muß Sie nun Ihrem Schicksal überlassen, ich habe Unterricht.«

»Danke für die Führung«, rief Juliane hinter ihr her. Kurz darauf hörte sie oben Stühlescharren und schwächer werdenden Kinderlärm. Aus einer der unteren Klassen drang lautes

Singen. Inmitten der hellen Kinderstimmen klang eine kräftige, sonore Erwachsenenstimme. Es war nicht herauszuhören, ob es eine Männer- oder Frauenstimme war.

»Weit weht der Wind übers Land,
und die Blätter werden gelb und rot,
bald sind alle Blätter tot,
denn der Wind weht weit übers Land...«

2

Ali Ücürük wischte sich die ölverschmierten Hände an einem alten Lappen ab. Es gab Kunden, die mochte man, und Kunden, die mochte man nicht. Die Kundin, die hier mit freundlichem Lachen vor ihm stand, gehörte eindeutig zur ersten Kategorie. Sie verstand nicht das Geringste von Autos, sie wußte nur, wie man sie fuhr. Doch das hatte sie mit den meisten Frauen gemeinsam. Aber sie war jedenfalls intelligent genug, einen guten Automechaniker von einem schlechten zu unterscheiden, sonst wäre sie der kleinen Werkstatt, die er vor wenigen Jahren von seinem Vater übernommen hatte, nicht schon seit zehn Jahren treu geblieben. Und sie hatte eine klare Vorstellung davon, was sie von einem Auto erwartete. Das machte es einfach, sie zu beraten.

»Ali«, hatte sie gesagt — sie nannte ihn immer noch Ali, obwohl es fünfzehn Jahre her war, daß sie ihn als Junglehrerin in ihrer ersten eigenen Klasse ohne überflüssigen Aufenthalt durch die vier Grundschuljahre geschleust hatte —, »Ali, ich brauche ein Auto, auf das Verlaß ist. Ich brauche keinen modischen, elektronischen Schnick-Schnack, ich will ein Auto, das von selber weiß, was es zu tun hat, das man, wenn es nicht gebraucht wird, in die Ecke stellen kann wie einen Regenschirm, das nach einer frostigen Winternacht anspringt, ohne vorher auf Knien darum gebeten zu werden, das stehenbleibt, wenn man auf die Bremse tritt, und fährt, wenn man Gas gibt. Und ein zu großer Durst ist ungesund für meinen Geldbeutel. Kannst du mir eins empfehlen?«

So hatte es angefangen, und auf die Art konnte er ihr im Laufe der Jahre zu drei spartanisch ausgestatteten, aber zuverlässigen Kleinwagen verhelfen. Sie kam regelmäßig zur Inspektion, war großzügig mit Trinkgeldern und hatte stets Zeit für einen kleinen Schwatz. Seit sein Vater vor zwei Jahren an einer schweren Krankheit gestorben war, führte er die Werkstatt mit seinem jüngeren Bruder Hakan allein. Er mußte die

Oma, die Mutter, den Bruder und vier kleine Schwestern versorgen. Es war verdammt knapp, auch wenn die Werkstatt florierte. Aber wenn ihm nicht öfter ein Onkel, der in Düsseldorf mit Gebrauchtwagen handelte, unter die Arme greifen würde, hätte er manchmal nicht gewußt, wie er über die Runden kommen sollte. Es war ein Leben voller Arbeit, vom frühen Morgen bis zum späten Abend. Die Wohnung war klein, die Miete hoch. An eine Heirat konnte er noch nicht denken. Er hatte einige Freundinnen gehabt, darunter auch deutsche Mädchen, doch davon wußten Mutter und Oma nichts, sie dachten in diesem Punkt noch sehr streng und konventionell. Er war da schon eine andere Generation, sah das lockerer. Im übrigen war er jetzt der Mann in der Familie, der Ernährer und der Beschützer seiner kleinen Schwestern. Was er sagte, galt. Eines Tages würde er ein Mädchen finden, Türkin oder Deutsche, jedenfalls eine, die ihn mitsamt seiner Familie mochte.

»Der Wagen sieht geküßt aus«, sagte Ali und beendete mit betrübtem Gesicht seinen Rundgang um Barbaras Auto, »was haben Sie damit angestellt? Wissen Sie nicht, daß man bei Rot warten muß? Rot ist immer das oberste Licht an der Ampel.«

Barbara sah ihn vergnügt an. Sie hätte nicht sagen können, woher ihre gute Laune kam, die Beulen am Auto konnten es kaum sein. Alis Anspielung auf ihren Verkehrsunterricht damals, als er in der ersten Klasse saß und wegen seiner Farbenblindheit Probleme mit Rot und Grün hatte, amüsierte sie. »Wer redet hier von Ampeln, Ali, so was schaffe ich auf einem Parkplatz. Kriegst du ihn wieder hin?«

Er schürzte die Lippen und zupfte an seinem Schnurrbart. »Bis wann brauchen Sie ihn denn?«

»Wenn's geht, bis gestern.«

Er wiegte den Kopf hin und her. »Das wird knapp. Ich kann Ihnen höchstens vorgestern anbieten.«

Sie verdrehte die Augen. »Oh, Ali, im Ernst. Ich brauche ihn ziemlich bald. Ich liebe es nicht, im Regen radzufahren ...«

»Die Sonne scheint.«

»... um zu Fuß zu gehen, bin ich zu faul und habe es zu weit, und das Taxi ist mir zu teuer.«

»Es gibt Omnibusse.«

»Komm, Ali, du weißt, wo ich wohne. Zweimal umsteigen, im überfüllten Bus zusammen mit drei Millionen Schülern, nein danke, mein Dienst beginnt erst um acht.«

»Sie sind aber pingelig.« Er lachte sie charmant an. »Sie und Ihr Auto. Sie sind sonst ein so geduldiger Mensch, aber wenn's um Ihr Auto geht, können Sie nie warten. Überhaupt haben es die Deutschen zu sehr mit der Eile, das ist nicht gut, es macht nur nervös. Viele Dinge sind besser, wenn man sie langsam angeht.«

»Du sprichst ein wahres Wort gelassen aus, Ali. Aber sieh mal, heute fahre ich schon mit dem Bus nach Hause und morgen damit zur Schule. Über Mittag bleibe ich dort, weil nachmittags Konferenz ist. Wenn ich den Wagen dann abends haben könnte, hättest du eineinhalb Tage Zeit. Meinst du nicht, daß du das schaffen kannst?«

»Ich schaffe das schon, aber ob der Lack das schaffen wird? Sehen Sie, hier muß alles ausgebeult und lackiert werden. Der Lack muß trocknen. Wie schnell, bestimmt er selbst, nicht ich.«

»Ja, ich weiß. Vielleicht sollte ich auch nicht so eitel sein, nur den Scheinwerfer reparieren lassen und mit den Beulen leben wie mit den Falten in meinem Gesicht.«

»Das geht nicht. Sehen Sie hier!« Sie hockte sich neben ihn und hörte das Knacken in ihren Kniegelenken. »Der Lack ist ab«, sagte Ali.

»Du sagst es«, brummte sie düster und suchte nach einer bequemeren Haltung.

»Hier ist das Blech eingedrückt«, fuhr Ali fort, »das ist nicht so schlimm, aber hier«, er griff unter das Schutzblech über dem linken Vorderreifen, »sehen Sie? Hier ist die Stoßstange so verzogen, daß sie Ihnen auf unebener Straße glatt den Reifen aufschlitzen kann. Das muß gerichtet werden.«

»Oh, Gott, Ali, machen wir es kurz, wie lange und wie teuer?«

»Übermorgen abend. Ungefähr sechshundert Mark.«

»Na, also, wenn's denn sein muß. Vielleicht habe ich Glück, und die Versicherung zahlt mir etwas.«

»Sind Sie denn schuld an dem Unfall?«

»Na ja, das weiß ich auch nicht so genau, aber ein bißchen schon, glaube ich.«

»Wenn die Versicherung nicht alles zahlt, machen wir die Rechnung etwas höher.«

»Keine krummen Sachen, Ali, du kennst mich.«

»Krumme Sachen? Aber Frau Bertram, jeder macht das so. Sie sind in allem so ... deutsch!«

Du hast gut reden, dachte sie. Sie sah schon die Schlagzeilen: Lehrerin animiert ehemaligen Schüler zu Versicherungsbetrug. Ich bin nicht besser als die anderen, nur ängstlicher, so sieht's aus mit meiner berühmten Redlichkeit. »Heute morgen hat jemand was von preußisch gesagt. Ich werd' mal drüber nachdenken. Bis übermorgen also. Ich verlaß' mich drauf.«

»Hundert Prozent, Frau Bertram.«

»Wie geht's Hakan und den Kleinen?«

»Ach, die Kleinen! Die Kleinste ist auch schon zwölf. Alle Schwestern sind in einem schwierigen Alter, bändeln mit Jungen an. Ich sehe das nicht gern, ich muß ganz schön auf sie aufpassen. Es ist nicht gut für türkische Mädchen, zuviel Freiheit in Deutschland zu haben.«

»Und für türkische Jungen?«

»Ach, Frau Bertram! Mann ist Mann. Wir sind alle gleich.«

»So wird es sein«, sagte Barbara trocken, »nur geben nicht alle es so offen zu. Bis Mittwoch, Ali, und grüß' Deine Mutter von mir.«

»Wird gemacht. Tschüß, Frau Bertram.«

Barbara schmunzelte. Alis »Tschüß« klang so echt wie bei einem Kölner der dritten Generation. Kulturspringer, dachte sie, ich hätte mich sehen mögen, wenn man mich mit sechs Jahren von heute auf morgen in eine Schule in Istanbul gesetzt hätte. Vermutlich wäre ich taubstumm geworden vor Verzweiflung.

Es war nach drei, als sie zu Hause ankam. Vor zwölf Monaten war sie in dieses Haus eingezogen. Nach der ersten Erleichterung, eine schöne, geräumige Wohnung gefunden zu haben, machte ihr die Umstellung aufs Alleinleben doch mehr aus, als sie gedacht hatte. Gefühle der Einsamkeit und Fremdheit waren eine Weile ihre ständigen Begleiter, obwohl die Trennung ihre eigene Entscheidung gewesen war. Aber auch das vertraute Schlechte ist eben vertraut. Erst in den vergangenen Sommerferien hatte sie begonnen, sich hier wohlzufühlen.

Sie setzte Teewasser auf, und bis es kochte, aß sie einen Apfel. Dann packte sie seufzend ihre Schultasche aus.

In den ersten Tagen nach den Sommerferien hatte sie in ihrer eigenen Klasse 4a und in Stybermanns 4b Übungsaufsätze schreiben lassen. Thema: Mein schönstes oder mein schlimmstes Ferienerlebnis. Lustlos machte sie sich an die Arbeit. Die Hefte von Stybermanns Kindern legte sie erstmal angewidert zur Seite. Diese Klasse war ein disziplinloser, fauler Sauhaufen. Niemand unterrichtete gern dort, aber keiner wagte laut zu sagen, woran es lag, obwohl alle es wußten.

Sie war beim fünften Heft, als das Telefon klingelte. »Bertram. — Hallo, Max, ja, danke, mir geht's gut. — Nein, ich habe keine Zeit, ich habe Hefte zu korrigieren. Hast du nichts zu tun? — Na, gut, wenn du's genau wissen willst, ich habe auch keine Lust, mit dir essen zu gehen. — Ach, was soll das, bin ich dir noch irgendwie verpflichtet? — Bis eben war ich noch sehr gut gelaunt. — Nun sei doch nicht gleich eingeschnappt! Warum nimmst du alles so persönlich? Ich habe einfach keine Lust, heute mit dir essen zu gehen. Was ist daran so kompliziert? — Das ist nicht das Problem, Max. Warum kannst du einfach nicht kapieren, daß wir seit einem Jahr geschieden sind? — Mein Lebenswandel geht dich einen Dreck an. Ach laß mich doch in Ruhe, ich habe einfach keinen Bock, basta!«

Wütend hängte sie ein. Was dachte der sich denn? Einmal Ehemann, immer Ehemann? Zum Teufel mit Max. Das war doch keine Ehe mehr, das war ein Affentheater gewesen. Ein viel zu langes allerdings.

Sie versuchte, sich wieder auf das Korrigieren zu konzentrieren. Aber um innerlich zur Ruhe zu kommen, hatte sie den falschen Aufsatz erwischt. Alwina schrieb über ihren selbstgebackenen Kuchen, den sie im Backofen vergessen hatte, bis er schwarz verbrannt und der Qualm bis in die Wohnung der Nachbarin gedrungen war, die daraufhin sofort die Feuerwehr alarmierte. Mit drei Löschfahrzeugen seien sie angerückt. Alwina sonnte sich in der Vorstellung, Urheberin der Ereignisse zu sein, aber Barbara hatte ihre Zweifel. Sie kannte Alwinas mäandernde Phantasie. Der verbrannte Kuchen mochte noch der Wahrheit entsprechen, aber alles Weitere war mit Sicherheit freie Dichtung und entsprang wohl eher dem Wunsch eines behüteten Einzelkindes, einmal der Mittelpunkt spektakulärer Geschehnisse zu sein.

Barbaras Konzentration war heute nicht die beste. Max ging ihr wieder durch den Kopf, wurde abgelöst von Ali und dann von Juliane Valentin, der neuen Kollegin. Und am dringendsten, das wußte sie, waren die Hefte von Stybermanns Klasse. Es gab immer Ärger mit ihm, wenn Arbeiten seiner Kinder für seine Begriffe zu spät zurückgegeben wurden. Entschlossen schob sie die Hefte ihrer Klasse zur Seite und griff nach dem Heftestapel der 4b. Na, da hatte sie gleich den Richtigen erwischt. Dagegen war Alwina eine kommende Nobelpreisträgerin. Der Aufsatz hatte gar nicht so viele Wörter, wie Jens Fehler hineingestrickt hatte. Sein Glück, daß hier die Rechtschreibung nicht im Vordergrund stand, allerdings bewegte sich auch die Ausdrucksfähigkeit eher auf dem Niveau eines Sechsjährigen. Unglaublich, und der behauptete, in Mathematik in der letzten Zeit lauter Einser und Zweier geschrieben zu haben.

Barbara hatte nicht mehr für zwei Pfennig Lust, aber morgen nach der Konferenz würde sie erst recht zu müde sein... Sie kämpfte sich durch die verschlungenen Pfade kindlicher Erlebnisse. Es war fast Mitternacht, als sie das letzte Heft zuklappte und sich den schmerzenden Nacken rieb.

Im Bett versuchte sie, noch ein wenig in Isabel Allendes *Eva Luna* zu lesen, aber es hatte keinen Sinn — nach wenigen Seiten fielen ihr die Augen zu. Als ihr das Buch aus der Hand rutschte, zuckte sie zusammen, legte es auf den Nachttisch und löschte das Licht. Mit Grausen dachte sie an die morgige Busfahrt, und gleichzeitig kam ihr der Gedanke, ganz schön bequem geworden zu sein.

»Bertram, du wirst alt«, brummte sie in ihr Kissen.

3

Flämmchen

Die kleine Hand schob die große Hand zur Seite. Sachte, aber entschieden. »Laß das, Mama.«

Die Mutter nahm die Hand nur zögernd vom Schulranzen. Das Kind hob ihn auf. »Ich wollte dir helfen, Flämmchen«, sagte die Mutter.

Das Kind wuchtete den Ranzen auf den Rücken. »Ich kann das allein. Ich bin jetzt ein Schulkind.«

Der Ranzen war schwer, viel zu schwer für den ersten Schultag. Die Mutter hatte das dicke Märchenbuch wieder herausnehmen wollen, aber Flämmchen hatte voller Entrüstung protestiert. Sie wollte der Lehrerin daraus vorlesen, ihr zeigen, daß sie schon lesen konnte. Sie würde die Beste sein. Bestimmt konnte keiner schon so gut lesen wie sie. Die Lehrerin sollte stolz auf sie sein, so wie Mama und Papa es auch waren.

»Du bist meine Klügste«, sagte Papa immer zu ihr. Flämmchen hörte das ganz gern, obwohl es ein bißchen albern klang, so als sei sie von zehn Kindern die Klügste, dabei hatten Mama und Papa doch nur sie.

»Es ist ausgeschlossen, daß du deiner Lehrerin heute vorlesen kannst«, sagte die Mutter. »Der erste Schultag ist nicht viel mehr als eine verlängerte Begrüßung. Vielleicht singt ihr noch ein Lied oder malt ein Bild. Ich werde auf dem Hof auf dich warten. Sei nicht enttäuscht, mein Flämmchen, morgen wird es dann richtig losgehen.«

Flämmchen antwortete nicht. Sie strich sich das widerspenstige, leuchtend rote Haar aus der Stirn. Diese Erwachsenen. So trösteten sie einen immer. Morgen. Später. Ein andermal. Wenn du groß bist. Warum konnten sie nicht begreifen, wie schrecklich es ist, warten zu müssen?

Auf dem Hof standen Kinder und Eltern in kleinen Gruppen zusammen. Thomas, dieser Hasenfuß, klammerte sich an die

Hand seiner Mutter. Flämmchen verzog verächtlich den Mund.

»Da ist Rainer«, sagte die Mutter und schubste Flämmchen sanft in seine Richtung. Wieder schob Flämmchen entschlossen die Hand der Mutter beiseite.

»Den will ich nicht sehen.«

»Aber warum denn nicht? Du spielst doch jeden Tag mit ihm.«

»Heute nicht.« Das schmale, kleine Kindergesicht sah auf einmal sehr abweisend aus. »Er ist nicht mehr mein Freund.«

Sie ignorierte Mutters fragenden Blick. Mütter müssen nicht alles wissen, fand sie. Rainer war gemein. Er hatte sie gestern »Feuermelder« genannt, nur weil sie ihn nicht gleich mit ihrem neuen Rad hatte fahren lassen. Es würde Mama kränken, wenn sie es erfuhr.

»Nur dumme Kinder lachen über deine roten Haare«, sagte Mama immer. »Schau doch in den Spiegel, deine Haare haben eine wunderbare, leuchtende Farbe, wie eine strahlende Flamme. Das haben nicht viele Kinder, es ist etwas Besonderes. Und die dummen Kinder lachen darüber, weil sie erstmal über alles lachen, was sie nicht kennen. Das ist so die Art von dummen Kindern. Und von dummen Erwachsenen auch.«

Das war ein interessantes Eingeständnis. War nun Tante Hertha eine dumme Erwachsene, weil sie neulich gerufen hatte: »Mein Gott, was bist du für ein Rotschopf geworden!« und dabei gelacht hatte? Doch Tante Hertha war krank, sie war eine kranke Erwachsene, vielleicht hing es damit zusammen. Rainer war nicht krank. Es war in Ordnung, wenn Mama und Papa sie »Flämmchen« nannten, denn sie lachten nicht, sie fanden es schön. Aber Rainer sagte »Feuermelder« und lachte sie aus. Das war nicht in Ordnung. Sie war ein Schulkind, sie merkte den Unterschied genau.

Die Stunde war zu Ende. Die Kinder liefen auf die wartenden Mütter zu. »Mama, Mama, es war ganz toll! Meine Lehrerin hat genauso rote Haare wie ich. Sie hat gesagt, wir beide sind was ganz Besonderes, wir müssen zusammenhalten. Und ich durfte vorlesen aus 'Rotkäppchen und der böse Wolf'. Rainer hat mir dabei die Zunge rausgestreckt. Er ist blöde. Er kennt noch nicht mal einen einzigen kleinen Buchstaben. Meine Lehrerin hat gesagt, ich kann ihr helfen, den anderen Kindern lesen beizubringen. Mama, wenn ich groß bin, werde ich auch Lehrerin.«

Papa war begeistert von der Idee. Er war spät von der Arbeit gekommen. Er kam oft spät von der Arbeit, meistens lag Flämmchen dann schon im Bett. Aber er kam immer noch zu ihr herein, gab ihr einen Kuß und wünschte ihr gute Träume. Jeden Abend wartete sie darauf, und machmal konnte sie vorher gar nicht einschlafen. Heute hatte sie länger aufbleiben dürfen, weil der erste Schultag war, weil sie so aufgeregt war, und weil sie Papa unbedingt noch alles erzählen mußte. Sie hatte vor Aufregung nicht zu Abend essen können. Als er dann kam, faßte er sie mit seinen großen, starken Händen und warf sie in die Luft. Sie schrie vor Vergnügen. »Du bist eben meine Klügste«, sagte er und fing sie wieder auf.

»Tob nicht mit ihr herum«, sagte die Mutter, »sonst wird sie gleich nicht einschlafen können.« Mamas konnten manchmal schreckliche Spielverderberinnen sein. Flämmchen sah schnell von einem zum anderen. Bei so was gewann meistens Mama. So auch jetzt. Papa setzte sein schuldbewußtes Gesicht auf, nahm Flämmchen bei der Hand und zog sie, auf Zehenspitzen gehend, hinter sich her. Flämmchen kicherte. Er brachte sie zu Bett, packte sie in Kissen und Decken ein und kramte das große Märchenbuch aus ihrem Ranzen.

»Lies mir noch etwas aus Rotkäppchen vor. Aber danach wird geschlafen. Nur ausgeschlafene Kinder können in die Schule gehen.«

Flämmchen schlug das schwere Buch dort auf, wo das Lesezeichen steckte. Sie setzte sich kerzengerade im Bett auf.

»'Aber Großmutter, was hast du für ein entsetzlich großes

Maul?' 'Daß ich dich besser fressen kann.' Kaum hatte der Wolf das gesagt, so tat er einen Satz aus dem Bett und verschlang das arme Rotkäppchen.«

Sie klappte das Buch energisch zu. »Papa, ich muß jetzt schlafen. Morgen früh gehe ich nämlich wieder in die Schule. Du kannst ja allein weiterlesen.« Sie hielt ihm das Märchenbuch hin, und er nahm es lächelnd an.

4

Als Barbara zum zweiten Mal umsteigen mußte, überlegte sie, ob sie den Rest des Weges nicht lieber zu Fuß gehen sollte, statt sich noch einmal in einen Bus zu quetschen, der von lärmenden und drängelnden Schülerinnen und Schülern überfüllt war. Unerklärlich blieb, warum die Kölner-Verkehrs-Betriebe morgens nicht ein paar Busse zusätzlich einsetzten, um das Chaos zu mildern. Mit ständigen Fahrpreiserhöhungen waren sie schneller bei der Hand. Ältere Leute hatten zu den Stoßzeiten kaum eine Chance, heil in den Bus zu kommen. Ältere Leute... Barbara runzelte die Stirn über ihre eigenen Gedanken. Alles war relativ, und es lief bereits eine Generation herum, von der auch sie selbst bedenkenlos zu den älteren Leuten gezählt wurde. Sie konnte es ihnen nicht verdenken, schließlich sprach auch ihr fast siebzigjähriger Vater von den »alten Leuten« und meinte damit durchaus nicht sich, sondern die Achtzigjährigen.

Ein Hupen riß sie aus ihren Überlegungen, und sie sprang erschreckt zurück. Ein schwarzer Toyota bremste unvermittelt in der Haltestellenbucht. Wieder drückte der Fahrer die Hupe.

»Frau Bertram, steigen Sie ein, ich nehme Sie mit.«

»Hallo!« Barbara ging auf die geöffnete Wagentür zu. Ihre Entscheidung zwischen Bus und Fußmarsch war gerade zugunsten einer sehr angenehmen dritten Lösung entschieden worden. »War Ihr Auto gestern nicht noch rot? Haben Sie sich schon ein neues gekauft?«

Juliane Valentin lachte. »Kein schlechter Leihwagen, was?« Sie fuhr sofort an, der Wagen schoß vorwärts, und Barbara wurde in den Sitz gedrückt, bevor sie sich anschnallen konnte.

»He, Sie fahren aber einen heißen Reifen, kein Wunder, daß wir zusammengedonnert sind. Was wird Ihre Reparatur kosten?«

»Um die tausend Mark. Und Ihre?«

»So ähnlich«, brummte Barbara undeutlich.

»Wieso haben Sie sich keinen Leihwagen genommen? Versicherungen zahlen so was doch.«

»Dem, der an dem Unfall nicht schuld ist.«

»Das sind wir beide nicht«, Juliane grinste sie an, »oder beide doch, ganz wie man will. Ich habe mit meiner Versicherung gesprochen, wahrscheinlich hätten wir doch besser die Polizei geholt. Sie werden sich mit Ihrer Versicherung in Verbindung setzen und gemeinsam eine Lösung finden. Wir sollten deswegen keinen Streit miteinander kriegen.«

»Ist auch nicht mein angestrebtes Ziel. Es kommt mir übrigens sehr gelegen, daß Sie mich hier aufgesammelt haben. Ich hasse diese morgendlichen Busfahrten.«

»Wann bekommen Sie Ihren Wagen wieder?«

»Morgen abend.«

»Dann können Sie das Verkehrschaos wieder aktiv mitgestalten. Na, da sind wir. Auf in den Kampf!«

»Meinen Sie den Unterricht oder die Konferenz?«

»Was ist schlimmer?«

»Lassen Sie sich überraschen.«

Sie betraten den Schulhof gemeinsam durch das weit geöffnete Tor. Obwohl sie ziemlich früh waren, hatte sich schon eine größere Anzahl Kinder eingefunden. Es herrschte ein Höllenlärm, und ihnen flogen eine Reihe jener Ausdrücke um die Ohren, die irgendwo im Freien lose herumliegen mußten, denn bei einem Hinweis an die Eltern bezüglich der gepflegten Konversation ihrer Sprößlinge wurde man meist mit der Antwort abgespeist, diese Ausdrücke hätte ihr Kind auf der Straße aufgeschnappt.

Auch im Lehrerzimmer herrschte schon reger Betrieb. Am Fotokopierer, der sich zwischen zwei Reparaturen ausnahmsweise funktionstüchtig zeigte, standen Kolleginnen Schlange, um Arbeitsblätter herzustellen. Zwei andere hatten den Gesamtstundenplan vor sich liegen und diskutierten heftig.

Juliane ging zu ihrem Fach und holte einen Brief heraus. Er hatte einen Trauerrand und war nicht zugeklebt. Auf dem

Umschlag stand mit Schreibmaschine ihr Name. Sie öffnete ihn und überflog den Text. Barbara stand wenige Meter entfernt und bemerkte, daß Juliane auffallend lange vor ihrem Fach stehenblieb.

»Ist alles in Ordnung?« Sie kam einen Schritt näher und sah den schwarzen Briefrand. »Schlechte Nachrichten?« fragte sie bestürzt und legte mitfühlend ihre Hand auf Julianes Arm. Juliane sah sie einen Augenblick zögernd an, dann reichte sie ihr wortlos den Brief:

»Zu Ihrem Arbeitsantritt an dieser Schule, in diesem Kollegium, mit dieser Schulleitung möchte ich Ihnen mein herzliches, aufrichtiges, tief empfundenes Beileid aussprechen. Der Verlust von Freiheit und Frohsinn, den in kürzester Zeit auch Sie erleiden werden, bewegt mich zutiefst.«

Eine Unterschrift fehlte natürlich. »Was soll der Quatsch?« fragte Juliane schroff.

Barbara sah sie erstaunt an. »Keine Ahnung. Eine Kinderei.«

»Kinderei? Das waren keine Kinder.«

»Natürlich nicht. Trotzdem ist es ein alberner Scherz.«

»Merkwürdiger Humor. Haben Sie eine Vorstellung, wer das gewesen sein könnte?«

Julianes Augen konnten etwas Durchdringendes und Zwingendes annehmen. Barbara ging innerlich automatisch etwas auf Abstand. »Keine Ahnung, tut mir leid«, sagte sie kühl.

Juliane lächelte schon wieder und steckte den Brief scheinbar achtlos ein. »Ist auch nicht wichtig.«

Barbara entschied, daß nur eine der beiden Reaktionen stimmen konnte, und sie vertraute ihrem Instinkt, dem die erste glaubhafter schien. Von weiterführenden Überlegungen wurde sie durch das Klingelzeichen abgehalten, das den Beginn des Unterrichts ankündigte.

Die Kinder erstürmten die Klassen. Rheinstauff stand in der Tür und donnerte sein Kollegium zusammen, das, wie er in beißendem Ton bemerkte, offenbar nicht die ausreichenden pädagogischen Fähigkeiten besaß, im Schulhaus für angemessene Ruhe zu sorgen. Stybermann beeilte sich, ihm beizupflichten, während seine Klasse am lautesten hereinstürzte.

»Idioten, alle beide«, knurrte Alexa im Rausgehen in Barbaras Richtung, »soll doch der Rheinstauff selber nochmal eine Klasse übernehmen, dann weiß er wieder, wie das ist.«

In der großen Pause setzte Barbara sich neben Juliane. »Wir gehen heute mittag etwas essen, haben Sie Lust, mitzukommen?«

»Wer ist ‘wir’?«

»Ach, das ist der innere Kreis der Eingeweihten, ich meine Frau Wagemuth, Frau Meerbusch, Frau Gebhardt, Frau Pieroth, Herr Frings und ich. Wir gehen meistens zwischen Schulschluß und Konferenzbeginn gegenüber ins Bistro und essen eine Kleinigkeit, damit wir eine solide Grundlage haben.«

»Für was?«

»Für alles Folgende.«

»Sie haben ein bemerkenswertes Talent, mit wenigen Worten viel zu sagen. Bei den meisten Menschen verhält sich das umgekehrt. Na schön, ich komme mit, es lohnt sich ohnehin nicht, über Mittag nach Hause zu fahren.«

»Fein, dann um halb zwei im Bistro.«

Barbara stand auf und ging zu Alexa hinüber, die sich mit Jochen Stybermann gerade über den Aufsichtsplan stritt.

»Auch wenn es rechtlich noch so abgesichert sein mag, ich finde es trotzdem nicht in Ordnung, daß eine Zwölfstundenkraft vier Aufsichtseinheiten pro Woche macht, nur damit der Konrektor keine übernehmen muß.«

»Die Schulleitung hat genügend andere Aufgaben, Frau Wagemuth, das wissen Sie ganz genau.«

»Ja, vor allem möglichst viel Arbeit auf die Schultern anderer zu verteilen«, fauchte Alexa aufgebracht, aber Stybermann hatte sie bereits stehenlassen und war im Rektorzimmer verschwunden.

»Na, hast du dir wieder für jemand anderen den Mund verbrannt?«

Alexa warf Barbara einen grimmigen Blick zu. Es war ihre Spezialität, von einem Fettnäpfchen ins nächste zu treten, und das in der Regel für andere. »Aber ist das nicht stark? Frau Weinheimer mit ihren lächerlichen zwölf Religionsstunden soll viermal in die Aufsicht. Stybermann hat ihr einen derart dämlichen Plan gebaut, daß sie freitags für eine Stunde Unterricht von acht bis neun kommen muß und dann, zur Krönung der genialen Planung, um Viertel vor zwölf die Aufsicht hat. Hast du schon mal so was Hirnverbranntes gehört?«

»Kann sie die Aufsicht nicht mit jemandem tauschen?«

»Hat sie schon. Darum geht's gar nicht. Mir geht's ums Prinzip. Wenn einer zu blöde ist, annehmbare Pläne für Schüler und Lehrer zu erstellen, sollte er nicht Konrektor werden. Das erste Schuljahr von Titus kommt donnerstags von acht bis halb zwei und hat in den letzten beiden Stunden Sprache und Mathe! Ein erstes Schuljahr! Warum Eltern sich das gefallen lassen, verstehe ich nicht, es ist doch ungeheuerlich ...«

»Was ist ungeheuerlich?« fragte Juliane, die hinter Barbara und Alexa ans Schwarze Brett getreten war. Alexas Wut fiel in sich zusammen.

»Nichts von Bedeutung«, Barbara zwinkert Juliane zu, »einer von Frau Wagemuths periodischen Anfällen, fortgeschrittenes Stadium.«

Juliane fragte nicht weiter. Sie griff nach einem Klassenbuch und trug ihre letzte Unterrichtsstunde ein. Barbara betrachtete sie mit forschendem Blick. Sie hat verdammt harte Augen, dachte sie, kein schlecht geschnittenes Gesicht, ganz und gar nicht, aber harte Linien.

Juliane hob plötzlich den Kopf und sah sie an. Barbara fühlte sich ertappt und wandte den Blick ab.

Das Bistro war ziemlich leer um die Mittagszeit, es würde erst später voll werden, wenn die Büros schlossen. Jemand spielte Billard, das Klick-Klack der Kugeln drang zu ihnen herüber.

Sie saßen an einem Fenstertisch, Juliane studierte die Speisekarte. Sie war etwas später gekommen, die anderen hatten schon bestellt. »Es ist mir unbegreiflich«, sagte Barbara gerade, und Juliane bemühte sich, weiterhin in die Speisekarte vertieft zu wirken. Sie konnte sich nicht entscheiden, ob sie eine Tomatensuppe oder einen Toast Hawaii nehmen sollte.

»So einen schlechten Aufsatz habe ich lange nicht mehr zu Gesicht bekommen. Ich habe Stybermann darauf angesprochen, und es stimmt tatsächlich, was Jens behauptet, er ist in Mathematik und Sachkunde von fünf auf zwei geklettert, und das innerhalb weniger Wochen vor den Ferien, angeblich durch intensive Nachhilfe.«

»Wieso angeblich?« fragte Heidi Meerbusch, schlürfte ihren heißen Tee und schüttelte sich die Locken aus dem Gesicht.

»Weil hier irgend etwas faul ist«, knurrte Barbara.

»Jens ist faul«, sagte Titus Frings. Obwohl erst dreißig, zierte nur noch ein spärlicher, dunkler Haarkranz seinen runden Kopf. Mit einer imposanten, wallenden Bartpracht versuchte er, das fehlende Haupthaar zu kompensieren. »Letztes Jahr hatte ich Sachunterricht in Stybermanns Klasse und habe meine gesamte pädagogische Trickkiste geleert, um Jens zur Mitarbeit zu bewegen. Vergeblich, außer Fernsehen, Videos und Computerspiele hat er keinerlei Interessen. Ich bin froh, so eine faule Socke nicht in meiner eigenen Klasse zu haben.«

»Kannst du auch«, sagte Gabriele Pieroth, »so ein Schüler ist nie ein Wertzuwachs. Da bist du mit deinem ersten Schuljahr auf jeden Fall besser dran. Eine süße Klasse.« Ihre Augen hingen verklärt an Titus. »Und du hast eine so gute Hand mit den Kleinen.«

»Wie wär's mit Titus als Vater deiner Kinder?« fragte Alexa in ihrer üblichen schonungslosen Direktheit.

Gabis schwärmerische Begeisterung für Titus war ein beliebtes Thema allgemeiner Spottlust. Und obwohl sie immer behauptete, ihre Bewunderung beziehe sich nur auf seine Fähigkeiten als Lehrer, wurde sie jetzt rot.

Christine Gebhardt hatte dem Gespräch nur mit halbem Ohr zugehört, statt dessen sah sie mit begehrlichem Blick auf das Jägerschnitzel und die Unmengen Pommes frites, die der Kellner gerade vor sie hinstellte. Sie kannte keine Figurprobleme, darüber war sie hinaus, seit sie die Fünfundneunzig-Kilo-Grenze hinter sich gelassen hatte. Ist die Figur erst ruiniert, lebt es sich ganz ungeniert. »Meine Nerven ruhen im Fett«, war ihr steter Spruch. »Ich bekomme in dieser Schule weder ein Magengeschwür noch einen Nervenzusammenbruch.«

»Ich möchte eine Tomatensuppe.« Juliane hatte sich entschieden und nahm schnell die Gelegenheit zu einer Bestellung wahr. Mittags aß sie gewöhnlich gar nichts, aber in dieser Runde, inmitten der Essensgerüche, hatte sie doch Appetit bekommen.

»Hat jemand von Ihnen eine Ahnung, wer zu dieser originellen Art von Humor neigt?« fragte sie, nachdem der Kellner den Tisch wieder verlassen hatte, und warf den Kondolenzbrief in die Tischmitte.

Sie stürzten sich darauf, verdutzt, belustigt und mit schadenfroher Sensationsgier. Juliane lehnte sich zurück und wurde zur stillen Beobachterin. Nichts entging ihr, schon gar nicht Barbaras nachdenklich-fragender Blick, den sie auch nicht von ihr abwandte, als ihre Blicke sich trafen.

Alexa las den Text ein zweites Mal. »Das ist ja echt stark. Woher haben Sie den?«

»Er lag heute früh in meinem Fach.«

Alexa nahm den Brief und betrachtete die Schreibmaschinenzeilen genauer. »Ziemlich gängiges Schriftbild. Also, ich habe den Text nicht verfaßt, aber ich könnte ihn bedenkenlos unterschreiben. Sie werden schon merken, was damit gemeint ist.«

»Wirklich? Ist das Kollegium so schlecht?«

»Ach, das Kollegium eigentlich nicht, wir machen alle ganz

brav unsere Arbeit. Das will man an gewisser Stelle nur nicht wahrhaben.«

»Ihr seid ein komischer Verein«, Juliane sah mit Interesse von einer zur anderen, »ihr seid ja richtig auf Konfrontationskurs zur Schulleitung.«

»Umgekehrt«, sagte Barbara ruhig.

Wenn ich diese Frau ansehe, stellte Juliane verblüfft fest, schlägt mein Herz nicht schneller, sondern langsamer. Es kommt zur Ruhe, und ich bin mir nicht sicher, ob ich das zulassen möchte.

»Ja, diese Schulleitung ist das eigentliche Problem«, begann Christine schwungvoll. Sie hatte bereits die Hälfte ihres Schnitzels bewältigt und fühlte sich jetzt in der Verfassung, an der Diskussion teilzunehmen. »Zum Beispiel dieser Stybermann mit seinen wasserblauen Augen ...«

»Blaue Augen?« fiel Alexa ihr ins Wort. »Sieh ihm doch mal rein. Dem kannst du durch den Kopf sehen, ohne auf Widerstand zu stoßen, bis du hinten wieder rauskommst.«

Juliane nahm ihre Tomatensuppe entgegen. »Scheint ein echter Frauentyp zu sein, einen solchen Beliebtheitsgrad habe ich selten erlebt.«

Heidi Meerbusch fischte die Thunfischstücke aus ihrem Nizza-Salat und legte sie säuberlich auf den Tellerrand. »Ach, dieser tumbe Tor kommt doch Rheinstauff als williger Erfüllungsgehilfe bei seiner autoritären Führung der Schule gerade recht.«

»Zu einem autoritären Führer gehört die entsprechende Hammelherde«, sagte Juliane und fing einen wütenden Blick Alexas, einen warnenden Barbaras und einen erschreckten Christines auf. Touché, dachte sie befriedigt.

Auf dem Rückweg zur Schule ging Juliane neben Barbara. »Warum haben Sie mich in diese Runde mitgenommen? Wollten Sie mich aushorchen?«

Barbara lächelte verlegen. »Ja, ich dachte, ich finde vielleicht heraus, wo Sie stehen. Aber vermutlich haben Sie mehr herausgefunden, wo wir stehen. Ich glaube, Sie sind kein geeignetes Objekt zum Aushorchen.«

Juliane lachte laut auf. »Nein, wahrhaftig, das bin ich nicht.«

Sogar ihr Lachen klingt hart, dachte Barbara.

Punkt drei Uhr hob Rheinstauff die Tischglocke und bat um Ruhe. Seine Worte erschienen Juliane überflüssig, denn bereits beim Läuten der Glocke erstarb jegliches Gemurmel, und eine Stille trat ein, die sie veranlaßte, verblüfft in die Runde zu sehen.

Es gab viele Arten von Ruhe, spannungsgeladene, erwartungsvolle, schläfrige, entspannte. Diese hier war nichts von alledem. Sie versuchte, diese Stille, dieses Fehlen jeden Geräuschs einzuordnen. Es war eine Friedhofsruhe, eine tote Ruhe, oder vielleicht die Vorstufe dazu, eine lethargische Ruhe. Lethargie hing im Raum, lag auf den Gesichtern rundum und wich auch nicht, als Rheinstauff zu sprechen begann.

Er hieß Juliane noch einmal offiziell in der Schule willkommen. Es folgte eine langatmige Kritik des letzten Protokolls. Der Rand hatte nicht die zum Abheften erforderliche Breite gehabt, die Schrift war nicht leserlich, irgendwo war ein Komma falsch gesetzt — und das bei einer Lehrerin! — und solcherart systemtragende Wesentlichkeiten mehr.

Julianes Blick schweifte von einer zum anderen. Christine Gebhardt saß ihr gegenüber, rund, behäbig und mit leicht abwesendem Blick. Sie verdaut das Jägerschnitzel, dachte Juliane amüsiert. In ihr hatte sie die müde Stimme vom ersten Tag wiedererkannt, die die Kinder ermahnte, im Schulhaus nicht zu rennen. Auch die Singstimme konnte sie mittlerweile als Heidi Meerbuschs sonore Altstimme einordnen. Wer mochte diesen merkwürdigen Kondolenzbrief geschrieben haben? Der Reaktion im Bistro nach zu urteilen, war der 'innere Kreis der Eingeweihten' auszuschließen, obwohl sie noch für niemanden die Hand ins Feuer legen würde, auch nicht für Barbara. Aber wer sonst konnte es gewesen sein und vor allem wozu? Nur der seltsame Scherz eines kauzigen Wesens?

Es gab zwei Möglichkeiten. Jede Seite, Schulleitung wie Kollegium, konnte es aus ihrer jeweiligen Sicht für ein persönliches Malheur halten, als Lehrkraft an dieser Schule gelandet zu sein. Demnach kamen alle als Verfasser des Briefes in Frage. Nein, die Mielenk war wohl die einzige, die auszuschließen war, ihr fehlten zu einer solchen Idee sowohl der makabre Humor als auch die notwendige Phantasie.

Rheinstauff sprach mittlerweile weitschweifig von irgendeinem neuen Erlaß des Kultusministers über die Dienstordnung der Lehrer. Seit Konferenzeröffnung redete er jetzt zwanzig Minuten ohne Unterbrechung. Im weiteren wurde die Organisation des diesjährigen Martinszuges festgelegt, die Anschaffung eines neuen Fotokopiergerätes von der Schulleitung wortreich begründet sowie die Wichtigkeit des ordnungsgemäßen Ausfüllens der neuen Formulare für mehrtägige Schulfahrten hervorgehoben.

Außer einigen kurzen Antworten auf ebensolche Fragen Rheinstauffs gab es aus dem Kollegium keine Wortmeldung. Jochen Stybermann nickte bei jedem zweiten Wort des Schulleiters so auffällig, daß Juliane ein Verdacht auf Schüttellähmung beschlich.

»Wird hier gelegentlich auch mal über Kinder geredet?« fragte sie Alexa Wagemuth, die in der Zigarettenpause links von ihr saß, und griff betont langsam nach ihrer Schachtel filterloser Zigaretten, um ihre Gier zu kaschieren.

»Kinder?« Alexa sprach in einem Ton, als handele es sich um das lästige Abfallprodukt des Schulwesens. »Wer interessiert sich denn für so was?«

Der zweite Teil der Konferenz bestand in der Wahl des Lehrerrates. Im Vorjahr hatten ihm Alexa, Barbara und Titus angehört. Rheinstauff hielt noch eine Fünf-Minuten-Predigt über den Vermittlungsauftrag dieses Gremiums und schloß mit der Mahnung, die Stimme nicht nach menschlicher Sympathie zu vergeben, sondern nach den eben geforderten Fähigkeiten der Vermittlungs- und Konzessionsbereitschaft.

Als Rheinstauff Alexa Wagemuth, Barbara Bertram und Titus Frings als gewählte Mitglieder des Lehrerrates bekanntgab, stand ihm sein Mißfallen so deutlich ins Gesicht geschrieben, daß man kein Insider sein mußte, um es zu erkennen.

»Was hat er gegen euch einzuwenden?« fragte Juliane Alexa nach dem offiziellen Ende der Konferenz. Sie richtete ihre Fragen am liebsten an Alexa, die in ihren Antworten am offensten und freimütigsten war.

»Ach, es ist wohl mehr seine prinzipielle Einstellung zum Lehrerrat. Für ihn ist die bloße Existenz eines solchen Gremiums schon Subversion. Wenn es nach seiner Mütze ginge, wäre der Lehrerrat ein ihm persönlich unterstelltes Instrument zur Manipulation des Kollegiums. Und natürlich gibt es Leute, mit denen er diesem Ziel wesentlich näher kommen könnte als mit uns dreien. Es hat solche Jahre gegeben ...«

»Also doch eine Opposition.«

»Ach, du liebe Zeit, was hier schon als Opposition gilt, ist in Wirklichkeit so zahm ...«

Vielleicht ist es gar kein Kollegium, dachte Juliane, vielleicht ist es ein Panoptikum.

Es war fast sechs, als sie grüppchenweise dem Parkplatz zustrebten. »Na, war es nicht gut, vorher etwas zu essen?« fragte Alexa und stieß Juliane vertraulich mit dem Ellenbogen in die Seite.

»Die Tomatensuppe war bisher mit Abstand der angenehmste Teil des Tages«, Juliane steckte sich eine Zigarette zwischen die Lippen und ließ ihr Feuerzeug aufschnappen, »abgesehen von eurer erlauchten Gesellschaft natürlich.«

»Eine Frau, die raucht, eine Frau, die im Freien raucht, eine Frau, die im Freien vor einer Schule raucht, welch dramatischer Niedergang der holden Weiblichkeit!«

Juliane zog den Rauch tief ein und grinste. Sie ist ein Clown, diese Alexa Wagemuth, aber hinter der Clownsmaske steckt vielleicht noch etwas anderes.

»Laufen Konferenzen hier immer so ab?«

»Mehr oder weniger ja.« Es war Barbara, die auf diese Frage antwortete, sie war zu Alexa und Juliane getreten. Juliane schnippte locker die Asche auf die Erde.

»Würde mich interessieren, wie die Protokolle der letzten Konferenzen aussehen. Ich werde sie mir zeigen lassen.«

Alexa und Barbara wechselten einen schnellen Blick und starrten dann Juliane an. Barbara hatte sich als erste wieder gefaßt.

»Was wollen Sie? Rheinstauff um die letzten Protokolle bitten?«

»Zur Ansicht, ja, warum nicht? Das Protokollbuch ist doch nicht sein Privateigentum.«

»Na, da bin ich aber gespannt, wie er reagieren wird. Lassen Sie es uns wissen?«

»Natürlich, gern. Ich sehe da kein Problem.«

»Ja.« Alexa fixierte Juliane mit scharfem Blick. »So ist das immer. Das, was die Schulleitung, und das, was das Kollegium als Problem ansieht, ist nie dasselbe.«

»He!« rief Titus plötzlich von der anderen Seite des Parkplatzes herüber, sein Auto stand neben Rheinstauffs Wagen. »Kommt mal her! Seht euch das an!«

»Was ist los?« rief Alexa zurück. »Gibt dein museales Vehikel den Geist auf? Soll ich das Überbrückungskabel holen?«

Sie gingen aber, da er sie heftig herbeiwinkte, doch zu ihm rüber, und er wies nur wortlos mit dem Kinn auf Rheinstauffs metallicfarbenes und ein paar Nummern zu hoch gegriffenes Statussymbol. Wenn dieser Wagen einem Schulleiter angemessen sein sollte, brauchte ein Schulrat mindestens einen Hubschrauber.

Für einen Augenblick stumm, starrten die drei auf das Renommierstück. Über die gesamte Motorhaube war mit einem scharfen Gegenstand ein großes 'Z' eingeritzt.

»Ach, du lieber Schreck, das wird seinem Blutdruck aber nicht bekommen.« Alexas Gesicht hatte einen regelrecht lüsternen Ausdruck angenommen. Ihr war anzusehen, daß sie notfalls noch eine Stunde hier stehen würde, nur um Rheinstauffs Reaktion mitzuerleben.

»Das muß während der Konferenz passiert sein«, Titus zupfte nervös an seinem Bart, »ich bin als letzter gekommen, und da war es noch nicht drauf, das wäre mir aufgefallen.«

»Na, dann ist doch alles ganz einfach«, sagte Alexa, »du warst es, ist doch völlig eindeutig. Gestehe dein Vergehen, unsere Absolution ist dir gewiß.«

»Nein«, Barbara trat näher an Rheinstauffs Wagen heran, »das ist kein Scherz mehr. Nicht, daß ich vor Mitleid mit ihm zerrinne, aber witzig kann ich das nicht mehr finden, das Auto ist fast neu.« Es war klar, daß die ganze Motorhaube neu gespritzt werden mußte.

»Ein »Z««, sinnierte Juliane, »was soll das bedeuten?«

»Sag mir, was soll es bedeuten, daß ich so fröhlich bin ...« intonierte Alexa. Sie brachte es nicht über sich, eine Betroffenheit zu zeigen, die sie nicht empfand.

»Z, der letzte Buchstabe im Alphabet, Z, ein Filmtitel, Z wie Zorro, mehr fällt mir nicht ein.« Barbara hob ratlos die Schultern.

Rheinstauff kam mit Stybermann über den Parkplatz. Als er die vier neben seinem Wagen stehen sah, zögerte er einen Augenblick, kam dann näher, den Konrektor, der fast synchron mit ihm seinen Schritt abgestoppt hatte, im Schlepptau. »Eine Zusammenrottung?« fragte er mit seiner polternden Stimme und setzte ein joviales Gesicht auf.

»Jemand kann Sie nicht leiden«, Alexa deutete überflüssigerweise auf das Riesen-Z. Wer das nicht sah, dem gehörte auf der Stelle der Führerschein entzogen.

Rheinstauff wurde erst leichenblaß, dann feuerrot, und seine kompakte, gedrungene Figur kam in Bewegung. Er hatte den Mund schon geöffnet, aber es kam kein Ton heraus.

Statt dessen ergriff Stybermann das Wort. »Das ist ja ein Z!«

»Mein Gott«, entfuhr es Alexa, »er beherrscht das Alphabet!«

»Das scheint mir aber kein Zufall zu sein, Herr Rheinstauff!«

Herr Rheinstauff drehte sich ruckartig um und starrte seinen Stellvertreter an. »Zufall?« Er hatte zu seiner dröhnenden Stimme zurückgefunden. »Natürlich nicht!« In diesem Ton hatte er Stybermann noch nie angefahren, zumindest nicht vor Kollegen. »Wenn jemand zufällig an einem Auto vorbeikratzt, entsteht wohl kaum ein Z dabei, schon gar nicht auf der Motorhaube, Herr Stybermann. Hat jemand von Ihnen etwas gesehen oder bemerkt?«

Er betrachtete die vier der Reihe nach, als traute er jeder und jedem einzelnen oder allen zusammen im Komplott noch weit Schlimmeres zu.

Die drei Frauen schüttelten nur wortlos den Kopf, und Titus sagte ihm das gleiche, das er zuvor den dreien erzählt hatte.

Rheinstauff nestelte nervös an seinem Autoschlüssel. »Das waren keine Kinder, das traue ich keinem zu, nicht dem schlimmsten Rüpel. Nein, das ist ein offener Affront gegen mich, daran besteht kein Zweifel. Hier versucht jemand, meine Autorität als Schulleiter zu untergraben ...«

»Ach du liebes Lottchen«, murmelte Juliane, »das grenzt ja an Verfolgungswahn. Kommen Sie«, sie faßte Barbara leicht am Ellenbogen, »ich nehme Sie mit. Ich habe keine Lust, hier Wurzeln zu schlagen und das große Z zu bestaunen.«

Barbara fühlte sich hin- und hergerissen zwischen der Faszination der Situation und dem Drang, ihr zu entkommen.

»Kommen Sie«, Juliane zog sie sachte am Jackenärmel, »fahren wir.«

»Wohin?«

»Ich fahre Sie nach Hause.«

»Aber das ist doch ein Umweg für Sie ...«

»Kein großer. Nun kommen Sie doch endlich.«

Barbara zögerte. »Eigentlich wäre ich gern zur Werkstatt gegangen, um Ali an den morgigen Termin zu erinnern. Er hat manchmal etwas andere Zeitbegriffe als ich.«

Juliane hatte die Beifahrertür geöffnet und machte eine einladende Handbewegung. »Kein Problem, ich fahre Sie hin.«

»Das ist wirklich nett von Ihnen, obwohl mir auffällt, wie sehr es Sie von hier wegzieht.«

»Wundert Sie das? Wollten Sie noch weiter zuhören, wie zwei erwachsene Männer tiefschürfende Theorien über ein in Lack gekratztes Z aufstellen?«

Sie fuhr los. Diesmal war Barbara vorbereitet und hatte sich angeschnallt, bevor sie die Tür schloß. »Na ja«, meinte sie, »die beiden sind weiß Gott nicht meine Lieblinge, aber das ist schließlich Sachbeschädigung, da geht jemand ziemlich weit in seiner Abneigung.«

Juliane fädelte den Wagen geschickt in den Abendverkehr ein. Um ihre Mundwinkel zuckte es spöttisch. »Sachbeschädigung? Sie kennen sich aus in der strafrechtlichen Terminologie?«

Barbara blinzelte sie mißtrauisch von der Seite an. »Wollen Sie mich auf den Arm nehmen?«

»Nein, lieber in den Arm.«

Sie starrten sich an, Barbara errötete, Juliane wandte abrupt den Blick ab und konzentrierte sich angestrengt auf den Verkehr. Verdammt, Valentin, dachte sie, wütend über sich selbst, halt deine Zunge im Zaum und deine Gedanken am besten gleich mit!

»Hier ist Ihre Werkstatt, liegt wirklich hingespuckt zur Schule.«

Barbara war erleichtert, den Wagen kurz verlassen zu können. Allerdings hatte sie etwas Mühe mit dem Gehen, das Zittern ihrer Knie bekam sie nur schwer in den Griff. Ruhe, Bertram, verdammt noch mal, Ruhe!

»Hallo, Ali!«

Ali tauchte unter einer Motorhaube hervor. »Hallo, Frau Bertram. Keine Sorge, morgen ist er fertig, wie versprochen.«

»Du kennst die Schwächen deiner alten Lehrerin erschreckend gut«, knurrte Barbara freundlich. Ali richtete sich zu seiner vollen Größe auf, die dunklen Augen funkelten sie lachend an. »Wer redet hier von 'alt'? Sie sind jung, dynamisch und attraktiv. Ist das so in etwa das, was Sie hören wollten?«

»Wenn ich es genau überlege, Ali, bin ich überhaupt nur gekommen, um das zu hören.«

»Sollte mich freuen, wenn ich Ihren Feierabend gerettet habe.«

Sie wandte sich zum Gehen, plötzlich sehr fröhlich und gut gelaunt. Ali schlug mit einem Knall die Motorhaube zu. Sie hatte es offenbar eilig. Er hätte gern einen kleinen Plausch gehalten, aber er sah, daß an der Einfahrt jemand auf sie wartete.

»Frau Bertram!«

»Ja?«

»Ich lasse Ihren Wagen morgen früh aus der Lackiererei holen. Eigentlich muß er dann nicht bei mir stehen. Das Wetter ist sonnig, er kann genausogut bei Ihnen trocknen. Sie können um neun kommen.«

Barbaras gute Laune stieg kometenhaft an. »Ali, du bist ein Schatz! Bei meinem nächsten Unfall bringe ich ihn wieder zu Dir.«

»Was soll ich denn nun hoffen, bald oder nie?«

Sie hob die Schultern. »Sieh selber zu, wie du deine Geschäftsinteressen mit deinen Sympathien in Einklang bringst.«

Lachend kam sie bei Juliane an, die ihr mit aufmerksamem Interesse entgegensah. »Gute Nachricht?«

»Ja, ich kriege ihn morgen früh. Das paßt mir bestens, ich habe ohnehin erst um zehn Schule.«

Sie bogen an der Ampel in die Hauptstraße ein, und der stark fließende Verkehr zwang Juliane, langsam zu fahren. »Wie schön, daß Sie Ihr unentbehrliches Zubehör so bald wiederhaben. Ohne Auto halten Sie es nicht lange aus, oder?«

Barbara dachte irritiert nach. Hielt sie es tatsächlich ohne Auto nicht lange aus? Hatte es eine solche Wichtigkeit für sie, daß selbst fremde Menschen es sofort bemerkten? Das Auto gab ihr ein Gefühl von Freiheit. Nicht besonders zeitgemäß angesichts von Treibhauseffekt, Ozonloch und Waldsterben, aber es war wohl so.

»Ich fühle mich gern unabhängig.«

»Und Ihre Abhängigkeit vom Auto?«

»Oh, Philosophin heute, wie?«

»Ach, nur so zum Zeitvertreib. Hören Sie, ich habe morgen auch erst um zehn Unterricht. Ich hole Sie ab und fahre Sie zur Werkstatt, dann ersparen Sie sich noch eine Ihrer verhaßten Busfahrten.«

»Philosophin und Menschenfreundin?« spöttelte Barbara, um ihre heftig aufkeimende Sympathie in Schach zu halten.

Juliane fuhr sie bis vor die Haustür. Barbara zögerte einen Moment. Sie hätte Juliane gern gebeten, noch auf einen Kaffee mit raufzukommen, aber eine plötzliche Befangenheit hielt sie davon ab. Nicht zu schnell, sagte sie zu sich selbst, hohe Geschwindigkeiten bekommen dir nicht, du bist nicht schwindelfrei.

»Haben Sie herzlichen Dank, Frau Valentin.« Sie öffnete die Wagentür.

»Ob es derselbe ist?«

Barbara fuhr herum. »Wie bitte?«

»Der- oder dieselbe?«

»Wovon, zum Teufel, reden Sie?«

»Von dem Kondolenzbrief in meinem Fach und dem Z auf Rheinstauffs Auto.«

»Oh, das ist eine interessante Frage. Ich werde diese Nacht darüber grübeln.«

»Ich hoffe doch«, sagte Juliane und beugte sich vor, um die Beifahrertür zu schließen, »daß Sie nachts Besseres vorhaben.«

Dieser Blick war eindeutig anzüglich, entschied Barbara und erwiderte Julianes Bemerkung lediglich mit einem breiten Grinsen und einem vieldeutigen Achselzucken.

5

Flämmchen

Die rauhe Decke kratzte, das klumpige Kissen drückte. Es war kalt im Raum. Flämmchen zog die Decke bis unter die Nasenspitze. »Es kratzt«, sagte sie in den Stoff hinein.

»Das kann nicht sein«, sagte der Mann, der neben ihrem Bett stand, »es ist deine Decke, und du schläfst jede Nacht damit.«

»Nein«, sagte Flämmchen trotzig, »meine Decke hat nie gekratzt.«

»Sei ein artiges Mädchen«, sagte der Onkel.

Tante Hertha kam ins Zimmer, sie ging sehr langsam und stützte sich dabei auf einen Stock. Sie atmete rasselnd und pfeifend. Flämmchens weit geöffnete Augen sahen Tante und Onkel an.

»Ich darf nicht einschlafen, ich muß auf Papa warten.«

Onkel und Tante warfen sich einen seltsamen Blick zu. Die Tante bekam einen Hustenanfall.

»Du weißt doch, daß dein Papa nicht mehr kommt«, sagte der Onkel, »aber nun sind wir ja bei dir. Du mußt jetzt schlafen. Es ist schon spät für kleine Mädchen.«

Die großen Augen sahen ihn an. Vielleicht hat er mich angelogen, dachte Flämmchen, auch Erwachsene lügen. Das wußte sie von Mama. Es gab dumme Erwachsene wie Tante Hertha, die über Kinder mit roten Haaren lachten, und es gab Erwachsene, die nicht die Wahrheit sagten. Woher wollte Onkel Adi wissen, daß Papa nicht mehr kommt? Wie konnte sie unterscheiden, wer log und wer nicht?

»Ich will zu Mama und Papa«, schrie Flämmchen.

»Doktor Hahn«, rief Tante Hertha nach draußen und hustete wieder, »bitte kommen Sie her, Sie müssen dem Kind etwas geben.«

Ein großer, fremder Mann kam zu ihr ans Bett. Er trug eine dicke Brille mit schwarzem Rand und roch nach Pfefferminz. Flämmchen haßte Pfefferminz.

»Nein!« schrie sie, zog die Decke übers Gesicht und rollte sich völlig darin ein. Eine Hand riß sie ihr mit einem kräftigen Ruck fort.

»Sei ein braves Kind«, Onkel Adi sah streng auf sie hinunter und griff nach ihrem Arm, »deine Mama und dein Papa sind im Himmel und sehen dich von dort. Was sollen sie denken, wenn ihr kleines Mädchen so ungezogen ist?«

Er log, jetzt wußte sie, daß er log. Mama und Papa waren nicht im Himmel. Niemals würden sie so weit weggehen ohne ihr kleines Mädchen.

»Du lügst!« sie versuchte vergeblich, ihren Arm freizubekommen. Der fremde, nach Pfefferminz riechende Mann fuhr ihr mit einem nassen Wattebausch über den anderen Arm, es fühlte sich kalt an und roch scharf. Er hatte noch etwas in der Hand, ein kleines Glasröhrchen, vorne war eine Nadel dran. Damit stach er ihr in den Arm.

»Nein!« Ihr Schreien ging schon in Schluchzen über. »Mama, Papa, nein, sie dürfen mir nicht weh tun!«

»Sie wird bald schlafen«, sagte der Doktor, und Onkel Adi ließ ihren Arm los.

»Es ist schon ein Kreuz, was da auf uns zukommt«, sagte er, »wir sind überhaupt nicht darauf eingerichtet, ein Kind großzuziehen. Sie wissen am besten, wie krank meine Frau ist… Aber es ist natürlich Christenpflicht, das einzige Kind meiner armen Schwester zu uns zu nehmen.«

Vielleicht ist Mama gar nicht seine Schwester, dachte Flämmchen, vielleicht hat er auch hier gelogen? Er sieht ihr kein bißchen ähnlich.

»Ja«, sagte der Doktor, »dieser schreckliche Unfall ist ein großes Unglück. Kann ich mir irgendwo die Hände waschen?«

Flämmchen spürte, wie ihr die Arme schwer wurden. Vielleicht ist es doch besser, erstmal einzuschlafen, ich kann die Augen gar nicht mehr aufhalten. Ja, ich will jetzt einschlafen, und morgen früh, wenn ich wach werde, sind Mama und Papa bestimmt da, und alles ist wieder gut.

Ein Sonnenstrahl kitzelte sie wach. Er drang durch die Vorhangritze, wanderte über den Fußboden, kletterte auf ihr Bett und schien ihr hell in die Augen. »Hallo Flämmchen«, sagte er.

»Hallo, hallo«, sagte Flämmchen und rieb sich die Augen. Gott sei Dank, alles war in Ordnung. Ihr Schulranzen stand unter dem Tisch am Fenster, und neben ihrem dicken Märchenbuch auf dem Bücherregal saß der neue Teddy, Papas Geschenk zum Schulanfang. Ein bißchen hatte sie sich geniert, als er damit angekommen war, schließlich war sie jetzt ein Schulkind. Aber manchmal, wenn niemand es sah, lief sie doch zu dem Teddy hin und knuddelte ihn. Er mochte das gern, das wußte sie.

Sie war beruhigt. Es hatte sich nichts verändert, sie war zu Hause — bei Mama und Papa. Schnell warf sie die Decke zurück, tappte mit bloßen Füßen auf dem kalten Boden herum. Sie mußte sich beeilen, gleich würde Sabine klingeln und sie zur Schule abholen. Sabine war eine prima Freundin. Sie konnte zwar nicht gut lesen und rechnen, wußte aber eine Menge Dinge, von denen Flämmchen keine Ahnung hatte. Vor allem waren ihre Taschen ständig voll mit Bonbons, Schokolade und Lakritzen. Flämmchen wußte nicht, wie die Freundin immer an diese Mengen herankam, aber mitversorgen ließ sie sich gern. Dafür machte sie auch regelmäßig Sabines Hausaufgaben. Am Anfang war es einmal aufgefallen. Die Lehrerin hatte Flämmchen einen strengen Blick zugeworfen und Sabine etwas mit roter Tinte ins Heft geschrieben. Flämmchen hatte daraus gelernt. Sie wußte nun, daß Sabines Hausaufgaben nie so sauber und fehlerlos sein durften wie ihre eigenen. Jetzt baute sie immer ein paar Fehler ein, schrieb mit wackeliger Hühnerschrift und versah das Heft der Freundin mit ein paar Eselsohren und Fettflecken. Wenn die Lehrerin dann Sabines Fortschritte lobte, hatten sie beide viel Spaß, und es gab jedesmal eine Portion Schokolade extra für Flämmchen.

Mama und Papa brauchten das alles nicht zu wissen. Sie sagten immer, zu viele Süßigkeiten seien nicht gut für die Zähne. Aber Schokolade konnte nicht so schlimm sein, dafür brauchte man gar keine Zähne, die schmolz doch ganz von selber im Mund...

Sie hörte das Knarren der Tür. »Mama«, rief sie in freudiger Erwartung, »Mama!«

Im Türrahmen stand Onkel Adi. »Na, bist du endlich wach? Geh dich waschen und zieh dich an. Wir müssen gleich fahren und nehmen dich mit.«

Starr vor Schreck stand sie da und sah ihn an. Onkel Adi. Tante Hertha. Der fremde Mann mit der Nadel. Ihre Zähne klapperten, sie konnte nicht damit aufhören.

»Hörst du«, sagte der Onkel, »es wird Zeit.«

»Nein«, rief sie. Wie eine Erlösung war es ihr eingefallen und das Zähneklappern hörte so plötzlich auf, wie es begonnen hatte. »Ich kann nicht mit euch fahren, Onkel Adi, es geht nicht, es geht wirklich nicht. Ich muß doch in die Schule.«

Wieso war ihr der Gedanke nicht sofort gekommen? Kinder mußten zur Schule, das wußte wirklich jeder, das würde sogar Onkel Adi einsehen. Schließlich war er selbst Lehrer in dieser anderen Stadt.

»Du wirst jetzt hier zur Schule gehen«, sagte der Onkel.

»Aber ich muß zu Frau Wagner in die Klasse«, es war nur noch ein zaghaftes Flüstern, und sie fühlte voller Angst, daß er bestimmt auch darauf eine Antwort haben würde, »sie ist meine Lehrerin. Und Sabine holt mich gleich ab, sie ist meine beste Freundin.«

»Du wirst neue Freundinnen finden«, der Onkel sah seine zitternde Nichte an, wie sie dastand in ihrem dünnen Nachthemdchen«, und jetzt geh ins Bad und wasch dich. Ich werde dir dabei zusehen und kontrollieren, ob du dir auch die Ohren wäschst und die Zähne putzt. Wonach guckst du denn?«

Flämmchen sah suchend auf dem Fußboden und dem Bett umher. Er war weg. Der Sonnenstrahl war verschwunden.

6

Flamingorosa leuchtende Wolken kündigten einen warmen Spätsommertag an. Die Schönwetterphase hielt sich schon über eine Woche. Die Blätter der Bäume waren noch weitgehend grün, nur hier und da ließ ein gelbbraunes den nahenden Herbst ahnen.

Barbara sang unter der Dusche. Das tat sie immer, wenn sie sich wohlfühlte. Es war lange her, daß sie so gesungen hatte.

Juliane kam sehr pünktlich. Barbara hatte gerade den letzten Kaffeerest hinuntergeschüttet, als es klingelte. Sie warf die Jacke über die Schulter und griff nach ihrer Schultasche. Der Aufzug fuhr ihr vor der Nase weg. Sie hatte keine Geduld zu warten, nahm die Treppe und kam atemlos unten an.

Juliane erschien ihr verändert, sie war sehr schweigsam. Barbaras Hochstimmung wurde gedämpft, als sie ihr müdes Gesicht sah. Es war nicht die Müdigkeit einer Nacht mit zuwenig Schlaf, sondern der Ausdruck eines ermüdenden Lebens, das sie restlos erschöpft zu haben schien.

Verdammt, Bertram, behalt deine Gefühle im Griff, schalt sie sich selbst. Laß dich nicht immer von so diffusem Zeug anrühren, sentimentale Kuh, die du bist. Was geht dich das müde Gesicht einer Frau Valentin an?

Frau Valentin nahm gerade eine Kurve, und Barbara dankte dem Erfinder des Sicherheitsgurtes, der Julianes Fahrweise vorausgeahnt haben mußte.

»Mein Gott, Sie fahren wirklich wie eine ge ...« Sie hielt im letzten Moment inne. Juliane lächelte, und Barbara fiel wieder auf, wie hart ihr Gesicht aussah, sogar lächelnd .

»Sprechen Sie Ihren Satz ruhig ungeniert zu Ende. Ich habe diesen Vergleich schon öfter gehört.«

»Mag sein, daß ich vom Auto abhängig bin«, Barbara redete aus Verlegenheit hastig weiter, »aber für Sie stellt es anscheinend auch das Vehikel einer besonderen persönlichen Befindlichkeit dar.«

»Diese Nacht hat die Philosophenleuchte wohl an Ihrem Bett gestanden?«

Barbara grinste, immer noch verlegen.

»Sie sollten Rennen fahren«, schlug sie in der Absicht, einen Witz zu machen, vor.

»Alles schon ausprobiert«, Julianes Fröhlichkeit wirkte etwas aufgesetzt, »hat auch nicht geholfen.«

»Wobei oder wogegen?« Barbara registrierte ihr steigendes Interesse an dieser Frau mit sehr gemischten Gefühlen. Aber es war schon zu stark, um es noch zu ignorieren.

Juliane ging nicht auf Barbaras Frage ein. »Wir sind da. Ich schmeiß' Sie hier raus.«

Verunsichert stieg Barbara aus. Es war erst viertel vor neun, hoffentlich konnte sie den Wagen schon mitnehmen. Ali hatte sie bereits gesehen und winkte ihr zu.

»Alles klar«, sagte Barbara zu Juliane, »der Wagen ist fertig.«

»Na, dann bis gleich«, Juliane schoß davon, so daß Barbaras »Danke fürs Herbringen« im Aufheulen des Motors unterging.

Barbara sah ihr nachdenklich hinterher. Es war nicht gut für sie, einer Frau so nachzusehen, es führte nur zu Komplikationen, das wußte sie. Aber ein Mittel dagegen kannte sie nicht.

»Ihr Auto«, sagte Ali und wies mit großartiger Geste auf den Wagen, »und weil Sie es sind, etwas billiger. Fünfhundertzwanzig Mark!«

Sie erwiderte sein Strahlen. Sicher wurde der Tag noch gut. »Das lob' ich mir, Ali. Acht Stunden früher und achtzig Mark billiger.« Sie hockte vor dem Kotflügel und suchte vergebens nach Spuren des Unfallschadens. War da was gewesen? »Tolle Arbeit, Ali!«

Er lächelte geschmeichelt. Wie schön, Kunden zufriedenzustellen, wie einfach, mit etwas vorausberechneter Zeit- und Geldersparnis erfreute Gesichter hervorzuzaubern.

Du Schlitzohr, dachte Barbara voller Sympathie, du hast die Lektionen gut gelernt. Erschlag die Kunden mit hohem Preis und langer Wartezeit, und mach sie dann dankbar und glücklich, indem du von beidem wieder was abziehst. Ali, du wirst es noch weit bringen.

Nachdem sie bezahlt hatte, rief Ali hinter ihr her, kam im Laufschritt auf sie zu und hielt ihr mit ausgestrecktem Arm etwas entgegen. »Könnten Sie das bitte mitnehmen?«

Sie sah auf die Videocassette in seiner Hand. »Ein Werbefilm für deine Werkstatt?«

Er machte ein erstauntes Gesicht. »Sie bringen mich auf Ideen! Nein, die hat Herr Stybermann heute früh in seinem Wagen vergessen, als er ihn zur Inspektion brachte. Kann ich sie Ihnen mitgeben?«

»Aber klar.« Sie warf die Cassette auf den Beifahrersitz und fuhr los. Es war kurz nach neun, als sie an der Schule ankam.

Mitten in einer Unterrichtsstunde wirkte der Hof merkwürdig ausgestorben. Der Wind hatte sich gelegt, und als Barbara über die große, leere Fläche ging, wurde ihr die plötzliche Stille körperlich bewußt.

Als sie den Hof zur Hälfte überquert hatte, empfand sie die Stille wie einen Schmerz. Verwirrt blieb sie stehen und drehte sich um. Niemand war zu sehen. Sie runzelte die Stirn. Was bringt mich denn so aus der Reihe? Das müde Gesicht einer Frau, die ich nicht kenne und die mich genaugenommen nichts angeht? Eine Reparaturrechnung, die niedriger ausgefallen ist als befürchtet? Oder die fönige Atmosphäre, die sich wie Blei auf mich legt? Nicht sonderlich werden, Bertram, dazu bist du noch nicht alt genug. Geh rein und tu deine Arbeit!

Juliane stand im Lehrerzimmer an der Schneidemaschine und schnitt bunten Karton für den Kunstunterricht zurecht. »Na, wieder glücklich beweglich auf eigenen vier Rädern?« Sie lächelte verbindlich, dann fiel ihr Blick auf die Cassette in Barbaras Hand. »Ein Zugewinn für die Schulvideothek?«

»Was? Ach so.« Barbara sah auf die Cassette, als fiele sie ihr erst jetzt wieder ein. »Die gehört Stybermann, er hat sie im Auto liegenlassen. Ali hat sie mir mitgegeben.«

»Ihr habt wohl alle die gleiche Werkstatt?«

»Alle nicht, aber die meisten. Ali ist ein ausgezeichneter Mechaniker und arbeitet sehr zuverlässig. Er und seine sämtlichen Geschwister haben diese Schule durchlaufen, eine nette Familie.«

»Sie brauchen sich doch nicht zu rechtfertigen, weil Sie Ihren Wagen zu einem Türken bringen!«

Barbara riß fassungslos die Augen auf. »Rechtfertigen? Wie kommen Sie denn darauf? Ich hab' mich nicht gerechtfertigt, ich hab's nur erklärt. Was ist denn mit Ihnen los?«

»Nichts, ich wollte nur mal sehen, wie Sie reagieren. Sie haben keine Vorurteile gegen Fremde?«

»Gegen Fremde? Und ob, ich schieße auf alles, was weiter als hundert Meter von mir entfernt lebt, und am schärfsten reagiere ich auf neue Kolleginnen aus fremden Städten.«

Juliane fixierte sie. »Schön, wenn Sie scharf reagieren. Gefällt mir.«

Barbara vergaß fast zu atmen. War dieser Dialog Wirklichkeit?

»Und was ist nun auf dieser Cassette?« Juliane kam, die fertig geschnittene Pappe in der Hand, langsam näher.

»Was weiß ich, sie gehört mir nicht. Interessiert mich auch nicht.«

»Wirklich nicht? Kein bißchen neugierig?«

Barbara setzte sich. Was war nur los? Befand sie sich auf dem Prüfstand? »Ich sehe mir nicht anderer Leute Videos an, ich lese nicht anderer Leute Briefe, ich höre nicht anderer Leute Telefongespräche ab...«

»Klingt wie der Anfang der zehn Gebote. So erfährt man natürlich nie was«, unterbrach Juliane sie spöttisch.

»Was wollen Sie denn erfahren?«

»Was auf dem Band ist, zum Beispiel.«

»Aber zum Teufel, warum denn?«

»Meine Güte, Frau Bertram, kein Mensch hier, ausgenommen der Schulleiter und vielleicht noch Hedwig Mielenk, hat auch nur einen Funken Sympathie für diesen Menschen übrig. Nun geben Sie doch ruhig zu, daß Sie durchaus gern wüßten, was auf dem Band drauf ist.«

»Sie wüßten es jedenfalls brennend gern, das merke ich. Was erwarten Sie eigentlich, einen Horrorfilm?«

»Horrorfilm? Glauben Sie, er ist selbst drauf?«

»Sie sind unmöglich.«

»Ach, hören Sie auf! Tun Sie nicht so schrecklich edel und ehrbar, so was nervt mich.«

»Was schert mich das, ob ich Sie nerve?«

»Streiten wir?« Julianes Tonfall war ironisch und erwartungsvoll zugleich. Sie gedachte, ein Wortgefecht auf alle Fälle zu gewinnen, das war ihr deutlich anzumerken.

»Streiten? Nein, wozu? Gehen wir lieber runter in den Medienraum und werfen einen Blick auf das Band. Vermutlich wissen Sie hinterher, wieviel Nüsse ein Eichhörnchen für den Winter sammelt, aber möglicherweise ist es gerade diese Wissenslücke, die Sie endlich schließen möchten.«

In Julianes Augen war das Glitzern nur mühsam unterdrückter Spannung getreten. Ihr Gesicht sah nun gar nicht mehr müde aus, sondern zeigte die Wachsamkeit, die Barbara vom ersten Tag an aufgefallen war.

»Also doch nicht prinzipientreu bis zum Umfallen? Das läßt Hoffnung keimen.«

Barbara schwankte zwischen Belustigung und Ärger. »Ich lasse mich eigentlich nur ungern provozieren.«

»Schade, ich provoziere gern. Was soll eigentlich das 'eigentlich'? Ist das nicht eigentlich überflüssig?«

»Ach, verdammt, gehen wir runter!«

Der lange Gang im Souterrain war schlecht beleuchtet. Im Medienraum, dem umgestalteten ehemaligen Karten- und Lehrmittellager, gab es kein Fenster, und Barbara suchte nach dem Lichtschalter. Sie spürte Juliane sehr nah bei sich. Ihr Arm streifte den ihren.

»Wo ist denn dieser verflixte Schalter?« Die Lampe flammte auf und tauchte den Raum in grelles Neonlicht.

Barbara schloß die Tür, schaltete die Geräte ein und zog die Cassette aus dem Schuber. Als sie das Band in das Einzugsfach schieben wollte, verlöschte das Deckenlicht, und Fernseh- und Videogerät schalteten sich klickend aus.

Um sie herum war absolute Dunkelheit. Keine Zehntelsekunde später kamen zielsichere Schritte näher, jemand stieß mit Wucht gegen Barbara, die das Gleichgewicht verlor, nach hinten fiel und sich an der Kante des Regals stieß, auf dem die Geräte standen.

Als sie zu Boden stürzte, hatte sie ein Rauschen in den Ohren und blitzende Sterne vor Augen. Dann nichts mehr, kein Rauschen, keine Sternchen, keine Dunkelheit, einfach nichts.

Juliane versuchte, die Tür zu erreichen, um wenigstens einen Schimmer des diffusen Flurlichtes hereinzulassen, und den, der sich mit ihnen im Raum befand, an der Flucht zu hindern. Doch an den Schritten des Unbekannten hörte sie, daß er sich hier besser auskannte. Die Tür flog auf, ein Schatten huschte hinaus, und die Tür fiel ins Schloß.

Juliane stolperte beinahe über Barbaras ausgestreckte Beine, fluchte leise und tastete, als sie die Tür endlich erreicht hatte, nach der Klinke. Dann schoß sie auf den Gang hinaus.

Auf dem Flur herrschte Stille. Sie hielt inne und lauschte, hörte aber nur ihren eigenen, beschleunigten Atem. Die Lösung des Rätsels mußte sich hier im Souterrain verbergen. Unmöglich konnte die Person schon die Treppe hochgelaufen sein. Juliane befand sich im Zwiespalt. Sie roch förmlich, daß hinter einer der Flurtüren jemand stand und die Luft anhielt, um zu lauschen wie sie. Doch da waren Barbaras Beine und das Geräusch, das ihr fallender Körper beim Aufprall verursacht hatte. Eine Sekunde stand sie regungslos, dann lief sie zurück zum Medienraum. Sie klemmte einen Stuhl zwischen Tür und Rahmen, um wenigstens in schemenhaften Umrissen etwas erkennen zu können. Fast war sie auf die im

Dunkeln liegende Gestalt böse, die sie gezwungen hatte zurückzukommen.

Sie ging neben Barbara in die Hocke. Da sie kaum etwas sehen konnte, tastete sie nach ihrem Kopf. »Kannst du aufstehen?«

Ihre Hände hatten Barbaras Gesicht gefunden, auf der rechten Seite fühlte sie eine warme, klebrige Flüssigkeit. »Barbara, bist du in Ordnung?« Sie hatte sie spontan mit »du« angeredet und blieb dabei.

Eine Bewegung ging durch den liegenden Körper, und Juliane atmete auf. Sie faßte Barbara unterm Kopf und an der Schulter und half ihr, sich aufzurichten. »Bist du verletzt? Nun sag schon was.«

»Haben wir es überstanden?« Barbara saß nun auf dem Fußboden. »Ist es vorbei?«

»Kommt drauf an, was du meinst. Dieser Auftritt ist vorbei, aber mir schwant, das war nur die Ouvertüre.«

Barbara rappelte sich hoch, Juliane stützte sie. »Danke, es geht schon. Hast du ein Tempotuch? Ich glaube, ich blute irgendwo. Die Cassette ist weg.« Sie tupfte sich mit dem Tuch das Blut aus dem Gesicht.

Juliane lachte sarkastisch. »Natürlich ist sie weg. Was glaubst du, worum es hier ging?«

»Also, jetzt würde ich schon gern wissen, was da Spannendes drauf ist.«

»Wie schön. Nun interessiert uns doch endlich mal das Gleiche. Wer, glaubst du, war das?«

»Na, wer wohl? Wer hat denn ein Interesse an dieser Cassette, wem gehört sie denn? Wahrscheinlich hat Stybermann unser Gespräch im Lehrerzimmer mitgekriegt, die Tür zum Nebenraum war, soweit ich mich erinnere, nur angelehnt. Er hat sich hier eingeschlossen und uns erwartet. Als wir drin waren, brauchte er nur noch die Sicherungen auszuschalten und dann, na ja, dann habe ich einige Meter Filmriß. Was ist eigentlich weiter passiert?«

»Er stürzte zur Tür raus, ich hinter ihm her, dabei bin ich noch über deine Beine gestolpert...«

»Ach«, machte Barbara erstaunt und überlegte, ob sie sich dafür entschuldigen mußte, daß ihre Beine so unqualifiziert in der Gegend herumgelegen hatten.

»Ich bin sicher, er hat sich irgendwo hier unten versteckt. Ich habe es körperlich spüren können. Aber ich bin lieber zurückgekommen, um nach dir zu sehen.«

»Oh, vielen Dank, sehr nett.«

Barbara sah Juliane an, deren hellwache Augen den Flur beobachteten. Ich weiß genau, ich hätte im umgekehrten Fall keinen Versuch gemacht, dem Kerl zu folgen, dachte sie, ich wäre sofort zu dir gerannt, um festzustellen, ob du verletzt bist. Bin ich nun besser, oder ist es nur Feigheit, die Gewißheit, sich damit dem gefahrloseren Teil der Szene zuzuwenden?

Sie tastete sich vorsichtig durch den Raum. Plötzlich ging das Licht wieder an, und auf dem Bildschirm des Fernsehers erschien das Bereitschaftsbild.

»Hier«, rief Barbara, »hinter diesem Regal muß Stybermann gestanden haben, da ist der Sicherungskasten für das Untergeschoß.«

»Hast du ihn erkannt?«

»Nein.«

»Kannst du beweisen, daß es seine Cassette war, die du einlegen wolltest?«

»Beweisen? Es ist doch wohl klar...«

»Klar heißt nicht bewiesen. Sei vorsichtig mit dem, was du behauptest.«

»Vor dir?«

»Unsinn, nicht vor mir. Vor anderen. Man sollte sich nur offene Feinde schaffen, wenn man in der Lage ist, gegen sie zu gewinnen.«

»Aha, goldene Lebensregel Nummer neunzehn! Du willst mir zur Vorsicht raten. Das ist überflüssig, ich bin ein verdammt vorsichtiger Mensch, ohne jedes Talent zur Heldin.«

»Komm«, sagte Juliane, »wir werden trotz allem noch die Räume hier unten durchkämmen. Es ist ihm zwar inzwischen sicher gelungen, nach oben zu entkommen, aber wir sollten es wenigstens versuchen...«

Sie ging entschlossen auf den Flur hinaus. Barbara lief hinter ihr her und hielt sie am Arm fest. »Sag mal, hast du mir nicht zugehört? Ich habe dir doch gerade gestanden, daß ich nicht zur Heldin geboren bin. Verdammt nochmal, Juliane, ich habe Angst.«

Juliane sah sie nur an. Barbara begann unter dem Blick zu frösteln. »Ich glaube, ich möchte dich nie zur Feindin haben«, sagte sie leise.

Juliane lächelte. »Warum solltest du?«

»Kennst du überhaupt Angst?«

»Jeder Mensch kennt Angst.«

»Aber hier und jetzt hast du keine?«

»Nein, hier und jetzt habe ich keine.«

»Komm mit nach oben«, sagte Barbara. »Ich lese Krimis ganz gern, aber ich möchte sie eigentlich nicht erleben.«

»Laß doch mal dein ewiges 'eigentlich' weg. Manches sieht dann viel klarer aus. Übrigens fürchte ich, du steckst schon mitten drin in einem Krimi.«

Oben trafen sie auf Alexa und Heidi, die gerade aus dem Lehrerzimmer kamen.

»Was hast du denn angestellt?« Alexas Argusaugen hatten sofort die Blutreste an Barbaras geschwollenem Ohr bemerkt. »Wolltest du etwa van Gogh spielen und dir das Ohr abschneiden?«

»Ich bin auf der Treppe gestolpert und gegen das Geländer gefallen«, murmelte Barbara, rot werdend und ohne Alexa anzusehen. Alexa und Heidi wechselten einen Blick.

»Noch ein Versuch?« sagte Alexa aufmunternd.

»Wie bitte?«

»Mich zu belügen«, meinte Alexa leichthin. »Der erste ist mißlungen.«

Barbara errötete wieder und ging an ihr vorbei ins Lehrerzimmer.

»Mein Gott«, Juliane, die dicht hinter ihr ging, klang erstaunt und beinahe gerührt, »du kannst ja nicht mal lügen!«

»Tut mir leid, Frau Bertram.« Ali hob bedauernd die Hände. »Ich glaube nicht, daß ich Ihnen viel weiterhelfen kann. Herr Stybermann hat um halb acht seinen Wagen gebracht, um halb neun rief er wegen der Cassette an. Er hätte sie im Auto liegenlassen und würde sie sofort holen kommen. Es sei eine Schulcassette, die er in der nächsten Stunde brauche, Sachunterricht oder so.«

Barbara hörte aufmerksam zu. Ali war vertrauenswürdig, sie hatte keine Bedenken, ihn ein wenig auszufragen. »Ja?« Sie sah ihn erwartungsvoll an.

Er zuckte die Achseln. »Weiter war eigentlich nichts.«

»Laß das ‘eigentlich’ weg, und sag, was uneigentlich war.«

Von ihrem Ton überrascht, sah er sie an. »Es war nichts weiter. Ich habe ihm gesagt, er brauche nicht zu kommen, ich würde Ihnen die Cassette mitgeben.«

»Wie hat er darauf reagiert?«

»Keine Ahnung. Ich habe nicht auf eine Reaktion gewartet, ich hatte viel zu tun. Ich habe einfach eingehängt und ein paar Minuten später Ihnen die Cassette gegeben. Habe ich etwas falsch gemacht?«

»Nein, nein«, beruhigte sie ihn schnell, »du hast nichts falsch gemacht. Da ist nur in der Schule etwas schiefgelaufen. Du weißt nicht zufällig, was auf dem Band war?« Aufgeregt, wie sie war, fiel es ihr schwer, ihrer Stimme die nötige Beiläufigkeit zu geben.

»Eine Sendung über Haustiere, kann das sein? Jedenfalls hat er so was gesagt. Ist wirklich alles in Ordnung? Ich möchte keinen Ärger mit Herrn Stybermann haben.«

»Das wirst du nicht, warum solltest du? Vergiß das Ganze. Wie läuft das Geschäft?«

»Ich bin zufrieden, danke. Aber Sie wissen ja, meine Familie ist groß, da läuft es nie gut genug…«

Auf der Fahrt nach Hause hatte sie Mühe, sich auf den Verkehr zu konzentrieren. Heute, fand sie, war besonders viel los. Ständig tauchten von irgendwoher Radfahrer auf, liefen Fußgänger über die Straße, wo kein Zebrastreifen war, und Kinder sprangen zwischen parkenden Autos hervor.

Sie spürte, daß sie in schlechter Verfassung war, und versuchte, auf der rechten Spur und langsam zu fahren. Nicht noch einen Unfall, es reichte für eine Weile, was sich in den letzten Tagen ereignet hatte.

Stybermann hatte sie also erwartet. Davon ging sie jetzt aus und wäre jede Wette eingegangen, daß er irgendwo am Fenster gestanden und sie beobachtet hatte, als sie mit der Cassette in der Hand über den Hof kam. Dann hatte er ihr Gespräch mit Juliane belauscht und sie daraufhin im Medienraum erwartet. Es war logisch und klar, nur zu beweisen war es nicht. Aus dem Gesamtstundenplan konnte sie ersehen, daß er um neun Uhr keinen Unterricht, sondern eine seiner Verwaltungsstunden hatte, und in denen saß er üblicherweise allein in seinem Büro. Wie sollte sie beweisen, daß er diesmal nicht dort gewesen war?

Erst zu Hause merkte sie, wie benommen sie sich fühlte, sie fror plötzlich, und auch das Ohr schmerzte wieder. Sie goß sich einen Tee auf und gab einen kräftigen Schuß Rum hinein. Sie trank ihn, solange er heiß war, legte sich hin und war nach Sekunden fest eingeschlafen.

Von der Türklingel unsanft geweckt, schreckte sie hoch und stellte fest, daß sie knapp drei Stunden geschlafen hatte. Als sie aufstand, taumelte sie, aber im ganzen fühlte sie sich wesentlich besser.

Vor der Tür stand Max, ein Lächeln auf den Lippen, Blumen in der Hand und ein Bitten in seinen hübschen, braunen Augen.

»Mach nicht gleich die Tür zu, gib mir eine Chance! Ich habe Lust, mit dir essen zu gehen, und da du am Telefon nie Zeit hast, dachte ich, ich tauche mal in persona auf...«

Barbara seufzte. Max mit seinen endlosen Versuchen, Ansprüche an sie zu stellen, war genau das, was ihr zur Vervollkommnung des Tages fehlte. Aber schließlich konnte er nichts für ihren schlimmen Tag. »Na schön, komm rein, damit du nirgendwo behaupten kannst, ich behandle dich wie einen Hund.«

Er strahlte sie an und ging gleich ins Wohnzimmer. Sie folgte ihm. »Trinkst du einen Kaffee mit?«

»Gehst du mit mir essen?«

Es war wie immer. Er würde es nie aufgeben, weiter um sie zu werben. Sie fand es ermüdend, auch nach der Scheidung noch diese ewigen Gockelkämpfe auszufechten. Aber für einen endgültigen Schlußstrich hatte ihr bisher der Nerv gefehlt. Irgendwie tat er ihr leid, irgendwie fühlte sie sich schuldig, obwohl ihr Kopf sagte, das sei völlig unnötig.

»Das kann ich jetzt noch nicht entscheiden. Zuerst brauche ich einen Kaffee zum Wachwerden. Und die Blumen brauchen Wasser.«

»Du hast geschlafen?« Er saß auf der ehemals gemeinsamen Couch auf seinem Lieblingsplatz und schaute sie an. »Was hast du mit deinem Ohr gemacht? Es sieht aus wie ein aufgegangener Hefeteig.«

»Am Treppengeländer gestoßen. Trinkst du nun einen Kaffee mit oder nicht?«

»Aber ja, gern.«

Sie verschwand in der Küche und klapperte geräuschvoll mit dem Geschirr. Als sie zurückkam, sprang er auf und nahm ihr das Tablett aus der Hand. »Laß diesen Gentlemanquatsch«, sagte sie ärgerlich.

Er stellte die Tassen auf den Couchtisch. »Du siehst schlecht aus«, bemerkte er fröhlich, »die Ehelosigkeit bekommt dir nicht.«

»Fang nicht schon wieder an!« Sie legte ihm aus alter Gewohnheit drei Stück Zucker in die Tasse. »Ich hatte einen anstrengenden Schultag, das ist alles. Wie läuft's bei dir? Stehen die Frauen Schlange vor deiner Tür?«

Sie wußte, auch das war unfair. Immer wieder hatte er vollmundig versichert, ihr Weggehen würde nicht lange eine Lücke hinterlassen, er wisse, wie er auf Frauen wirke. Aber sie wußte auch, wie Frauen auf ihn wirkten. Sobald eine näher an ihn heranwollte, lief er davon. Sie war die einzige Ausnahme gewesen, bei ihr hatte er für immer bleiben, sie nie mehr loslassen wollen, er, der vorher jeder engen Bindung aus dem Weg zu gehen wußte. Und dann war sie gegangen. Er hatte es nicht fassen können, er faßte es noch immer nicht.

»Natürlich stehen sie Schlange, aber sie beginnen, mich zu langweilen. Ich wollte dich sehen. Komm, wir gehen etwas essen. Ich lade dich ein, ich habe einen neuen Auftrag, etwas Größeres diesmal.« Er war Fotograf mit eigenem, gutgehendem Atelier.

»Max, hör mal, ich weiß, es klingt langsam nicht mehr sehr glaubwürdig, aber ich bin heute wirklich nicht besonders in Form…«

Er sah sie mit seinem jungenhaften Ausdruck an. Es gab diese Männer, die nie erwachsen wirkten, sondern immer wie verwuschelte kleine Jungen, denen gerade jemand den Teddy aus dem Arm genommen hat.

»Es tut nicht gut, einen jüngeren Mann zu heiraten«, hatte es in Barbaras Familie geheißen, »ein Mann muß eine Frau beschützen, die Familie vertreten, wie kann er das, wenn du fünf Jahre älter bist? Außerdem bleibt er länger attraktiv als du, er wird dir irgendwann mit einer Jüngeren davonlaufen.« Dann war sie es gewesen, die ihm davongelaufen war.

»Wenn es darum geht, mit mir essen zu gehen, bist du nie gut in Form.« Seine Verletztheit war nicht zu überhören.

»Ach, Max, mag sein, daß es ab und zu ein Vorwand war, aber heute ist es wirklich die Wahrheit…«

»Wer einmal lügt, dem glaubt man nicht, und wenn er auch die Wahrheit spricht ...«

»Ich lüge nicht.« Und lese keine fremde Post und höre keine fremden Gespäche ab und sehe mir keine Videobänder anderer Leute an ... oh je, ich sollte mich gelegentlich etwas mehr in Frage stellen.

»Warum kannst du nicht verstehen, daß ein Mann sich sehr schwer damit tut, von seiner Frau aus dem Grund verlassen zu werden, aus dem du mich verlassen hast?«

»Nein, Max, bitte! Das haben wir x-mal vor der Scheidung und x-mal nach der Scheidung durchgekaut. Es ist endgültig ausgekaut. Warum kannst du die Situation nicht einfach so akzeptieren, wie sie ist?«

»Babsy, wir waren zehn Jahre verheiratet! Zehn Jahre!«

»Wem sagst du das? Ich war dabei.«

»Aber es war auch mal eine gute Zeit. Muß man alles wegwerfen einer Laune wegen?«

»Es ist keine Laune, Max!« Es klang schärfer als beabsichtigt, aber heute fehlte ihr die Ruhe zu einer derartigen Diskussion.

»Na schön, dann ist es mehr als eine Laune, aber es hat dir mal Spaß gemacht ... wir könnten doch ... ab und zu ... einfach so ... es miteinander tun, Babsy, ich verbringe Nächte damit, mir deinen Körper vorzustellen. Was wäre denn dabei, wir würden beide wissen, daß es keine weitere Bedeutung hat, aber für mich wäre es wichtig, weißt du ...«

Barbara war abrupt aufgestanden. »Das hatten wir auch schon. Ich bin keine Bedürfnisanstalt, Max! Erwartest du im Ernst, daß ich dir Empfindungen vorheuchle, die nicht mehr da sind? Komm mir nie wieder mit solchen Vorschlägen!« Sie war nun wirklich aufgebracht. Sein ewiges Kokettieren mit einem angeblichen sexuellen Notstand ging ihr auf die Nerven. Er hob beschwichtigend die Arme.

»Gut, gut. Reg dich nicht auf. Es sollte nur ein Kompliment sein, dir zeigen, wie begehrenswert du immer noch für mich bist. Ist ja gut, ich werde den Vorschlag nie mehr machen, ich verspreche es. Frieden?«

Seine Augen straften seine Worte Lügen. Plötzlich hatte sie keine Lust mehr, mit ihm allein in der Wohnung zu hocken. »Also gut, gehen wir essen.«

»Du gehst mit? Habe ich dich überredet?« Er sprang auf, nahm ihr Gesicht in die Hände, drückte ihr einen Kuß auf den Mund, der länger dauerte, als für diesen Anlaß nötig war, und hörte erst auf, mit seiner Zunge Einlaß zu fordern, als er spürte, wie sich ihr ganzer Körper in ein Brett verwandelte.

Er versuchte, sein Gekränktsein hinter übertriebenem Charme zu verbergen. »Wie belieben Mylady heute zu speisen? Italienisch, griechisch oder chinesisch?«

»Indisch«, sagte sie aus purem Widerspruchsgeist. »ich möchte indisch essen.«

»Indisch? Aber dann hätten wir besser im 'Taj Mahal' einen Tisch reserviert...«

»Du wolltest essen gehen.«

Er seufzte auf. Heute war sie besonders schwierig, fand er. »Na gut, versuchen wir es einfach. Es ist ja noch früh, vielleicht finden wir einen Platz.«

Seit Monaten war es das erste Mal, daß sie seinem ständigen Drängen nachgab. Sobald sie auf der Straße standen, fühlte sie sich besser. Sie holte tief Luft. Es wurde schon früh dunkel, und so mild und sonnig der Tag gewesen war, so kühl empfing sie jetzt der herbstliche Abend.

Es war schwierig, ein Ehe zu führen, es war schwierig, eine Ehe zu beenden. Es war schwierig, allein zu leben und andere Wege zu gehen. Das Leben schien überhaupt eine schwierige Angelegenheit zu sein.

7

Flämmchen

»Ich will nicht, daß du mich Flämmchen nennst. Ich habe einen Namen.«

»Aber Flämmchen paßt so gut zu dir«, sagte der Onkel und tätschelte ihr die Wange. Sie bog den Kopf so weit nach hinten, daß ihr Gesicht aus der Reichweite seines Armes kam. Er zog seine Hand zurück.

»Hast du schon deine Hausaufgaben gemacht?«

»Ich habe nichts auf.«

Er sah sie mit strengem Blick an. »Flämmchen, das glaube ich nicht. Das hast du mir gestern und vorgestern auch schon erzählt. Möchtest du, daß ich deine Lehrerin frage?«

»Frag sie doch«, sagte sie trotzig, »ist mir egal.«

Er schlug nicht sehr fest zu, aber sie zuckte mit einem kleinen Aufschrei zusammen und rieb sich die Wange.

»So redest du nicht mit deinem Onkel, hast du verstanden? Und in einer halben Stunde will ich die fertigen Hausaufgaben sehen, auch verstanden?«

Sie biß die Zähne zusammen. »Ja, Onkel Adi.«

Die Strahlen der Nachmittagssonne fielen durch das Fenster, und die Schatten der Fenstersprossen bildeten lange Vierecke auf dem Küchentisch. Flämmchen sortierte ihre Bücher und Hefte in die Vierecke. Sie kaute an ihrem Bleistift.

Am Herd stand Gerti und rührte in einem hohen Kochtopf. In der ganzen Wohnung roch es nach Linsen und Speck. Tante Hertha lag die meiste Zeit im Bett, sie stand nur noch zu den Mahlzeiten auf, oder um ins Bad zu gehen, aber auch das ging nur mühsam. Gerti wohnte in der Nachbarschaft, sie war fast sechzig und hatte einen erwachsenen Sohn, der nach Amerika ausgewandert war. Einen Mann hatte sie nicht. »Nie gehabt«, war Tante Herthas zischender Kommentar gewesen, als Flämmchen einmal danach fragte. Und sie schien es Gerti richtig übel zu nehmen, was Flämmchen gar nicht verstehen konnte. Gerti kam dreimal die Woche für mehrere Stunden, putzte, bügelte und kochte jeweils für zwei oder drei Tage vor.

Die langen Vierecke hatten sich verschoben, die Schattenlinien waren breiter geworden. Flämmchen nahm den Bleistift aus dem Mund und schob Bücher und Hefte etwas weiter nach unten und nach rechts. Sie durften die Schattenlinien nicht berühren, das gab Unglück. Sorgfältig richtete sie die Buch- und Heftkanten aus. Immer verschoben sich die Linien, sie mußte sehr wachsam sein.

»Hast du deine Hausaufgaben fertig?« fragte die Stimme des Onkels von der Tür.

Flämmchen zuckte ertappt zusammen. »Noch nicht ganz«, stammelte sie und zog hastig ein Heft zu sich hin, bemüht, es nicht auf die Schattenlinien zu legen.

»Du hast noch gar nicht angefangen«, sagte er und kam drohend näher. Gerti drehte sich am Herd um.

»Das ist meine Schuld«, sagte sie ruhig, »ich habe sie gebeten, mir etwas in der Küche zu helfen. Es tut mir leid, wenn ich damit gegen Ihre Anweisungen verstoßen habe.«

Er blieb auf halbem Wege stehen, sah mißtrauisch von einer zur anderen. Er schien zu überlegen. »Na schön«, sagte er, »dann komme ich in einer halben Stunde nochmal wieder. Ihre restliche Arbeit können Sie doch jetzt sicher allein bewältigen, oder?«

»Natürlich«, sagte Gerti, aber er war schon hinausgegangen.

Flämmchen hatte ihr Heft aufgeschlagen vor sich liegen. Sie kaute wieder am Bleistift und sah Gerti mit großen Augen an. »Danke«, sagte sie.

Gerti lächelte breit über ihr rotes, rundes Gesicht. »Nun mach aber auch schön deine Hausaufgaben.«

Flämmchen setzte den Stift an, hob aber sogleich wieder den Kopf. »Gerti?«

»Ja, Flämmchen?« Wenn Gerti 'Flämmchen' zu ihr sagte, war das fast so, als ob Mama es sagen würde. Es wurde ihr ganz warm dabei.

»Du hast gelogen, Gerti. Mama hat immer gesagt, man darf nicht lügen.«

Gerti wuchtete den schweren Kessel mit dem Linseneintopf von der Herdplatte. »Hat sie dir nicht auch gesagt, daß trotzdem alle Menschen dann und wann lügen?«

»Alle hat sie nicht gesagt. Lügen alle Menschen? Wann darf man lügen?«

Gerti setzte den Topf ab, stemmte die Hände in die Hüften und schnaufte. Auf ihrer Stirn glänzten Schweißperlen. »Immer dann, wenn man jemand damit vor Schaden bewahren und schützen kann.«

»Oh«, machte Flämmchen erfreut, das schienen ihr gute Aussichten zu sein, »immer dann darf man lügen?«

»Immer dann«, sagte Gerti mit der Sicherheit des abgerundeten Weltbildes, »aber nur, um jemand anderen zu schützen.«

»Hm«, machte Flämmchen. Nur jemand anderen. Doch nicht so praktisch. Ich werde ein andermal darüber nachdenken, beschloß sie und begann gelangweilt, fünf Reihen 'tut' und fünf Reihen 'tat' zu schreiben. Schule war langweilig. Die Lehrerin war langweilig, und all die dummen Kinder waren auch langweilig. Mit niemandem konnte sie richtig spielen oder reden, so wie sie es mit Sabine gekonnt hatte. Alle wollten nur, daß sie ihnen bei den Hausaufgaben half, nur weil sie schon lesen und schreiben konnte, aber niemand ließ sie mitspielen. Es war eine blöde Klasse. Es war überhaupt eine ganz blöde Schule.

»Du hast Glück«, sagte Gerti, »auf eine Schule zu gehen, an der dein Onkel Lehrer ist.«

»Ich möchte gern wieder in die Schule gehen, an der Frau Wagner Lehrerin ist. In Wirklichkeit ist nämlich Frau Wagner meine Lehrerin.«

»Ja, aber das geht leider nicht, mein Schätzchen, es ist einfach zu weit weg. Du wohnst nun mal jetzt in Köln.«

»Köln ist häßlich.«

»Na, na, sag das nicht. Es ist eine sehr große Stadt, und eine sehr alte dazu.«

»Ist mir egal. Sie ist doof.«

Gerti lachte. »Ja, ja, natürlich, für dich ist sie doof, das verstehe ich schon.« Sie lachte immer noch und kraulte ihr mit der Hand durch die kurzen, roten Haare. Warum fühlte es sich so anders an als bei Onkel Adi, wenn Gerti sie streichelte? Gerti erinnerte sie immer an Mama, obwohl sie überhaupt nicht so aussah und doch auch schon so alt war. Komisch war das, daß ganz fremde Menschen so an Mama erinnern konnten und Onkel Adi, dessen Schwester sie doch gewesen war, überhaupt nicht.

»Gerti?«

»Ja, mein Kind?«

»Heißt Onkel Adi wirklich Adi? Ist das sein echter Name? Ich habe den sonst noch nie gehört.«

Gerti äugte zur offenen Tür. »Ich verrate es dir«, sagte sie dann leise, »aber es muß unter uns bleiben, denn ich glaube, er möchte nicht, daß man es rund erzählt.«

Flämmchens Augen begannen zu funkeln. »Ein echtes Geheimnis? Nur zwischen uns?«

»Ja. Adi kommt von Adolf. Dein Onkel heißt richtig Adolf.«

»Komischer Name, habe ich auch noch nie gehört. Warum nennt ihn denn niemand so?«

»Er mag den Namen nicht. Vor Jahren hießen viele Männer und Jungen Adolf. Heute will keiner mehr so heißen. Der Name ist in Verruf geraten.«

»Was bedeutet das?«

»Es ist ein schlechter Name. Ein böses Omen.«

»Was ist ein Omen?«

»Genug jetzt«, sagte Gerti liebevoll, aber entschieden, »das genügt für ein Geheimnis. Außerdem muß ich jetzt gehen.«

Flämmchen setzte sich ruckartig auf. »Geh noch nicht, Gerti, bitte!«

»Kleines, ich bin fertig. Für vier Stunden am Tag werde ich bezahlt, und die sind um.«

»Was machst du mit dem Geld?«

Gerti lachte laut auf. »Aber Flämmchen, so was fragt man doch nicht. Ich lebe davon und schicke etwas meinem Sohn.«

»Aber der ist doch in Amerika. Ist der denn nicht reich?«

»Nicht jeder wird reich in Amerika«, sagte Gerti, sie lachte jetzt nicht mehr.

»Erzähl mir von Amerika«, verlangte Flämmchen.

»Ein andermal.« Gerti band sich die Schürze ab und hängte sie im Spind an den Haken. Flämmchen dachte rasch und angestrengt nach.

»Ich kann dir ein Fußbad machen«, rief sie dann und sprang auf, »mit Kampfer.« Gerti hatte ihr einmal erzählt, daß sie zu Hause oft ein Fußbad für ihre schweren, müden Beine nahm. Gerti lächelte sie liebevoll an.

»Aber Schätzchen, woher willst du denn Kampfer nehmen?«

»Von Tante Hertha. Ich weiß, wo er ist, ich hole ihn ganz schnell ...«

»Nein, nein!« Gertis Hand hielt sie sanft fest. »Laß nur, Flämmchen, ich nehme das Fußbad zu Hause. Aber du bist ein liebes Kind.« Sie gab ihr einen Kuß auf die Wange. Flämmchen schloß die Augen und stellte sich Mama vor. Sie schluckte. Aber sie war ein Schulkind, und sie wollte nicht mehr weinen. Manchmal war das sehr schwer.

»Freitag komme ich wieder. Mach's gut, mein Kind!« Gerti verließ die Küche und zog sich im Flur den Mantel an. Flämmchen stand stumm in der Tür und sah ihr zu. Ich will, daß du bleibst, dachte sie, aber sie wagte nicht mehr, es auszusprechen. Sie stand in der offenen Küchentür und zitterte. Sie hörte, wie Gerti Onkel Adi ein »Ich geh jetzt, bis Freitag also!« zurief. Dann fiel die Haustür hinter ihr ins Schloß.

Als sie Onkel Adis Schritte hörte, wurde ihr Zittern stärker.

8

Alexa Wagemuth löffelte genießerisch ihre Zwiebelsuppe. Einziger Störfaktor ihres Genusses waren die Käsefäden, die das Essen zu einer Geschicklichkeitsübung werden ließen. Es waren weniger Fäden als ganze Garnrollen, die sich da zogen und kräuselten, vom Löffel wieder herunterrutschten und nur mit entsprechenden Sauggeräuschen in den Mund zu befördern waren.

»Vielleicht wären Messer und Gabel angebracht«, mokierte sich Barbara, die ihr gegenübersaß und das Schauspiel aufmerksam — mit einer Mischung aus Faszination und Widerwillen — verfolgte.

Alexa kämpfte sich bis zum Ende durch und tupfte mit der Papierserviette ihre Mundwinkel ab. »Ich habe dir sowieso kein Wort geglaubt.« Sie legte die zerknüllte Serviette neben den leeren Teller. »Ich weiß nie, ob man Papierservietten auf oder neben den Teller legt.«

»Meinetwegen kannst du sie auf den Boden schmeißen.«

»Du liebe Zeit, bist du in Fahrt. Das alles hat dich ganz schön durcheinandergebracht. Was hast du jetzt vor?«

Barbara zuckte die Achseln. »Was soll ich vorhaben?«

»Na, das frag ich doch gerade.«

»Nichts. Ich kann es ihm schließlich nicht nachweisen.«

»Ich begreife nicht«, sagte Alexa, »warum er nicht einfach ins Lehrerzimmer gekommen ist, du hättest ihm die Cassette doch sofort gegeben.«

»Ja, das habe ich mich auch schon gefragt. Aber ich glaube, der kann einfach nicht geradlinig denken. Vielleicht wollte er nicht zeigen, daß er unser Gespräch belauscht hat, vielleicht wollte er auch einfach absolut anonym bleiben, in keiner Weise mit dieser Cassette in Zusammenhang gebracht werden. Außer Alis Angaben gibt es keinen Hinweis darauf, jetzt, wo sie verschwunden ist.«

»Aber er weiß doch, daß du das weißt.«

»Alexa, frag mich nicht, was sich in den Gehirnwindungen eines Kriechers abspielt. Vielleicht wollte er auch herausfinden, ob wir tatsächlich den Mut besitzen, uns seine Cassette anzusehen.«

»Warum solltet ihr nicht? Hatte Ali nicht was von Sachunterricht, Thema Haustiere, gesagt?«

»Ja, aber erst mittags, nach dem Vorfall. Daran habe ich natürlich keine Sekunde mehr geglaubt.«

»Wieso bist du dir da so sicher? Weil er sie dir mit Gewalt entrissen hat?«

»Nicht nur deshalb, obwohl das der stichhaltigste Beweis sein dürfte. Aber ich kenne alle Schulcassetten, Alexa, ich führe diese Videothek. Dieses Band, was immer auch drauf sein mag, ist keine Schulcassette.«

»Schade, daß sie weg ist«, Alexa seufzte bedauernd auf. »Ich würde so gern mehr erfahren. Und was ist mit deiner neuen Freundin, was hat die vor?«

»Meine neue Freundin? Alexa, ich bitte dich, ja?«

Alexa lachte laut auf, winkte der Kellnerin und bestellte einen Cappuccino. Das Bistro war gähnend leer. »Ach, Barbara, komm, spar dir die Empörung, dazu kennen wir uns zu gut. Wenn ich auch meinem treuen Heinrich nach wie vor sehr zugetan bin und weder nach links noch rechts schaue, macht mich das doch nicht blind für das amouröse Geplänkel anderer Leute.«

»Ich mache kein amouröses Geplänkel.«

»Vielleicht noch nicht. Mir scheint manchmal, ich sehe besser, was mit dir los ist als du selbst. Im übrigen hat sie auch durchaus was Attraktives an sich …«

»Dahinten kommt es.«

»Es?«

»Das amouröse Geplänkel.«

Alexa folgte Barbaras Blick durch die Fensterscheibe und sah Juliane von weitem zielstrebig auf das Bistro zukommen.

»Ah, ja. Doch wirklich, sie hat was, etwas von der reizvollen Dekadenz eines nach allen Seiten gelebten Lebens, sieh doch nur, die hohlen, eingefallenen Wangen, der schmale, scharf geschnittene Mund, die tiefliegenden Augen, der feurige Blick...«

»Feuriger Blick?«

»Nun ja, die Glut hinter dem kühlen Eis der grauen Augen, du wirst es bemerkt haben...«

Barbara beugte sich besorgt vor. »Sag mal, hast du Fieber?«

»Oh ja, und es steigt immer höher, je näher sie kommt...«

»Jetzt hör schon auf mit dem Quatsch! Ich bin nicht in sie verliebt!«

»Na schön«, Alexa hatte ihre Stimme wieder auf Normaltonlage geschaltet, »ich sehe, du weißt es noch nicht. Aber eines Tages wird es über dich kommen, und du wirst es wissen. Und dann«, sie hob den pädagogischen Zeigefinger, »denk an Alexa und ihre Weissagungen.«

Sie lachten beide. Juliane trat an ihren Tisch. »Ist es gestattet? Ihr seid so fröhlich, gibt es etwas Besonderes?«

»Nein, nein«, sagte Alexa schnell, »wir sind nur gut gelaunt. Setz dich, vielleicht steckt's an, du siehst etwas miesepetrig aus. Du hast doch nichts gegen das 'du'? Aber mir scheint, du bist auf dem besten Wege, Zugang zum inneren Kreis der Eingeweihten zu finden, und da gibt es kein 'Sie'.«

Juliane nahm Platz. »Dein Mundwerk muß dir nach deinem Ableben auch jemand extra totschlagen, nicht wahr?«

»Das wird einer allein kaum schaffen.«

Der Cappuccino wurde gebracht, und Juliane bestellte sich auch einen. Barbara nippelte noch an einem warm gewordenen Mineralwasser. »Ich hab's ihr erzählt«, sagte sie, als die Kellnerin mit der neuen Bestellung den Tisch verlassen hatte.

Juliane sah kurz von einer zur anderen. »Ach ja? Und? Was sagst du dazu?«

»Eine irre Geschichte. Ich würde dieses Band zu gern in die Finger kriegen.«

»Da bist du nicht die einzige. Wie lange ist Stybermann schon Konrektor an dieser Schule?«

»Zwei Jahre zu lang.«

»Wie steht er zu Rheinstauff?«

»Der?« Alexa verzog verächtlich den Mund. »Der hat sich bei seinem Eintritt hier vor der Wahl gesehen, entweder zum Chef oder zum Kollegium zu halten. Und er hat die Seite gewählt, von der er sich mehr Vorteile verspricht.«

Juliane rieb sich nachdenklich den Nasenrücken, und Barbara betrachtete gedankenverloren Julianes Hände, bis sie Alexas spöttisch-wachsamen Blick bemerkte. Wie ein ertapptes Kind drehte sie den Kopf zur Seite.

»Glaubst du, Rheinstauff hat ihn vor diese Wahl gestellt?«

»Aber eisern«, sagte Alexa und stand auf. »Entschuldigt mich einen Augenblick, mein Kaffee ist schon durchgelaufen.«

Juliane sah ihr nach und wartete, bis sie außer Hörweite war. »Willst du es allen 'Eingeweihten' erzählen?«

»Nein, aber vor Alexa habe ich keine Geheimnisse, mit ihr bin ich seit sechzehn Jahren befreundet. Meine Notlüge von gestern konnte ich damit erklären, daß ich vor Heidi Meerbusch nicht reden wollte. Aber heute war es fällig, verstehst du? Es hat was mit Vertrauen zu tun.«

Juliane nahm den eben gebrachten Cappuccino in Empfang. »Du brauchst nicht immer gleich mit einer Lebensphilosophie zu antworten, du bist mir doch keine Rechenschaft schuldig. Vertrauen ... ich weiß ja, daß es so was geben soll ...«

»Warum redest du so abschätzig über Gefühle?«

»Tue ich das?«

»Ja, es fällt mir auf.«

»Ich rede nicht gern über Gefühle, es genügt, wenn ich sie habe.«

»Hast du welche?«

»Da kommt Alexa zurück.«

»Dein Glück.« Sie grinsten sich an, und Alexa setzte sich wieder zu ihnen.

»Also, Leute, auf dem Klo kommen einem doch immer wieder die besten Gedanken. Sollen wir nicht zu Stybermann gehen und schlankweg behaupten, wir wüßten, was auf der Cassette ist, Ali habe reingeschaut? Mal sehen, wie er reagiert.«

»Nein«, sagte Barbara sehr entschieden, »Ali wird nicht mit reingezogen, ist das klar?«

»Sie kann ja richtig rabiat werden«, sagte Juliane ironisch zu Alexa.

»Na, und ob! Was Ali betrifft, sowieso. Der ist eine Art Ziehsohn von ihr. Laß dich nicht täuschen, so lammfromm wie sie aussieht, ist sie nicht.«

Juliane warf ihr ein Lächeln über den Tisch zu, das Barbara nur mit beschleunigtem Pulsschlag abfangen konnte.

»Ich lasse mich nicht täuschen.«

Alexa klopfte heftig gegen die Fensterscheibe. Draußen drehte sich eine schlanke Frau mit blondem Wuschelkopf herum, Heidi Meerbusch. Alexa machte ihr ein Zeichen, hereinzukommen.

»Langsam wird der magische Kreis vollzählig«, spöttelte Juliane.

»Nicht doch, das ist höchstens der harte Kern.«

»Könnt ihr euch denn gar nicht von der Schule losreißen?« Heidi zog sich einen Stuhl vom Nachbartisch heran. »Es gibt doch noch was anderes im Leben.«

»Zum Beispiel?«

»Zum Beispiel meinen Geburtstag am Samstag. Hiermit seid ihr eingeladen. Sie auch«, fügte sie in Richtung Juliane hinzu.

»Sie ist eingeweiht«, sagte Alexa, »du kannst sie duzen.«

»Eingeweiht?« Heidi sah leicht irritiert von einer zur anderen.

»Ich glaube, ich habe die niederen Weihen erhalten«, erklärte Juliane mit gespielt würdevoller Miene.

»Ach so, ich verstehe, haben sie wieder die esoterische Masche drauf? Die beiden reden viel Stuß«, Heidi zog Barbara und Alexa freundschaftlich an den Haaren, »nimm sie nicht zu ernst. Ich heiße Heidi.«

Juliane lachte sie an. »Also, wenn ich auch sonst nichts über euch weiß, die Vornamen eures erlauchten Kreises sind mir bereits so geläufig, als hätten wir früher alle gemeinsam in den Sand gepißt. Sie schwirren einem im Lehrerzimmer ständig um die Ohren.«

»Na klar, das gehört zur Taktik, es ärgert Rheinstauff.«

»Wieso?«

»Er mag keine Verbrüderungen im Kollegium.«

»Wohl eher Verschwesterungen. Aber das gehört doch zu den wenigen Dingen, auf die er wirklich keinen Einfluß nehmen kann.«

»Wie man's nimmt«, sagte Heidi. »Einfluß hat seine Ablehnung der Duzerei schon, mittlerweise duzen sich nämlich Leute, die ohne seine Einstellung dazu nie jemandem das 'du' anbieten würden. Er erreicht öfter das Gegenteil von dem, was er will, zu unserem stillen Vergnügen. Kleine Freuden müssen uns schließlich noch gegönnt sein.«

Juliane lehnte sich zurück. Diese Leute lebten in einer etwas verengten Welt, schienen ihre Horizontbegrenzung jedoch nicht zu bemerken. Ihre Gedanken und Gespräche kreisten ständig um die fehlbesetzte Schulleitung einer unbedeutenden Grundschule. Sie setzten sich in Beziehung dazu, und damit waren ihre Köpfe restlos beschäftigt. Nicht, daß diese Köpfe dumm waren, im Gegenteil, aber sie setzten ihre Klugheit nur zum Denken und Reden ein. Ins Handeln umgesetzt wurde sie nicht. Konnte das wirklich ein einzelner blöder Schulleiter erreichen?

Am nächsten Morgen traf Juliane sehr früh in der Schule ein. Der Hof war noch so gut wie leer, am anderen Ende spielten eine Handvoll Kinder Fußball. Das Geschrei, das sie dabei veranstalteten, ließ allerdings auf den Vorsatz schließen, die noch fehlenden zweihundertfünfundneunzig wirkungsvoll zu ersetzen.

Im Lehrerzimmer stand Christine Gebhardt, die seit Beginn des Schuljahrs mit der Straßenbahn kam. Das ging schneller als mit dem endlos im Stau stehenden Wagen. Christine winkte Juliane mit verschwörerischem Blick heran. »Haben Sie schon gesehen?« Sie flüsterte, und in ihrem Flüstern schien ein unterdrücktes Kichern zu liegen.

»Was?« fragte Juliane, doch dann sah sie es. Mitten auf der Tür zum Zimmer des Schulleiters prangte ein schwarzer Totenkopfaufkleber, darunter hing ein Foto von Rheinstauff, bei dem die Augen herausgeschnitten waren. »Hier hat jemand eine Vorliebe für schwarzen Humor«, sagte Juliane und nahm den Aufkleber in Augenschein. »Ihn wird der Schlag treffen.«

»Das hat er bereits.«

»Er ist schon da? Ich habe seinen Wagen nicht gesehen.«

»Er ist heute ohne Auto, er hat es in der Werkstatt.«

»Bei Ali.«

Christine Gebhardt drehte ihre massige Gestalt zu Juliane herum und sah sie erstaunt an. »Ja, woher wissen Sie das?«

»Ach, nur so. Ich bekomme langsam den Durchblick. Wie hat er reagiert?«

Christine genoß das Ganze beim Erzählen offensichtlich ein zweites Mal. »Er wurde erst weiß, dann rot. Jetzt holt er den Hausmeister, der soll ihm das Ding so abmachen, daß es nicht beschädigt wird.«

»Waren Sie vor ihm hier?«

»Nein, ich kam gerade ins Zimmer, als er weiß wie ein Leichentuch vor seiner Tür stand und sie anstarrte. Ich konnte gar nicht sehen, was los war, und ging näher heran. Er hat kein Wort gesprochen, ich glaube, er hat mich nicht mal gesehen. Erst als ich einen erschreckten Ausruf tat, schien er mich zu bemerken. 'Das kommt zu den Akten, dem gehe ich nach', sagte er und ging raus, um Canstedt zu holen.«

Sie hatte den Hergang kaum zu Ende geschildert, als Rheinstauff, mit Wilhelm Canstedt im Gefolge, zurückkam. Der Hausmeister verzog keine Miene, als er die beklebte Tür sah. Er betrachtete Aufkleber und Foto mit der gleichen sachlichen Genauigkeit wie vorhin Juliane. Er war ein älterer Mann mit weißem Haar und zog ein Bein nach, eine Kriegsverletzung.

»Das hole ich Ihnen runter.«

»Unbeschädigt, Herr Canstedt.«

»Ja, Herr Rheinstauff, unbeschädigt.«

»Wieso macht er das nicht selbst?« murmelte Juliane, die zu Christine Gebhardt hinter den Tisch getreten war.

»Wahrscheinlich zittern ihm die Hände vor Aufregung.«

»Sie haben nicht viel Mitleid mit ihm«, bemerkte Juliane.

Christine sah ihr offen ins Gesicht. »Das hat hier niemand, Frau Valentin, dazu hat er schon zu viele gequält und gedemütigt, da hat keiner mehr Mitleid, oder nur sehr, sehr wenige.«

»Frau Mielenk zum Beispiel?«

»Frau Mielenk zum Beispiel. Sie bekommen tatsächlich allmählich den Durchblick. Beachtlich für die paar Tage, die Sie erst hier sind.«

»Was glauben Sie, wen er verdächtigen wird?«

Christine kicherte amüsiert. »Alle, außer dem Stybermann und der Mielenk. Er weiß, was wir von ihm halten. Er ist ein Miststück, aber er ist nicht blöde.«

Ihr Gespräch wurde unterbrochen, als Titus Frings und Gabi Pieroth, sich lautstark unterhaltend, den Raum betraten. Unmittelbar nach ihnen trat Stybermann ins Lehrerzimmer. Rheinstauff hörte seinen Konrektor in dessen stets überzogener Art den anwesenden Kolleginnen und Kollegen einen wunderschönen und guten Morgen wünschen.

»Sehen Sie sich das an«, polterte er los, im Gegensatz zu Stybermann grußlos.

Stybermann legte seinen schweinsledernen Aktenkoffer sorgsam auf dem Tisch ab, wischte mit dem Finger noch ein imaginäres Stäubchen weg und trat neben seinen Schulleiter. »Oh«, machte er, und seine wasserblauen Augen irrten, unsicher, wie er reagieren sollte, von einer zum anderen. Gabi und Titus brachen ihre Unterhaltung jäh ab und starrten ebenfalls auf den Aufkleber und das Foto. Stybermann hatte sich inzwischen zu einer Reaktion durchgerungen. »Das würde ich als Bedrohung auffassen, Herr Rheinstauff!«

»Na, als was denn sonst«, fauchte Rheinstauff unbeherrscht, »als Liebeserklärung? Aber ich werde herausfinden, wer hinter all dem steckt, und dann wehe ihm!«

»Oder ihr«, sagte Stybermann, »das ist doch wohl eine Möglichkeit, die wir nicht von der Hand weisen können.«

Rheinstauff sah ihn an, als wollte er ihn massakrieren. »Wenn ich mit ihm oder ihr fertig bin, wird er oder sie sowieso nicht mehr wissen, ob er oder sie Männchen oder Weibchen ist, das kann ich Ihnen flüstern!« Vom Flüstern war er allerdings weit entfernt, und durch die lautstarke, auffällige Behandlung dieses neuen merkwürdigen Zwischenfalls dauerte es nicht mal bis zur großen Pause, bis das gesamte Kollegium Bescheid wußte.

Die Gerüchteküche stand vor dem Überkochen. Vermutungen und Verdächtigungen schwirrten durch die Flure von einer Klassenzimmertür zur anderen, manch einer der Dritt- und Viertklässler schnappte Bruchstücke von Totenköpfen, Lebensbedrohung, ernster Lage, Angst und Mißtrauen auf, und in der zweiten Pause hatte sich, niemand wußte, wie es entstanden war, auf dem Hof unter den Kindern das Gerücht verbreitet, Rheinstauff leide an Aids. Bereits mittags riefen die ersten Eltern an. Die meisten hatten zumindest soviel Verstand, ihm nur mitzuteilen, welches Gerücht über ihn im Umlauf war. Eine hysterische Mutter verlangte einen sofortigen Aidstest aller Lehrerinnen und Lehrer, und eine andere mit ähnlicher Mentalität meldete ihre Tochter kurzerhand von der Schule ab. Bei Schulschluß herrschte eine so aufgeladene Atmosphäre, daß es für Raucher riskant schien, sich eine Zigarette anzuzünden.

Erbost und verzweifelt versuchte Rheinstauff am nächsten Tag, den Urheber dieses Gerüchtes herauszufinden, scheiterte aber im Dickicht der verworrenen und gegensätzlichen Aussagen der Kinder. Sein erster Impuls war, in einer baldigen Elternversammlung mit aller Vehemenz jeden Verdacht einer Aidsinfektion von sich zu weisen, denn er fühlte sich durch diese Unterstellung geradezu moralisch abqualifiziert. Sein cholerisches Temperament drängte dazu, sofort lautstark zu protestieren, doch kam ihm andererseits der Gedanke, es sei vielleicht klüger, keine schlafenden Hunde zu wecken.

Juliane hielt sich aus allen Mutmaßungen heraus. Sie verzichtete auf jede persönliche Stellungnahme, war aber eine um so aufmerksamere Zuhörerin.

Niemand außer Hedwig Mielenk hielt jemanden aus dem Kollegium für fähig, solche Dinge zu inszenieren. Verdient hätte Rheinstauff eine solche Behandlung zwar dreimal, so der allgemeine Tenor, in dem bei der einen oder anderen eine gute Portion Schadenfreude mitschwang, aber das sei nun doch kein Stil.

»Geschieht ihm ganz recht«, sagte Alexa in ihrer gewohnten Offenheit zu Juliane, »und auch die Zugabe mit dem Aidsgerücht gönne ich ihm. Diese Art von Stigmatisierung und Ausgrenzung, die ihm jetzt von einer Reihe hysterischer Eltern widerfährt, ist genau dieselbe, die er sonst dutzendweise gegen Kolleginnen und Kollegen, die ihm nicht paßten, an den Tag gelegt hat. Die meisten haben es am Ende vorgezogen, die Schule zu wechseln.«

»Welche Ausgrenzung? Was paßte ihm nicht?«

»Ach«, Alexa machte eine unwirsche Handbewegung, »das größte Stigma, das du hier haben kannst, ist die Fähigkeit zu eigenem Denken, eigenen Entscheidungen und selbstverantwortlichem Handeln. Auch wenn er immer wieder wortreich beklagt, wie wenig selbständig wir unseren Pflichten nachkommen und wie oft er uns an seine Anweisungen erinnern muß. Es ist seine autoritäre Art, die uns zu dem macht, was wir sind.«

»Willst du damit sagen, die Leute, die hierbleiben, können nicht selbständig denken?«

»Natürlich können sie das. Aber sie verstehen es zu verbergen. Nur so kannst du hier überleben. Kommst du Samstag mit zu Heidi?«

Alexa hatte sich so in Zorn geredet, daß sie es vorzog, das Thema zu wechseln.

»Ja, ich komme gern.«

»Du kannst auch gern mit Begleitung kommen, wenn du willst.«

Juliane wich Alexas Blick nicht aus.

»Ist das hier üblich bei privaten Einladungen?«

»Nein, üblich nicht, aber möglich. Das macht jeder so, wie er gerade Lust hat.«

»Und wie ist es meistens?«

Alexa grinste jetzt. »Meist sind wir unter uns. Die Ehe- oder sonstigen Partner können das ewige Schulgerede kaum noch ertragen.«

»Kann ich ihnen nicht verdenken, ist zuweilen recht öde, und über anderes scheint ihr selten zu sprechen.«

»Ja, mag schon sein«, sagte Alexa und blinzelte gegen die Sonne. »Im übrigen ist Heidi im Augenblick selbst ohne Partner, nachdem der letzte sich vor einigen Wochen auf französisch verabschiedet hat. Du wirst also ohne Begleitung kommen?«

Juliane spielte mit ihrem Autoschlüssel. Alexa hatte vorhin übergangslos, aber bestimmt nicht planlos das Thema gewechselt. Doch ihre Neugier war nicht besonders unauffällig. Wenn sie jemanden auf diese Weise aushorchen wollte, mußte sie Dümmere fragen. »Klar ohne, ihr seid doch wirklich niemandem zumutbar.« Alexa steckte die lässig hingeworfene und nicht sehr ergiebige Antwort lächelnd weg.

Julianes zurückhaltende Art in persönlichen Angelegenheiten schien noch jemanden zu reizen, sich näher mit ihr zu beschäftigen.

Am Freitag rief Stybermann Juliane zu einem Beratungsgespräch, wie er es nannte, ins Rektorzimmer. Rheinstauff war auf einer Schulleiterkonferenz, und Stybermann, als sein Stellvertreter, spreizte sich selbstgefällig im Sessel des Chefs.

»Liebe Frau Valentin«, begann er, und beim Klang seiner Stimme mußte Juliane an ranzige Butter denken, »Sie sind als neue Kollegin noch nicht ganz mit den Gepflogenheiten vertraut. Ich bin immer bemüht, neuen Kolleginnen und Kollegen meine Hilfe anzubieten, sich in unserem System zurechtzufinden ...«

»Was gibt es hier denn schon groß zurechtzufinden!« fiel Juliane ihm kühl ins Wort. »Ich bin keine Anfängerin, Herr Kollege!«

»Aber ich bitte Sie, Frau Valentin«, er blickte sie aus seinen hellen Augen ganz bestürzt an, »so wollte ich das nun wirklich und wahrhaftig nicht verstanden wissen, daß ich in irgendeiner Art und Weise an Ihren pädagogischen Fähigkeiten zweifle. Da haben Sie mich aber gründlich mißverstanden. Ich biete Ihnen nur einfach meine Hilfe an. Sie waren jahrelang nicht im Dienst, und es ist mir ein Anliegen, Ihnen die Eingewöhnungszeit ein wenig mit meiner vielseitigen Erfahrung zu erleichtern. Auch meine Funktion als Konrektor kann Ihnen dabei vielleicht durchaus von Nutzen sein. Ich sage Ihnen das jetzt, damit keine Mißverständnisse zwischen uns aufkommen, denn sicher sind Sie mit mir einer Meinung, daß nur auf der Basis einer vertrauensvollen Kooperation eine fruchtbare Arbeit mit den uns anvertrauten Kindern erwachsen und gedeihen kann, nicht wahr?«

Juliane brachte sich lässig in Positur. »Passen Sie mal auf«, sagte sie scharf akzentuiert, denn sein öliges Geseiere begann sich bereits merklich auf ihren Adrenalinspiegel auszuwirken, und die Tatsache, ihm die Geschichte aus dem Medienraum nicht nachweisen zu können, tat ihr übriges. »Wir machen das so: Sollte sich eine Situation ergeben, in der ich speziell Ihre Hilfe benötige, werde ich mich an Sie wenden. Sonst noch etwas?«

Er sah sie irritiert an. Ihre schroffe und selbstbewußte Art war eindeutig nicht der Ton, den er an dieser Schule von Kolleginnen gewöhnt war. Dann schien er sich zu fangen. »Ja, da gibt es noch etwas, und das ist der zweite Grund, aus dem ich Sie zu diesem Gespräch gebeten habe. Es hat sich jemand einen üblen Scherz mit Ihnen erlaubt. Sie wissen, was ich meine?«

»Nein.«

»Ach, Sie wissen das nicht? Vielleicht messen Sie dem Vorfall auch nicht die notwendige Bedeutung zu. Aber Sie müssen ja alle Geschehnisse an dieser Schule in einem größeren Rahmen und Zusammenhang betrachten ...«

»Könnten Sie bitte zur Sache kommen, Herr Stybermann, ich habe noch einen Termin.«

»Äh ... ja, also, mir wurde von gewisser Seite zugetragen, und bitte verstehen Sie, daß ich diese Kollegin nicht bloßstellen möchte, daß jemand Ihnen einen Kondolenzbrief ins Fach gelegt hat. Jetzt wissen Sie, was ich meine, nicht wahr?«

Juliane pflegte — zumindest mit der entsprechenden Kaffeemenge intus — stets hellwach und aufmerksam zu sein, aber jetzt schaltete sie noch sämtliche Zusatzsensoren ein, die ihr für alle erdenklichen Notfälle zur Verfügung standen. Wußte diese Figur da wirklich etwas, oder bluffte sie nur und wollte von ihr etwas erfahren? Sei wachsam, befahl sie sich und fixierte ihn derart, daß er unruhig wurde und ihrem Blick nicht länger standhalten konnte. »Reden Sie doch weiter«, ermunterte sie ihn freundlich.

»Ja, ach so ... ja ... sehen Sie ... ähem, es ist ja immerhin möglich, jedenfalls wurde mir das so zugetragen, daß hier im Kollegium jemand mitten unter uns sitzt und Unruhe stiften möchte in unserem harmonischen Umgang miteinander. Es gibt solche Menschen, Sie sagen mit Recht, Sie sind keine Anfängerin, Sie kennen also das Leben.«

Ob der Lore-Romane liest, dachte Juliane, oder woher sonst ist so viel Schwulst zu beziehen?

»Sicher würde es auch Sie interessieren, im Interesse eines kollegialen Zusammenhalts, versteht sich, wer bei uns die Harmonie stören möchte, und meine Bitte an Sie geht nun dahin ...«

Juliane stand abrupt auf. »Sie suchen jemanden, der im Kollegium herumspioniert, um die seltsamen Zwischenfälle gegen Herrn Rheinstauff aufzuklären«, sagte sie kalt. »Engagieren Sie doch einen Privatdetektiv, Herr Stybermann. Wenn Sie sonst nichts mehr von mir wollen, werde ich mich jetzt verabschieden. Guten Tag.«

Sie wartete seine Antwort gar nicht erst ab, sondern verließ schnell, aber ohne Hast, das Zimmer.

9

Flämmchen

Sie hatte die Schuhe ausgezogen und ging in Socken und auf Zehenspitzen. Mit beiden Händen faßte sie nach der Klinke der Badezimmertür, und es gelang ihr, sie fast lautlos hinunterzudrücken. Sie hatte das oft in Zeiten geübt, in denen Onkel Adi nicht im Haus war.

Die Tür ging nach innen auf. Flämmchen schlüpfte durch den Spalt und schloß die Tür genauso lautlos, wie sie sie geöffnet hatte. Einen Moment lang blieb sie reglos stehen. In der Wohnung war nichts zu hören. Tante Hertha war eben mit Onkel Adis Hilfe aus dem Bad zurückgekommen. Er hatte sie zu ihrem Krankenbett gebracht und war dann selbst ins Bad gegangen. Flämmchen hatte die Wasserspülung rauschen gehört. In den nächsten Minuten würde wohl keiner von beiden hereinkommen. Trotzdem wagte sie nicht, das Licht anzumachen, da der Lichtschein von außen unter der Tür zu sehen sein würde, und ganz bestimmt kam er dann. Er kam immer, wenn er wußte, daß sie im Bad war.

Der matte Schein einer nahen Straßenlaterne fiel durch die Milchglasscheibe des Badezimmerfensters, so daß sie umrißhaft alles erkennen konnte. Sie mochte nicht gern im Dunkeln sein, aber es war immer noch besser, im Dunkeln allein, als im Hellen mit ihm zusammen zu sein.

Sie tastete unter dem Waschbecken im Knick des Abflußrohres nach einem Lappen und legte ihn auf das Abflußloch im Becken. Dann drehte sie vorsichtig den Kaltwasserhahn auf. Das warme Wasser aufzudrehen traute sie sich nicht, dann sprang in der Küche der Gasboiler an, und das würde er hören.

Sie wusch sich Gesicht und Hände, putzte sich leise die Zähne, schöpfte mit der Hand Wasser aus dem vollgelaufenen Becken und spülte den Mund. Sie spuckte das Wasser nicht aus, sondern ließ es lautlos aus dem Mund laufen, angestrengt auf jedes Geräusch in der Wohnung horchend. Aber alles blieb still. Das Schwierigste war, das Wasser aus dem Becken ohne die üblichen gluckernden Geräusche abfließen zu lassen. Es dauerte ziemlich lange.

Aufs Klo ging sie zum Schluß, und sie zog auch nicht ab. Morgen früh würde sie wieder Schimpfe kriegen, weil ihr Pipi noch im Klobecken war, aber das war egal. Wenn es erst morgen früh war, konnte ihr nichts mehr passieren.

Sie hatte sich nicht besonders gründlich gewaschen, denn sie wollte so schnell wie möglich raus aus dem Bad und sich in ihrem Bett verkriechen. Wenn Onkel Adi zu ihr ins Badezimmer kam, sorgte er immer dafür, daß sie sich ganz wusch, sie durfte keine Stelle auslassen, und meistens half er auch noch, obwohl sie schon sieben war und das wirklich alleine konnte. Aber er sagte immer, er müsse nachprüfen, ob sie überall sauber sei, er habe Papa und Mama versprochen, gut für sie zu sorgen. Und seine Augen sähen nicht mehr so richtig, und das Licht im Bad sei auch schlecht, deshalb müsse er mit der Hand fühlen, ob sie sich ordentlich gewaschen habe. Und dann krochen seine dicken, kurzen Finger über sie. Auf seinem Handrücken wuchsen Haare, lang und schwarz wie Spinnenbeine. Sie ekelte sich davor.

Im Bett kroch sie tief unter die Decke. Sie lag auf dem Rücken und starrte mit weitgeöffneten Augen ins Dunkel, immer noch auf jeden Laut von draußen achtend. Sie hätte gern die Tür ihres Zimmers abgeschlossen, aber zu dieser Tür gab es keinen Schlüssel. Den hat Tante Hertha schon lange verlegt, hatte Onkel Adi auf ihre Frage geantwortet. Tante Hertha war sehr krank, das wußte sie. Und sie mußte ein ganz liebes Mädchen sein, damit Tante Hertha nicht sterben würde. Vor allem mußte sie immer besonders lieb zu Onkel Adi sein, denn der sorgte für sie beide, für die kranke Tante und für das kleine Mädchen. Er war bestimmt ein guter Onkel, und sie war ein schlechtes Mädchen, weil sie ihn nicht wirklich lieb hatte. Vielleicht war Tante Hertha so krank geworden, weil Flämmchen auch sie nicht wirklich lieb hatte. Vielleicht waren auch Mama und Papa gestorben, weil sie nicht lieb genug gewesen war. Sie mußte unbedingt besser werden.

Ihre Hände krampften sich unter der Decke ins Bettlaken, sie hatte ein Dielenbrett knacken gehört. Erschreckt hielt sie den Atem an. Draußen blieb alles still. Vorsichtig wagte sie wieder einzuatmen.

Von weitem klang ein Bellen herüber. Das war Nelson, der Hund von Bergmanns nebenan. Nelson war ein großer und kluger Hund. Er biß nur die kleinen Kinder, die nicht lieb gewesen waren. Er biß sie ins Bein oder schnappte nach ihrer Hand. Aber wenn ich lieb bin, wird er mir nichts zun, das hat Onkel Adi mir versprochen. Ich will ja auch wieder lieb sein zum Onkel, morgen oder übermorgen, aber nicht heute, bitte, bitte, nicht heute.

Sie lag ganz starr im Bett und fror, obwohl sie warm zugedeckt war. Sie hatte heute lange genug Schule gehabt, sie wollte keine Unterrichtsstunden mehr. Du bist ein kluges, kleines Mädchen, sagte Onkel Adi immer, du kannst schon mehr Unterricht haben als die anderen Kinder in deiner Klasse. Morgens hast du Unterricht bei deiner Lehrerin, und abends hast du dann die letzte Stunde bei mir. Du weißt, Onkel Adi ist auch Lehrer, er kann dir viel beibringen. Aber es muß unser Geheimnis bleiben, du darfst niemals jemandem davon erzählen, sonst werden alle neidisch auf die letzte Stunde Unterricht, die ich dir gebe, und man darf nie jemanden neidisch machen, dann ist man kein liebes Mädchen, und du weißt, was alles passieren kann, wenn ein Kind nicht lieb und folgsam ist …

Sie hörte nun deutlich Schritte auf dem Flur, mehrere Dielenbretter knarrten. Sie riß die Hände unter der Bettdecke hervor, preßte sie auf die Ohren und kniff die Augen so fest zu, daß sie weh taten. Eine Weile bleib sie bewegungslos liegen, dann nahm sie die Hände von den Ohren. Am Ende des Flures klappte eine Tür. Onkel Adi war ins Schlafzimmer gegangen. Langsam atmete sie aus. Heute brauchte sie nicht lieb zu ihm zu sein, vielleicht morgen wieder oder übermorgen. Aber morgen war noch weit. Für heute konnte sie einschlafen.

Ihr kleiner Körper entspannte sich ein wenig, sie fror auch nicht mehr, und ohne Übergang fiel sie in einen unruhigen Schlaf.

Morgens wunderte sie sich, in ihrem Bett zu sein. Gerade noch war sie in einem Eskimohaus gewesen, ganz aus Eis. Iglu nannte es die Lehrerin. Flämmchen hatte es mit bloßen Händen selbst gebaut und war dann hineingekrochen. Über dem Iglu hatte eine dichte Schneedecke gelegen, meterdick, weiß und kalt, aber innen, dort, wo sie hockte, war es ganz warm gewesen.

10

Die Buttercreme quoll aus der Tülle. Unter dem gleichmäßigen Druck von Christines Händen entstand eine kunstvolle Verzierung auf der Torte. Das fertige Werk konnte sich ohne weiteres mit dem eines Konditors messen. Die Torte war ihr Geburtstagsgeschenk an Heidi. Sie hatte die gleiche, sozusagen als Generalprobe, bereits einmal gemacht und für kuchenarme Zeiten eingefroren.

Heidi war Christines beste Freundin — als einzige Freundin zwangsläufig die beste. Christine schloß sich nicht mehr schnell anderen Menschen an. Früher war sie anders gewesen, doch das war Jahre her. Nach dem Unfall, bei dem Christines Mann ums Leben gekommen war, war die kollegiale Beziehung zwischen ihr und Heidi in eine freundschaftliche übergegangen. Heidi hatte sich rührend um sie gekümmert, ihr Formalitäten, zu denen Christine nervlich nicht in der Lage war, abgenommen, sie auf Ausstellungen und in Konzerte mitgeschleppt, kurz, sie so lange mit ihrer Betriebsamkeit in Atem gehalten, bis der erste Schock überwunden war und sie Christine wieder öfter allein lassen konnte, ohne Angst um sie haben zu müssen.

Heidi verbarg ihr amüsiertes Lächeln über das Geschenk hinter einer herzlichen Umarmung. Sie machte sich nichts aus Buttercremetorte, aber das wollte Christine bis heute nicht realisieren. Sie konnte den Kuchen den Gästen anbieten, überlegte Heidi schnell, dann blieb bestimmt nicht viel übrig, dafür würde Christine selbst — Geschenk hin, Geschenk her — zu sorgen wissen.

Heidi Meerbusch hatte vor drei Jahren außerhalb Kölns ein kleines, altes Fachwerkhaus mit Innenhof und angrenzender Scheune gekauft. Den ohnehin engen Raum teilte sie mit zwei großen Hunden und drei Katzen. Der kleine Käfig mit dem Zwerghasen, der in der Diele stand — das Abschiedsgeschenk der letzten Klasse —, fiel da nicht mehr weiter auf.

Das Dorfleben in der Voreifel war Ersatz für ein Leben auf dem Lande im großen Stil, das sie gern geführt hätte. Sie träumte von einem Ponyhof oder einer Hundepension, aber für solche Investitionen fehlte ihr das Geld. So war dieser Kompromiß entstanden. Sie lebte mit ihren Tieren, sparte sich den Unterhalt für sie vom Munde ab, zog Küchenkräuter im Garten, versuchte sich im Aquarellmalen, Gedichteschreiben, Schreinern, Plattenverlegen für ein Stück Terrasse und hoffte darauf, eines Tages das undichte Scheunendach abreißen und neu decken zu können, um den Raum zu einem großen Wohnzimmer und Werkatelier auszubauen.

Sie verstand von allem etwas und wagte sich an alles. Der einzige Haken war, daß sie durch ihre tausend Interessen dauernd Gefahr lief, sich heillos zu verzetteln. Nichts wurde fertig.

Für einen Ehemann hatte sie keinen Platz, weder in ihrem Haus noch in ihrem Leben. Einen Freund duldete sie kaum länger als ab und zu ein Wochenende um sich, und es war auch nie lange derselbe. »Ich suche eben noch den Richtigen«, pflegte sie zu sagen. Der Richtige schien sich erfolgreich versteckt zu halten, denn immerhin hatte sie die Suche schon bis zum sechsundvierzigsten Lebensjahr ausgedehnt.

»Du bist ja schon mit allem fertig«, sagte Alexa verblüfft statt einer Begrüßung oder Gratulation, als sie in Heidis winziges Wohnzimmer trat.

»Nur mit Hilfe«, sagte sie und warf Christine einen dankbaren Blick zu, »nur mit Hilfe. Mein Chaos kann ich allein nicht mehr bewältigen.«

Alexas loses Mundwerk machte ihr bisweilen zu schaffen. Vor Monaten waren sie ernsthaft aneinandergeraten, als Alexa ihr auf den Kopf zugesagt hatte, sie sei einfach nicht bereit, sich einzugestehen, daß es in ihrem Leben keinen Platz für einen Partner gebe, und ihr ständiges Rumprobieren sei nichts als feiger Selbstbetrug und das Bemühen, nach außen immer noch das Bild zu vermitteln, auf der Suche nach dem idealen Mann fürs Leben zu sein, den sie in Wahrheit gar nicht haben wolle. Sie hatten ein paar Tage nicht miteinander gesprochen und ihren Streit erst begraben, nachdem Stybermann ihn bemerkt und nach Kräften versuchte hatte, die beiden gegeneinander und gegen andere auszuspielen.

Gabi und Titus kamen Hand in Hand, was Alexa nur mit einem knappen »endlich« kommentierte. Eigentlich war der Raum nun überfüllt, und da Heidi keinerlei Anstalten machte, die Hunde Zottel und Trampel auf den Innenhof auszuquartieren, fragte sich Barbara, wo Juliane, die noch fehlte, überhaupt Platz finden sollte.

Es war kühl und regnerisch heute, und Zottel, die anhängliche Bobtailhündin, neigte zu Erkältungen. Zottel und Trampel, eine gutmütige, undefinierbare Promenadenmischung, waren unzertrennlich und lagen auch jetzt zusammen vor dem bullernden Ölofen. »Die Kinder immer am Ort des Geschehens«, sagte Alexa munter und hob Kater Flecki aus einem Sessel, um sich selbst darin niederzulassen. Wer sich bei Heidi einmal eine Sitzgelegenheit erkämpft hatte, tat gut daran, diese nicht mehr zu verlassen, anderenfalls wurde sie mit Sicherheit von einer der Katzen selbstbewußt in Beschlag genommen. Flecki befreite sich aus Alexas Händen und sprang geschmeidig auf den Teppich, stolzierte ein paarmal kreuz und quer zwischen den Beinen der Gäste umher und zog sich dann zu Klecks und Pünktchen in den Schmollwinkel hinter dem Ölofen zurück.

Juliane schien zu zögern, ehe sie ins Wohnzimmer trat. Zottel war aufgesprungen und beschnupperte sie ungeniert, Trampel trottete ihr nach, bellte ein wenig, weil sich das für einen Hund so gehörte, und Pünktchen, durch die Unruhe und den Lärm empfindlich gestört, schoß zwischen Julianes Beinen hindurch aus dem Raum.

Jedenfalls, registrierte Barbara verblüfft, hat sie vor Tieren mehr Angst als vor Menschen. Christine lachte laut auf, als sie Julianes Gesichtsausdruck bemerkte. »So habe ich anfangs auch reagiert«, sagte sie. »Ich hatte noch als Erwachsene panische Angst vor Hunden. Aber hier legt sich das. So was Harmloses wie Zottel und Trampel kannst du nicht mal erfinden.«

»Wer von euch hat Stybermann von dem Kondolenzbrief erzählt?« fragte Juliane unvermittelt und schroff.

Heidi hielt bestürzt im Kaffee-Ausschenken inne. »Das kann nicht dein Ernst sein! Du glaubst doch wohl nicht, daß jemand von uns diesem Menschen ...«

»Wie kommst du überhaupt darauf?« fragte Christine.

Während Juliane knapp von dem gestrigen Gespräch mit Jochen Stybermann erzählte, wurde es in der Runde totenstill.

»Es gibt nur zwei Möglichkeiten«, sagte Barbara in ihrer gewohnt ruhigen Art. »Entweder er hat ihn selbst verfaßt und dir ins Fach gelegt, um hinterher einen Vorwand zu haben, dich übers Kollegium auszufragen, oder er hat ihn aus deinem Fach genommen und gelesen, bevor du ihn entdeckt hast.«

»Na, da glaube ich doch sofort an die zweite Möglichkeit«, meinte Gabi spontan, »die paßt zu seinem Charakter. Für die erste Version fehlen ihm die notwendige Phantasie und der Sinn für Ironie.«

Titus streichelte verstohlen Gabis Knie. »Er ist mit Sicherheit von Rheinstauff angesetzt, die seltsamen Vorfälle zu klären, die ihn beunruhigen. Mich hat Rheinstauff nämlich schon in die Mangel genommen, wie es zuweilen seine Art ist, bevor er ausfallend wird, so mit dem jovialen Anfang, Herr Frings, Sie als Lehrerratsvorsitzender ...«

Alle starrten Titus an, in Gabis Gesicht trat ein Ausdruck des Befremdens. »Warum hast du das denn nicht erzählt?«

»Wann denn? Es war doch erst gestern.«

»Es gibt Telefone«, platzte Alexa heraus.

»Mir hättest du es wenigstens sagen können.« Gabis schmollender Tonfall verriet, daß sie statt 'können' 'müssen' meinte.

Titus machte eine beschwichtigende Handbewegung. »Er wollte wissen, woher dieses Aids-Gerücht kommt…«

»Aber doch nicht von uns!« rief Gabi empört.

»Nein, sicher hat ein Schüler angefangen, aus zwei aufgeschnappten Brocken und zuviel Fernsehen eine Geschichte zu spinnen. Aber zu all dem anderen, was nicht von Kindern inszeniert ist, wirkt das auf Rheinstauff natürlich nicht gerade beruhigend. Im übrigen konnte ich ihm auch nicht weiterhelfen, selbst wenn ich gewollt hätte.«

»Wahrhaftig«, sagte Alexa, »reichlich merkwürdig, was da läuft, vor allem, weil wir selbst keine Ahnung haben, wer dahintersteckt.«

Alle lachten, und Julianes bisher sehr angespanntes Gesicht lockerte sich etwas. »Mir scheint, das stört euch am meisten.« Sie gaben es unumwunden zu, und Juliane blickte rundherum in fröhliche Gesichter.

Nur Gabi hatte ihre Schmollposition noch nicht aufgegeben. »Du hättest uns sofort informieren müssen«, sagte sie zu Titus, und alle spürten, daß sie nur sich selbst meinte, »gerade als Vorsitzender des Lehrerrates.«

»Ich wollte zuerst mit Alexa und Barbara sprechen.«

»Hast du aber auch nicht getan.« Alexas Augen blitzten ihn an.

Er zuckte nur die Schultern. »Es war noch keine Gelegenheit.«

»Nun seid doch nicht so gereizt.« Heidi versorgte Christine gerade mit einem zweiten Stück Torte. »Sollen wir uns jetzt in die Wolle kriegen? Das dürfte genau das sein, was sich die Herren da oben wünschen.« Titus sah sie dankbar an.

Juliane hatte sich schweigend zurückgelehnt und beobachtete die Szene.

Alexa stieß Barbara, die eingepfercht zwischen ihr und Zottel saß, in die Seite. »Sie ist verdammt neugierig«, sagte sie leise. »Hast du bemerkt, mit welchen Argusaugen sie alles und jeden inspiziert? Der entgeht nichts!«

Barbara grinste spöttisch. »Ja, solche Menschen gibt es. Ich kenne eine Frau, die nennt so was bei sich selbst Wissensdrang.« Als Antwort hieb Alexa ihr nur erneut den Ellenbogen in die Seite, diesmal etwas fester.

»Was ist eigentlich aus den Protokollen geworden, nach denen du Rheinstauff fragen wolltest?« Während sie sich die Seite rieb, war Barbara Julianes Bemerkung wieder eingefallen.

Juliane lachte sie an, selbstsicher und plötzlich gut gelaunt. »Er hat sie mir gezeigt.«

»Er hat sie dir gezeigt? Das geheiligte Protokollbuch?« Jetzt redeten alle aufgeregt durcheinander, und Juliane genoß die Konfusion, die sie verursacht hatte.

»Das ist sehr ungewöhnlich«, sagte Alexa nachdenklich, als die Verwirrung sich gelegt hatte, »das hätte ich nicht erwartet. Schließlich hast du diese Konferenzen noch nicht als unsere Kollegin miterlebt. Normalerweise macht er einen ziemlichen Zirkus um dieses Buch.«

»Wozu denn nur? Sie sind doch überhaupt nicht aufschlußreich, abgesehen davon, daß sich beim Lesen sehr schnell herausstellt, wie wenig über die Kinder gesprochen wird. Aber um das zu merken, genügen ein paar Tage Schulleben bei euch, dazu muß wirklich niemand die Protokolle lesen.«

»Höre ich Kritik heraus?« fragte Alexa angriffslustig. Sie hatte zwei Cointreau getrunken, und der Alkohol beseitigte bei ihr, die ohnehin nicht unter übermäßiger Schüchternheit litt, die letzten Hemmungen.

»Na, und ob! Glaubst du, ich bin blind und taub? Denkst du, ich merke nicht, was los ist?«

»Was ist denn los?« fragte Titus und kraulte sich den Bart. Seine sanften Augen sahen Juliane gutmütig an, aber seine Stimme hatte zur Überraschung aller ihren milden Klang verloren. Es war wieder ganz still geworden. Juliane wirkte in keiner Weise verlegen. Im Gegenteil, es schien fast, als hätte sie schon lange auf eine Gelegenheit gewartet, alles loszuwerden, und freute sich nun, daß die Gruppe es ihr so leicht machte.

»Was los ist? Eure Solidarität erschöpft sich in gemeinsamen Gefühlsausbrüchen. Ihr seid weiß Gott ein komischer Haufen. Ihr habt den sogenannten harten Kern, den inneren Kreis der Eingeweihten, lauft mit Verschwörerblicken durch die Gegend, redet unentwegt über die Schulleitung, über die unangenehme Atmosphäre, beschwert euch, macht euch lustig, meckert, hetzt, polemisiert, und irgendwer klebt Totenköpfe auf Rheinstauffs Tür und kratzt ein Z auf sein Auto. Was seid ihr eigentlich, ein Kindergarten? Eure ganze Wortgewalt außerhalb des Schulbetriebes ist doch sinnlos. Miteinander quatscht ihr euch die Zunge fransig, aber in einer Konferenz sitzt ihr alle da wie die betäubten Lämmer vorm Schlachten und laßt euch von Rheinstauff und diesem Plüschpanther wie dumme Schulputen maßregeln. Ihr seid für mich nichts weiter als ein eingetragener Verein von Leisetretern ...«

Sie hatte offenbar noch mehr sagen wollen, aber es ging im allgemeinen Aufschrei der Empörung unter. »Das ist ja wohl die Härte!« schnaubte Alexa, rot vor Zorn. »Da bist du gerade zwei Wochen bei uns und lieferst schon ein Psychogramm des Kollegiums ab. Sicher hast du auch die Lösung unserer Probleme parat, los, raus damit, wir lernen gern von klugen Leuten!«

»Prima! Großartig!« rief Juliane. »Aber warum nur hier so mutig? Mich anzugehen, braucht's nicht viel Courage, ich bin euch nicht vorgesetzt!«

»Du willst sagen, wir haben Angst vor ihm, vor Rheinstauff, meine ich?« Heidi sah getroffen, aber nicht böse aus. »Du magst damit recht haben. Wir haben Angst vor ihm. Er ist zwar nicht der liebe Gott, aber als Schulleiter kann er einem einzelnen Kollegen den Schulalltag zur Hölle machen, wenn er will. Und er hat das schon oft gewollt, glaub mir ...«

»Ich glaub's dir. Warum auch nicht? Er kommt ja durch damit, es funktioniert doch prächtig. Warum sollte er etwas ändern?«

Die erste Erregung war vorüber. Durch Heidis Betroffenheit versanken auch die anderen in brütendes Schweigen.

Juliane sprach mit Energie und einem so kehligen Wohllaut in der Stimme, daß Barbara sie nur fasziniert anstarren konnte und sich mit Gewalt zwingen mußte, nicht nur dem Klang, sondern auch dem Sinn der Worte zu folgen.

»Männer haben ja recht, wenn sie sagen, Frauen könnten nicht sachgerecht argumentieren. Ihr seid das beste Beispiel. Euch fehlt die notwendige Härte und Rücksichtslosigkeit, Gegenpositionen nicht nur einzunehmen, sondern auch durchzusetzen. Ihr verhaltet euch wie beleidigte, kleine Mädchen, aber keine schlägt zurück. Da wird eine Kollegin wegen einer Lappalie vor versammelter Belegschaft zur Schnecke gemacht, und ihr sitzt da, die Köpfe eingezogen, rot oder weiß im Gesicht, aber auf alle Fälle stumm. Dieses ewige Harmoniebestreben von Frauen ist euch ein Klotz am Bein. Dieses 'nein, ich kann nicht in Unfrieden leben, ich brauche ein harmonisches Umfeld, eine glückliche Familie, eine angenehme Arbeitsatmosphäre'«, ihr Ton war jetzt sarkastisch geworden, »all das verhindert echte Solidarität. Ihr seid nicht fähig, ein gemeinsames Ziel zu formulieren, geschweige denn, es durchzusetzen.«

Die Unruhe wuchs wieder. Titus war aufgestanden, die Zähne fest auf die Pfeife gepreßt. Warum fühlt er sich angesprochen, dachte Barbara flüchtig, er ist ein Mann. Er kämpft natürlich auch nicht mit harten Bandagen. Stört es ihn deshalb, mit Frauen in einen Topf geworden zu werden?

Titus hatte den Arm um Gabis Schulter gelegt, um sie zu beruhigen. »Du redest immer von uns«, vor Aufregung verfiel Gabi in einen hektischen Tonfall, »du gehörst auch dazu, vergiß das nicht. Von jetzt an bist du mitverantwortlich für das, was geschieht.«

Ehe Juliane etwas entgegnen konnte, sagte Heidi: »Ich will nicht wie Männer werden müssen, um mich durchsetzen zu können ...« Obwohl sie nicht laut gesprochen hatte, waren plötzlich alle ruhig, einige nickten zustimmend.

»Falsch!« Julianes Stimme knallte in die Runde. »Wenn ihr

nicht lernt, mit der gleichen Skrupellosigkeit zurückzuschlagen, werdet ihr nie auch nur eine Spur von wirklicher Gleichberechtigung haben.«

»Jetzt geht mir dein ewiges 'ihr' und 'euch' aber langsam gewaltig auf die Schüssel«, brüllte Alexa los. »Wie und wo bist du besser? Weil du Stybermann mal ins wohlgesetzte Wort fällst?«

Barbara schaute sie besorgt an und legte ihr besänftigend die Hand auf den Arm. Alexa schüttelte sie wütend ab. »Laß mich, ich kann diese herablassende Art nicht ausstehen. Was glaubt sie, wer sie ist?«

»Wärst du so mal in der Schule«, Juliane grinste amüsiert, ohne eine Spur von Gekränktsein, »dann hätten wir vielleicht eine Chance.«

»Sieh mal«, sagte Barbara schnell, denn Alexa hatte schon wieder Luft zur Gegenrede geholt, »sie meint es ja gut mit uns, sie hat im Grunde auch recht. Sie will uns doch nicht angreifen ...«

Sie unterbrach sich selbst, irritiert von Julianes schallendem Gelächter, das zwar laut, aber keineswegs fröhlich klang. »Das ist genau, was ich meine, Barbara. Du bist ein Fallbeispiel wie aus dem Lehrbuch. Es stimmt nicht, was du sagst. Ich will euch angreifen, und ich will verdammt noch mal, daß ihr euch verteidigt! Du versuchst zu vermitteln, weil eine Spannung in der Luft liegt, die du nicht ertragen kannst. Warum tust du das? Du brauchst mich nicht zu verteidigen, das kann ich im Gegensatz zu euch recht gut selber. Ich habe keine Angst vor Streit. Ihr alle habt Angst vor der wirklichen Auseinandersetzung, außer vielleicht Alexa, die zumindest einen Schimmer von dem besitzt, was ich meine.«

»Untertänigsten Dank für das huldvolle Lob!« fauchte Alexa.

Juliane winkte geringschätzig ab. »Spar es dir, gegen mich kommst auch du nicht an. Du bist zwar aufbrausend und impulsiv, aber Härte, vor allem Ausdauer in der Härte, die hast du auch nicht.«

»Ach, aber du hast die natürlich?«

»Ja, ich habe die.«

Christine schob ihren schwerfälligen Körper mühsam an Titus und Gabi vorbei. Flecki und Klecks stoben davon, sie hatten hinter der Couch gelegen. Christine öffnete das Fenster. »Lassen wir etwas frische Luft herein, Kinder. Gleich wird's uns besser gehen.«

»... sagte die Mama und pustete auf die Wunde.« Ratlos starrten alle Juliane an.

Was fasziniert mich so an ihr, dachte Barbara, und was zum Teufel will ich von ihr? Mit Gewalt wandte sie den Blick ab. Nicht schon wieder, halt dich fest, Bertram. Der letzte Anfall dieser Art hat zur Scheidung deiner Ehe geführt, wenn du diesem nachgibst, kannst du vermutlich bald die Schule wechseln ... aber, dachte sie etwas ruhiger, möglicherweise wäre ein Schulwechsel unter den gegebenen Umständen der positivste Aspekt einer Affäre. Juliane hat recht, ich suche ständig die Harmonie und bezahle einen hohen Preis dafür. Und wie intakt ist dann diese Harmonie? Deckt sie nicht nur die Oberfläche ab? Ob Juliane je solche Überlegungen anstellt? Nein, sie wird nie äußeren Frieden mit innerer Unzufriedenheit bezahlen. Sie hat die Härte, es ist nicht schwer, ihr das zu glauben.

Wie richtig Juliane mit ihrer Selbsteinschätzung lag, bekam Barbara am folgenden Montag bestätigt, als sie zufällig im Lehrerzimmer Teile eines Gespräches aus dem Rektorzimmer mithörte. Sie war mitten im Unterricht schnell aus ihrer Klasse gelaufen, um ein vergessenes Arbeitsmittel zu holen, vorsichtig darauf bedacht, weder von Rheinstauff noch von Stybermann gesehen zu werden, die sofort mißtrauische Fragen stellten, weshalb man während des Unterrichts die Klasse verlassen habe und wer dort jetzt die Aufsicht gewährleiste ... Als sie die Stimmen der beiden lautstark durch die Tür hörte, konnte sie aus dem Inhalt des Gesagten schließen, daß Juliane mit im Raum war. Sie blieb abwartend an der Tür stehen, auf dem Sprung, sofort in ihre Klasse zurückzulaufen.

»Ihr anmaßender Ton ist mir schon in den ersten Tagen aufgefallen«, sagte Stybermann gerade, bemüht, seiner fettigen Stimme die gleiche Bedrohlichkeit beizumischen, wie sie in Rheinstauffs cholerischem Gepolter lag, »und ich halte es nicht für den adäquaten Ton zwischen Pädagogen, das muß ich hier leider doch einmal in aller Deutlichkeit feststellen. Ich hatte Sie aus rein kollegialer Hilfsbereitschaft zu einem Gespräch gebeten, muß nun aber sagen, daß mir Ihre unkooperative Art doch sehr zu denken gibt. Und ich betrachte unser klärendes Gespräch zu dritt hier durchaus nicht als — wie haben Sie gesagt — als pubertäres Hintertragen persönlicher Differenzen.«

»Unsere Betrachtungsweise wird sich in vielen Bereichen diametral zueinander verhalten«, hörte Barbara Juliane entgegnen, schneidend scharf und mit aller Arroganz, zu der sie fähig war.

»Frau Valentin, so nicht!« Das war Rheinstauff, wie immer und überall der lauteste von allen. »Ich erwarte auch von Ihnen ein Mindestmaß an Respekt, dessen Sie sich bitte auch in der Wahl Ihrer Worte befleißigen werden. Ich dulde nicht, daß eine Kollegin meiner Schule sich herausnimmt, meinen Konrektor in einem Gespräch sitzen zu lassen, das dieser noch gar nicht beendet hatte. Muß ich Sie wirklich auf Ihre Dienstpflichten aufmerksam machen?«

»Meine Herren!« Barbara hörte jetzt einen Stuhl rücken und sah Juliane förmlich vor sich, wie sie hochaufgerichtet auf die beiden hinuntersah. Mit klopfendem Herzen und einem deutlichen Gefühl schadenfroher Genugtuung hörte Barbara weiter zu. »Sie verwechseln offensichtlich die Örtlichkeiten. Wir befinden uns nicht auf dem Kasernenhof. Sie werden mit meiner Art leben müssen, so wie ich mit der Ihren. Ich gehe nicht davon aus, daß Sie die Ihre ändern werden, und versichere Ihnen, ich die meine auch nicht. Wenn Sie eine sachlich zutreffende und beweiskräftige Kritik gegen mich haben, schlage ich vor, sie dem Schulrat zur Kenntnis zu bringen. Dort können wir uns alle wiedertreffen. Ich werde dann auch meine Beschwerdeliste mitführen. Guten Tag!«

Die Tür zum Flur klappte auf und zu. Diesmal hatte Juliane nicht nur den Konrektor, sondern auch den Schulleiter wie einen dummen Jungen sitzen lassen.

»Donnerwetter!« murmelte Barbara und gestand sich ihren Neid auf Julianes Zivilcourage ehrlich ein. Sie horchte noch einen Augenblick nach nebenan, aber dort herrschte das Schweigen totaler Verblüffung. Schleunigst machte sie sich wieder auf den Weg in ihre Klasse. Sie war sehr gespannt, wie Juliane ihr diesen Vorfall schildern würde. Um so größer waren ihre Überraschung und Enttäuschung, als sie feststellen mußte, daß es gar nicht in Julianes Absicht lag, ihr überhaupt von der Auseinandersetzung zu erzählen. Das Talent, den Mund zu halten, beherrschte zwar auch Barbara recht gut, aber in diesem Fall fand sie die Tugend übertrieben ausgeprägt, erstaunlich und befremdlich. Natürlich verbot ihr der Stolz, Juliane darauf anzusprechen. Und so war es wie immer an dieser Schule. Es wurde an den falschen Stellen geredet und an den falschen Stellen geschwiegen.

11

Erfolgreiche Männer lieben es, den Erfolg auf ihre Söhne übergehen zu lassen wie eine vererbbare Charaktereigenschaft. Und ebenso gern übersehen sie die Tatsache, daß ihren Söhnen oft gerade aus dem Grund die Voraussetzungen dazu fehlen, daß der Erfolg des Vaters penetrant wie eine heilige Fahne vor der Familie hergetragen wird. Lukas Hendrich war solch ein erfolgreicher Mann. Er hatte das Elektrogeschäft seines Vaters übernommen, als es kurz vor dem Konkurs stand. Mit Zähigkeit, Fleiß, Ausdauer und jenem Schuß Rücksichtslosigkeit, der den Erfolg vom großen Erfolg trennt, war es ihm gelungen, den Betrieb in weniger als zwei Jahren aus den roten Zahlen zu holen und zu einem blühenden Unternehmen mit drei Filialen auszubauen. Zum richtigen Zeitpunkt schloß er sich der richtigen Partei an, kämpfte sich in der Kirchenarbeit bis zum Vorstand hoch und hielt sich nun — entsprechend seiner Weltanschauung — für ein reputierliches Mitglied der Gesellschaft. Er legte Wert auf sein Ansehen in der Geschäftswelt, der Gemeinde, Nachbarschaft und Partei, und diesem ordnete er vieles unter. Da er es außerdem trotz wenig körperlicher Vorzüge geschafft hatte, die vollbusige Schönheit des hiesigen Schützenvereins zur Heirat zu bewegen, konnte nichts mehr den Glauben an seinen programmierten Erfolg erschüttern.

Jens, das einzige Kind dieser Ehe, kam zum Glück im Aussehen ganz auf seine Mutter. Hübsch und flott sah der Elfjährige aus, und schon jetzt himmelten ihn die Mädchen seiner Klasse an. In ein paar Jahren würde er sich nicht mehr vor ihnen retten können. Das war ein Plus, das Lukas Hendrich seinem Sohn gönnte, daraus ließ sich etwas machen im Leben. Nur die Schulleistungen des Jungen machten Vater Hendrich Kopfzerbrechen. Sie waren durch die Bank unter dem Durchschnitt, in Deutsch und Mathematik sogar im ständigen Grenzbereich zwischen 'mangelhaft' und gerade noch 'ausreichend'. Nur zwei Mathematikarbeiten der letzten Zeit hatten endlich die Zensuren aufgewiesen, die Lukas Hendrich für seinen Filius vorschwebten. Dabei mußte es bleiben, dafür würde er alles in seiner Macht Stehende tun. Sein Sohn war seine Zukunft. Er hätte ihn gern als Betriebswirt oder Diplomingenieur gesehen, der einmal das väterliche Geschäft übernehmen konnte, um es noch weiter auszubauen und ein kleines Imperium zu schaffen. Aber dafür mußte etwas getan werden. Mit Vieren und Fünfen auf dem Zeugnis war nicht einmal an einen ordentlichen Hauptschulabschluß zu denken. Mit Zorn dachte Lukas Hendrich an die beschämende Warteschleife, die Jens im zweiten Schuljahr hatte drehen müssen. Na, das würde er nicht noch einmal zulassen.

In dieser Grübelei kam ihm Barbara Bertram wie gerufen, als er ihr beim Verlassen des Schulhauses auf dem Flur begegnete. »Ach, Frau Bertram!« Lukas Hendrich strich sich affektiert das spärliche Haar aus der Stirn. »Gut, daß ich Sie treffe. Ich möchte mich mit Ihnen einmal über Ihre Beurteilungskriterien von Jens' letztem Aufsatz unterhalten. Ich meine, daß Sie in Ihrer ganzen Benotung den Leistungen meines Sohnes nicht gerecht werden.«

Barbara, die kurz stehengeblieben war, wandte sich kühl zum Gehen. »Lassen Sie sich im Sekretariat einen Termin für meine Sprechstunde geben, Herr Hendrich. Ich bin gern bereit, die Leistungen Ihres Sohnes in allen Einzelheiten mit Ihnen zu besprechen, aber zwischen Tür und Angel geht das nicht, ich habe Unterricht.« Sprach's und ließ ihn stehen. Manch einer schien zu glauben, es genüge, Kreisparteivorsitzender zu sein, um sofort jeden Menschen, mit dem man in Berührung kam, zum Erfüllungsgehilfen der persönlichen Vorstellungen und Wünsche degradieren zu können.

Als sie ins Lehrerzimmer trat, fuhr Stybermann, allein vor seinem Fach stehend, erschrocken herum. Barbara unterdrückte mit Mühe die Schadenfreude in ihrer Stimme.

»Ach, Herr Stybermann, da ich Sie gerade sehe... Eben traf ich auf dem Flur Herrn Hendrich, und da fiel mir ein, was Jens mir heute früh erzählte. Die Mathearbeit, die er gestern zurückerhalten hat, haben Sie mit 'ausreichend' benotet, nicht wahr? Die Zweier-Welle scheint vorbei zu sein, ich hatte mich ohnehin schon sehr gewundert...«

Sie wunderte sich gleich weiter, diesmal über Stybermanns kaulquappenähnlichen Gesichtsausdruck. Er öffnete den Mund, als setze er zum Sprechen an, schloß ihn dann wieder, ganz fahl im Gesicht. Er nickte nur, ohne auf ihre Worte einzugehen, und hantierte mit fahrigen Bewegungen in seinem Fach herum, so zerstreut und nervös, daß Barbara auf eine weitere Bemerkung verzichtete und den Raum voll nachdenklichen Argwohns wieder verließ.

Sie mußte sich beeilen. Wenn Rheinstauff sie beim verspäteten Unterrichtsbeginn ertappte, war das gleich wieder ein Anlaß für ihn, sie im folgenden »dienstlichen Gespräch in meinem Amtszimmer« zur Ordnung zu rufen. Es war besser, solchen Gesprächen aus dem Weg zu gehen. Allerdings erforderte dies die Angepaßtheit eines Roboters, und wenn sie es auch gern vermied, in Schwierigkeiten zu geraten, hatte sie die nun doch nicht.

Sie mußte im Medienraum noch eine Cassette heraussuchen, beeilte sich, ließ die Tür offen und den Schlüssel der Einfachheit halber stecken. Verärgert stellte sie fest, daß jemand die Videobänder durcheinandergebracht hatte. Während sie nach ihrer Unterrichtscassette suchte, fiel ihr ein fremdes Band auf, das ohne fachspezifische Kennzeichnung neben den Schulcassetten lag. Verwundert nahm sie es in die Hand. Ein kleines Etikett klebte am Rand: Kopie 2. Schlagartig schossen ihr Erinnerungen an die Ereignisse der Vorwoche durch den Kopf. Da hörte sie, wie oben eine Tür zufiel und Schritte sich der Treppe zum Souterrain näherten.

Hastig griff sie nach dem unbekannten Video, schloß die Schublade, lief zur Tür und zog den Schlüssel aus dem

Schloß. Um nach oben zu entkommen war es zu spät. Es gab nur eine Lösung, auch wenn sie dabei das Risiko einging, entdeckt zu werden.

Sie schloß sich ein, löschte das Licht, und verbarg sich so schnell und geräuschlos sie konnte hinter dem vollgestopften Regal, das den Medienraum vom Lehrmittellager trennte. Keine zwei Sekunden später wurde die Tür aufgeschlossen, und das Licht flammte auf.

Barbara, die nichts sehen konnte, ohne Gefahr zu laufen, selbst gesehen zu werden, geriet in Panik. Ihr Herz klopfte so laut, daß sie sicher war, man müsse es bis zur Tür hören, doch zum Glück machte der Eingetretene ziemlich viel Lärm. Sie war sicher, genau zu wissen, wer dort, halblaute Flüche ausstoßend, in der Schublade mit den Videobändern herumwühlte, und was er dort suchte. Instinktiv faßte ihre Hand die Cassette fester. Sie geriet ins Schwitzen. Oben wartete ihre Klasse auf sie. Rheinstauff hatte keinen Unterricht in dieser Stunde, und wenn er wieder auf einem seiner beliebten Kontrollgänge war, konnte sie sich ausmalen, was ihr bevorstand. Juliane hat recht, dachte sie auf einmal, ich muß verrückt sein. Ich verstecke mich hier schutzsuchend aus Angst vor einem Angriff, und worüber mache ich mir Sorgen? Rheinstauff könnte merken, wie verspätet ich den Unterricht beginne.

Das Licht erlosch, und die Tür wurde abgeschlossen. Sie wartete noch eine Minute, widerstand dem heftigen Drang, sofort aus diesem Raum zu stürzen, und tastete sich dann mit weichen Knien in Richtung Tür. Auf dem Weg fiel ihr vor Aufregung der Schlüssel aus der Hand. Im Stockdunkeln tastete sie auf dem Fußboden herum. Als sie ihn endlich gefunden und die Tür erreicht hatte, nahm sie sich nicht mehr die Zeit, Licht zu machen, fühlte nach dem Schlüsselloch, steckte den Schlüssel mit der Geschicklichkeit einer Betrunkenen hinein und drehte ihn um.

Mit Herzklopfen vergewisserte sie sich nach allen Seiten, daß niemand in der Nähe war. Dann schob sie die Cassette unter den Hosenbund und ließ den Pullover locker darüberfallen.

Atemlos und mit Puddingbeinen betrat sie die Klasse. Niemand war ihr begegnet. Die Kinder hampelten ein wenig herum, einige hatten sich ein Buch gegriffen, andere falteten Papierflugzeuge, und die ganz Schlauen hatten mit den Hausaufgaben begonnen.

Barbara schloß die Tür, und als sie tief durchatmete, spürte sie ein Schwindelgefühl und griff rasch nach der Kante ihres Pultes. »Ist etwas passiert, Frau Bertram?« fragte Olivia. Sie saß am ersten Gruppentisch, nahe an Barbaras Pult, himmelte ihre Lehrerin an, brachte ihr Blumen und Kuchen mit, und die kugelrunden Augen in ihrem sommersprossigen, stupsnasigen Gesicht hingen in verklärter Hingerissenheit an Barbaras Lippen. »Sie sehen so aufgeregt aus.«

»Nein, nein«, antwortete Barbara schnell mit einem flüchtigen und nicht sehr überzeugenden Lächeln, »ich bin nur zu schnell die Treppe hinaufgerannt.«

»Das hört man Ihrer Stimme an«, bemerkte Thomas sachlich.

»So ist das«, jetzt war ihr Lächeln schon wieder echter, »komm du mal in mein Alter, dann hört man das deiner Stimme auch an.«

»Wollten Sie uns nicht einen Film über die Braunkohle zeigen, Frau Bertram?« rief Markus in die Klasse. Er hatte fest auf diesen Film gebaut, denn er hatte seine Hausaufgaben für den Sachunterricht nicht gemacht.

»Wir holen das ein andermal nach.« Barbaras Stimme klang so sanft, daß einige Kinder erstaunt aufblickten. Barbara wußte, daß sie nicht den Mut haben würde, den Klassenraum vor Ende der Stunde noch einmal zu verlassen.

Markus sah sie etwas beunruhigt an. Wenn er wieder mit fehlenden Hausaufgaben erwischt wurde, war ein Brief an die Eltern fällig, das hatte sie ihm erst vor zwei Tagen angedroht. Vielleicht konnte er schnell noch von seinem Nachbarn abschreiben. Aber eigentlich, fand er, nachdem er forschend Barbaras Gesicht beobachtet hatte, ging nichts Beunruhigendes von ihr aus. So streng sie sonst zuweilen auch war, heute schien sie nicht ganz bei der Sache zu sein. Um so besser, vielleicht vergaß sie, nach der Hausaufgabe zu fragen. Er vertraute auf sein Glück, setzte ein interessiertes Gesicht auf und verhielt sich ruhig und zurückhaltend. Barbara fragte nicht nach der Hausaufgabe. Und sie unterrichtete die ganze Stunde mit der kneifenden Cassette im Hosenbund.

Erst im Auto traute sie sich, das Videoband hervorzuholen und rasch in ihre Schultasche zu legen.

Zu Hause schloß sie sich ein, bevor sie es wagte, die Cassette in den Videorecorder zu legen. Sie war immer noch aufgeregt. Ich hab' für so was keine Nerven, dachte sie.

Was sie dann zu hören und zu sehen bekam, machte sie sekundenlang absolut sprachlos. Als sie wieder reaktionsfähig war, kontrollierte sie mit dem schnellen Vorlauf, wie lange das Ganze noch dauern würde. Die Cassette war etwa eine Stunde bespielt. Und was dort gezeigt wurde, war in Variationen immer wieder das gleiche.

Sie pfiff durch die Zähne und schaltete die Geräte aus. »Sieh mal einer an! Der Herr Pfarrgemeinderatsvorsitzende! Sachunterricht! Grundschule! Ha!«

Einen Moment war sie unentschlossen, ob sie zuerst Alexa oder Juliane anrufen sollte. Dann siegte die alte Freundschaft. Alexa war sofort am Apparat. Aus dem Hintergrund klang heftiges Kindergezänk. »Werdet ihr wohl endlich Ruhe geben!« donnerte Alexa, so daß Barbara erschreckt den Hörer vom Ohr riß. »Entschuldige, aber die benehmen sich wie die Wilden, und ich kann kein Wort verstehen. Was sagtest du?«

Barbaras Stimme klang heiser vor Aufregung, als sie berichtete, was sie soeben gesehen hatte. Alexa tat einen unartikulierten Schrei, brüllte dann »Hurra!«, um ruhiger hinzuzufügen: »Und Stybermann ist eindeutig zu erkennen, ich meine, so mit allem Drum und Dran?«

»Vor allem mit dem Dran. Es ist mehr als eindeutig, ein Kurs zum Abgewöhnen, wenn du mich fragst. Es wäre ein gefundenes Fressen für mindestens ein halbes Dutzend Leute. Auf dem freien Markt könnte man bestimmt gutes Geld machen mit so einem Band. Aber ich glaube nicht, daß es etwas mit Pornohandel zu tun hat.«

»Sondern?«

»Ich weiß noch nicht.«

»Und die Frau?«

»Keine Ahnung, nie gesehen. Ich weiß nur eins, es ist nicht seine Frau.«

»Bist du gleich noch zu Hause?«

»Ja, warum?«

»In einer Stunde geht meine Nachkommenschaft auf einen Kindergeburtstag. Ich könnte vorbeikommen ...«

Barbara lachte laut los. »Habe ich es doch geahnt, daß du dir das nicht entgehen lassen kannst. Aber ich warne dich. Der Typ ist angezogen schon ein Brechmittel ...«

»Hast du es sonst schon jemandem erzählt?«

»Nein, aber ich wollte Juliane anrufen ...«

»Warte damit.« Alexas Stimme kam schnell und entschieden durch den Draht. »Mit ihr kannst du auch später noch reden. Laß uns das erst mal allein besprechen, wir sind seit Jahren an der Schule, sie erst wenige Wochen.«

»Sie hat es wohl endgültig verscherzt bei dir.«

»Das will ich nicht mal unbedingt sagen, aber ich möchte das vorerst nur unter uns beratschlagen.«

»Na schön!« Barbara dachte an das mitgehörte Gespräch aus dem Rektorzimmer, von dem Juliane keine Silbe erwähnt hatte. »Man muß ja nicht alles breittreten.«

Alexa bestand darauf, die Cassette in voller Länge zu sehen. Barbara gab seufzend nach, verließ aber selbst mehrfach den Raum.

»Du kannst wieder reinkommen«, rief Alexa, »das war der letzte Akt. Ich muß schon sagen, diesem klebrigen Weichling hätte ich gar nicht zugetraut, daß irgend etwas an ihm mal nicht weich und schlapp ist...«

»Es macht dich doch wohl nicht an?« rief Barbara empört.

»Bist du verrückt? Dieser schmierige Typ mit der erotischen Ausstrahlung eines ausgelutschten Kaugummis? Nein, laß mich nachdenken.«

»Dabei wird was rauskommen«, murmelte Barbara. Sie hatte Kaffee gekocht und kramte nach Keksresten.

»Dabei ist schon was rausgekommen. Ich habe eine Idee, wie wir vorgehen können... schade, daß wir nicht wissen, wer diese Frau ist. Sag mal, hatte Max nicht einen Kollegen oder Freund, der mit Stybermanns Bruder befreundet war? Könnte man auf dieser Schiene nicht an ihn heran, vielleicht Max ein paar Recherchen anstellen lassen?«

»Auf keinen Fall!« Das klang kategorisch und endgültig. Es war erfahrungsgemäß ziemlich aussichtslos, in so einem Fall weiter in Barbara zu dringen. »Wenn ich Max um einen Gefallen bitte, glaubt der doch sofort, daraus Ansprüche ableiten zu können, nein, das kommt nicht in Frage. Soweit ist Max noch nicht, daß ich ihm uneigennützige Hilfe zutrauen würde.«

»Schade. Auf den Tag seiner Uneigennützigkeit möchte ich natürlich auch nicht warten.« In Alexas Kopf arbeitete es fieberhaft, ihre Augen funkelten vor Neugier. »Aber macht nichts. Wir kommen auch so zum Ziel. Dir ist klar, was da läuft?«

Auf Barbaras Stirn bildete sich eine steile Falte. »Hör mal, ich mag eine harmoniebesessene Naive sein, aber total verblödet bin ich nicht. Natürlich wird er mit diesem Band erpreßt, das würde ja wohl eine Zehnjährige begreifen.«

»Nicht aufregen, ganz ruhig... ich möchte zu gern wissen, von wem.«

Barbara zuckte die Achseln. »Rheinstauff? Um ihn weiter als gefügigen Erfüllungsgehilfen für seine Tyrannei benutzen zu können?«

»Hm. Ein Motiv wäre das schon. Aber hätte er das nötig bei einem geborenen Kriecher? Und glaubst du, Rheinstauff würde die Cassette in der Schule verstecken, wo das Risiko groß ist, daß jemand anders sie findet? Der ist ein gemeiner Hund, aber dumm ist er nicht.«

Alexa hatte recht. Das schien ziemlich unwahrscheinlich. Blieb allerdings die Frage, wie die Cassette überhaupt in den Medienraum gelangen konnte, immerhin war dieser Raum stets abgeschlossen, und nur das Kollegium und der Hausmeister hatten einen Schlüssel. »Einer oder eine von uns?« fragte Barbara zögernd.

»Wie sollte jemand von uns an die Cassette gekommen sein? Überhaupt, wer hat sie gemacht? Der Erpresser ohne Wissen der Akteure oder Stybermann und diese Frau selbst?«

»Ob die anderen Dinge, du weißt schon, das Z, der Totenkopf, der Kondolenzbrief, vom selben Täter inszeniert sind?«

»Siehst du einen Zusammenhang oder Sinn?«

Barbara hob die Schultern. »Ich weiß noch nicht recht. Angenommen, es ist doch Rheinstauff, der ihn erpreßt, und Stybermann versucht, im Gegenzug Rheinstauff psychisch zu terrorisieren. Ich meine, was die Feigheit und Hinterhältigkeit dieser einfältigen Aktionen betrifft, würde es vorzüglich zu Stybermanns Charakterbild passen.«

Alexa schüttelte erst langsam, dann immer entschiedener den Kopf. »Nein, das ist mir zu simpel. So glatt geht selten etwas auf. Wir müssen aufpassen, in unserem Zorn und unserer Antipathie gegen Rheinstauff und Stybermann nicht voreingenommen zu denken und andere Signale zu übersehen.«

Barbara mußte zugeben, daß diese Gefahr bestand. Alexa griff nach dem letzten krümeligen Keks. »Wir werden ihn einfach weiter erpressen. Hast du eigentlich nichts anderes im Haus als diese trockenen Kekse?«

»Wie bitte? Bist du übergeschnappt?«

»Überhaupt nicht. Ich habe Hunger ...«

»Ich meine das andere!«

»Ach so, aber das ist doch sehr logisch und führt bestimmt zum Ziel…«

»Zu welchem Ziel?«

»Paß auf, wir lassen ihn wissen, anonym, versteht sich, daß wir im Besitz der Cassette sind. Um sich unseres Schweigens zu versichern, muß er nur einige kleine, unbedeutende Bedingungen erfüllen. Ich wüßte da so Verschiedenes, du nicht?«

»Alexa, Erpressung ist ein Straftatbestand.«

»Ach, du heilige Einfalt! Das darf doch nicht wahr sein! Du gehst mir manchmal ganz schön auf den Nerv mit deiner krähwinkligen Ehrpusseligkeit. Es ist sicher ganz nett, ein redlicher Mensch zu sein, vielleicht steht's auch mal lobend erwähnt auf deinem Grabstein, aber meinst du nicht, daß du es ab und zu ein bißchen übertreibst? Kollegen unter Gewaltanwendung eine Cassette zu entreißen, ist schließlich auch nicht Bestandteil der höflichen Umgangsformen. Aber wenn du Angst hast, mache ich das auch allein. Menschenskind, denk doch mal nach, so eine Gelegenheit bietet sich uns nie wieder! Ich werde von ihm verlangen, sofort damit aufzuhören, Kollegen gegeneinander auszuspielen, sofort Rheinstauff seinen Dienst als blindblöder Apportierhund aufzukündigen…«

»Alexa, das ist gefährlich!«

»Gefährlich? Inwiefern?«

»Wenn nun wirklich Rheinstauff ihn erpreßt, um ihn sich so ergeben wie möglich zu machen. Und dann kommen wir und erpressen ihn mit dem gleichen Band, um das Gegenteil zu erreichen. Da würden stärkere Menschen als er in ein unerträgliches Spannungsfeld geraten…«

»Was geht mich Stybermanns Spannungsfeld an?«

»Alexa, aus diesem Spannungsfeld kann er nur mit einer Kurzschlußhandlung wieder raus. Ich meine, wir könnten ihn damit zu einer Reaktion provozieren, zu der es unter anderen Umständen nicht kommen würde.«

»Ja, und? Soll er doch, dann wissen wir endlich, woran wir sind.«

»Meine Güte, Alexa, stehst du auf der Leitung, oder raubt dir der Kitzel der Möglichkeiten die Vorstellungskraft für die Folgen? Hast du eine Ahnung, wozu ein in die Enge getriebener, rückgratloser Befehlsempfänger fähig ist?«

»Wen könnte es schon treffen? Rheinstauff würde mir nicht sehr leid tun ...«

»Und wir? Alexa, es kann doch auch uns treffen! Wieso kapierst du das nicht?«

Alexa sprang auf und lief erregt im Zimmer umher. »Barbara, wirklich, ohne jede Risikobereitschaft erreichen wir gar nichts. Du willst ihm das Band doch wohl nicht mit einem artigen Knicks überreichen?«

»Natürlich nicht.«

»Na also, dann laß uns ruhig ein wenig Kapital für alle herausschlagen. Sei nicht immer so provozierend rechtschaffen.«

»Das bin ich gar nicht«, sagte Barbara. »Ich habe einfach Angst.«

Alexa blieb, etwas ruhiger geworden, vor ihr stehen und sah ihr amüsiert ins Gesicht. »Es ist nicht zu glauben, rechtschaffen aus Angst! Ausgleichend, harmoniebesessen! Wenn sich etwas zuspitzt, gibst du Fersengeld.«

»Ach, schwenkst du jetzt auf Julianes Seite über?«

Alexa grinste breit. »Weißt du, ich habe viel über ihre Worte nachgedacht. Natürlich ist sie verdammt selbstgefällig, aber nach der ersten Wut muß ich zugeben, sie liegt gar nicht so falsch mit dem, was sie uns da alles um die Ohren gehauen hat. Und deshalb will ich vorerst auch nicht, daß du sie einweihst. Das hier ist unsere Sache. Wir leiden an dieser Situation, wir müssen sie ändern, eine Erlösung von außen gibt es nicht.«

»Oh, welch philosophische Tiefe, du hast tatsächlich mal dein Gehirn eingeschaltet.«

»Dein Charme ist noch krümeliger als deine Kekse«, sagte Alexa. »Aber rekapitulieren wir: Jemand versucht, Rheinstauff nervlich fertig zu machen. Jemand erpreßt Stybermann. Die erste Cassette liegt in seinem Auto ...«

»Er hat sie dort vergessen, als er den Wagen Ali brachte. Von wem er sie hat und weshalb, das wissen wir nicht.«

»Na schön, viel wissen wir noch nicht. Aber immerhin. Außer der ersten Cassette gibt es eine zweite, diese hier, denn das Original ist ja wohl noch immer in der Hand des Erpressers, sonst hieße dieses Ding nicht Kopie 2. Also, zwei Erpressungsbänder im Abstand von einer Woche. Was hat er falsch gemacht in den Augen des Erpressers, daß er mit einer zweiten Kopie in Panik versetzt werden soll?«

»Und wie hat der Erpresser sie in den Medienraum legen können, der nur uns zugänglich ist?«

»Und dem Hausmeister.«

»Canstedt? Das glaubst du doch selber nicht, der harmlose alte Opi? Denkst du, der macht kurz vor seiner Pensionierung noch so eine Geschichte?«

»Vielleicht will er seine Rente aufbessern, vielleicht hat er Schulden. Nein, ich glaub's natürlich auch nicht. Nur, irgendwer muß Zugang zu diesem Raum gehabt haben. Doch jemand von uns? Aber ich werde das rauskriegen.« Alexas engstehende, dunkle Augen sprühten vor Vitalität. »Weißt du was? Schule fängt wieder an, Spaß zu machen.«

12

Flämmchen

»Setz dich hierher«, sagte die große Frau, nahm die randlose Brille ab und zeigte auf den leeren Stuhl vor ihrem Schreibtisch.

Flämmchen nahm auf der Stuhlkante Platz und zog an ihrem Rocksaum, aber es nützte nichts, er rutschte immer wieder übers Knie hoch.

»Sie wächst und wächst«, hatte Fräulein Marianne, die Gruppenmutter, vorige Woche gesagt, »sie wächst aus allem heraus.«

Flämmchen stützte sich mit durchgedrückten Armen an den Stuhlkanten auf. Sie saß sehr gerade und sah Frau Friedemann an. Es war das erstemal, abgesehen vom Tag ihrer Ankunft hier, daß die Leiterin sie allein zu sich rief, um mit ihr zu reden.

»Ich habe gestern mit deiner Gruppenmutter gesprochen«, sagte Frau Friedemann und spielte mit ihrem ledernen Brillenetui, »sie sagte mir, daß du in allen Fächern die beste Schülerin bist und überall nur gute Noten hast. Darüber habe ich mich sehr gefreut.«

Flämmchen sagte nichts, sie blieb regungslos sitzen und hielt ihren Blick weiterhin auf die grauhaarige Frau im marineblauen Rollkragenpullover gerichtet. Bestimmt kam noch etwas nach. Sie kannte das. Die Erwachsenen machten das meistens so. Zuerst sagten sie etwas Gutes, Angenehmes, lobten einen freundlich, um einen einzulullen, weich zu kriegen und wehrlos zu machen, und dann, wenn sie einen soweit hatten, schlugen sie mit etwas Unangenehmem zu, mit etwas, das sie gar nicht gut fanden, für das sie einen tadeln oder sogar bestrafen würden. Aber Flämmchen paßte auf. Sie ging niemandem so schnell auf den Leim, auch dann nicht, wenn man freundlich zu ihr sprach, sie war einfach immer auf der Hut.

Das war viel besser, ja, das war schlau von ihr, so war sie geschützt, keiner konnte sie überraschen.

»Leider hat sie mir auch erzählt«, sagte Frau Friedemann und legte ihr Brillenetui entschlossen zur Seite«, daß du dich von allen anderen Kindern absonderst und keine Freundinnen hast. Das hat mir gar nicht gefallen.«

Ich hab's gewußt, dachte Flämmchen triumphierend, sie sind doch alle gleich, diese Erwachsenen, und so leicht zu durchschauen.

»Ich habe auch gehört, daß du abfällige Bemerkungen gemacht haben sollst über Kinder, denen das Lernen nicht so leicht fällt wie dir. So etwas mag ich überhaupt nicht. Du bist jetzt seit drei Monaten bei uns, aber ich vermisse bei dir immer noch jedes Bemühen, dich hier einzuleben, Kontakt mit anderen Kindern aufzunehmen und dich an die Regeln unseres Heims zu halten. Fühlst du dich nicht wohl bei uns? Bist du traurig, daß du nicht mehr bei deinem Onkel wohnst? Warum sagst du nichts?«

»Ich bin nicht traurig«, sagte Flämmchen. Sie mußte jetzt vorsichtig sein, sie wußte nicht genau, was Frau Friedemann eigentlich von ihr wollte, das beste war, sie würde nur ganz kurz und wenig antworten.

»Würdest du gern zu deinem Onkel zurückgehen?« fragte Frau Friedemann und sah sie aus schmalen, grünen Augen an. Flämmchen zögerte. Wenn sie jetzt 'nein' sagte, würde jedem klar werden, daß sie ihren Onkel nicht lieb hatte, und das war etwas Schlimmes, das wußte sie schon lange, aber wenn sie 'ja' sagte, würde man sie vielleicht zu Onkel Adi zurückschicken, und das wollte sie auf gar keinen Fall. Eher würde sie weit weglaufen und sich irgendwo verstecken, wo niemand sie finden konnte.

»Ich fühle mich ganz wohl hier«, sagte sie, »ich will weiter gut lernen, ich möchte Lehrerin werden.« Sie hielt erschrocken inne, als sie das Lächeln auf Frau Friedemanns Gesicht sah. Hatte sie jetzt zuviel gesagt? Wieso war ihr das überhaupt rausgerutscht? Sie ärgerte sich und wußte, ihr Gesicht hatte jetzt den Ausdruck angenommen, über den die anderen sich immer ärgerten. Das freute sie, und der eigene Ärger verschwand.

Das Lächeln von Frau Friedemann verschwand auch. »Du weißt, daß du nicht mehr zu deinem Onkel kannst. Nachdem deine arme Tante gestorben ist, kann er nicht mehr für dich sorgen, zumindest kannst du nicht mehr bei ihm wohnen.« Sie räusperte sich, und Flämmchen schien es, als hätte sie noch etwas anderes dazu sagen wollen, es nach kurzem Überlegen aber unterlassen.

Flämmchen schwieg. Der Gedanke an Tante Herthas Tod ließ sehr unangenehme Gefühle in ihr aufkommen. Einerseits hatte sie ihr innerlich nie besonders nahe gestanden, andererseits hatte sie ihr leid getan, weil sie so krank und hilflos gewesen war. Aber das hatte offenbar nicht ausgereicht, sie war trotzdem gestorben. Aber auch Papa und Mama waren gestorben, obwohl sie sie doch sehr lieb gehabt hatte. Irgendwie war das alles sehr kompliziert und undurchschaubar. Sie war Frau Friedemann böse, daß sie wieder an all das denken mußte.

»Du wirst bald zehn Jahre«, sagte Frau Friedemann, »und ab dem nächsten Schuljahr wirst du das Gymnasium besuchen, wenn dein Onkel einverstanden ist, woran ich aber nicht zweifle. Du solltest in die Volleyballmannschaft eintreten«, fügte sie scheinbar zusammenhanglos hinzu. »Ich weiß, daß du Sport besonders gern hast. Es würde dir guttun, mit anderen Kindern in einer Gruppe zu spielen. Was hältst du davon?«

Flämmchen atmete innerlich auf. Anscheinend wurde gar nicht erwogen, sie zum Onkel zurückzuschicken. »Ich spiele sehr gern Volleyball«, sagte sie.

»Schön«, sagte Frau Friedemann und sah erfreut aus, »dann kannst du jetzt wieder zu den anderen gehen.«

Vor der Tür stieß Flämmchen fast mit Fräulein Marianne zusammen, die gerade auf dem Weg zu Frau Friedemann war.

»Hoppla«, sagte Fräulein Marianne, »ist alles in Ordnung mit dir?«

»Ja«, sagte Flämmchen, »ich gehe in die Volleyballmannschaft.«

»Oh, wie schön!« rief Fräulein Marianne und sah auch erfreut aus. Im Grunde war Fräulein Marianne gar nicht so übel, wenn sie auch schnell wütend werden und dann furchtbar brüllen konnte, aber sie beruhigte sich ebenso schnell wieder. Auf der Hut mußte man bei ihr nur mit dem sein, was man ihr sagte. Sie lief immer gleich zu Frau Friedemann und erzählte alles weiter.

Flämmchen blieb noch einen Augenblick vor der Tür stehen, nachdem die Gruppenmutter in Frau Friedemanns Zimmer verschwunden war. Sie spitzte die Ohren. Sie hatte sehr gute Ohren, man sagte ihr nach, sie könne das Gras wachsen hören. Aber das brauchte sie hier gar nicht, denn Fräulein Marianne hatte eine ziemlich laute Stimme, auch wenn sie nicht wütend war.

»Sie ist eine schreckliche Eigenbrötlerin«, hörte Flämmchen sie durch die Tür sagen. »Es fehlt ihr zwar nicht an Intelligenz, aber dafür an allem anderen...«

Flämmchen entfernte sich lautlos und ging den langen Gang hinunter.

13

»Dreht euch nicht herum, Juliane geht um«, feixte Heidi. Sie war bei Juliane und Christine vor deren Klassentür stehengeblieben.

»Hat sie dich jetzt auch am Wickel?«

»Was heißt hier am Wickel?«

»Nun, bei mir war sie schon eine Stunde, bei Titus auch, habe ich recht? Wer steht noch auf der Liste?«

»Was für eine Liste?« Christine sortierte umständlich den Packen Hefte unter ihrem Arm, sie wirkte etwas nervös. »Kinder, wovon redet ihr überhaupt? Habe ich irgend etwas verpaßt?«

»Hat sie dir etwa nicht erzählt, daß sie sich in ihren Freistunden bei uns Unterricht ansehen möchte?«

Juliane bedachte Heidi mit einem giftigen Blick. »Nein, zum Teufel, hab' ich Christine nicht erzählt. Ich habe sie nur gefragt, ob ich mal eine Stunde zu ihr rein kann. Wo liegt das Problem? Macht ihr das nie untereinander?«

»Ach, weißt du«, Heidi sah sich unauffällig um, ob jemand in Hörweite stand, »an dieser Schule interpretiert man sofort alles als Kontrollversuch. Entschuldige, das soll nicht gegen dich persönlich gehen, ich wollte Christine nicht aufhetzen.«

»Wenn es dir unangenehm ist, lassen wir es«, sagte Juliane schnell zu Christine.

»Unsinn!« Christine öffnete energisch die Klassentür. »Das darf unter Kolleginnen wirklich kein Thema sein.«

Juliane hielt sie am Arm zurück. Heidi stand noch immer neben ihnen, als würde auf sie keine Klasse warten, und beobachtete die beiden mit offenkundiger Neugier.

»Hör zu, Christine, mir scheint, hier läuft wirklich alles etwas komplizierter als an anderen Schulen. Ich möchte nicht, daß du dich gedrängt fühlst, weil du Hemmungen hast, 'nein' zu sagen. Es ist die typische Lehrerkrankheit, jeder wurschtelt Jahr für Jahr allein in seiner Klasse rum, und wenn einem plötzlich jemand zusehen will, hat man das Gefühl, nicht mehr vernünftig unterrichten zu können. Ich war ein paar Jahre raus aus dem Beruf, und die Kinder hier sind nicht einfach. Außerdem bietet Stybermann sich seit Tagen wie sauer gewordenes Bier an, mich am Schatz seiner reichhaltigen pädagogischen Erfahrungen teilhaben zu lassen, da habe ich mir gedacht, ich komme lieber zu euch.«

»Hör auf, dich zu erklären«, sagte Christine, »und komm endlich rein. Hast du eigentlich keinen Unterricht?« Verdutzt starrte Heidi der Freundin ins Gesicht, als ihr klar wurde, daß diese Frage ihr galt. Sie hätte Juliane noch gern gefragt, warum sie fünf Jahre nicht im Schuldienst gewesen war, aber dafür schien jetzt nicht der richtige Moment zu sein. »See you later«, sagte sie mit etwas aufgesetzter Lässigkeit und entfernte sich.

Der Packen Hefte unter Christines Arm kam ins Rutschen, sie schaffte es gerade noch bis zum Pult, dann lagen sechsundzwanzig Hefte wild verstreut auf dem Tisch. »Im übrigen möchte ich dich warnen«, Christine sah Juliane nicht an. »Ich bin keine begnadete Pädagogin vor dem Herrn.«

»Langsam bekomme ich ein schlechtes Gewissen«, sagte Juliane.

»Unfug!« Christine warf sich entschlossen in die kräftigen Schultern. »Es wird mir nicht schaden, mich selbst noch mal zu hinterfragen.« Blablabla ... dachte sie. Natürlich macht es mir was aus, aber wer gibt das schon freiwillig zu? Wenn ich so eine Bitte ablehne, stehe ich doch komisch da. Heutzutage gilt es, schön cool zu bleiben, über allem zu stehen, also dann ...

Mit Erleichterung erkannte sie schnell, daß Juliane keine unangenehme Zuschauerin war, die mit Falkenaugen und verschränkten Armen in einer Ecke stand, sondern sie verhielt sich unauffällig und kümmerte sich wie selbstverständlich um die langsameren und schwächeren Kinder. Allmählich ließ Christines Verkrampfung nach, und gegen Ende der Stunde hatte sie Julianes Anwesenheit fast vergessen.

In der Klasse herrschte ein unüberschaubares Chaos. Juliane wandte sich sehr bald einzelnen Kindern zu, um gegen den inneren Drang anzugehen, in Christines Unterricht einzugreifen. Ihre Arbeitsanweisungen waren unklar, teilweise sogar widersprüchlich, vor allem war sie selbst völlig inkonsequent in dem, was sie tat, oder besser gesagt, eben nicht tat. Es gelang ihr nicht für eine einzige Minute, die Klasse zur Ruhe zu bringen, der ständig auf- und abschwellende Lärmpegel machte es selbst den bereitwilligen Kindern schwer, zuzuhören.

»Es ist schon eine Meute«, sagte Christine leise seufzend, als die Kinder an einer Stillbeschäftigung saßen. Von Stille konnte natürlich keine Rede sein, das unterlag hier offenbar anderen Definitionen als Juliane zu tolerieren bereit war. Ständig kippten Ranzen um, fielen Stifte oder Mäppchen vom Tisch, rutschte jemand vom Stuhl, der dann polternd mit ihm zu Boden ging. Andauernd mußte einer ganz dringend zur Toilette, und sofort, als sei es ein hochansteckender Virus, wollten sich weitere drei, vier Kinder anschließen.

Julianes Magennerven krampften sich zusammen, sie ballte die Hände in den Hosentaschen zu Fäusten, um nicht mit ein paar deutlichen, lauten Bemerkungen endlich eine annehmbare Arbeitsruhe herzustellen. Normalerweise war sie ausgesprochen gut in der Lage, aktives und passives Verhalten der jeweiligen Situation anzupassen, und erstaunt registrierte sie ihre Schwierigkeit, sich in diesem Tohuwabohu zurückzuhalten.

»Es ist eben erst ein zweites Schuljahr«, sagte Christine in entschuldigendem Ton, »sie brauchen noch eine Weile, um sich an alle Regeln des Miteinanders halten zu können.«

Und um ihr Pipi halten zu können wohl auch, dachte Juliane und sah sie an. Sie mochte Christine und mußte zugeben, daß sie bei anderen weder Mitleid noch Verständnis, sondern nur Verachtung empfunden hätte.

»Laß mal, sie wollen sich mit Sicherheit auch vor mir zeigen.«

»Es liegt nicht nur an den Kindern«, sagte Christine, und Juliane bemerkte, daß sie auf ihrem Pult ein aufgeschlagenes Buch um einige Zentimeter verschob. »Mir liegt es nicht, eine Klasse voll dressierter Affen zu erziehen, bei mir verhalten sich alle sehr natürlich. Das ist dann eben viel anstrengender, als wenn ich rigide Maßnahmen ergreifen würde.«

»Das ist klar.« Juliane wartete, bis Christine zu einem Kind an den Tisch getreten war und schob die Buchecke auf dem Pult ein wenig zur Seite. Unter dem Buch lag eine halbleere Packung Schokoladenwaffeln.

Das Klingelzeichen war für alle eine Erlösung. Die Kinder stürzten brüllend nach draußen, Christines Ruf »Ihr sollt nicht rennen!« ging in dem Getobe hoffnungslos unter.

Zurückpfeifen, dachte Juliane, so oft zurückpfeifen, bis sie in der Lage sind, den Klassenraum zu verlassen, ohne sich gegenseitig in Gefahr zu bringen. Während Christine die Tafel putzte, warf Juliane noch einen verstohlenen Blick unter das Buch auf dem Pult. Die Waffelpackung war leer.

Juliane betrat das Lehrerzimmer. Titus und Gabi hockten, über ein Arbeitsbuch gebeugt, eng beieinander und fachsimpelten mit wichtiger Miene, ohne bei Julianes Eintritt hochzusehen. Juliane ging auf Barbara zu, die ihr entgegensah.

»Ist das nicht süß?« Barbara wies grinsend mit dem Kinn auf die beiden.

»Junge Liebe, junges Glück!« Julianes kehlige Stimme und ihre körperliche Nähe verwirrten Barbara immer wieder. Es fiel ihr keine Entgegnung ein, obwohl sie krampfhaft nach etwas Witzigem suchte, und sie wich dem durchdringenden Blick dieser grauen, wachsamen Augen aus. Juliane machte eine Bewegung und streifte wie zufällig Barbaras Hand mit der ihren. Es war nur ein kurzer Moment, aber Barbara hatte den Rest der Pause damit zu tun, ihren Kreislauf wieder in die üblichen Bahnen zu lenken. Mehrfach traf sie auf Julianes beobachtenden Blick, und verärgert spürte sie ihr Erröten.

Hedwig Mielenk sah mißbilligend zu Titus und Gabi und wandte ihnen dann ostentativ den Rücken zu.

»Die Ärmste ist wirklich überfordert«, sagte Juliane, die sich neben Barbara gesetzt hatte, belustigt. »Schau mal, sie weiß gar nicht, wo sie hinsehen soll. Genau wie du.«

»Wie bitte? Du vergleichst mich mit der Mielenk?«

»Ich nehme nicht an, daß dein Sexus sich im gleichen amorphen Zustand befindet wie der ihre«, Julianes Knie berührte leicht und sanft, wie zufällig, das ihre unter dem Tisch, »aber wenn ich dich ansehe, weichst du mir auf die gleiche Art aus. Warum eigentlich?«

Barbara lächelte verlegen. »Du bist ziemlich direkt.«

»Direkt nennst du das? Oh, darunter verstehe ich etwas anderes.«

»Zum Beispiel?«

»Ach, vielleicht ergibt sich mal eine Gelegenheit, dir zu zeigen, was ich meine.«

Ihr Knie stieß noch einmal gegen Barbaras, aber wieder so kurz, daß nicht zu sagen war, ob es mit Absicht geschah oder nicht.

Seit dem frühen Morgen hatte Barbara überlegt, ob sie Juliane in die Cassettengeschichte einweihen sollte. Etwas in ihr drängte dazu, aber etwas anderes hielt sie davon ab. Sie fühlte sich gleichzeitig angezogen und abgestoßen, aber in den Augenblicken körperlicher Nähe überwog die Anziehung. Noch nie hatte eine Frau derart widersprüchliche Gefühle in ihr ausgelöst.

Beim Rausgehen am Ende der Pause raffte sie sich zu einer Entscheidung auf. Juliane hatte ein Recht, zu erfahren, was los war, schließlich war sie Zeugin von Stybermanns Attacke gegen sie gewesen. Sie holte sie auf dem Flur ein.

»Warte mal eben«, rief sie und faßte Juliane von hinten an der Schulter. Juliane drehte sich um, und etwas rutschte aus der Mappe, die sie unter den Arm geklemmt trug. Barbara bückte sich und hob es auf. Sprachlos starrte sie auf den

Totenkopfaufkleber. Instinktiv drehte sie ihn um. Seine Rückseite sah aus, als sei er schon irgendwo aufgeklebt gewesen und dann mit Vorsicht wieder abgelöst worden. »Wie kommst du denn daran?«

Juliane sah ihr tief in die Augen. Barbara schluckte. Du machst mich schwach, dachte sie, und ich hasse es zu sehen, wie ungeniert du deine Wirkung auf mich genießt.

»Ich hab's von Rheinstauff«, sagte Juliane beiläufig.

»Er hat es dir gegeben?« Barbara wußte vor Verblüffung nichts weiter zu sagen.

»Frau Bertram, Frau Valentin, Ihre Klassen warten, es hat bereits geklingelt!« Rheinstauff stand mit verschränkten Armen vor der Tür seines Zimmers und verfolgte, wer wie schnell oder wie langsam zu seiner Klasse ging.

»Ja, gleich, Herr Rheinstauff«, rief Juliane gelassen über die Schulter zurück, »wir haben gerade etwas Wichtiges zu klären.« Zu Barbaras weiterer Verwunderung verzichtete er auf eine Gegenbemerkung und verschwand in seinem Amtszimmer, wie er sein Büro zu nennen pflegte.

Juliane wandte sich in aller Ruhe wieder Barbara zu. »Er hat es mir gegeben, nachdem ich ihn gefragt habe, ob er es als Souvenir aufheben wolle, ansonsten könnte ich es gut gebrauchen, der Sohn einer Freundin sammelt skurrile Aufkleber.«

»Und daraufhin hat er es dir gegeben? Einfach so? Dieses corpus delicti?«

»Ja, warum nicht? Sollte er es sich in Gold fassen lassen?«

Barbaras Verwirrung nahm zu. »Eigenartig«, murmelte sie, »so kenne ich ihn gar nicht.« Ihre Verunsicherung machte sie vorsichtig, und sie erzählte nichts von der Cassettengeschichte.

In den folgenden Stunden war Barbara zum Entzücken ihrer Klasse wieder leicht zerstreut, und ihre Reaktionen auf die Antworten der Kinder fielen selbst bei krassen Fehlern sehr gnädig aus. Sie war froh, als sie alle nach Hause schicken konnte. Olivia schob ihr noch ein selbstgewebtes Deckchen zu und strahlte sie dabei an. Barbaras unkonzentriertes 'Danke' kränkte sie etwas, und ein wenig unglücklich über die Erwachsenenwelt im allgemeinen und die laue Reaktion Barbaras im besonderen verließ das enttäuschte Kind den Raum.

Barbara hoffte, daß in dieser Sprechstunde keine Eltern erscheinen würden. Seit einigen Jahren hatten sie diese monatliche Sprechstunde zusätzlich zu den Elternsprechtagen eingeführt, weil es überhand genommen hatte, daß Eltern mitten in den Unterricht platzten, weil sie beim Einkaufen gerade an der Schule vorbeikamen und ihnen einfiel, sie könnten sich doch mit dem »Frollein« mal über ihre Sprößlinge unterhalten.

Ein Klassenraum ohne Kinder war immer von einer merkwürdigen, unnatürlichen Ruhe erfüllt. Von irgendwo unten im Flur drang Kindergezänk hoch, ein Lastwagen donnerte vorbei, doch dann hörte sie nur noch das unregelmäßige Knacken der Heizung.

Sie versuchte, ihre Gefühle und Gedanken zu sortieren. Auch in diesem Schuljahr belasteten sie viele Dinge, die mit der Schule zusammenhingen, aber was es auch war, die Kinder nahmen dabei den geringsten Raum ein. Diese Umkehrung des angemessenen Stellenwertes ging ihr sehr gegen den Strich, daran änderte auch die Gewißheit nichts, daß es den meisten anderen im Kollegium ebenso ging. Es war keine neue Situation, aber sie hatte sich verschärft, seit vor zwei Jahren Jochen Stybermann den Posten des Konrektors übernommen hatte und es ihm mit seiner gespreizten, aufgeblasenen Art gelungen war, das Kollegium in fast vollständiger Einmütigkeit gegen sich aufzubringen. Rheinstauff allein war schon ein Kreuz, aber im Verbund mit Stybermann wurde er zu einer echten Heimsuchung.

Zunächst unmerklich hatten sich die Wertigkeiten verschoben. Klassenbucheintragungen, Listen, Geldsammlungen,

Termine, Protokolle, Amtsblätter, Aushänge am schwarzen Brett, Formblätter, Karteikarten, Gutachten... die äußere Organisation hatte sich derartig aufgebläht, daß das einzelne Kind mit seinen schulischen und persönlichen Problemen auf der Strecke blieb.

Obwohl Barbara sich auf Unterricht und Klassenarbeiten gründlich vorbereitete und Elternarbeit ernst nahm, sah auch sie sich oft genug mit der weit verbreiteten Meinung konfrontiert, die Lehrer seien samt und sonders eine überbezahlte, faule Bande, die ab mittags lustig Däumchen dreht. Die zu allem Überfluß hinzukommenden vielen Ferien und der Pensionsanspruch machten sie in den Augen der Öffentlichkeit erst recht zu Vorzugsmenschen.

Sogar Max, der es doch besser hätte wissen müssen, ließ hier jenes kritische Differenzieren vermissen, das er für sich selbst so gern in Anspruch nahm. Aber wieso sollte er es besser wissen? Hatte sie nicht alle Arbeit für die Schule in gedrängter und penibler Zeiteinteilung am Nachmittag erledigt, damit sie den Abend für ihn, für die Beziehung frei hatte und sich, wenn er müde nach Hause kam, als lächelnde, verständnisvolle Ehefrau präsentieren konnte? Ich habe eine Menge Fehler in dieser Ehe gemacht, dachte sie, von Anfang an, und vielleicht hätte ich früher gemerkt, was ich will, wenn ich mich nicht zu sehr auf ihn und seine Bedürfnisse fixiert hätte.

Schritte auf dem Flur und das Öffnen der Tür rissen sie aus ihren Betrachtungen. Eine sehr modisch und recht gewagt gekleidete Frau von etwa dreißig betrat den Klassenraum. Das tizianrot gefärbte Haar fiel ihr in Locken auf die Schultern, und ihr Gesicht war in aufdringlicher Weise geschminkt. Da Barbara die Eltern, zumindest die Mütter ihrer Schüler alle kannte, war sie schon versucht, der Frau zu sagen, sie habe sich sicher im Raum geirrt, als ein vages Gefühl des Wiedererkennens in ihr aufstieg. »Ja?« fragte sie zögernd und überließ zunächst der Fremden das Wort.

»Hendrich«, sagte die Frau und reichte Barbara eine Hand mit spitz zulaufenden, leuchtend roten Fingernägeln.

»Ich hatte Ihren Mann erwartet, entschuldigen Sie meine Überraschung«, Barbara prüfte verstohlen ihre Hand, ob sie die Berührung mit den Spitzkrallen unbeschadet überstanden hatte. »Wir kennen uns noch gar nicht.«

»Ja, gewöhnlich übernimmt mein Mann die Überwachung von Jens' Schulangelegenheiten, aber er ist heute verhindert.«

Ihre Stimme war so schrill wie ihre gesamte Aufmachung. Ein aufdringlich süßer Duft machte sich im Klassenraum breit. Barbara unterdrückte den Impuls, das Fenster aufzureißen. Du meine Güte, das war die Frau des Kreisparteivorsitzenden Lukas Hendrich? — Und plötzlich wußte sie, wo sie die Frau schon gesehen hatte.

»Ich möchte mich gern mit Ihnen über die Noten meines Sohnes unterhalten, Frau Bertram, mit denen mein Mann und ich, das sage ich Ihnen sofort ganz offen und direkt, gar nicht einverstanden sind.«

»Dann unterhalten wir uns doch zunächst mal über die Leistungen und das Arbeitsverhalten Ihres Sohnes, Frau Hendrich«, sagte Barbara kühl und lehnte sich gelassen zurück, »womit nämlich ich, und das sage ich Ihnen auch sofort ganz offen und direkt, gar nicht einverstanden bin.« Eins zu eins. Nächste Runde.

Frau Hendrich war eine hartnäckige Frau, die mit Geschick und Ausdauer am Thema vorbeizureden verstand und Barbaras sachlichen Ausführungen wenig Beachtung schenkte.

Nachdem Barbara wußte, wer die Frau war, ärgerte sie sich doppelt über die Art und Weise, in der versucht wurde, ihre Notengebung als willkürlich und ungerecht hinzustellen. »Solange sich Jens' Leistungen nicht bessern, brauchen Sie auf bessere Noten nicht zu hoffen«, sagte Barbara und fügte spitz hinzu: »Diese Dinge stehen nämlich in Zusammenhang, müssen sie wissen. Und Sie irren sich, um nicht zu sagen, Sie unterstellen mir etwas, wenn Sie glauben, Aufsatznoten hingen von der persönlichen Laune oder Sympathie des Lehrers ab. Sie können sich aber meinetwegen gern mit einer Beschwerde an die Schulleitung oder den Schulrat wenden. Ich stelle mich ohne Vorbehalte jedem kompetenten Gremium zur Untersuchung meiner Benotung.«

»Über diesen Vorschlag werde ich gründlich nachdenken«, verkündete Frau Hendrich von oben herab und in einer Körperhaltung, die pure Aggression und Drohung ausdrückte.

»Tun Sie das«, sagte Barbara ruhig und lächelte freundlich, »einen besseren Rat kann ich Ihnen gar nicht geben.«

Jens' Mutter erhob sich mit steifem Kreuz und machte grußlos eine Kehrtwendung. Zu oft *Dallas* gesehen, dachte Barbara, als sie ihr nachsah, wie sie ohne sich umzudrehen zur Tür ging.

Frau Hendrich war gerade im Begriff, nach der Klinke zu greifen, als die Tür heftig aufgerissen wurde und Alexa atemlos im Rahmen stand. »Oh, ich bitte um Entschuldigung, ich wußte nicht …«

Frau Hendrich hatte sich bereits wieder gefangen und rauschte hocherhobenen Hauptes an der verdutzten Alexa vorbei.

»Mein Gott, hier riecht's wie im Puff.«

»Woher willst du wissen, wie's da riecht?«

»Ich weiß, wer gestern kurz vor dir den Medienraum betreten hat. Mit Canstedts Wissen und mit seinem Schlüssel.« Obwohl es ihr schwerfiel, legte sie eine Pause ein und sah die Freundin triumphierend an.

»Fein«, sagte Barbara, »und ich weiß, wer die Frau auf dem Videoband ist.«

Einen Augenblick lang maßen sie sich gegenseitig mit Pokerface-Blicken, dann lachte Barbara los. »Nun fang schon an, du bist dem Platzen sichtlich näher als ich.«

»Lukas Hendrich hat sich bei Canstedt den Schlüssel geholt mit der Erklärung, er müsse im Medienraum etwas am Fernsehgerät reparieren.« Barbara wirkte weniger beeindruckt, als

Alexa in ihrer Sensationsfreude erhofft hatte. »Das berührt dich wohl nicht besonders?«

Barbara lächelte vergnügt. »Weißt du, ich hab's mir fast schon gedacht, ich habe Hendrich ja noch im Schulhaus getroffen. Vielleicht stimmt das mit der Reparatur sogar, Rheinstauff hat schon vor Jahren dafür gesorgt, daß Hendrich an unserer Schule die Reparaturaufträge der Stadt erhält. Alte Parteifreunde, man hilft sich, wo man kann. Und nun ist auch alles klar. Die neckische Gespielin auf der Cassette ist nämlich Frau Hendrich, jene aufgedonnerte Figur, die eben an dir vorbei ...«

»Das ist die Frau aus dem Film?« rief Alexa ungläubig. »Aber die hätte ich doch erkennen müssen!«

»Vielleicht hast du bei der Vorführung mehr auf ihn geachtet«, spöttelte Barbara und wich geschickt Alexas drohender Faust aus. »Aber beruhige dich, bei mir hat es auch eine Weile gedauert, bis es klickte. Sie hatte heute so irritierend viel an.«

»Wieso wagt sie sich in die Schule?«

»Wieso nicht? Vielleicht weiß sie gar nichts von der Erpressung, vielleicht nicht mal was von dem Band. Was weiß ich, welch seltsame Ehe die beiden führen. Und selbst wenn sie an der Erpressung beteiligt ist, was kann ihr denn hier passieren? Daß Stybermann ihr über den Weg läuft? Der kriegt höchstens das große Schlottern und hält es für eine zusätzliche Warnung. Vielleicht hat Lukas Hendrich die zweite Kopie deshalb in der Schule deponiert, weil Stybermann seinem Sohn in der letzten Mathearbeit nur eine Vier gegeben hat. Sein Ziel scheint sich jedenfalls mit dem seiner Frau zu decken: gute Schulnoten, ein gutes Abgangszeugnis, ein nahtloser Übergang zum Gymnasium. Jens und Gymnasium, die müssen beide blind sein.«

Alexa ließ sich auf einem Schülertisch nieder und baumelte mit den Beinen. »Spätestens dort wird er abrutschen.«

»Vielleicht geht sie dann wieder mit jemandem ins Bett und schickt ihm anschließend ein Videoband zu.«

»Du glaubst ...«

»Ich weiß es nicht, Alexa, die Details sind noch wüste Vermutungen. Auf dem Gymnasium dürfte das größte Problem sein, daß er dort zu viele Lehrer hat, sie kann kaum mit allen ins Bett steigen. Hier ist das einfacher — Stybermann gibt als Klassenlehrer die wichtigsten Fächer ...«

»Außer Deutsch ...«

»Richtig, außer Deutsch, das hat Jens bei mir, und das war auch der Grund ihres Auftritts eben. Nur hat sie mich nicht in der Hand.«

»Wie dumm von ihr«, sagte Alexa. »Sie hätte sich doch auch dir nur anzubieten brauchen ...«

»Du wirst geschmacklos.«

»Na komm, war nicht böse gemeint, du kennst doch mein loses Mundwerk ...«

»Schon gut ... Ehe ich mit der was anfinge, würde ich zu Max zurückgehen.«

»Aber, aber, da sehe ich doch andere Alternativen.« Alexa rutschte von dem Schülertisch runter. »Wirklich, eine liebenswerte Familie. Bei solchen elterlichen Begabungen muß doch aus dem Jungen was werden, auch ohne gute Noten.«

»Aber nichts gesellschaftlich Ehr- und Achtbares, wie sie sich das in ihrer Kleinkrämerwelt so vorstellen. Da kommt er an guten Schulabschlüssen nicht vorbei.«

Alexas Augen verengten sich zu einem Spalt, und in ihre Stimme trat ein verhaltenes Vibrieren. »Eigentlich könnten wir mit unserem Wissen jetzt beide erpressen.«

»Beide?« Barbara riß entsetzt die Augen auf.

»Ja, Hendrich und Stybermann, stell dir das mal vor! Sowieso hätte ich an Stybermanns Stelle postwendend damit gedroht, das Band an den Parteivorstand oder sonstwohin zu schicken.«

»Das sticht doch nicht«, Barbara winkte ab. »Man wird jemanden wie Hendrich nicht fallenlassen, nur weil seine Frau fremdgeht. Man würde ihn höchstens bedauern. Außerdem benutzt er den Seitensprung seiner Frau. Vielleicht stecken sie beide dahinter, vielleicht schickt er sie sogar auf den Strich ...«

»He, du entwickelst ja Phantasie! Aber du wirst recht haben, ein Typ wie Stybermann ist ohnehin zu feige, den Spieß umzudrehen. Nun gut, wie gehen wir vor?«

»Gar nicht.« Barbara schüttelte langsam, aber entschieden den Kopf. »Ich werde die Cassette für alle Fälle gut aufbewahren, aber ich möchte in keinerlei kriminelle Dinge hineingezogen werden.«

Es war wirklich ein Jammer mit ihr. »Nun hör mal zu, du penetrante Tugendwolke, was muß dir eigentlich noch passieren, bis du begreifst, daß du dich nicht aus allem Weltgeschehen heraushalten kannst?«

»Alexa, es ist einfach nicht der richtige Weg. Im übrigen liegt mir so was nicht, ich habe keine Nerven dafür.«

»Und hier rühren wir an die tiefere Wahrheit des Geheimnisses«, knurrte Alexa, »das ist dein einziges ehrliches Argument. Dir fehlt wirklich ein Schuß Zivilcourage. Es kann doch gar nichts passieren. Niemand kann dir den Besitz der Cassette nachweisen oder auch nur das Wissen um den Inhalt.«

»Nein. Möglich, daß Juliane dich mit ihrem Psychogramm in deinem persönlichen Ehrgeiz getroffen hat, aber mich nicht, auch dann nicht, wenn sie in manchen Punkten recht hat ...«

»Aber in anderen Punkten hat sie dich durchaus persönlich getroffen!« konterte Alexa aufgebracht. Sie sah ihren gesamten schön aufgebauten Plan in sich zusammenfallen, denn ohne Barbaras Zustimmung konnte und wollte sie nichts unternehmen.

Barbara drehte ihr den Rücken zu, um ihren Ärger zu verbergen, und ärgerlich war auch Alexas Abgang. Barbara biß sich auf die Lippen. Es machte ihr etwas aus, die Freundin enttäuscht zu haben, aber sie konnte nicht aus ihrer Haut.

Vor dem Schultor traf sie auf Juliane. Hatte sie auf Barbara gewartet, oder war hier nur der Wunsch die Mutter des

Gedankens? Als Juliane ihr lässig einen gemeinsamen Kaffee vorschlug, begann ihr Herz zu flattern. In Julianes tiefliegenden grauen Augen lag etwas Forderndes, und hinter ihren Worten verbarg sich offensichtlich der Wunsch nach mehr als einem Kaffeetrinken zu zweit.

Barbara ärgerte sich über ihre Reaktion. Sie mochte keine Komplikationen. Bei aller Faszination, die von Juliane ausging — unkompliziert würde es nicht werden, wenn es über gemeinsames Kaffeetrinken hinausgehen sollte. »Gut, gehen wir.« Sie wandte sich schroff ab und nahm den Weg zum Bistro. Es erboste sie, daß Juliane in ihrem Gesicht lesen konnte wie in einem aufgeschlagenen Buch.

»Die reine Begeisterung läßt dich nicht mitgehen, was ist es also?«

»Ich weiß nicht«, antwortete Barbara ausweichend, »zerbrich dir nicht den Kopf darüber.«

Juliane lächelte amüsiert. Mit einem Seitenblick stellte Barbara verzweifelt fest, wie hinreißend sie dabei aussah. Ich spiele mit dem Feuer, dachte sie, es macht mir Angst, und trotzdem genieße ich es.

»Ich zerbreche mir nicht den Kopf«, sagte Juliane, »das ist überhaupt nicht nötig, es liegt alles klar auf der Hand.«

»Ach ja, tut es das?« Unter Julianes Blick fühlte sich Barbara wie eine Patientin vor dem Röntgenschirm.

»Das tut es. Komm!«

Juliane legte ihr kurz den Arm um die Schulter, und als sie ihn wegnahm, streifte ihre Hand wie versehentlich Barbaras Nacken. Barbara brauchte den ganzen Weg bis zum Tisch, um mit der glutheißen Welle fertigzuwerden, die diese Berührung in ihr ausgelöst hatte. Sie saß da mit steifem Rücken, hielt sich lange an der Speisekarte fest und bestellte dann nur einen Cappuccino.

»Ich nehme das gleiche«, sagte Juliane zur Bedienung, die gelangweilt herangetreten war und drei Krümel vom Tisch schnippte. »Ach, da Sie gerade dabei sind, holen Sie doch mal einen Lappen und wischen den ganzen Tisch ab, wir machen gern unsere eigenen Kaffeeflecken.«

Die junge Serviererin entfernte sich errötend und kam mit einem feuchten Tuch zurück. Barbara ließ Juliane nicht aus den Augen.

»Du liebst die Macht«, sagte sie, nachdem die Kellnerin den Tisch blitzblank gewischt hatte und wieder gegangen war.

»Ich liebe sie nicht«, sagte Juliane und zündete sich eine Filterlose an, »ich übe sie nur aus, wenn es notwendig ist. Solltet ihr auch tun.«

»Wer ist 'ihr'?«

»Na, wer wird das sein? Das Kollegium.«

»Dann sag nicht 'ihr', du gehörst dazu.«

»Noch nicht lange genug, um mich mit euch zu identifizieren.«

»Geht es wieder los? Moralpredigt in Fortsetzungen?«

Julianes Lächeln traf sie so unvermittelt, daß sie nach Luft schnappte. Wie die Härte aus ihrem Gesicht veschwindet, wenn sie so lächelt, mein Gott, ich könnte…

»Du solltest viel öfter lächeln.«

»War das etwa ein Kompliment an mich aus deinem Munde? Ich sehe, wir kommen vorwärts. Ich wollte sowieso Frieden mit dir schließen.«

»Waren wir im Krieg?«

»Ich weiß nicht recht, vielleicht eine Art Waffenstillstand, schien mir. Ich möchte, daß zwischen uns alles klar ist.«

»Warum ausgerechnet zwischen uns?«

»Weil ich dich mag.«

»Oh«, Barbara verfluchte ihr Erröten, »ist schon in Ordnung, ich mag dich auch.«

Juliane intensivierte ihr Lächeln und versenkte ihren Blick in Barbaras Augen. Barbara konnte diesen Blick weder aushalten noch ihm ausweichen. Wie paralysiert saß sie vor Juliane. Wahrscheinlich bekam sie innerhalb der nächsten zwei Minuten einen Herzinfarkt.

»Sollen wir definieren, was wir unter 'mögen' verstehen?«

»Nein«, rief Barbara und wunderte sich, daß sie überhaupt ein Wort herausbekam, »das ist doch ein klarer Begriff.«

»Ich bin sicher, in unserem Fall ist er dir genauso klar wie mir.« Julianes Fingerspitzen hatten sich eigentümlicherweise zu Barbaras Händen verirrt, und Barbara glaubte jetzt beurteilen zu können, wie ein Stromschlag sich anfühlen mußte. »Einatmen!« sagte Juliane, und Barbara gehorchte.

»Du hast einen miesen Eindruck von unserem Kollegium, nicht wahr?« stammelte sie.

»Ah, du möchtest, nicht sehr dezent, aber deutlich, vom Persönlichen zum Allgemeinen überlenken.« Die Freude an der Provokation stand Juliane ins Gesicht geschrieben. »Nun gut, nähern wir uns einander in der Schrittfolge der Echternacher Springprozession. Das Kollegium? Gott, was soll ich sagen, ich hab's ja neulich schon ziemlich deutlich formuliert. Manchmal denke ich eben, ihr seid kein Kollegium, nicht mal ein Haufen Einzelkämpferinnen, sondern nur ein etwas überalterter, deformierter Haufen.«

»Deformiert?«

»Zwölf mehr oder weniger freiwillige Abgänge von Lehrerinnen und Lehrern in den letzten drei Jahren. Wer sind nun die Guten? Die, die bleiben, oder die, die gehen?«

Barbara hatte das Gespräch zwar erfolgreich aus der privaten Bahn gelenkt, aber das Thema, das nun wieder auflag, machte sie auch nicht glücklich. Juliane hatte sich entspannt zurückgelehnt. Ihre Augen funkelten. Ich werde dir die Hölle heiß machen, daß du kochst, du Weltmeisterin im Ausweichen. Du wirst dir noch wünschen, du hättest das Thema nicht gewechselt.

»Könnte man nicht sagen, es sind die Guten, die bleiben, die aushalten und kämpfen?« meinte Barbara zaghaft.

»Könnte man. Wenn hier jemand kämpfen würde. Aber hier kämpft niemand. Warum macht ihr es den beiden so leicht?«

»Ach, Juliane, glaub mir, sie machen es uns nicht leicht. Und vielleicht sind wir das Kämpfen nicht gewöhnt, haben es nie gelernt ...«

»Als Frauen oder als Lehrerinnen?«

»Wie meinst du das?«

»Ich denke selbst noch darüber nach«, sagte Juliane. »Die meisten von euch entstammen der biederen Hausfrauenkaste, dem Strickmuster und Kochrezeptemilieu ...«

»Das ist eine ziemlich unverschämte Unterstellung. Du kannst doch nicht alle über einen Kamm scheren ...«

»Das tue ich auch nicht. Dich nehme ich aus. Du bist schon mal irgendwo ausgebrochen.«

»Ausgebrochen?«

»Aus deiner Ehe, oder warst das nicht du, die gegangen ist? Du hast viel mehr in dir, als du ahnst. Du bist einfach nur ein kleiner Feigling.«

»Vielen Dank für die Blumen. Erst behauptest du, du magst mich ...«

Juliane sah sie verblüfft an. »Aber natürlich mag ich dich. Und vielleicht mag ich besonders das, was noch alles in dir steckt.«

»Darüber scheinst du mehr zu wissen als ich.«

»Kann schon sein. Vielleicht gefällt mir aber auch deine Zurückhaltung, dein Haushalten mit persönlichem Einsatz, vielleicht reizt mich das sogar, schwierig zu sagen. Deine Vorsicht scheint dich gegen alles abzusichern, trotzdem ist sie für diese Schule nicht das geeignete Rüstzeug.«

»Und was wäre das geeignete Rüstzeug?«

»Kampfgeist, Mut, Risikobereitschaft.« Stakkato. Hart und kalt wie Eiswürfel. Barbara fühlte sich unbehaglich.

»Vielleicht liegt es am Berufsstand«, fuhr Juliane fort. »Der Lehrerberuf hat ein unklares Verhältnis zur Hierarchie. Lehrer sind erwachsene Schüler, in ihrem soziologischen Verhalten, meine ich. Sie waren Schüler und haben auf ihre Lehrer gehört, sie waren Studierende und haben auf ihre Professoren gehört, sie sind Lehrer und hören auf ihre Schulleiter. Ich meine, es ist immer die gleiche Struktur. Und Frauen wird ein kämpferisches Streben, so es denn aufkeimen sollte, bereits im Kindergarten abgewöhnt. Und da Grundschulkollegien zu fünfundneunzig Prozent aus Frauen bestehen ...«

»Du solltest deine Studien veröffentlichen«, sagte Barbara mit grimmigem Spott, »du redest, als wärst du weder eine Frau noch eine Lehrerin.«

»Ausnahmen bestätigen die Regel«, Julianes Hand streifte wieder flüchtig die ihre, und Barbara schluckte nervös. »Fühl dich nicht zu hart angegriffen, ich provoziere nun mal gern.«

»Ja, ich weiß, du meinst es gewiß gut ...«

»Gut meinen? Das nun mit Sicherheit nicht. Ich kann das nicht hören, diesen endlos abgenutzten mütterlichen Vorwand für jede erzieherische Willkür. Hör auf, so betulich daherzureden ...«

»Betulich?« Barbara fuhr hoch. »Verdammt nochmal, hör du auf, so von oben herab mit mir zu reden! Du bist weder meine Mutter noch meine Vorgesetzte!«

»Genau das ist es!« Julianes rauchige Stimme klang plötzlich ungewohnt sanft, beinah zärtlich, und Barbara hatte große Mühe, mit ihrer Irritation fertig zu werden. »Deshalb wagst du diesen Ton, wagst es, Zorn in deine Stimme zu legen, weil ich nicht deine Mutter und nicht deine Vorgesetzte bin ... Im übrigen, ich suche nur mit solchen Menschen die Konfrontation, an denen mir was liegt.«

»Zuckerbrot und Peitsche«, sagte Barbara. »Manchmal ertappe ich mich dabei, daß ich zwischen dir und Rheinstauff Ähnlichkeiten entdecke. Du beherrschst das gleiche Instrumentarium.«

»Wichtig ist nur, wofür man sein Instrumentarium einsetzt.«

»Nein, der Zweck heiligt nicht die Mittel.«

»Ach, du harmloses Wesen! Du bist von einer derart rührenden Naivität, daß ich immer das Gefühl habe, ich muß einen riesigen Schirm über dich halten. Wie bist du mit so viel Wohlanständigkeit nur all die Jahre durchs Leben gekommen?«

Barbara schwieg, zwischen Ärger und Betroffenheit pendelnd. Die meiste Kraft lasse ich tatsächlich in Stellungskämpfen, dachte sie traurig, hütete sich aber, es laut zu sagen.

»Weißt du«, sagte sie dann, »ich will nicht mit ihren eigenen miesen Mitteln gegen sie ankommen. Burschen wie die beiden, in schwarze Lederstiefel gesteckt, hätten im Dritten Reich einer Menge Leute mehr als nur Unbehagen bereitet. Ich bin sehr froh, in einer Demokratie zu leben.«

»Darüber kannst du auch froh sein, das ist dein Glück. Denn wenn du jetzt schon, wo du schlimmstenfalls eine Dienstaufsichtsbeschwerde oder eine Versetzung riskierst, keinen Widerstand bietest, wieviel hättest du unter Hitler geduldet, wo es wirklich eine Frage von Leben und Tod war, ob man mutig oder feige reagierte?«

Barbara war durch sämtliche Hautschichten blaß geworden. »Jetzt bist du zu weit gegangen, Juliane.«

»Nein, jetzt habe ich dich endlich im innersten Kern getroffen, und deine Gesichtsfarbe sagt mir, daß ich recht habe.«

»Du schreckst wahrhaftig vor nichts zurück, was? Gehst du wirklich so mit allen Menschen um, die du magst?«

»Nur mit denen.«

»Wenn ich dir länger zuhöre, habe ich das Gefühl, in einer Therapie zu sitzen. Ich brauche keine Therapie, Juliane.«

»Ihr braucht alle eine. Macht das niemand von euch? Ihr seid gar nicht en vogue. Keine Therapie? Nicht mal eine klitzekleine Selbsterfahrungsgruppe? Aber doch wenigstens einen Töpferkurs oder eine Einführung in die Vollwerternährung?«

»Spar dir deinen blöden Spott. Ich weiß nicht, in welcher Welt du bislang bestehen mußtest, aber du bist für mich nichts weiter als ein Macho-Plagiat. Ich möchte nach Hause.«

»Laß dich nicht entmutigen«, sagte Juliane, und Barbara war zu müde und ausgelaugt, um herauszufinden, ob es ernst oder ironisch gemeint war. »Heute waren die Tiefschläge dran, beim nächsten Mal geht es wieder aufwärts mit uns. Denk an die Echternacher Springprozession.«

»Was, zum Teufel, ist das eigentlich?«

»Lies doch im Lexikon nach.«

»Ach, du kannst mich mal!« fauchte Barbara.

»Aber ja doch, nur Geduld!« Juliane strahlte sie an. »Wirklich, ich mag dich sehr! Und laß dein Geld stecken, das war meine Party.«

Barbara knallte den Stuhl auf den Boden und lief, zornrot im Gesicht, zur Tür.

Zu Hause ließ sie sich erschöpft auf die Couch fallen, um sogleich wieder aufzuspringen und das Lexikon zu holen. Sie suchte bei E wie Echternach. Heftig schlug sie das Buch zu und die Hände vors Gesicht. Scheiße, und das alles nur, weil ich nicht imstande bin, einfach meinem Gefühl nachzugeben. Im Weglaufen bin ich wirklich die Größte.

14

Flämmchen

Der Bratengeruch hing penetrant über dem Tisch. Von den hohen Wänden des Speisesaals hallte das Geklapper von Tellern und Gabeln und das Geplapper der vielen Kinder verstärkt wider. Lustlos stocherte sie in den Kartoffelklößen herum. Sie waren halbroh und schmeckten fade und zäh. Die Soße war fast kalt, an der Oberfläche hatte sich eine Fetthaut gebildet und warf Falten. Dazwischen grinsten sie die aufgequollenen Rosinen wie Froschaugen an. Rheinischer Sauerbraten. Angewidert schob sie den Teller zur Seite.

»He, Feuermelder«, sagte Nils, der sich laut und polternd wie immer neben sie gesetzt hatte, »kann ich deine Portion haben? Du ziehst es wohl wieder einmal vor, deine wöchentliche Fleischration schnöde zu verschmähen.«

»Nimm's dir«, sagte Flämmchen gleichgültig, fügte jedoch drohend hinzu, »aber nenn mich nicht 'Feuermelder', sonst schieb ich dir das Essen samt Teller und Besteck in deinen Breirachen.«

Er gab keine Antwort, bis er ihre Portion in schwindelerregendem Tempo aufgegessen hatte. »Reiß bloß deine Klappe nicht so weit auf, Feuermelder«, sagte er dann, eher gutmütig als böse, aber dennoch mit boshaftem Unterton. »Wenn ich deine Noten in Deutsch, Mathe und Englisch hätte, würde ich auf allen Vieren stumm an der Wand entlangkriechen.«

»Was gehen dich meine Noten an, Streberling?« fauchte sie giftig. »Kümmere dich um deinen eigenen Mist.«

»Interessieren mich einen feuchten Dreck, deine Noten.« Er stand auf, ohne sie anzusehen. »Damit kannst du höchstens noch Klofrau werden. Aber ist ja auch ein sozialer Dienst an den Bedürfnissen der Menschheit.«

Er entfernte sich eilig, bevor ihre Hand ihn treffen konnte. Zwar hatte sie miserable Zensuren in sämtlichen Fächern, aber im Austeilen von Ohrfeigen war sie die Schnellste. Und sie legte sich mit allen an, ob Junge oder Mädchen, jünger oder älter, größer oder kleiner, allein oder zu mehreren.

»Laß dich doch von dem nicht provozieren«, sagte Elke, die links von Flämmchen saß, »der tut sich nur so dicke, weil sein Alter Kohle hat.«

»Ach, der kann mich mal kreuzweise.« Flämmchen zog die Schale mit dem Nachtisch heran und schob sich appetitlos zwei Löffel Pflaumenkompott in den Mund. Den Rest ließ sie stehen. »Schweinefraß«, murrte sie.

»So schlimm ist es auch wieder nicht«, sagte Elke und leerte Flämmchens Nachtischschale im Anschluß an ihre eigene. Sie hatten seit einem Jahr die Betten im Schlafraum nebeneinander und kamen im großen und ganzen recht gut miteinander aus, was hauptsächlich Elkes pausbäckiger Frohnatur zu verdanken war.

Als Flämmchen vom Tisch aufstand, wurde ihr ziemlich schwindelig, aber sie konnte es kaschieren, indem sie sich mit der linken Hand auf die Stuhllehne stützte und noch ein paar Sätze mit Elke wechselte. Nachdem sie eine Weile stand, ließ das Schwindelgefühl nach.

An der Tür, die zum Gang führte, fing Pater Johannes sie ab. Pater Johannes war der nervigste Typ von allen, er unterrichtete katholische Religionslehre und Sozialkunde. Zum Erbrechen.

»Du möchtest nach der Mittagsruhe zum Direktor kommen«, sagte er. Seine Stimme hatte etwas Salbungsvolles an sich, und sie bemühte sich, ihn nicht anzusehen.

»Ich möchte durchaus nicht«, sagte sie, »aber ich werde wohl müssen.« Und aufrecht stolzierte sie an ihm vorbei und verließ den Speisesaal. Diese Gespräche kannte sie schon, sie fanden wöchentlich statt. Und sie wußte im voraus, was er sagen würde, denn es war immer die gleiche Leier.

»Du hast in der letzten Woche dreimal nach neunzehn Uhr ohne Erlaubnis das Internatsgelände verlassen.«

'Du hast zum wiederholten Male heimlich geraucht.'

'Ich höre ständig Klagen deiner Lehrer, daß du deine Hausaufgaben nicht machst.'

'Wenn du weiterhin so wenig für die Schule tust, wirst du die Klasse wiederholen müssen. Weiß ein Mädchen mit vierzehn heute nicht, was es will? Als du vor zwei Jahren hier ankamst, hattest du die besten Zeugnisse. Was ist los mit dir, warum läßt du dich so gehen?'

Und seit einigen Wochen als neue, nun aber immer wiederkehrende Variante: 'Ich höre, du ißt nicht ordentlich, läßt halbvolle Teller zurückgehen oder verteilst deine Portionen an Mitschüler. Schmeckt es dir nicht bei uns? Dabei solltest du froh sein über das, was wir euch heute alles geben können. Meinen eigenen Kindern konnte ich nach dem Krieg ein solches Essen nicht bieten...'

Sie hatte ihr Zimmer erreicht und warf sich aufs Bett. Sie war müde. Das Leben war öde. Nichts machte Spaß, alles war fade und leer, es lohnte sich nicht, irgend etwas zu tun.

Es war kurz vor drei, als sie von ihrem Bett aufstand, sich am Waschbecken flüchtig die Hände wusch, mit dem Kamm einmal kurz durch die Haare fuhr und das Zimmer verließ.

Auf dem Weg zum Verwaltungstrakt begegneten ihr Jutta und Wanda. Sie gingen mit ihr und Elke in die gleiche Klasse. Flämmchen hob den Kopf und sah starr an den beiden vorbei. »Hallo, Eiszapfen«, feixte Jutta und rempelte sie an. »Oh, ich bitte um Verzeihung, daß ich dir auf die Füße getreten habe, ich hätte sie sehen müssen, groß genug sind sie ja.«

Flämmchen hieb ihr mit aller Kraft den Ellenbogen in die Rippen und ging weiter, ohne sich noch einmal umzudrehen. »Blöde Kuh, eingebildete Ziege!« kreischte Wanda hinter ihr her, während Jutta sich mit Tränen der Wut in den Augen die Seite rieb.

Der Ruf, ein Eiszapfen zu sein, erfüllte Flämmchen mit kaltem Stolz. Es machte sie allen überlegen. Mit Verachtung sah sie auf das rührselige und romantische Getue ihrer Mitschülerinnen herab, machte sich über ihre albernen Kleinkindergeheimnisse offen lustig. Und das affige Herumspringen um die Jungen aus der Parallelklasse ödete sie an bis zum Ekel.

»Ich mache mir Sorgen um dich, Kind«, sagte der Direktor, nachdem er ihr einen Stuhl angeboten hatte. Er nannte sie nie beim Namen, sondern stets nur 'Kind' oder 'Mädchen'. »Seit Wochen beobachten wir nun, wie du das nahrhafte Essen unserer guten Internatsküche verweigerst. Aber du bist noch im Wachstum, Mädchen, da ist es gefährlich, nicht ausreichend zu essen. Wieviel wiegst du?«

»Sechzig Kilo«, sagte Flämmchen, indem sie schnell vier Kilo dazulog. Mit umwölktem Gesichtsausdruck machte er 'Ts, ts' und betrachtete sie aus seinen kurzsichtigen Augen, die er alle paar Sekunden nervös zusammenkniff. Er war um die fünfzig, hatte schütteres, graues Haar und Schuppen auf dem dunklen Anzugrevers.

»Du mißt gut einen Meter fünfundsiebzig, Mädchen. Du wiegst entschieden zu wenig. Deshalb bist du auch ständig müde und lustlos und hast keine Kraft zum Lernen. Wenn du so weitermachst, müssen wir etwas unternehmen.«

»Was meinen Sie damit?«

»Damit meine ich, daß ich dich zum Arzt schicken und untersuchen lassen werde.«

Sie sah ihn bestürzt an. Sie wußte, er würde das glatt tun. »Aber ich fühle mich gut. Ich bin nicht krank. Ich esse jeden Tag Traubenzucker.«

Er lächelte nur, wobei er seine nikotingelben, vorstehenden Zähne zeigte, dann wurde er wieder ernst. »Ich möchte, daß du deine Portionen bei den Mahlzeiten aufißt. Ist das machbar, Kind? Andernfalls müßte ich dir ein paar Freizeitvergünstigungen streichen, dir liegt doch viel am Sport, oder? Aber wenn du nicht ißt, bist du körperlich nicht in der Lage, soviel zu trainieren, das könnte ich gar nicht verantworten...«

»Aber ich will nicht dick und unförmig werden!«

»Von der Gefahr bist du ziemlich weit entfernt.«

»Gerade weil ich aktiv Sport treibe«, murmelte sie, »da stört doch jedes überflüssige Gramm Fett.«

»Du hast keins.«

»Bitte?«

»Du hast kein überflüssiges Gramm Fett. Hör mir zu, mein Kind, ich meine es ernst. Du könntest deinem Onkel schreiben, er macht sich ohnehin schon Sorgen, weil du so selten von dir hören läßt. Vielleicht kann er dir ab und zu von deinem Lieblingsgebäck schicken. Was hältst du davon?«

»Ich hasse alles Süße!«

15

Es versprach eine langweilige Konferenz zu werden. Der aufregendste Punkt der Tagesordnung war die Frage, ob das Alarmzeichen für 'Feuer' oder ähnliche Katastrophen verändert werden sollte, um es vom Klingelzeichen für 'Regenpause' besser unterscheiden zu können. Die Diskussionsbeiträge waren entsprechend enthusiastisch.

Vor dem nächsten Tagesordnungspunkt, der unter der lapidaren Bezeichnung 'Hausordnung' lief, wurde die stündliche Raucherpause eingelegt. Das Kollegium teilte sich in Gute und Böse. Barbara gesellte sich, obwohl selbst Nichtraucherin, stets zu den Rauchern, dort waren die interessanteren Leute anzutreffen, und vor allem wollte sie über jeden Verdacht erhaben sein, Hedwig Mielenks militanten Nichtraucher-Feldzug zu unterstützen. Seit Rheinstauff sich vor zwei Jahren das Rauchen abgewöhnt hatte, war diese Kampagne von ihm ins Leben gerufen worden, der sich Fräulein Mielenk mit Leib und Seele verschrieben und die Barbara beinahe dazu gebracht hatte, das Rauchen anzufangen.

Titus hockte bei Gabi und zog an einer Selbstgedrehten, für eine Pfeife reichten die Konferenzpausen nicht. Gabi, selbst nur Gelegenheitsraucherin, wedelte ab und zu lächelnd den Qualm beiseite.

»Ist ja wieder ätzend heute«, bemerkte Titus, »all diese Nebensächlichkeiten könnte man in einer halben Stunde abhaken und statt dessen zur Abwechslung mal über die Kinder reden.«

»Warum reichst du keine Ergänzung zur Tagesordnung ein?« Juliane begleitete ihre provozierende Frage mit mehreren gekonnten Rauchringen.

Titus drückte seine Zigarette aus und blickte sie ruhig an. »Weil es sinnlos ist, mit dieser Schulleitung über die Kinder zu reden. Hier verliert sich alles in Formalismen. Wenn wir Disziplinschwierigkeiten ansprechen, kommt Rheinstauff mit dem Maßnahmenkatalog. Pädagogische Gespräche führen wir lieber untereinander. Zufrieden?«

»Überhaupt nicht«, sagte Juliane. Ein Seufzen ging durch den inneren Kreis der Eingeweihten. Alexa bereitete sich bereits auf einen weiteren verbalen Schlagabtausch vor, aber Titus machte dem Disput ein Ende, ehe er begonnen hatte.

Er stand auf. »Na, kommt, Leute, wenden wir uns der Hausordnung zu. Wahrscheinlich hat wieder eines eurer Kinder das Butterbrotpapier im Flur fallen lassen.«

Im Lehrerzimmer hantierte Hedwig Mielenk mit der Wanduhr herum, eine von der einfachen Kaufhaussorte, wie sie in den meisten Klassenräumen hingen. »Verstehen Sie was von Technik?« wandte sie sich gerade an Edmund Rheinstauff. »Ich habe eine neue Batterie eingelegt, aber die Uhr geht noch immer nicht.«

Alexa hielt den Atem an, und Barbara beobachtete fassungslos die Szene. Rheinstauff hatte die Uhr in die Hand genommen, holte die Batterie heraus und legte sie andersherum wieder ein. Wortlos, aber mit einem Gesichtsausdruck, als habe er soeben irgendwo den ersten Preis gemacht, reichte er sie zurück.

»Sie geht!« rief Fräulein Mielenk dankbar.

»Und so was gibt Sachunterricht«, brummelte Rheinstauff, aber es klang nicht verärgert, sondern gutmütig und zufrieden.

»So liebt er das«, sagte Heidi leise hinter Barbaras Rücken, »wenn die Kinder mit allen Problemen immer brav zu Papa kommen und ihn um Rat bitten. Dann gibt es auch ein Zückerchen.«

»Also, die gehört doch wohl ins Kuriositätenkabinett«, platzte Alexa heraus.

Barbara nahm neben ihr an einer Längsseite des Tisches Platz. »Eher ins prähistorische Museum.« Sie fing einen Blick von Juliane auf, die ihr gegenübersaß, Spott und Verachtung um die Mundwinkel. Barbara wandte den Blick ab. Für Fräulein

Mielenks infantile Anbiederung an den männlichen Größenwahn fühlte sie sich wirklich nicht verantwortlich.

Rheinstauff nahm die Tischglocke in die Hand und läutete zur Ruhe. »Wir kommen zum nächsten Tagesordnungspunkt. Ich habe ihn allgemein und kurz nur 'Hausordnung' überschrieben.« Alle kramten bereits in ihrem Gedächtnis, ob und wann sie wieder vergessen hatten, die Kinder an die strikte Einhaltung der Hausordnung zu erinnern. Kinder dürfen sich vor dem Unterricht und in den Pausen nicht im Schulgebäude aufhalten, Kindern dürfen zu keinem Zeitpunkt und unter keinen Umständen Schlüssel zu einem der Schulräume überlassen werden, Kinder dürfen die Wiese hinter der Turnhalle nicht betreten, Kinder dürfen das Lehrerzimmer nicht betreten, Kinder dürfen nicht ...

»Es geht diesmal nicht um Übertretungen der Hausordnung durch Kinder.« Rheinstauff machte eine kleine Pause, in der er den Blick vage von einer zum anderen schweifen ließ. Die ungeteilte Aufmerksamkeit aller war ihm nun gewiß. »Vielmehr habe ich von einem Vorfall erfahren, der zwei Kollegen betrifft.«

Verdutzte, suchende Rundum-Blicke im Kollegium.

»Ich habe nichts dagegen, daß sich unter Kollegen persönliche Kontakte ergeben.« Seine Stimme hatte sich nun erhoben und wurde mit jedem Wort deutlicher und schneidender. »Das mag sogar so weit gehen, daß eine intimere Beziehung daraus entsteht. All das geht mich nichts an und interessiert mich nicht — solange es außerhalb der Dienstzeiten und außerhalb des Schulgeländes geschieht!«

Mittlerweile war wohl den letzten im Kollegium klargeworden, daß er von Titus und Gabi sprach, von anderen 'intimen Beziehungen' war niemandem etwas bekannt.

»Daß es um Frau Pieroth und mich geht, habe ich schon begriffen«, sagte Titus freundlich, aber mit erhöhter Wachsamkeit, »aber was meinen Sie überhaupt?«

»Was ich meine?« donnerte Rheinstauff jetzt. »Da Sie sich

schon selbst erwähnen, brauche ich nicht mehr um den heißen Brei herumzureden!«

Das hättest du sowieso nicht mehr lange getan, dachte Barbara, ihr war übel vor Wut.

»Es geht um Ihr skandalöses Betragen im Foyer nach der fünften Stunde am vergangenen Donnerstag. Daß Sie, Herr Frings, ein Verhältnis mit Frau Pieroth begonnen haben, steht nicht im Mittelpunkt meines Interesses, wenn ich eine solche Beziehung innerhalb eines Kollegiums auch aus vielen Gründen nicht für günstig halte, aber ich verbitte mir ganz entschieden die Ausübung dieses Verhältnisses im Schulgebäude zu Unterrichtszeiten!«

Auf Gabis Gesicht malte sich Ratlosigkeit. Titus schwankte noch zwischen Ärger und Belustigung. »Ich frage mich immer noch, was Sie meinen könnten. Ich habe Frau Pieroth einen Kuß gegeben, wenn es das sein sollte, hier im Foyer, das stimmt. Ich bitte um Entschuldigung, ich wußte nicht, daß es sich dabei um höhere Unzucht handelt.«

»Ich verbitte mir Ihren süffisanten Ton!« schrie Rheinstauff und schlug zur unnötigen Bekräftigung seiner Worte mit der Faust auf den Tisch. »Es geht nicht um einen einfachen Kuß. Wie mir berichtet wurde, fand wesentlich mehr statt!«

»Was wurde Ihnen denn berichtet?« fragte Gabi mit vor Aufregung fast umkippender Stimme, aber tapfer.

Und Titus ergänzte: »Und vor allem, von wem?«

»Das spielt keine Rolle!«

»Oh doch«, rief Alexa aufgebracht, »ich finde, es spielt durchaus eine Rolle, wer es für nötig befindet, einen Kuß unter Kollegen dem Schulleiter zu hintertragen wie ein petzender Schüler!«

»Ich habe mit Herrn Rheinstauff über den Vorfall gesprochen«, ließ Hedwig Mielenk sich mit piepsender Mäusestimme aus der Tischecke neben der Schulleitung vernehmen. Sie sah dabei niemanden an und wirkte etwas bleich um die Nase. »Und es war kein einfacher Kuß, sondern ein richtiger, langer Kuß und noch mehr, und das, während noch Schüler durchs Haus gingen.«

»Ob die einen 'einfachen' von einem 'richtigen' Kuß unterscheiden kann?« murmelte Barbara.

»Ich habe es selbst beobachtet«, der piepsende Mäuseklang wurde etwas schriller, »und ich fand, es war ein beschämendes Verhalten für Pädagogen, denen Kinder in ihre Obhut gegeben sind.«

»Oh, lieber Gott, was mir versagt das Leben, sollst du auch keinem andern geben. Amen.«

»Frau Valentin!« brüllte Rheinstauff, zweimal schlug die Faust auf den Tisch. »Ich rufe Sie zur Ordnung! Ich dulde solche Kommentare nicht! Und ebenso verbitte ich mir Ihr Grinsen, Frau Wagemuth! Wenn Sie kein Gefühl mehr für Anstand und Sitte haben, bedaure ich Sie. Es geht nicht an, daß Lehrer einer Grundschule mit dreihundert Schülern sich derart verhalten. Es gibt Dinge, die nicht an die Schule, ja nicht einmal an die Öffentlichkeit gehören, und Intimitäten dieser Art zähle ich noch dazu, mögen Sie mich ruhig für altmodisch halten.«

»Aber ein Kuß!« rief Christine hilflos und völlig niedergeschmettert. Sie hatte sogar aufgehört, ihr Teilchen zu essen, das im Fach unter dem Tisch lag. »So ein Aufstand wegen eines Kusses! Wenn sie sich vor den Augen der Kinder geohrfeigt hätten, fände ich das weitaus beschämender.«

Juliane fiel auf, daß Christines meist rosiges Gesicht plötzlich grau und eingefallen wirkte. Man könnte glauben, dachte Juliane, sie sei selbst betroffen.

»Ihre Meinung in Ehren, Frau Gebhardt«, fuhr ihr Rheinstauff über den Mund, »aber ich sehe das anders. Und hier bin ich der Schulleiter, und solange ich das noch bin und somit Hausherr mit allen Rechten, werde ich solche Vorgänge nicht dulden.«

»Soll das eigentlich alles ins Protokoll?« fragte Heidi bestürzt. Sie hatte zwar eifrig mitgeschrieben, aber jetzt überkamen sie doch Zweifel.

»Meinetwegen können Sie meine Hinweise allgemein umschreiben und Namen aus dem Protokoll herauslassen«, sagte Rheinstauff mit gespielter Konzilianz.

»Ich empfinde dieses Schauspiel hier — das meines Erachtens auch nicht vor eine Konferenz gehört — als lächerlich und erbärmlich«, sagte Barbara, nachdem sie sich zu Wort gemeldet hatte. Sie war um eine beherrschte Stimme bemüht, aber der Aufruhr in ihrem Innern war kaum zu überspielen. »Hier wird der Anschein erweckt, als habe vor den Augen von dreihundert Schülern auf dem Flur ein Koitus stattgefunden. Es mag ja sein, daß Fräulein Mielenks persönliches Schamgefühl mit einem Kuß bereits verletzt wird, aber daraus vor dem versammelten Kollegium eine solche Affäre zu konstruieren, finde ich schlichtweg blamabel.«

»Hoppla«, flüsterte Alexa neben ihr anerkennend, »das war mutig!«

Rheinstauff fixierte Barbara aus zusammengekniffenen Augen. Seine Pupillen waren klein wie Stecknadelköpfe. »Ich weiß, daß Ihre Toleranz in solchen Dingen recht weit geht, Frau Bertram, vielleicht weiter als bei uns allen.« Er sprach sehr ruhig, aber der drohende Unterton war unüberhörbar. Barbara, sich aller auf sie gerichteten Blicke bewußt, spürte Panik in sich aufsteigen. »Aber ich teile diese Toleranz nicht.«

Rheinstauff lehnte sich zurück und gab das Wort an Stybermann weiter, der neben ihm an der Schmalseite des Tisches saß und dessen blasse Augen sich an Barbara festsogen. »Wenn ich dazu noch etwas anfügen dürfte«, begann er mit seiner öligen Stimme. »Sie sollten nicht vergessen, Frau Bertram, daß wir als staatliche Beamte und Lehrer eine Vorbildfunktion wahrnehmen müssen. Das erstreckt sich selbstverständlich auch auf den Bereich Selbstzucht und Selbstdisziplin. Wir müssen die Meßlatte etwas höher anlegen, als die allgemeine Moral uns zugesteht. Wir entnehmen unsere ethischen Richtlinien ja nicht RTL plus, nicht wahr? Wollen wir uns als Erwachsene von unseren Kindern damit auf eine Stufe gestellt sehen? Doch wohl kaum, Frau Bertram, das entspricht sicher auch nicht Ihren Vorstellungen.«

Barbara war sprachlos. Sie starrte Stybermann an, dem die Worte wie Seifenblasen aus dem Mund quollen. Das konnte nicht wahr sein! Was sie da gehört hatte, konnte einfach nicht wahr sein! Sie holte tief Luft und setzte zum Sprechen an, als Alexas Fuß schmerzhaft gegen ihr Schienbein schlug. »Tu's nicht«, zischte Alexa, »das regeln wir auf unsere Art.« Barbara schluckte die Worte, die ihr bereits auf der Zunge lagen, wieder hinunter.

»Ich halte das Thema nunmehr für abgeschlossen«, sagte Rheinstauff. »Zur allgemeinen Beruhigung ziehen wir die nächste Raucherpause vor. Frau Bertram, bitte in mein Amtszimmer.«

Barbara stand langsam auf, sie spürte Julianes Blick auf sich gerichtet und fühlte sich plötzlich sehr allein. Seit dem Streit im Bistro hatten sie kein persönliches Wort mehr miteinander gewechselt.

»Nimm dir jemanden als Zeugen mit«, raunte Alexa neben ihr eindringlich. Es hatte sich bereits ein turbulentes Gemurmel erhoben, die Leute standen auf, und fast alle verließen den Raum in Richtung Foyer. Dort schwoll das Stimmengewirr weiter an. »Sie werden dich fertigmachen«, sagte Alexa.

Barbara wandte ihr das Gesicht zu. Sie war auf einmal unerwartet ruhig. Ihre Stimme zitterte nicht und ihre Hände auch nicht. »Ich werde niemanden mitnehmen. Ich werde das allein durchstehen. Und sie werden mich nicht fertigmachen.«

»Frau Bertram, würden Sie bitte kommen?« Stybermann hielt ihr die Tür zu Rheinstauffs Zimmer auf, um ihr den Vortritt zu lassen und nach ihr den kleinen, engen Raum zu betreten.

Juliane ging rauchend im Foyer auf und ab. Sie beteiligte sich nicht an dem hitzigen Gezeter, das um sie herum stattfand. Gabi saß, in Tränen aufgelöst, auf einem Stuhl, Titus hatte dezent den Arm um sie gelegt. Christine wischte sich mit einem Tempotuch die Tränen aus den Augen. Ihr Gesicht war immer noch grau.

Alexa stampfte vor Wut mit dem Fuß auf. »Das ist der Gipfel, das ist der absolute Gipfel! Wie kann er es wagen...«

»Und es war wirklich nichts, nur ein bißchen in den Arm nehmen und ein kleiner Kuß auf den Mund«, stammelte Gabi schluchzend.

»Ich bitte dich«, fauchte Alexa sie an«, du wirst dich doch vor mir nicht rechtfertigen wollen! Tu mir das bitte nicht an!«

»Wir werden zum Schulrat gehen und einen Versetzungsantrag stellen«, sagte Titus. »Ich habe noch gut fünfunddreißig Berufsjahre vor mir, ich möchte nicht schon hier von zwei Idioten kaputtgemacht werden.«

»Was mache ich bloß mit dem verfluchten Protokoll?« sagte Heidi wütend. »Das kann man doch gar nicht alles reinschreiben.«

Juliane, die, den Zigarettenrauch tief inhalierend, gerade an ihr vorbeikam, blieb stehen. »Warum denn nicht? Weshalb willst du ihn schonen? Er baut doch darauf, daß du dich nicht traust, alles hineinzuschreiben. Sein heuchlerisches Entgegenkommen, was das Protokoll betrifft, schützt nur ihn selbst vor Blamage an höherer Stelle. Schreib den gesamten Vorgang im Wortlaut hinein, das wird den Schulrat beim Lesen aktivieren. Dann würden die Protokolle dieser Schule endlich mal in die Nähe der Wahrheit gerückt und sich nicht so blutleer und trocken lesen wie eine Sammlung von Gebrauchsanweisungen für Brotröster und Schnellkochtöpfe.«

»Es geht weiter«, sagte Christine, tupfte ein letztes Mal ihre Tränen ab und stopfte sich verzweifelt den Rest des Teilchens in den Mund.

Als sie hineingingen, saß Barbara bereits blaß und unbeweglich auf ihrem Platz. »Nächster Punkt«, sagte Rheinstauff, kaum daß alle Platz genommen hatten. »Papierbeschaffung für unser Fotokopiergerät.«

»Ich möchte eine Erklärung abgeben, »sagte Barbara.

Rheinstauff hob den Kopf. »Zur Sache?«

»In eigener Sache.«

»Dazu ist jetzt nicht der Zeitpunkt und nicht die Gelegenheit, Frau Bertram. Ich fahre fort. Das Papiervolumen im laufenden Schuljahr ...«

Barbara war aufgestanden. Es hatte nur ein kleines, scharrendes Geräusch gegeben, als sie ihren Stuhl nach hinten schob. Unvermittelt war eine beklemmende Stille eingetreten.

Du wirst jetzt durch diese Angst hindurchgehen, sagte eine kleine, mutige Stimme in ihr, mitten durch, und du wirst auf der anderen Seite ankommen, ohne tot umzufallen, ohne ohnmächtig zu werden, ohne zu erröten, ohne daß dir die Stimme im Halse steckenbleibt. All das wird nicht passieren, aber du wirst danach auch nicht mehr dieselbe sein.

»Ich werde eine Erklärung in eigener Sache abgeben«, sagte Barbara, fest und sicher. »Ich möchte das Kollegium über den Verlauf des Gespräches in Kenntnis setzen, das soeben zwischen Herrn Rheinstauff, Herrn Stybermann und mir im Zimmer des Schulleiters stattgefunden hat.«

»Ich habe Ihnen nicht das Wort erteilt«, brüllte Rheinstauff. »Haben Sie verstanden? Sie haben nicht das Wort!« Sein Brüllen verhallte an den Wänden, und dann herrschte Totenstille im Raum. Man hörte das leise, gleichmäßige Summen der Neonbeleuchtung.

»Ich rede«, sagte Barbara, »also habe ich das Wort.«

Rheinstauff sprang auf, Stybermann rutschte unruhig von einer Pobacke auf die andere.

Bevor Rheinstauff den Mund öffnen konnte, sprach Juliane. Ruhig, sachlich und distanziert. »Wenn Sie Frau Bertram ihre Erklärung jetzt nicht ungehindert abgeben lassen, beantrage ich, daß sie schriftlich fixiert dem Protokoll beigefügt wird. Ich gehe davon aus, daß dieser Antrag mit großer Mehrheit angenommen wird.«

Rheinstauff sank auf den Stuhl zurück, seine Arme lagen schlaff auf den Lehnen. Er sah aus wie jemand, der glaubt, sich verhört zu haben und zur Sicherheit noch einmal nachfragen möchte. Da begann Barbara, die Fingerspitzen leicht auf die Tischplatte gedrückt, mit klarer Stimme zu sprechen. »Herr Rheinstauff hat in dem eben stattgefundenen Gespräch durchblicken lassen, daß ich meinen weiteren Verbleib an dieser Schule nur seiner Toleranz und Großzügigkeit zu verdanken habe. Er sei informiert über die Begleitumstände, die zu meiner Scheidung vor einem Jahr geführt haben. Dieses Wissen, das der Zufall ihm in die Hände gespielt hat, habe er bisher für sich behalten, weil er meine weitere berufliche Laufbahn nicht gefährden wolle. Wenn es nun aber so sei, daß ich einem Sittenverfall offen das Wort reden würde, sähe er sich von einer weiteren moralischen Verpflichtung zur Verschwiegenheit enthoben. Die von Herrn Rheinstauff nicht näher beschriebenen Scheidungsgründe lagen in der homosexuellen Beziehung zu einer Frau, die entscheidend zum Scheitern meiner Ehe beitrug. Ich bin lesbisch, und Herr Rheinstauff wie auch Herr Stybermann haben soeben versucht, mich mit dem Wissen über diesen Umstand zu disziplinieren und unter Druck zu setzen. Ich greife den Vorschlag von Frau Valentin auf und beantrage die wörtliche Aufnahme meiner Erklärung ins Protokoll. Ich danke Ihnen allen, daß Sie mir zugehört haben.« Sie setzte sich. Niemand rührte sich.

Rheinstauff brach das bleierne Schweigen. »Dieser Antrag ist die größte Unverschämtheit, die ich hier je gehört habe. Ich verbitte mir die Aufnahme derartiger Lügen ins Protokoll. Herr Stybermann ist mein Zeuge, daß ich Frau Bertram lediglich zu verstehen gegeben habe, weshalb es mir wichtig erscheint, die allgemeinen Regeln des Anstands an dieser Schule eingehalten zu wissen. Von Drohungen irgendwelcher Art kann überhaupt keine Rede sein, und Frau Bertrams ungebetene Offenlegung ihrer sexuellen Orientierung berührt in keiner Weise die Interessen unserer Schule. Herr Stybermann, können Sie meine Worte bestätigen?«

Stybermann lüpfte seine in zu enge Hosen gezwängten Pobacken eine Handbreit von seinem Stuhl und vollführte die Andeutung eines Bücklings. »Aber selbstverständlich, Herr Rheinstauff, jederzeit und allerorten.«

»Es wurde ein Antrag gestellt«, sagte Juliane und sah nur Barbara an. Rheinstauffs Gesichtsfarbe wechselte von weiß zu rot. Seine dicklichen Finger nestelten unruhig an seinen Konferenzaufzeichnungen.

»Sie wollen also den Aufstand gegen die Schulleitung proben? Gut, wohl bekomm's! Ich hoffe, Sie wissen alle, was Sie tun. Glauben Sie mir, ich werde geeignete Maßnahmen gegen jeden zu ergreifen wissen, der versucht, den Frieden des Hauses zu stören. Wir stimmen ab. Ich bitte um Handzeichen. Wer stimmt für den Antrag von Frau Bertram, ihre Erklärung ins Protokoll aufzunehmen?«

Außer seinem eigenen, Stybermanns und Mielenks schossen alle Arme in die Höhe. »Wer stimmt dagegen?« Drei Arme. »Enthaltungen?« Kein Arm.

»Der Antrag wurde mit zehn zu drei Stimmen bei null Enthaltungen angenommen«, verkündete Heidi als Protokollführerin mit unverhohlener Genugtuung.

»Ich möchte etwas hinzufügen«, sagte Juliane, und ihr unnachgiebiger Blick drang bis in Barbaras heftig klopfendes Herz. »Ich sehe keinerlei Berechtigung, aus der Tatsache der Homosexualität auf eine verminderte berufliche Qualifikation zu schließen. Jeder Versuch einer Diskriminierung wegen der sexuellen Orientierung dürfte arbeitsrechtliche Folgen nach sich ziehen. Im übrigen«, ein strahlendes Lächeln umspielte plötzlich ihren Mund, »habe ich selbst auch schon lesbische Beziehungen gehabt.«

Die Lunte war gelegt. Plötzlich, unvermutet, befreiend und einer Euphorie gleichkommend, sprang der Funke über.

»Ich ebenso«, vernahm man laut und deutlich Alexas tiefe Stimme.

»Ich auch«, sagte Heidi kurz vom Protokoll aufblickend.

»Ich genauso«, sagte Gabi mit einem kleinen, entschuldigenden Seitenblick auf Titus.

»Auch ich«, verkündete Christine tapfer, während ihr die Tränen übers Gesicht liefen.

Frau Weinheimer, die Kollegin für katholischen Religionsunterricht, entwirrte ihre ineinander verknäulten Finger. »Ich schließe mich an«, sagte sie leise, aber fest.

»Ich mich auch«, sagte Frau Tiefenthal.

»Ebenso«, schloß sich Frau Simoneit an.

»Ja, und ich auch«, sagte Frau Weiß.

Nur Hedwig Mielenk saß mit hektischen roten Flecken auf den ansonsten bleichen Wangen wie angenagelt auf ihrem Platz und gab keinen Laut von sich.

Barbara wurde von einem lautlosen Schluchzen geschüttelt, das sie nicht in ihre Gewalt bekam. Alexa legte den Arm um sie. »Auch wenn jetzt vielleicht die Hälfte gelogen hat — das ist eine Palastrevolution«, sagte sie leise, »und diesmal haben wir gewonnen.«

16

Jetzt, wo alles vorbei war, machten sich Barbaras Nerven bemerkbar, und das Warten im Stau zerrte zusätzlich an ihnen. Bei der dritten Grünphase gelang es ihr, eine Kreuzung weiter zu kommen, dann begann das Geduldsspiel von vorne. Aber selbst der längste Stau der Welt konnte sie heute nicht aufhalten, das zu tun, was sie sich vorgenommen hatte. Ein neuer Zorn war in ihr, den sie an anderer Stelle loswerden wollte, und wenn sie dafür ihre Blechkiste mitten im Stau stehen lassen und den Rest zu Fuß gehen mußte.

Sie schaffte es dann doch bis Viertel nach sechs und fand sogar — in kleinen Dingen ist der liebe Gott zuweilen sehr einsichtig — einen Parkplatz direkt vor dem Studio. Sie stürmte hinein mit der Energie neu gewonnener Stärke.

Im Ladenraum war keine Kundschaft. Eine Verkäuferin, sehr jung, sehr dünn, sehr blond, räkelte sich gelangweilt neben der Kasse. Ehe sie überhaupt imstande war, zu erfassen, was vor sich ging, war Barbara an ihr vorbei in die hinteren Atelierräume gestürzt. Der Ruf »Halt! Halt! Da können Sie nicht rein!« prallte an ihrem Rücken ab.

Max tauchte hinter seiner Rollei auf, und bei Barbaras Anblick stolperte er vor Verblüffung über einen Fuß des Stativs. Ihr zornrotes Gesicht brachte ihn sichtlich aus der Fassung. Die Kundin auf dem Stuhl, vom Friseur fotogen zurechtgestylt, rutschte vor Schreck tiefer.

»Hast du deinem Freund Robert erzählt, daß unsere Ehe auseinandergegangen ist, weil ich lesbisch bin?« brüllte Barbara.

Max griff sich mit zwei Fingern zwischen Hals und Hemdkragen. »Barbara, ich bitte dich!« Er warf einen raschen Blick auf die Kundin, die langsam im Stuhl höher rutschte und mit wachsendem Interesse dem sich entspinnenden Dialog folgte.

Hinter dem Vorhang, der das Atelier vom Ladenraum trennte, tauchte der Kopf der jungen Verkäuferin auf. Ihre Augen glänzten vor Neugier, das war die Belohnung für ihr Ausharren an diesem stinklangweiligen Arbeitstag.

»Hast du oder hast du nicht, verdammt nochmal?«

Max geriet ins Schwitzen. Er versuchte ein flatterndes Lächeln zuerst zu Barbara, dann in Richtung der Kundin. »Meine ehemalige Frau«, erklärte er verzweifelt fröhlich. »Sie sehen, es hört auch nach der Scheidung nicht auf. Sie sind glücklich mit Ihrem Mann?«

Die Kundin zog eine Augenbraue hoch, verzichtete aber auf eine Antwort.

»Liebling, hör mal zu, nach Geschäftsschluß können wir in aller Ruhe miteinander reden ...«

»Nenn mich nicht 'Liebling'«, schrie Barbara, »hast du ihm davon erzählt? Ja oder nein? Die Frage bewegt sich doch auf einer leicht verständlichen Ebene!«

Die junge Verkäuferin schob sich vor Aufregung einen Kaugummi in den Mund. Fasziniert sah sie von einer zum anderen. Max hob beschwörend seine schlanken, gepflegten, aber nun leicht zitternden Hände. »Bitte, Babsy, kann ich erst die Kundin zu Ende fotografieren? Es dauert nicht lange.«

»Oh, bitte, ich warte gern«, hauchte die Kundin und hielt sich mit beiden Händen an der Stuhlkante fest.

»Mach dein blödes Foto, ich gebe dir eine Minute!« fauchte Barbara und wandte sich abrupt der Kundin zu.

»Auf Ihrer Stirn stehen Schweißperlen, das macht sich nicht gut im Bild!« Erschreckt griff die Kundin nach dem Handspiegel, zog ein Tempotuch aus der Tasche und tupfte sich die Stirn ab.

Barbara wartete im Verkaufsraum. Sie beruhigte sich nur langsam. Unablässig wanderte sie zwischen Tür und Ladentheke auf und ab. Die Verkäuferin war ihr, eifrig an ihrem Kaugummi kauend, in den Verkaufsraum gefolgt, aber ihre Hoffnung, eine Fortsetzung der Aufführung zu erleben, wurde enttäuscht.

Es dauerte gut drei Minuten, bis die Kundin aus dem Atelierraum kam. »Hallo«, ihre tiefe Stimme hatte einen etwas gurrenden Klang, »rufen Sie mich doch mal an. Hier ist meine Karte!« Sie blinzelte Barbara zu. »Ich war nie für ein einseitiges Leben.« Die Ladentür schlug hinter ihr zu.

Max kam außer Atem aus dem Atelier. »Fräulein Gerda, Sie können Schluß machen, für heute ist es genug, den Rest erledige ich selbst.«

Fräulein Gerda machte sich langsam und umständlich zum Gehen fertig. Es war zwar im Prinzip erfreulich, ein paar Minuten früher frei zu bekommen, aber andererseits bedauerlich, weil ihr hier mehr entging als bei einem Abend mit Gerd, der ohnehin so ablaufen würde wie der gestrige und vorgestrige und so weiter bis zurück in die Steinzeit. Sechs Wochen hing sie schon mit diesem Typen rum, es wurde Zeit, ihn zu wechseln.

Max schloß die Ladentür hinter ihr ab und drehte das 'Geöffnet'-Schild um. Tief durchatmend, wandte er sich tapfer zu Barbara, die unverändert zornig mitten im Raum stand. »Bitte«, sagte er, hob wieder die Hände und wich vor ihrem Blick unwillkürlich einen Schritt zurück, »bitte, laß uns versuchen, in Ruhe zu reden. Ich nehme an, du bist in Schwierigkeiten.«

»Ich in Schwierigkeiten? Du bist in Schwierigkeiten! Hast du nun Robert davon erzählt oder nicht? Keine Ausflüchte, kein langes Salbadern!«

Max zog verlegen und ratlos die Schultern hoch. »Möglich, daß ich irgendwann im Eifer des Gefechtes so was erwähnt habe, ich weiß es nicht mehr genau...«

»Das ist mir schon genau genug. Dein Robert hatte nämlich nichts Eiligeres zu tun, als seinen Bruder Jochen davon in Kenntnis zu setzen, der sich wiederum bei seinem Schulleiter mit einer solch interessanten und gut verwertbaren Information beliebt machen konnte.«

»Mein Gott, soweit habe ich wirklich nicht gedacht, Babsy,

mir stand doch auch manchesmal alles bis zum Hals. Ich habe es nicht weitererzählt, um dich zu denunzieren.«

»Deine Motive lassen mich kalt!« Er zuckte zusammen, als habe sie ihn geschlagen. »Aber du wirst das wiedergutmachen!«

»Ah!« Ein Lächeln ging über sein angespanntes Gesicht. »Das gefällt mir. Du bittest mich um etwas. Ich werde es gern wiedergutmachen, wenn ich kann.«

Barbara winkte brüsk ab. »Ich bitte mitnichten! Ich verlange es! Immerhin wußtest du ganz genau, was für eine schwierige Situation an meiner Schule besteht, und das hätte dir gerade Robert gegenüber den Mund versiegeln müssen.«

Er seufzte entnervt auf und wagte sich vorsichtig einen Schritt näher. Auch auf seiner Stirn standen jetzt Schweißperlen. Ein Portraitfoto von ihm in diesem Augenblick hätte einen verwirrten, schwitzenden Mann Mitte dreißig mit braungelocktem, zerzausten Haar gezeigt. »Also gut, was kann ich tun? Soll ich zu Rheinstauff gehen und ihm sagen, alles sei eine üble Verleumdungskampagne gewesen, die ich aus Wut über dich in Umlauf gebracht hätte?«

»Nein, ich stehe zu dem, was ist.«

»Oh, seit wann so mutig?«

»Seit heute. Du wirst mir Fotos besorgen.«

Er starrte sie entgeistert an. »Fotos?«

»So rechteckige, bunte, glänzende Papierstücke ...«

»Was für Fotos?«

»Von Stybermann. Von Jochen Stybermann, versteht sich. Widme ihm eine Woche oder auch länger, wenn du die Zeit brauchst, besorge mir Fotos, die beweisen, daß er nicht nur seiner braven Ehefrau zugetan ist.«

Max schüttelte lächelnd den Kopf. »Du mußt mich verwechseln, Babsy, ich bin Fotograf, nicht Privatdetektiv.«

»Dann werd einer. Oder heure einen an, wenn du es dir selbst nicht zutraust. Aber liefre mir die Bilder!«

»Du meinst es ernst, nicht wahr?«

»So ernst wie selten.«

»Und was willst du mit den Fotos anfangen, gesetzt den Fall, es gelingt mir, eindeutige Bilder zu machen?«

»Das weiß ich noch nicht. Darüber brauchst du dir aber auch nicht den Kopf zu zerbrechen, du mußt sie nur liefern.«

Max hatte die Arme vor der Brust verschränkt, er betrachtete seine Ex-Frau mit einer Mischung aus Belustigung, Sorge und Hochachtung. »Du weißt, was du da von mir verlangst?«

»Nicht zuviel. Ich kenne deine Qualitäten.«

Er entspannte sich etwas und setzte sein jungenhaftes Grinsen auf. »Na schön, ich werde sehen, was sich machen läßt. Was anderes, essen wir heute abend zusammen?«

»Ganz bestimmt nicht!« Barbara hatte den Schlüssel herumgedreht und hielt die geöffnete Ladentür fest. Im Hinausgehen drehte sie sich noch einmal um. »Und erzähl mir nie wieder, Frauen seien geschwätzig!« Die Ladentür fiel mit Getöse ins Schloß.

Den Kragen ihres Trenchcoats hochgeschlagen, die Hände tief in den Manteltaschen vergraben, saß Juliane auf den Eingangsstufen zu Barbaras Haustür. »Endlich«, sagte sie erleichtert, als Barbara von der Tiefgarage her auf sie zukam, »meine Pobacken sind eisgekühlt.«

»Du hättest dir ein Sitzkissen mitbringen sollen«, sagte Barbara leichthin, um ihre freudige Überraschung zu überspielen.

»Konnte ich ahnen, daß du nach einer derartigen Konferenz nicht sofort nach Hause fährst? Du warst so schnell weg, wo warst du?«

»Oh«, machte Barbara, »geht dich das schon etwas an?«

Juliane verzog die Mundwinkel. Ihr schmales Gesicht lag im Schatten der Eingangsbeleuchtung, so daß ihre Augen nicht zu sehen waren. »Du mußt mich natürlich jetzt nicht mit raufnehmen. Aber wenn du es tust, solltest du wissen, worauf du dich einläßt. Meinen Wünschen käme es jedenfalls sehr entgegen.«

Barbara hatte in der Briefkastenbatterie des Hochhauses ihr Fach aufgeschlossen und holte die Post heraus. Die Reklame warf sie, ohne sie anzusehen, in den Müllschlucker neben den Aufzügen. »Und ob ich dich mit raufnehme. Ich habe nicht die geringste Ahnung, warum ich so lange damit gewartet habe.«

Im Neonlicht des Hausflurs standen sie dicht beieinander. Der Aufzug kam, und beim Einsteigen streifte Juliane mit ihrem Arm Barbaras Schulter. Die Berührung löste ein Prickeln aus, vom Nacken bis in die Fußspitzen. Sie lehnten jede an einer Aufzugwand und sahen sich schweigend an. Barbara erlaubte sich die flüchtige Vorstellung, was geschehen würde, wenn der Aufzug zwischen zwei Etagen stehenbliebe. Es wäre etwas unbequem, dachte sie, aber ich würde es auch hier tun. Ich habe meine Angst verloren. Neben Juliane hat Angst keine Chance.

»Netter Ausblick«, sagte Juliane, als sie im Wohnzimmer standen und Köln im Dämmerlicht unter sich sahen.

»Ja, hier oben relativiert sich manches. Möchtest du etwas trinken?«

»Wenn ich einen Kaffee bekommen könnte?«

»Jede Menge. Wie hältst du das nur aus, ihn kannenweise in dich reinzuschütten?«

»Hartes Training.«

»Möchtest du nicht auch etwas essen?«

»Ein Brot würde mir nicht schlecht stehen, ich habe seit dem Frühstück nichts mehr zu mir genommen.«

»Ach, du liebe Zeit, komm, ich mache uns ein Räuberomelette.«

»Woraus besteht das?«

»Aus Eiern, Tomaten und Schinken, dazu Brot und Kaffee, glaubst du, das wird dir bekommen?«

»Ich werde dich zu meinem Stammlokal erwählen.« Sie folgte Barbara in die Küche. Für eine dieser seelenlosen

Einbauküchen war sie durch ein paar persönliche Veränderungen recht gemütlich gestaltet.

»Nett«, sagte Juliane anerkennend, »funktional, aber nicht kalt.«

»Danke«, sagte Barbara artig.

»Entschuldige, wenn ich dir jetzt Mühe mache«, fuhr Juliane fort, »aber ich dachte, es ist geschickter, wenn ich erst mal mit Kaffeewünschen anfange, das wirkt weniger plump, als mit der Tür ins Haus zu fallen. Ich hoffe, ich habe damit deinen Stil getroffen.«

Barbara kam aus der Hocke hoch, die Pfanne in der Hand. Julianes schnoddrige Worte hatten sie verletzt, ohne daß sie hätte sagen können, weshalb. »Paß auf, daß dich gleich nicht was mit diesem Stiel hier trifft«, knurrte sie zwischen den Zähnen und warf ein Stück Butter in die Pfanne. Während die Butter zerlief, füllte sie die Kaffeemaschine. Beim Aufschlagen der Eier stellte Juliane sich dicht neben sie.

»Laß mich sehen, wie du das machst, vielleicht kann ich etwas lernen. Ich bin keine gute Köchin.«

Wie immer in ihrer Nähe, geriet Barbara in Verwirrung. Energisch schlug sie das nächste Ei auf. »Um Eier aufzuschlagen, brauchst du keinen Kochkurs zu absolvieren. Stell dich nicht dümmer, als du bist, das paßt nicht zu dir.«

»Sagen wir einfach«, Julianes Stimme war ganz nah an Barbaras Ohr, »es gibt Dinge, die ich lieber tue als kochen.«

»Alles zu seiner Zeit«, sagte Barbara, zu nervös, um sich auf Julianes Annäherungsversuch und das Omelette gleichzeitig zu konzentrieren.

»Du wirkst überfordert«, bemerkte Juliane, drehte sie zu sich um und nahm sie unvermittelt in eine feste, fast herrische Umarmung.

Barbara fühlte sich ebenso erregt wie überrumpelt. Sie genoß Julianes langen, intensiven Kuß, spürte die Anspannung und Kraft des schmalen, muskulösen Körpers und nahm den aufregenden Duft wahr, der von ihm ausging. Dann vermischte sich der aufregende Duft plötzlich mit einem ganz anderen. »Das Omelette!« Sie riß die Pfanne von der heißen Kochplatte. »Uff, das war in letzter Sekunde!«

Juliane betrachtete sie verlangend. »Mit so was muß man rechnen beim Küchen-Sex. Im übrigen«, sie wies mit dem Kinn auf das gerade noch gerettete Omelette, »darf man es überhaupt tun mit vollem Magen?«

»Mach dir keine Sorgen, so voll wird er nicht sein.«

Sie aßen, ohne zu reden und ohne sich aus den Augen zu lassen. Barbara schenkte Kaffee ein, schob Juliane den Brotkorb zu, die abgeschaltete Herdplatte knackte.

»Ich will dich haben«, sagte Juliane, »und zwar jetzt, hier und sofort. Und wenn es sein muß, auf dem Küchentisch.« Ihre brutale Direktheit verschlug Barbara die Sprache. Diesmal hatte Juliane ihren Stil nicht getroffen, soviel stand fest.

Juliane ließ ihr keine Zeit zu einer Reaktion, kam auf sie zu, griff nach ihr und zog sie in ihr Tempo und Verlangen, ohne Rücksicht darauf, ob es auch Barbaras war. Halb bereitwillig, halb widerstrebend ließ Barbara sich auf sie ein und versuchte Juliane zu lenken. Aber hier gab es nichts zu lenken, hier bestimmte nur eine.

Als sie beide wieder bei Sinnen waren, wurde Barbara sich mit einem Gefühl des Unbehagens bewußt, daß sie selbst nackt, Juliane dagegen nach wie vor vollständig bekleidet war.

»Das war ziemlich einseitig«, sagte Barbara langsam, »so hat mich noch nie jemand geliebt.«

»Wirklich nicht?«

»Nein, jedenfalls keine Frau. Ich meine, du hast mich regelrecht genommen, so besitzergreifend wie ...«

»Wie ein Mann?«

»Ja, das meinte ich.«

Julianes Blick war forschend, nicht verletzt. »Hat es dich gestört? War es nicht gut für dich?«

»Doch, es war schon gut, nur ... es ging so schnell, es war so unvermittelt, ohne Übergänge… fällt mir schwer, darüber zu reden.«

»Ich merke schon«, sagte Juliane unbekümmert, »du bist ein romantisches Seelchen. Sex ist Sex, meine Liebe, Sex ist nicht Händchenhalten im Mondschein.«

»Das schließt sich doch nicht aus.«

»Aber nein«, Juliane sprach leichthin, fast nebenbei, »es gibt viele Varianten, und wir fangen gerade erst an.«

Barbara hätte gern gesagt, daß es ihr nicht um Varianten, sondern um etwas Grundsätzliches ging, aber sie hatte Hemmungen, in diesem Augenblick eine theoretische Diskussion über Sex zwischen Frauen zu beginnen. Auch das Reden miteinander fängt erst an, beruhigte sie sich.

Stunden später, im Wohnzimmer, hatte Barbara eine Flasche Wein geöffnet, von der aber nur sie trank, während Juliane neu aufgesetzten Kaffee in sich goß. Barbara saß müde und nachdenklich mit untergeschlagenen Beinen auf der Couch. »Das war vielleicht ein Tag«, murmelte sie schläfrig, »was heute alles passiert ist, hätte für mindestens eine Woche gereicht.«

»Solche Tage braucht man manchmal«, sagte Juliane, die unkonzentriert in einer Zeitschrift blätterte, »sie bringen einen schubweise vorwärts.«

»Ich weiß noch nicht, ich glaube, das muß sich alles erst langsam bei mir setzen. Weißt du, was ich nicht verstehe, ist, daß Rheinstauff einerseits so düster diese albernen Bedrohungen aufbauscht, andererseits sich in seinem Machtgebaren noch weiter steigert. Das paßt nicht zusammen. Wenn er wirklich Angst hätte, würde er doch ein wenig kürzer treten, meinst du nicht?«

Juliane hatte die Zeitschrift zur Seite gelegt, ihre Augen waren hellwach. »Vielleicht will er auf die Art jemandem zeigen, daß er sich nicht schrecken läßt, daß er keinen Fingerbreit in seinem Machtanspruch zurückweicht.«

»Wem denn?«

»Na, dem Urheber all dieser Schnapsideen.«

Barbara zögerte etwas, dann sagte sie kurz entschlossen: »Alexa und ich haben schon mal gedacht, es sei Stybermann.«

»Wie kommt ihr darauf?« Juliane schien ehrlich überrascht, und Barbara erzählte ihr die Cassettengeschichte. Alexas Erpressungsvorschlag ließ sie jedoch aus.

»Ich hoffe, du willst sie nicht sehen wie Alexa«, schloß sie ihren Bericht.

»Bist du verrückt? Ich will mir doch durch solche Bilder nicht den heutigen Abend noch rückwirkend verderben lassen. Nein, danke, aber heb sie gut auf, vielleicht ist sie irgendwann doch zu etwas nütze. Wenn wir heute auch eine Schlacht gewonnen haben, heißt das noch lange nicht, daß der Krieg entschieden ist. Übrigens glaube ich nicht, daß es Stybermann ist.«

»Woher willst du das wissen?«

»Das sagt mir mein Gefühl.«

»Dein Gefühl? Ach, du hast auch Gefühle?«

Juliane lächelte nur milde. »Gelegentlich«, sagte sie.

17

Flämmchen

Keine Regel ohne Ausnahme. Sie konnte sich nicht erinnern, wer das neulich in einer Unterrichtsstunde gesagt hatte. Dr. Schramm in bezug auf die Physik oder Haßlinger in bezug auf die englische Grammatik? Vermutlich Haßlinger, dieser häßliche Fettkloß mit der spiegelblanken Vollglatze. Na, häßlich hin, häßlich her, vielleicht war diesmal was dran. Zumindest schien es Flämmchen so, als sei mit Dr. Veronika Gendlieb, Oberstudienrätin für Deutsch und Geschichte, eine Ausnahme unter den Lehrern, unter den Erwachsenen überhaupt, aufgetaucht. Sie war ein echter Gewinn für die Internatsschule. Das schienen auch viele andere zu denken, denn innerhalb weniger Wochen schon war sie zur Vertrauenslehrerin gewählt, sehr zum Verdruß einer Reihe alteingesessener Kolleginnen und Kollegen. Flämmchen dachte sehr oft über sie nach. Natürlich konnte auch alles geschickte Täuschung sein, eine solche Möglichkeit bezog sie grundsätzlich mit ein, aber wenn das zutraf, war sie sehr geschickt, denn sie verbreitete mit Erfolg den Eindruck, ihre Schülerinnen und Schüler ernstzunehmen. Auf jeden Fall kam sie ohne Eintragungen ins Klassenbuch aus, eine Maßnahme, die für die meisten anderen oft genug der pädagogischen Weisheit letzter Schluß zu sein schien. Und Dr. Gendliebs Unterricht lief dennoch, sogar besser als bei den anderen. Was Flämmchen ihr ganz persönlich hoch anrechnete, war die Tatsache, daß sie zu ihr niemals von der Pflicht sprach, sich angemessen zu ernähren. Wenn sie im Speisesaal die Aufsicht führte, nahm sie kaum Notiz von Flämmchen und beachtete den noch fast vollen Teller nicht, der nach dem Essen auf dem Abräumwagen landete. Dabei war sie mit Sicherheit sofort vom Direktor informiert worden. »Unser Sorgenkind«, wie er Flämmchen immer nannte, »das uns soviel Kummer macht.«

Nach wie vor bestellte er sie wöchentlich zu sich, verlangte eine Gewichtskurve, die er unter Aufsicht einer Kollegin erstellen ließ, so daß sie nicht mehr schummeln konnte und ihre zweiundfünfzig Kilo angeben mußte. Er schickte sie zum Arzt, der ihr Vitamine und frische Luft verordnete, ließ ihren Onkel Adi kommen, damit er ihr ins Gewissen redete.

Am schlimmsten von allen aber fand sie Pater Johannes, der ihr mit seinen ungebetenen Kommentaren die Ohren vollnölte und ihr vorwarf, wie saumselig sie mit ihrer Verantwortung für das Gottesgeschenk des Lebens umgehe. Bis sie ihm eines Tages kalt ins Gesicht sagte, Gott habe offenbar bei seinem Geschenk vergessen, die Gebrauchsanweisung beizulegen, oder wie sonst könne es geschehen, daß Millionen von Menschen elend dahinvegetierten und armselig krepierten? Vielleicht solle er das zum Gegenstand seiner nächsten Predigt machen, möglicherweise käme dann auch sie noch mal in die Kirche. Worauf Pater Johannes natürlich nichts Besseres zu tun hatte, als zum Direktor zu laufen und sich über ihre blasphemischen Bemerkungen zu beschweren.

Über solche Redensarten regte Dr. Gendlieb sich nicht auf, was zur Folge hatte, daß sie die einzige Erwachsene war, mit der Flämmchen in einigermaßen ruhigem, höflichem Ton sprach.

Kaum zwei Wochen nach Schuljahresbeginn bat sie Flämmchen um Unterstützung bei der Betreuung einer der Eingangsklassen. »Du bist fünfzehn«, sagte sie, »du bist gescheit, und du hast eine gute Hand mit Kindern, das ist mir sofort aufgefallen. Du solltest Verantwortung übernehmen. Es sind einige schwierige Kinder darunter, die viel Zuwendung brauchen. Wirst du mir helfen?«

Und ob sie das tat. Auch wenn ein großer Teil ihrer Motivation nur darin bestand, etwas Dr. Gendlieb zuliebe zu tun, wozu kein anderer des Lehrkörpers sie je gebracht hätte.

Veronika Gendlieb lud sie öfter nachmittags zu sich ein, was zu Gerede sowohl unter den neidischen Mitschülern als auch unter den mißtrauischen Kollegen führte. Sie bot ihr Tee und Fruchtsäfte an, aber nie etwas zu Essen. Flämmchen fühlte sich wohl bei ihr, in ihrer Nähe empfand sie keinerlei Druck.

»Die anderen sagen, Sie ziehen mich vor«, sagte sie ihr eines Nachmittags.

Dr. Veronika Gendlieb sah sie aus ihren tiefliegenden, dunklen Augen an. »So, sagen sie das? Ich versuche nur, jedem zu geben, was er braucht. Das ist alles.«

»Ach wirklich? Brauche ich Sie?«

»Ich denke ja. Und ich halte dich für intelligent genug, dir das so offen sagen zu können.«

Flämmchen war verblüfft, so redete sonst niemand mit ihr. Zwar versuchten auch die anderen immer, ihr klarzumachen, wie wichtig sie für sie waren, aber das hier klang anders. Aus reiner Gewohnheit versuchte sie noch eine kleine Gegenoffensive. »Ich denke nicht, daß ich Sie brauche. Ich gebe zu, Sie zu mögen, das tun wir alle«, fügte sie schnell hinzu, als sie merkte, wie sie bei diesen Worten bis an die Haarwurzeln rot wurde, »aber brauchen tue ich Sie nicht. Ich brauche niemanden.«

Dr. Gendlieb lächelte sie an, nicht mit dem überlegenen Lächeln der anderen Erwachsenen, sondern einem Lächeln, bei dem Flämmchen ganz warm ums Herz wurde. »Es ist ja auch nur vorübergehend. Übrigens brauche ich dich auch.«

Das war wahrhaftig etwas Neues. »Sie? Sie brauchen mich? Wollen Sie mich jetzt auch einseifen?«

»Einseifen? Nein, das würde ich anders machen.«

»Aber wofür sollten Sie mich brauchen?«

Dr. Gendlieb lachte sie frei heraus an. »Wofür alle Erwachsenen junge Leute brauchen — um lebendig zu bleiben. Möchtest du noch ein Glas Orangensaft?«

»Ja, bitte. Er schmeckt sehr gut.«

»Das will ich meinen, er ist ja auch handgepreßt.«

»Handgepreßt? Du liebe Zeit, dafür gibt es doch elektrische Geräte.«

»Elektrische Geräte können nicht alles«, sagte Dr. Gendlieb, und es hörte sich an, als ob sie von etwas ganz anderem spräche.

Flämmchen grinste. »Das erzählen Sie mal meiner Stieftante. Seit mein Onkel wieder verheiratet ist, erweitert sich sein häuslicher Maschinenpark monatlich um ein weiteres Gerät.«

Dr. Gendlieb ging auf diese Bemerkung nicht näher ein, was Flämmchen sehr verwunderte. Alle anderen versuchten bei jeder sich bietenden Gelegenheit, sie auszufragen. Nach ihrem Onkel, ihrer Stieftante, der verstorbenen Tante Hertha, nach ihren Eltern, immer wollten sie alles genau wissen, und oft wußte Flämmchen nicht einmal, wonach sie eigentlich fragten.

Dr. Gendlieb sah ihr jetzt auch forschend ins Gesicht, fragte dann aber etwas völlig anderes. »Ist es dir eigentlich recht, wenn ich dich weiterhin 'Flämmchen' nenne, ich meine, in deinem Alter möchtest du doch sicher mit deinem Namen angeredet —«

»Nein, nein«, rief Flämmchen schnell, »von Ihnen mag ich gern so genannt werden«, sie spürte mit Ungeduld, daß sie schon wieder rot wurde, »bei den anderen ist mir das egal, die können mich nennen, wie sie wollen, das interessiert mich gar nicht. Meine Mutter hat mich immer so genannt.« Hoppla, sie erschrak über ihre eigenen Worte. Wie konnte sie nur so unüberlegt ihre Geheimnisse preisgeben? »Obwohl es heute nicht mehr so passend ist«, hörte sie sich zu ihrem Erstaunen fortfahren, »mittlerweile sind meine Haare derart nachgedunkelt ...«

Veronika Gendliebs Blick lag voll offener Sympathie auf ihr. »Du hast eine wunderschöne Haarfarbe, ein rötliches Kastanienbraun, beneidenswert.«

Flämmchen ertappte sich bei dem Wunsch, die Lehrerin möge ihr mit der Hand durch die Haare fahren, und fast war sie böse, daß sie es nicht tat.

»Leider muß ich dich jetzt vor die Tür setzen, Flämmchen, aber ich habe noch etwas zu erledigen.«

»Müssen Sie wieder zum Arzt?«

»Zum Arzt? Wie kommst du darauf?«

Flämmchen zuckte die Achseln. »Ich weiß nicht, es wird geredet, daß Sie sehr oft zum Arzt gehen. Aber vielleicht ist es ja ein netter Arzt.«

Veronika Gendlieb drohte ihr scherzend mit dem Finger. »Vorsicht, Flämmchen, nimm dir nicht zuviel heraus. Es ist im übrigen tatsächlich ein netter Arzt und ein guter dazu, und alles weitere geht dich nichts an.«

Flämmchen schämte sich nur halb, die andere Hälfte sah der Lehrerin mit Verschwörerinnenmiene ins Gesicht. Wenn man den kursierenden Gerüchten Glauben schenken konnte, war sie fünfunddreißig und geschieden. Sie würde sicher nicht mehr heiraten, das taten nur junge Leute.

»Sie rennt ständig zu Ärzten«, sagte Elke abends, als Flämmchen ihr in wohlüberlegter Selektion von dem Besuch bei Dr. Gendlieb erzählte. »Nils sagt, sie ist sehr krank. Deshalb hat sie auch die Schule gewechselt. Von hier ist es näher zur Uni-Klinik.«

Plötzlich kroch große Angst in Flämmchen hoch.

Die nächste Schnapsidee hing am folgenden Morgen über einem großen Portraitfoto von Rheinstauff an der Außentür seines 'Amtszimmers', in plakativer Sichtbarkeit für alle Lehrer, Eltern und Schüler.

»Ich bin der Herr, dein Gott:
Du sollst keine anderen Götter haben neben mir.
Du mußt mich nicht lieben und ehren,
Mir genügt es,
Wenn du mich fürchtest und mir gehorchst.«

So dramatisch auch alles wirkte, allmählich nahm es groteske Züge an. Mitten durch die Stirn des Portraits war ein Pfeil geschossen. Er mußte von der Eingangstür quer durch die Halle von der Sehne geschnellt sein, denn seine Metallspitze steckte fest in der Tür.

Juliane, die das Ganze mehr neugierig als entsetzt, aber eingehend betrachtete, war der Meinung, daß die Spitze eine Spezialanfertigung sein müsse. Kein normaler Pfeil zum Sportschießen würde in eine solche Tür eindringen.

Rheinstauff tobte. Dieser erneute Angriff auf seine Ehre und Person, wie er es formulierte, brachte ihn zur Raserei, zumal er bisher in der Aufdeckung der mysteriösen Vorgänge keinen Schritt weitergekommen war. Aber hinter seiner lauten Wut wurde auch eine deutliche Angst spürbar. Im Laufe der nächsten Tage holte er sich jeden aus dem Kollegium zu einer hochnotpeinlichen Befragung. Einzeln. Er behandelte im Gespräch alle gleich, nämlich so, als ob es bereits so gut wie sicher sei, daß sie oder er als Urheber all dieser Aktionen in Frage käme und nur ein ehrliches Eingeständnis die schlimmsten Folgen für den Täter beziehungsweise die Täterin noch abwenden könne. Er drohte und schmeichelte, gab sich verständnisvoll und diktatorisch, alles in einem Atemzug. Er zeigte sein gesamtes schauspielerisches und charakterliches

Repertoire. Heraus kam bei alledem jedoch nichts. Niemand hatte etwas gehört, gesehen oder irgendwie Auffälliges bemerkt.

Das Gerede im Kollegium nahm kein Ende. Zu den Aufregungen der letzten Konferenz, deren Nachwirkungen noch allen in den Knochen saßen, kam nun schon die nächste. Es ging wirklich Schlag auf Schlag. Innerhalb weniger Tage hatte sich eine an Hysterie grenzende Stimmung ausgebreitet. Die kurzzeitig erlebte Solidarität begann unter dem Dauerbeschuß der Verdächtigungen und Verleumdungen aufzuweichen, die von Rheinstauff und Stybermann unter Hedwig Mielenks Mithilfe nach Kräften geschürt wurden

Am folgenden Freitag gelang es Rheinstauff, Barbara zu überrumpeln, indem er sie beiläufig zwischen Tür und Angel ansprach. Ehe sie schalten und jemand als Zeugen mitnehmen konnte, fand sie sich in seinem Amtszimmer wieder, wie immer flankiert von Stybermann. In einem ersten Impuls wollte sie hinausrennen und auch für sich einen Gesprächszeugen holen, doch Rheinstauff begann sofort zu reden, und in maßlosem Zorn über sich selbst blieb sie sitzen.

»Um es von vornherein klarzustellen: Für mich ist das Rätsel all dieser infamen Anschläge gelöst. Was sich bislang nur als Verdacht auftat, hat sich seit der Konferenz zur Gewißheit verdichtet. Im übrigen gibt es eine Reihe von eindeutigen Indizien, die Sie belasten, Frau Bertram, aber dazu will ich mich im Augenblick nicht näher äußern ...«

»Schade, Herr Rheinstauff, ich würde Ihre sogenannten Indizien sehr gern kennenlernen, um dazu Stellung nehmen zu können ...«

»Es gibt andere Instanzen, die ich jederzeit in diese Affäre einschalten kann. Mit Ihrem unverfrorenen Versuch, mich vor dem Kollegium zu verleumden, sind Sie einen Schritt zu weit gegangen, Frau Bertram. Ich habe in Herrn Stybermann einen Zeugen unseres Gesprächs, der jederzeit bereit ist, den wirklichen Gesprächsverlauf zu bestätigen.«

Das glaube ich unbesehen, dachte Barbara, sich mit Mühe

beherrschend. Sie fühlte Stybermanns farblose Augen mit starrem Blick auf sich gerichtet.

Rheinstauffs Tonfall wandelte sich übergangslos in väterlich-joviales Wohlwollen. »Ich will Ihnen zugestehen, Frau Bertram, daß Sie in letzter Zeit möglicherweise unter starkem emotionalen Druck stehen. In solchen Situationen verliert der Mensch leicht den klaren Überblick. Ich appelliere an Ihren gesunden Menschenverstand, den ich immer an Ihnen geschätzt habe, und rate Ihnen dringend, Ihre Zusatzerklärung zum Protokoll der letzten Konferenz zurückzuziehen. Sie kommen damit in Teufels Küche. Glauben Sie mir, ich kenne den Schulbetrieb, das ist ein Schuß, der nach hinten losgeht. Ich meine es gut mit Ihnen, ich möchte nicht dafür verantwortlich gemacht werden, daß Sie sich selbst Ihr berufliches Grab schaufeln. Und was die anderen Dinge betrifft, bin ich unter Umständen auch bereit, sie intern mit Ihnen zu regeln, wenn Sie es zugeben. Denken Sie am Wochenende noch einmal in aller Ruhe darüber nach. Ich erwarte Ihre Entscheidung nächste Woche. Ein schönes Wochenende, Frau Bertram.«

Ihr erster Weg führte sie zur nächsten Telefonzelle. Sie wollte nicht von der Schule aus telefonieren, aber auch nicht bis zu Hause warten. Der Schulrat am anderen Ende der Leitung seufzte. Mit Beschwerden aus dieser Schule hätte er im Laufe der letzten Jahre mühelos die Wände tapezieren können. Barbara bekam einen Termin für Montag nachmittag.

Ihr zweiter Weg führte sie zu Alexa, die ihr, erstaunt über den unverhofften Besuch, mit aufgekrempelten Ärmeln und von Kuchenteig verklebten Händen die Tür öffnete. »Wasch dir die Hände«, sagte Barbara und holte eine Videocassette aus der Tasche. Alexa wischte sich die Hände an ihrer Schürze ab und griff mit spitzen Fingern nach dem Band. »Du kannst es haben«, sagte Barbara, »mach damit, was du willst.«

»Deshalb kommst du extra her«, staunte Alexa, »hast du dich endlich dazu durchgerungen, eine indirekte Abweichung vom Pfad der Tugend vorzunehmen?«

»Wieso indirekt?«

»Na ja, die Drecksarbeit überläßt du doch jetzt mir.«

»Es war deine Idee.«

»Ich beschwere mich nicht. Ich gratuliere dir doppelt.«

»Doppelt?«

»Ja, einmal, weil du es über dich bringst, mir das Band zu überlassen, zum anderen zu den Erfolgen deiner letzten Nächte.«

Barbara wurde glutrot. Alexa lachte laut auf.

»Woran merkst du es?« fragte sie ohne jeden Versuch, zu leugnen.

Alexa lachte immer noch. »Es steht seit Tagen in Leuchtschrift auf deinem Gesicht geschrieben, aber keine Sorge, niemand außer mir kann die Botschaft lesen. Ich meine die Gratulation übrigens ganz ernst. Ich finde, oft genug gratulieren die Menschen uns zu den falschen Anlässen, zum Beispiel wenn sie einen mit schlecht verdeckter Schadenfreude daran erinnern, daß man wieder ein Jahr älter geworden ist. Und dann behaupten sie auch noch, man hätte sich überhaupt nicht verändert. Das behaupten sie glatt zwanzig Jahre hintereinander. Aber wir als emanzipierte Frauen haben natürlich keine Probleme mit dem Älterwerden, wir stehen würdevoll zu unserem Alter ...«

»Ich habe keine Lust, jetzt über unser Alter zu diskutieren.«

»Ich sehe schon, du bist nicht in Stimmung für meine ausgereifte Philosophie. Aber was anderes — warum kommst du nicht endlich rein? — Heidi hat vorhin angerufen. Sie möchte, daß wir morgen zu ihr kommen, um die Situation zu erörtern und eine Entscheidung zu treffen.«

»Eine Entscheidung? Morgen?«

»So sprach sie. Mir hat der Termin auch nicht besonders gepaßt. Ich habe sie gefragt, wie sie sich das vorstellt, ich habe zwei Kinder, soll ich die vielleicht solange in den Rauchfang hängen? Die haben doch einen Vater, meinte sie darauf nur, als ob sie nicht wüßte, daß Heinrich jeden Samstag Fußball spielt. Na ja, zum Glück gibt es noch die Oma, natürlich lasse ich mir das Treffen nicht entgehen.«

»Das hätte mich auch sehr gewundert.«

»Sei doch nicht so grantig. Was ist los mit dir? Ist dir eine Laus über die Leber gelaufen?«

»Eine Laus nicht, aber Ungeziefer. Soll ich dich abholen morgen? Wir könnten zu dritt hinfahren.«

»Ah, zu dritt ... Wer mag denn nur die Dritte sein? Laß mich raten ...«

»Alexa, ich hab' heute keinen Sinn für deine Flachserei.«

»Ich merke es. Ich bin dir nicht böse deshalb, eher macht es mich besorgt.«

»Nicht nötig. Bis morgen also.«

Für Juliane gab es offenbar keine Terminprobleme, sie schien immer zu können. Auch nach der persönlichen Annäherung war ihr Privatleben noch undurchschaubar. Sie war nicht sehr gesprächig, wenn es um sie selbst ging, und Barbara scheute sich, insistierende Fragen zu stellen.

»Warum immer bei Heidi«, meinte Juliane etwas unwirsch, als sie sich samstags neben Barbara auf den Beifahrersitz setzte, »es ist so weit raus, und man hat bei ihr kaum Platz zum Sitzen.«

»Warum hast du uns nicht zu dir eingeladen«, fragte Alexa spitz vom Rücksitz her, »wir wären alle gern gekommen.«

»Heidi wohnt so schön schnuckelig«, versuchte Barbara schnell zu vermitteln, »wir sind oft bei ihr, wir fühlen uns dort alle wohl.«

»Na schön.« Es klang leicht gereizt. »Zumindest liegt nun klar auf der Hand, daß es sich bei all diesen üblen Scherzen um jemanden von uns handelt.«

Alexa beugte sich vom Rücksitz vor, sie hatte mit Genugtuung registriert, daß Juliane sich zum ersten Mal selbst mit einbezog. Alexa musterte sie aus schmalen Augen, in ihrem Kopf rotierte es seit Tagen. Es geschah ein bißchen viel in letzter Zeit, und ein roter Faden war nicht zu erkennen.

»Du meinst, das mit dem Pfeil ist eine unmittelbare Antwort auf die Ereignisse der letzten Konferenz?«

»Aber ganz bestimmt.«

»Na, dann stehe ich sicher auf der Verdächtigenliste an erster Stelle «, sagte Barbara, ohne zu erwähnen, was Rheinstauff ihr bereits ins Gesicht gesagt hatte.

Juliane nickte ruhig. »Ja, du und Titus und Gabi. Aber genausogut kann es jede andere sein.«

»Wüßtest du jemand, der Bogenschießen betreibt?« fragte Alexa hilflos. »Wer sollte denn in aller Herrgottsfrühe, ohne bemerkt zu werden, mit einem Sportbogen in der Schule auftauchen und vom Eingang her auf Rheinstauffs Tür zielen? Kannst du dir da ernsthaft einen von uns vorstellen? Also, ich nicht, das ist doch absurd.«

Juliane äußerte sich nicht dazu, ob ihr diese Vorstellung absurd erschien oder nicht. »Es gibt zusammenlegbare Bögen«, sagte sie nur.

»Ach ja?« Alexa hob interessiert die Augenbrauen. »So wie die Maschinenpistole im Geigenkasten?«

»So ähnlich. Im übrigen hat sich bei näherer Untersuchung herausgestellt, daß das Loch in der Tür vorgebohrt war und der Pfeil dann von Hand reingedreht wurde. Ein Bogen war also gar nicht notwendig.«

»Ach, woher weißt du das?«

»Hat Rheinstauff mir gesagt, euch nicht?«

»Nein«, sagte Alexa verdutzt.

»Der hat doch jedem auf individuelle Art eingeheizt«, sagte Barbara, »ich frage mich, wie jemand so schnell an ein so großes Foto von Rheinstauff kommt. Es war doch wirklich nicht vorhersehbar, wie die Konferenz verlaufen würde.«

Juliane lächelte sie nachsichtig von der Seite an. »Ich bitte dich, da besitzt jemand einen Fundus und holt bei Gelegenheit etwas daraus hervor.«

»Du meinst, wie man die passende Krawatte zum jeweiligen Hemd auswählt.«

»Langsam schnallst du es«, sagte Juliane spöttisch, aber in dem Blick, den sie Barbara zuwarf, lag große Zuneigung, fand Alexa, die vom Rücksitz aus wie auf einer Zuschauerbank die Szene beobachtete. Auch Barbaras leichtes Erröten entging ihr nicht.

Als sie die Stadt hinter sich gelassen hatten, konnte Barbara schneller fahren. Sie schaltete das Radio ein. Ina Deters 'Neue Männer braucht das Land' dröhnte ihnen um die Ohren, und mit mehr Begeisterung als Begabung grölte Alexa aus voller Kehle mit.

»Hat dir schon mal jemand gesagt, daß du nicht singen kannst?« schrie Barbara gegen den Rocksound an. Alexa blieb unbeeindruckt.

Barbara parkte vor dem Hoftor, schaltete den Motor aus, und die Radiomusik erstarb. Dann standen alle drei neben dem Wagen und sahen sich verwundert an. Heidi hatte das Wohnzimmerfenster zum Innenhof geöffnet und beschallte das ganze Dorf mit einer Arie.

»Ein Glück, daß die Geschmäcker verschieden sind«, sagte Alexa und verzog wie im Schmerz das Gesicht. »Heidi läuft sicher der Wonneschauer über den Rücken, während mich das kalte Grausen ergreift.«

»Maria Callas«, sagte Juliane lakonisch. »Tosca, zweiter Akt, die Ermordung Scarpias.«

»Donnerwetter!« Barbara blieb auf dem Weg zum Hoftor verblüfft stehen. »Ich wußte gar nicht, daß du derart bewandert in Opern bist.«

Juliane schickte ihr ein vielsagendes Lächeln. »Du weißt vieles noch nicht.«

»Nicht aufregen«, brummte Alexa, die hinter Barbara getreten war, »ihr habt noch mindestens dreißig Jahre Zeit, euch euer Leben zu erzählen.«

In den göttlichen Gesang der Primadonna assoluta mischte sich nun das Gebell von Zottel und Trampel, die das anfahrende Auto durch den vollendeten Belcanto-Gesang hindurch gehört hatten. Maria Callas brach jäh ab, das Gebell blieb. Heidi stand im geöffneten Tor, die Locken wirr um den Kopf stehend.

»Kannst du mir bitte die Hunde vom Leib halten«, rief Juliane und betrat nur zögernd den Innenhof.

»Oh«, rief Heidi gutgelaunt und beruhigend, »die beiden sind völlig harmlos. Sie bellen gern, aber sie sind verspielt und verschmust wie Schoßtiere, du brauchst wirklich keine Angst zu haben.«

»Ich habe keine Angst«, sagte Juliane kühl, »ich mag nur keine Hunde.« Sie ignorierte die neugierig-überraschten Blicke, die alle drei ihr zuwarfen, und wartete, bis Heidi die beiden Tiere unter Einsatz ihres gesamten pädagogischen Repertoires dazu gebracht hatte, das Bellen einzustellen und sich auf ihren Platz ins Wohnzimmer zu begeben. Klecks und Pünktchen wurden aus ihren Sesseln gescheucht, Flecki sprang freiwillig hinterher. Juliane hatte sich gerade zurückgelehnt, als Zottel und Trampel laut bellend hochschossen und dicht an ihr vorbei ins Freie drängten.

»Das werden die anderen sein.« Heidi folgte den Hunden nach draußen.

Barbara starrte voller Verwunderung auf Julianes Hände, die sich auf den Armlehnen so verkrallt hatten, daß die Knöchel weiß hervortraten. Das sympathische Unvermögen, eine Schwäche restlos kaschieren zu können, löste in Barbara eine Welle der Zärtlichkeit aus. Am liebsten wäre sie aufgesprungen und hätte Juliane in den Arm genommen. Aber zugleich war ihr sehr deutlich bewußt, daß das ihr Bedürfnis war, nicht Julianes. Juliane war eine interessante Frau, und vielleicht auch sonst alles mögliche, aber zärtlich, das war sie nun gerade nicht.

»Hat er euch auch mit Schulrat, Dienstaufsichtsbeschwerde, Versetzung, Anzeige und so weiter gedroht?« Titus zog an seiner Pfeife, und sein breites, freundliches Gesicht verschwand fast im Tabaksqualm.

»Mir ja«, sagte Heidi.

»Mir auch.« Gabi schob sich ein Stück Schokolade in den Mund.

Christine griff gleich nach einem ganzen Riegel. »Das hat er wohl allen«, sagte sie kauend. »Merkwürdig finde ich nur, daß er nicht schon längst die Polizei eingeschaltet hat. Wenn mich jemand ständig so zu Tode erschrecken würde, ich wüßte vor Angst gar nicht mehr wohin.«

»Ich glaube schon, daß er Angst hat«, sagte Titus, »auch wenn er das hinter seinem Gepolter zu verbergen sucht. Aber warum er nicht wenigstens die Schulaufsicht mit einbezieht, verstehe ich selbst nicht recht. Wer weiß, vielleicht hat er tatsächlich was zu verbergen. Ich meine, vielleicht gibt es für diese anonymen Bedrohungen ein ganz konkretes Motiv, von dem wir nichts wissen.«

»Mag sein, daß er vor einem Schritt nach draußen aus uns unbekannten Gründen zurückschreckt.« Christine war mit ihrem Schokoladenriegel spielend fertig geworden und griff nach dem nächsten. »Aber sein Verhalten als Schulleiter uns gegenüber stellt er nach wie vor nicht in Frage. Was er sich in der Konferenz mit Hilfe von Fräulein Mielenks Denunziantenseele erlaubt hat, spottet doch wohl jeder Beschreibung. Aber waren wir da nicht bärenstark?« Sie strahlte übers ganze Gesicht und sah aus, als ob ihr vor Rührung und Ergriffenheit gleich die Tränen in die Augen steigen würden.

»Ja, es war ein seltener Augenblick von Solidarität«, bestätigte Heidi, »vermutlich jedoch ein Unikat.«

»Ich finde diese Aktionen gegen ihn mittlerweile dumm und kindisch«, sagte Barbara. »Nicht, daß er mir leid tut, aber ich meine, nach dem, was in der Konferenz geschehen ist, haben wir doch so etwas nicht nötig. Im Gegenteil, es macht einen Teil unseres Sieges wieder zunichte, denn es setzt uns ins Unrecht und liefert ihm nur einen willkommenen Vorwand, uns zu schikanieren.«

Sie wich Alexas erstauntem Blick aus, denn innerlich fühlte

sie sich genauso gespalten, wie ihr Reden sich von ihrem Handeln unterschied. Aber da niemand von der Cassette wußte und selbst Juliane nicht ahnte, mit welchen Motiven sie Alexa das Band überlassen hatte, wurde sie vermutlich weiterhin von allen für ebenso geradlinig gehalten wie immer.

»Was schlägst du vor?« fragte Juliane. Es war das erste, was sie zum Thema beitrug. Sie saß jetzt relativ entspannt, Zottel und Trampel lagen friedlich ausgestreckt auf dem Boden.

»Wir sollten herausfinden, wer diesen Unfug anrichtet, und sie oder ihn davon überzeugen, daß es uns mehr hilft, wenn es aufhört.«

»Ach«, machte Alexa und betrachtete Barbara mit spöttischer Aufmerksamkeit, »ist ja interessant, die Ritterin vom heiligen Orden der Ehrbarkeit.«

»Nein, das ist nicht fair«, Julianes Stimme klang schärfer als vielleicht gewollt. »Barbaras Bemerkung war das Vernünftigste, was ich bisher gehört habe. Das hat mit Ehrbarkeit nichts zu tun.«

»Womit dann?

»Mit Klugheit.«

»Ach, für klug hältst du sie auch?« Alexas Spott war ebenso sanft und gutmütig wie der Blick, den sie abwechselnd auf den beiden ruhen ließ. Ein wissendes, die anderen ausschließendes Grinsen lag um ihren Mund.

Barbara bemerkte, wie Heidi und Christine einen Blick miteinander tauschten, vermutlich war ihnen gerade ein Licht aufgegangen. Na, wenn schon, dachte Barbara, jetzt kommt's wirklich nicht mehr drauf an.

»Ich mache einen anderen Vorschlag«, sagte Alexa sehr ernst. »Heidi sollte einen Tag lang Zottels und Trampels Endprodukte sammeln und diesem Dschingis-Khan auf den Schreibtisch legen.«

»Ihr solltet euch, verdammt nochmal, bequemen, endlich erwachsen zu werden.« Wie ein Rasiermesser durchschnitt Julianes Stimme das allgemeine Gelächter. Das Lachen verebbte.

»Geht das wieder los? Das hatten wir schon, du hast auf demselben Platz gesessen.«

Juliane nahm keine Notiz von Alexas wütender Reaktion. »Das Verhalten des Kollegiums in der Konferenz war ein erhebender, aber kurzer Moment. Wenn ich euch dagegen heute so zuhöre, ausgenommen Barbara...«

»Natürlich«, brummte Alexa, schon wieder grinsend.

»... dann bin ich wieder völlig fassungslos, und mir kommt der Gedanke, daß ihr es nicht besser verdient habt, so dilettantisch, wie ihr gegen ihn vorgeht.«

»Moment mal«, sagte Heidi mit vor Aufregung zitternder Stimme, »du redest, als ob für dich feststände, daß jemand von uns hier diese Angriffe gegen ihn —«

»Davon gehe ich allerdings aus.«

Trotz der empörten Aufschreie und giftigen Blicke blieb Juliane völlig gelassen. Diesen Sturm hatte sie erwartet, vielleicht genoß sie ihn sogar, so etwas war bei ihr schwierig zu sagen.

Nur mit großer Anstrengung gelang es Christine, den Lärm zu übertönen. Es fiel ihr schon bei den Kindern schwer, bei Erwachsenen war ihr Problem nicht geringer. »Es ist doch merkwürdig, Juliane, immer, wenn wir mit dir die Situation erörtern, in der du nun schließlich auch steckst, habe ich das Gefühl, du kämpfst gegen uns, statt uns zu helfen.«

»Warum sollte ich euch helfen? Seit Jahren laßt ihr zu, daß zwei Vollidioten euch kleinhalten, wieso sollte ausgerechnet ich für euch den Karren aus dem Dreck ziehen?«

Bevor der Tumult wieder losgehen konnte, sorgte Alexa entschieden für Ruhe. »Schluß jetzt! Du bist eine verdammt arrogante Figur, Juliane, aber so kommen wir nicht weiter. Die zwei würden sich krank lachen, wenn sie uns hören könnten. Das Ganze ist unwürdig. Außerdem glaube ich, daß wir im Prinzip alle das gleiche wollen, vielleicht nur mit unterschiedlichen Mitteln« — hier zwinkerte sie Barbara leicht zu —, »und ich bin auch der Meinung, daß es vernünftiger wäre, mit diesen makabren Drohgebärden aufzuhören und sinnvoll und effektiv zu kämpfen.«

Mit gemischten Gefühlen dachte Barbara an die Cassette, die sie in einem Anfall maßlosen Zorns aus der Hand gegeben hatte, weil ihr der Mut fehlte, selbst etwas damit anzustellen. Was Alexa vorhatte, mochte sich als effektiv erweisen, ob es sinnvoll war, war eine andere Frage.

Nach dem hitzigen Beginn der Debatte redeten sie ruhiger und sachlicher miteinander. Sie gingen in Frieden und mit dem Entschluß auseinander, sich gegenseitig wachsam auf die Finger zu sehen und jemand Verdächtigen freundschaftlich, aber unmißverständlich ins Gebet zu nehmen.

Beim Abschied im Hof nahm Christine Juliane spontan in den Arm. Alexa betrachtete diese Szene amüsiert, denn Juliane wußte augenscheinlich nicht, wie sie reagieren sollte. »Wenn ich so drüber nachdenke«, rief Christine gefühlvoll, »glaube ich, wir brauchen eine wie dich.« Juliane knurrte etwas und löste sich dezent, aber deutlich aus der Umarmung.

»Ich werde ein neues Gedicht schreiben«, verkündete Heidi mit emphatisch ausgebreiteten Armen. »'Selbstbefreiung' oder so ähnlich.« Sie hatte stoßweise Gedichte geschrieben, zuweilen las sie daraus vor oder verschenkte hier und da eins. Allerdings war noch nie etwas von ihr gedruckt erschienen, was sie jedoch nicht im mindesten entmutigte. »Meine Gedichte sind gut«, pflegte sie zu sagen, »es können eben nur so wenig Menschen richtig lesen.«

Die Rückfahrt verlief schweigsam. Barbara ließ das Radio ausgeschaltet, auch den beiden anderen schien nicht nach Musik zumute zu sein.

»Liebe Mitstreiterinnen, ich danke euch!« Alexa stieg aus und schlug die Autotür zu. Sie warteten, bis sie im Haus verschwunden war.

»Ihr seid mir schon ein Haufen von Einfaltspinseln«, sagte Juliane.

Hat sie mit dieser Bemerkung absichtlich gewartet, bis

Alexa ausgestiegen ist, fragte sich Barbara verwundert. »Wie meinst du das?«

»Na, hör mal! Ein Gedicht schreiben! Einen Protestsong oder was? Es würde Rheinstauff und Stybermann aus den Socken hauen, wenn sie es wüßten. Gewiß würden sie umgehend ihr Leben ändern! Statt zweit- und drittklassige Gedichte zu schreiben, sollte sie ihren Frust lieber in gezieltes, auf ihren Rechten basierendes Handeln umsetzen.«

»Wer sagt dir, daß ihre Gedichte zweit- und drittklassig sind? Hast du je eins gelesen? Verstehst du was von Lyrik?«

»Das traust du mir auch nicht zu, nicht wahr? Aber wenn sie erstklassig wären, würde sie ihre Texte nicht ständig von den Verlagen zurückbekommen.«

Barbara war sehr erbost, sie mochte Heidi. »Wenn du glaubst, literarische Qualität sei heutzutage das einzige Kriterium, um in einem Verlag herauszukommen … Aber selbst wenn du recht hättest, dann schreibt sie eben zweit- und drittklassige Gedichte, aber sie tut etwas.«

»Eben nicht, das ist doch nur Flucht vor der Tat.«

Barbara trat wütend auf die Bremse, um vor einer roten Ampel noch zum Stehen zu kommen. »Flucht? Nenn es Flucht, nenn es wie du willst. Aber für sie ist es vielleicht eine Form von Überlebenstraining. Vielleicht ist jede Kunst nur eine Form von Überlebenstraining.«

»Ist das deine Definition von Kunst?«

»Ich habe keine Definition. Ich bin keine Expertin. Ich sage einfach so daher, was mir durch den Kopf geht. Jedenfalls haben wir schon genug knallharte Tatmenschen wie Rheinstauff.«

»Richtig, wir haben mehr als genug. Und wir Frauen müssen endlich lernen, ihnen zu begegnen.«

»In ihrer oder in unserer Sprache?«

»In einer Sprache, die sie verstehen. Jedenfalls nicht in kindischen, pubertären Aktionen.«

»Weißt du«, sagte Barbara leise und legte den ersten Gang ein, »was mich an dir so irritiert?«

»Ich wette, du sagst es mir.«
»Daß du ihn besser zu verstehen scheinst als uns.«

Schulrat Friedich Sommer war ein durch und durch väterlicher Typ. Er hatte volles, schlohweißes Haar, gütige, braune Augen, ein rundes, rosiges Gesicht, leichte Hängebacken und ein starkes Doppelkinn. Seine sonore Baßstimme verstärkte den Eindruck väterlichen Wohlwollens und vermittelte ein Gefühl von Verständnis für alles Menschliche.

Seine großen Hände mit den kantigen Fingern und der stets rissigen, rauhen Haut sahen nicht nach Schreibtisch aus. Opa Sommer, wie er von den Lehrern hinter vorgehaltener Hand liebevoll-herablassend genannt wurde, war in seiner Freizeit passionierter Landwirt. Er betrieb mit Frau, Tochter, Schwiegersohn und drei heranwachsenden Enkeln einen kleinen Bauernhof in der Voreifel, der sich zwar kaum rentierte, da er gegen den Strom aller landwirtschaftlichen EG-Trends schwamm, aber zusammen mit seinem Schulratgehalt und einer Nebentätigkeit der Tochter der ganzen Familie zu einem glücklichen Leben verhalf.

Vor vierundsechzig Jahren war Friedrich Sommer als Sohn ärmlicher Kleinbauern in einem abgelegenen Eifeldorf zu Welt gekommen. Als einziger seines Jahrgangs hatte er mit Fürsprache des Pfarrers und finanzieller Hilfe der Gemeinde das Gymnasium in der nächsten Kreisstadt besuchen können. Spätestens seit dem glänzenden Abitur war er der Stolz seiner Eltern, die seine bisherige Schullaufbahn mit Skepsis betrachtet hatten und von einem 'Studierten' als Sohn lange nichts wissen wollten. Friedrich Sommer begann als Junglehrer in der Dorfschule seines Heimatortes.

Als Schulrat wurde er von seinen Kollegen nicht ganz ernst genommen. Hier war sein Spitzname mehr herablassend als liebevoll, sie nannten ihn den 'Schweinehirt'. Er war kein Karrieretyp, galt als zu weich. Auch die Lehrerschaft, die seine menschliche Art schätzte, hätte sich in kritischen Situationen etwas mehr Entschlossenheit von ihm gewünscht. Immer wollte er es allen recht machen, jedem eine Chance geben, und noch eine und noch eine ... Seit die Schulbezirksgrenzen neu festgelegt worden waren, hatte er sechs Schulen zusätzlich zu betreuen. Die geliebte Landarbeit kam zu kurz. Er freute sich auf seine Pensionierung.

Barbara atmete langsam aus und lehnte sich zurück. Sie hatte alles gesagt, was sie sagen wollte, und fühlte sich erleichtert.

Der Schulrat, der bei ihrem Bericht mehrfach zustimmend genickt hatte, legte den Kugelschreiber aus der Hand und überflog noch einmal seine Notizen. »Ich bin froh, Frau Bertram, daß Sie zu mir gekommen sind«, sagte er dann mit seiner sanften, tiefen Stimme, die dem Ohr so guttat, »denn nun habe ich den Vorfall doch aus verschiedenen Blickwinkeln geschildert bekommen. Das hilft immer zur Abrundung des Bildes von einem Geschehen, das man nicht selbst miterlebt hat.«

Sie war nur mäßig erstaunt. Irgendwie hatte sie damit gerechnet, daß Rheinstauff bereits hier gewesen war.

»Ja«, sagte Opa Sommer lächelnd, als er Barbaras Blick auffing, »Herr Rheinstauff hat schon mit mir gesprochen. Sehen Sie, Frau Bertram ...« Er legte die Handflächen seiner großen Hände gegeneinander und betrachtete Barbara. Er kannte die Schule, von der sie kam, und die Probleme, die es dort gab, nur zu gut. Er seufzte leise und wünschte sich, auf seinem Bauernhof in Gummistiefeln und Windjacke zu den Ställen zu gehen, die Hühner zu versorgen oder Erde umzugraben. Etwas Handfestes, Reales tun, nicht ständig diese schwierigen, zwischenmenschlichen Probleme lösen müssen. Wenn der Hof mehr abwerfen würde, hätte er seinen Schulratjob längst an den Nagel gehängt. Es waren zwei so unterschiedliche Tätigkeiten, daß sie sich kaum vereinbaren ließen. Er paßte nicht in die Stadt, nicht in Büroräume. »... sehen Sie, ich habe mich manches Mal gefragt, ob es klug gewesen ist, aus der aktiven pädagogischen Tätigkeit rauszugehen, um hier an diesem Schreibtisch zu landen.«

Was rede ich denn da, dachte er, das geht eine Frau Bertram doch nichts an. Er räusperte sich. Das war auch so eine Schwierigkeit, immer genau zu wissen und abzuwägen, zu wem man was sagen konnte. Es war kompliziert, mit Erwachsenen umzugehen. Mit Schülern hatte er diese Probleme nie gehabt.

»Frau Bertram, was ich Ihnen zu der ganzen Angelegenheit sagen möchte, ist dies: das Problem Ihrer... Ihrer sexuellen Orientierung... nein, das ist schon falsch formuliert, das ist kein Problem, es sollte für Sie keins sein, und für uns als Schulaufsichtsbehörde ist es auch keins. Sie sind eine ausgezeichnete Lehrerin, das weiß ich, und das ist für mich das einzige, was zählt. Ihr Privatleben ist Ihre Sache und überhaupt kein Diskussionsthema für mich.« Er war zufrieden mit sich, hatte er doch den unangenehmen Teil des Gesprächs auf die Art geschickt umschifft. »Was nun den Wortlaut Ihres Dreiergespräches betrifft, sind die Aussagen sehr unterschiedlich.« Er lächelte sie beruhigend an, als ob er schnell jeden Verdacht zerstreuen wollte, womöglich ihren Worten nicht zu glauben. »Herr Rheinstauff, das wissen wir beide, ist ein Mensch, der bei emotionaler Belastung gelegentlich zu etwas cholerischen Ausfällen neigt. Und im Augenblick ist er einigen Belastungen ausgesetzt, nicht wahr?«

Aha, von den seltsamen Vorfällen weiß er also auch, dachte Barbara, die sehr aufmerksam zuhörte.

»Möglich«, fuhr der Schulrat fort, »daß Herr Rheinstauff im nachhinein aus Bedauern über seine Impulsivität etwas zu beschönigen versucht, möglich auch, daß Sie, Frau Bertram, in Ihrer verständlichen Erregung etwas überbewertet oder falsch interpretiert haben. Auf alle Fälle versichere ich Ihnen, daß niemand aufgrund von Kenntnissen über Ihr Privatleben Sie zu disziplinieren versucht, wie Sie das genannt haben. Seien Sie unbesorgt, unsere Zeit ist zum Glück tolerant. Und daß Sie, in Ihrem subjektiven Gefühl von Bedrängnis Ihre persönliche Situation vor dem Kollegium offengelegt haben, das hatte mit Sicherheit eine befreiende Wirkung für Sie. 'Outen' nennt man das ja heute, nicht wahr? Ich oute, du outest, er, sie, es outet ... man könnte eine Sprachübung im Konjugieren daraus machen ... Ich möchte, daß Sie beruhigt sind, wenn Sie hier weggehen. Mir liegt daran, daß die Lehrerschaft meines Schulbezirkes sich wohl fühlt in ihrem Arbeitsbereich, verstehen Sie?«

»Ja«, sagte Barbara. Er war ein lieber Kerl, und irgendwie fühlte sie sich tatsächlich schon ruhiger. Immerhin war dieser Mann, der so wohlwollend zu ihr sprach, Rheinstauffs und Stybermanns Vorgesetzter.

»Was nun Ihre Zusatzerklärung betrifft, Frau Bertram, die Sie dem Protokoll beigefügt haben möchten, gebe ich Ihnen folgendes zu bedenken: Man sollte ein Konferenzprotokoll nicht überbewerten, es kommt ihm natürlich kein historischer Rang zu«, er lächelte kurz, »aber es ist innerhalb einer Schule dennoch eine offizielle, amtliche Angelegenheit. Was dort festgehalten wird, ist für alle nachfolgenden Schulleiter, Konrektoren und Kollegen einsehbar. Und nun sehen Sie mal, Herr Rheinstauff wird in wenigen Jahren in seinen verdienten Ruhestand entlassen. Wollen Sie ihm wirklich diese Ehrenrührigkeit sozusagen ins Stammbuch schreiben und für die pädagogische Nachwelt erhalten? Könnte es nicht genügen, wenn ich Ihnen als Ihr zuständiger Schulrat versichere, daß eine Bedrohung, wie Sie sie aus Herrn Rheinstauffs Worten herausgehört haben, nicht besteht und Sie meine Hilfe jederzeit in Anspruch nehmen können, falls Sie das Gefühl haben, dem sei doch nicht so?«

Barbara sagte lange nichts. Darauf lief es also hinaus, sie sollte ihre Erklärung zurückziehen. War das die Lösung? Möglicherweise tat sie auch sich selbst einen Gefallen damit, ihre eigene Situation nicht der schulischen Nachwelt zu hinterlassen.

»Denken Sie in Ruhe nach«, sagte Friedrich Sommer, »ich will Sie zu nichts drängen. Ich kann mir den Widerstreit Ihrer Gefühle gut vorstellen.«

Konnte er das? Woher sollte er es können? Sie fühlte eine große Müdigkeit in sich und das übermächtige Verlangen, endlich ihre Ruhe zu haben. »Sie stehen auf meiner Seite«, begann sie langsam.

»Ich werde Sie vor jeder persönlichen Diskriminierung schützen«, sagte er schnell, »auch was unbewiesene Anschuldigungen in anderen Punkten betrifft, darauf haben Sie mein Wort.«

Sie gab sich einen Ruck. »Gut. Ihr Wort genügt mir. Ich ziehe meine Zusatzerklärung zum Protokoll zurück.«

Juliane wollte sich schier ausschütten vor Lachen, als Barbara ihr von dem Gespräch erzählte. Es war ein bitterböses, galliges Lachen mit einer guten Portion Verachtung darin. »Es hackt doch wirklich keine Krähe der anderen ein Auge aus. Und du bist wahrhaftig das liebenswerteste Naivchen, das mir je untergekommen ist. Manchmal denke ich, du bist fürs wirkliche Leben gar nicht geschaffen.«

Einen Augenblick lang war Barbara sprachlos. Dann fragte sie mehr fassungslos als zornig: »Was gibt dir eigentlich das Recht, so mit mir zu reden?«

»Wie soll ich denn mit dir reden?«

»Du sollst zu mir halten!« schrie Barbara, Tränen der Wut und Enttäuschung in den Augen.

Juliane faßte sie heftig bei den Schultern und rüttelte sie gewaltig durch. »Merkst du Idiotin denn nicht, daß ich nichts anderes tue als das?«

»Das nennst du zu mir halten?«

»Was möchtest du, das ich tue? Dir pausenlos auf die Schulter klopfen und sagen, wie toll du bist? Weißt du überhaupt, daß du seit endlosen Jahren der erste Mensch bist, an dem mir soviel liegt, daß ich mir die Mühe mache, so mit ihm zu reden?«

»Ach so, du läßt dich dazu herab, mir deine Gunst zu gewähren. Entzückend.«

Sie starrten sich feindselig an, und dann endete das Ganze in einer wilden Umarmung und einem ebensolchen langen Kuß.

»Reingefallen bist du auf deinen netten, alten Opi«, sagte Juliane nach einer Weile in milderem Ton, »davon wirst du mich nicht abbringen.«

»Juliane, Sommer ist ein glaubwürdiger, sympathischer, alter Herr ...«

»Natürlich ist er sympathisch, ich habe ihn schließlich kennengelernt bei meiner Neueinstellung. Dennoch hast du dich einwickeln lassen von der rechtschaffen-betulichen Toleranz des Spießbürgers, nach dem Motto, Homosexuelle sind auch Menschen.«

»Mein Gott, Juliane, du hast ein derart schwarzes Menschenbild! Soll ich denn grundsätzlich niemandem trauen? Dir auch nicht?«

Juliane lachte amüsiert auf. »In Maßen, meine Liebe, nur in Maßen. Aber im Ernst, was du da erlebt hast, war ein Deal zwischen zwei älteren Herren, die kurz vor der Pensionierung stehen. 'He', hat der eine zum anderen gesagt, 'wenn du der Kleinen unbedingt an den Karren fahren willst, dann aber doch nicht über die Lesben-Schiene. So was zieht heute nicht mehr, wo schon Töchter ehemaliger Bundespräsidenten sich öffentlich dazu bekennen. Alle schreien dann sofort: Diskriminierung von Minderheiten! Nein, wenn du willst, daß sie spurt, mußt du das schon anders anstellen.' Glaub mir, nicht in der Sprache vielleicht, aber in der Sache wird das so gelaufen sein.«

Barbara schüttelte nur ungläubig den Kopf. »Wer hat dir nur dein Vertrauen in die Menschen genommen? Du kannst ja überhaupt nicht mehr unterscheiden zwischen mies und nicht mies.«

»Doch«, sagte Juliane prompt. »Du gehörst eindeutig in die Kategorie ‘nicht mies’.«

»Danke, sehr charmant.«

»Ich bin nicht auf der Welt, um charmant zu sein.«

»Damit würdest du auch nicht das Salz in der Suppe verdienen …« Weiter kam sie nicht. Juliane hatte sie bei den Armen gefaßt und drängte sie zielstrebig in Richtung Schlafzimmer.

19

Flämmchen

»Am liebsten würde ich dich gleich dort lassen«, sagte der Direktor und sah sie mit düsterem Blick an. »Dein Onkel wünscht, und das ist nur vernünftig, eine eingehende klinische Untersuchung.«

»Ich habe ein Kilo zugenommen«, sagte Flämmchen leise. Sie wollte ihn heute um nichts in der Welt erzürnen, es hing zuviel von seinem Wohlwollen ab.

»Nein«, sagte er hart, »du hast an der Justierung der Waage herumgespielt, ich kenne deine Tricks allmählich. Du wiegst achtundvierzig Kilo und kein Gramm mehr. Vorige Woche bist du dreimal ohnmächtig geworden, und wenn das hier vorbei ist, werden wir dich zur Beobachtung in die Klinik stecken. Wir machen uns ja langsam mitschuldig, so geht es doch nicht weiter, Mädchen.«

Flämmchen fühlte ihre Handflächen feucht werden. 'Wenn das hier vorbei ist', sie wußte, was das hieß, und die aufkommende Angst schnürte ihr die Kehle zu. Wenn das, wovon er sprach, vorbei war, würde sie dafür sorgen, daß noch anderes vorbei war, und er konnte rein gar nichts dagegen tun. Sie würde immer die Stärkere sein. Niemand würde sie mehr mit dieser ewigen Nötigung zum Essen belästigen. Angewidert dachte sie daran, wie alle stets mit kummervollem Blick hinter ihr herliefen und versuchten, sie mit fettigen, klebrigen Dickmachern vollzustopfen. Man spritzte ihr jede Menge Vitamine und Aufbaupräparate, sie fühlte sich verfolgt und gejagt. Und dann dieses ständige Getue wegen ihrer Neigung zur Ohnmacht. Sie war einfach zu schnell gewachsen, das war alles. Sie war fast sechzehn und maß knapp einssechsundsiebzig. Im übrigen fand sie sich nicht zu dünn. Dicke Menschen ekelten sie an. Sie bekamen Herzinfarkte und Gehirnschläge und konnten sich nicht mal bücken, um die eigenen Schuhe zuzubinden. Wollten sie, daß sie so aussah? Nie im Leben würde sie das zulassen, nicht, solange sie noch irgend etwas beeinflussen konnte.

»Komm jetzt«, sagte der Direktor, »es wird Zeit.« Sie ging neben ihm durchs Haus. Elke und Nils standen am Eingang. Nils hatte die Fäuste in die Hosentaschen gestopft, in Elkes Augen standen Tränen. Flämmchen wandte schnell den Blick ab, sie wollte jetzt nicht mit ihnen reden, sie hätte keinen Ton herausgebracht.

Auf der Wiese im Park streckten die ersten Krokusse ihre Köpfchen zwischen den Schneeresten hervor. Nach den letzten eisgrauen Wintertagen zeigte der Himmel heute wieder ein wenig Blau.

Der Direktor hielt ihr die Wagentür auf. Die Mißbilligung über eine Entscheidung, die nicht die seine war, stand ihm ins Gesicht geschrieben. »Ich tue es ihr zuliebe«, sagte er, »weil es ihr dringender Wunsch ist, und weil sie kaum noch einen weiteren haben wird. Ich tue es nicht, weil ich es für gut oder richtig halte.«

Flämmchen hörte ihm gar nicht zu. Je näher sie dem Ziel kamen, desto unwohler fühlte sie sich. Dabei wollte sie zu ihr, wollte es so sehr, daß sie es in ihrem Zimmer heute nachmittag kaum noch ausgehalten hatte.

Der Arzt empfing sie am Eingang der Intensivstation. Er wechselte einen kurzen Blick mit dem Direktor, dann sah er Flämmchen an. »Sie wissen, was Sie erwartet?«

»Ja.« Ich lüge, dachte sie, und der Schweiß brach ihr aus. Ich habe keine Ahnung, was mich erwartet.

»Sie darf sich weder anstrengen noch aufregen«, sagte der Arzt.

»Warum nicht«, fragte Flämmchen, »weil sie dann vielleicht zehn Minuten früher stirbt?«

Der Direktor machte eine erschrockene Bewegung, und der Arzt sah sie lange nachdenklich an. »Gehen Sie jetzt zu ihr«, sagte er. »Sie erwartet Sie.«

Sie lag in einem Einzelzimmer, eine Unzahl von Schläuchen, Kabeln und Geräten mit optischen und akustischen Signalen an sich und um sich herum. In ihre Augen, die noch tiefer als sonst in den Höhlen lagen, trat ein freudiges Flackern des Erkennens. Die Finger ihrer rechten Hand wanderten wie kleine Beinchen unruhig über die Bettdecke, als ob sie etwas suchen würden. Sie tasteten eine Weile in der Luft, dann fanden sie Flämmchens Hand und hielten sie fest. Flämmchen überließ ihr die Hand, kämpfte mit dem Entsetzen in sich.

Veronika Gendliebs Hand fühlte sich heiß und trocken an. Ihr Griff war überraschend fest. Dafür war ihre Stimme kaum mehr als ein Flüstern. »Ich bin froh, daß du da bist. Setz dich zu mir auf die Bettkante.«

Flämmchen kauerte sich auf die Kante, ohne viel wahrzunehmen. Sie hatte Mühe genug, mit ihrer Angst und Bestürzung fertigzuwerden. Ich bringe Unglück, dachte sie, immer sterben die Menschen in meiner Nähe. Mama, Papa, Tante Hertha. Ich will nicht mehr. Am besten, ich sterbe gleich mit.

»Untersteh dich«, sagte Veronika Gendlieb.

Flämmchen zuckte zusammen. Mein Gott, sie hatte das alles laut gesagt. »Bitte, ich wollte nicht ...« stammelte sie.

»Hör mir zu«, sagte Veronika Gendlieb, »ich habe keine Zeit und keine Kraft mehr für Versteckspiele und Drumherumgerede ... Hör mir also gut zu.« Ihre Stimme war so leise, daß Flämmchen sich zu ihr hinunterbeugen mußte, um sie zu verstehen. Sie konnte den Tod riechen. Liebe und Grauen waren in ihr gemischt.

»Es ist genug«, sagte der Arzt draußen zum Direktor. »Sie ist fast eine Stunde drin. Ich werde reingehen.« Er öffnete die Tür zum Krankenzimmer und sah das junge Mädchen auf dem Bett sitzen.

»Scht!« machte Flämmchen, als er näher kam. »Seien Sie leise, sie ist tot.« Er half ihr, die Tote sanft auf das Kissen zu betten.

Flämmchen stand auf und ging schwankend zur Tür. Dort blieb sie stehen und wartete, bis er sich durch eine kurze Untersuchung vom Tod seiner Patientin überzeugt hatte. Als er sich umdrehte, begegnete er Flämmchens Blick.

»Bitte, können Sie mir helfen?«

Er sah sie an und hob eine Augenbraue. »Was kann ich für Sie tun?« fragte er zögernd. Er sah, wie sie den Mund öffnete, um zu sprechen, aber sie brachte kein Wort hervor. Als sie ohnmächtig zur Seite fiel, sprang er zu ihr und fing sie auf.

20

Der November hatte einen Ruf zu verteidigen, und in diesem Jahr tat er das mit Bravour. Er wartete mit allem auf, was er an Zutaten zu bieten hatte. Er war kühl, windig, neblig, verregnet und so trübe und düster, daß auch weniger empfindsame Naturen Sehnsucht nach einem offenen Himmel ergriff. In den Häusern brannte das Licht vom Morgen bis zum Abend, die Leute hasteten mit gesenkten Köpfen, die mißmutigen Gesichter unter Kopftüchern, Kapuzen oder hinter Regenschirmen versteckt, durch die Straßen. Begrüßungsformeln wurden durch kurze, aber kräftige Unmutsäußerungen wie 'Sauwetter' oder 'Hundewetter' ergänzt. Nur die Kinder schienen ungerührt, patschten mit ihren Gummistiefeln genußvoll durch die Regenpfützen und fanden die schlechte Laune der Erwachsenen ziemlich unverständlich.

Barbara saß am Küchentisch über einer Additionskolonne. Sie weigerte sich hartnäckig, für das bloße Addieren von Zahlen einen Taschenrechner zu benutzen, und da sie im Kopf schneller addieren als so mancher die Zahlen eintippen konnte, wagte auch niemand, sie auszulachen oder ihr rückständiges Denken nachzusagen.

Sie machte gründlichen Kassensturz. In einer Stunde war sie mit Juliane zu einem Schmökerzug durch die Kölner Buchantiquariate verabredet, und vorher stellte ihre sachliche Seite gern Berechnungen an, mit wieviel harten DM sie ihrer Neigung frönen durfte. Als sie erfreut feststellte, daß es diesmal zu einer hübschen kleinen Erstausgabe reichen würde, klingelte es. Überrascht sah sie von ihren Zahlen hoch. Es war Samstagmorgen, und sie hatten nicht ausgemacht, daß Juliane sie abholte, sondern umgekehrt.

Vor der Tür stand Max, tropfend wie ein nasser Kater. »Mein Gott, dich muß man ja auswringen. Komm rein und reib dir die Haare trocken, du holst dir ja den Pips.«

»Diese liebevolle Fürsorge«, spöttelte er, griff aber dankbar nach dem Handtuch. Er schälte sich aus dem nassen Mantel und setzte sich zu ihr in die Küche.

»Ich habe noch heißen Tee übrig, möchtest du etwas?«

Er nickte erfreut und legte seine kalten Hände um die Tasse.

»Warum hast du nicht angerufen?« fragte Barbara. »Ich muß gleich weg.«

»Ich wollte dich überraschen und mit dem Ergebnis meiner Mission zu infernalischen Begeisterungsstürmen hinreißen.« Er strahlte sie an, ein braunes Kuvert in der Hand. »Wenn du das hier siehst, wirst du alles vergessen, was immer du vorhaben solltest.«

Barbara dachte an Juliane, ihren Blick, ihre Nähe, den rauhen Klang ihrer Stimme, das phantasievolle Spiel ihrer Hände. »Das glaube ich kaum«, sagte sie lächelnd, »aber eine Viertelstunde habe ich noch, laß sehen.«

Er wedelte mit dem braunen Umschlag vor ihrer Nase, ohne Anstalten zu machen, den Inhalt herauszurücken. »Weißt du, was mich diese Fotos gekostet haben? Fast habe ich mir das Bein gebrochen, beinahe einen wichtigen Kunden verloren, dessen Termin ich deinetwegen habe platzen lassen, und um ein Haar wäre die ganze Sache aufgeflogen, weil ich schon dachte, Stybermann hätte mich entdeckt. Dafür wirst du mit mir essen gehen müssen.«

»Aber nur beinahe«, sagte Barbara, »vielleicht zeigst du mir erstmal die Bilder.«

Er zog sie mit großer Geste aus dem Umschlag. Es war ein gutes Dutzend, und er fächerte sie mit der Hand vor ihr auf wie ein Profikartenspieler. Er hatte nicht übertrieben. Es war wirklich ein großer Wurf. Barbara pfiff anerkennend durch die Zähne. »Max, das ist wahrhaftig Meisterklasse! Da ist jedes Bild gleichermaßen scharf… und das sogar in doppelter Bedeutung! Aber…« Sie sah genau hin. »Das sind drei verschiedene Frauen?«

Max trank seinen Tee in kleinen Schlucken. Der Stolz über seine Leistung strahlte aus den teddybraunen Augen. »Das ist mehr, als du erwartet hast, was? Und alle drei sind ehrbare Ehefrauen und Mütter, gottesfürchtige Mitglieder der Pfarrgemeinde. Ich kann dir Namen und Adressen geben, alles, was du wissen willst.«

Sie wußte nicht, was sie mehr in Erstaunen versetzte, die ungeahnten Talente von Max oder die Tatsache, daß es so viele Frauen gab, auf die eine Figur wie Stybermann offenbar erotisch wirkte. »Max, du hast deinen Beruf verfehlt. Du wärst eine ernstzunehmende Konkurrenz auf dem Markt der Privatdetektive. Ich muß gestehen, ich bin überwältigt!«

»Es kommt eben nur auf die Motivation an, Babsylein, wenn die stimmt, reiße ich Bäume aus, schlage Wolken zu Fetzen, hole die Sterne vom Himmel, trage Berge ab ...«

»Ja, schon gut, Max. Nur keine Umstände. Hör zu, ich bin dir ehrlich dankbar, aber ...« — sie legte eine winzig kleine Pause ein — »... ich möchte nicht, daß du etwas von mir erwartest, du warst mir das schuldig ...«

»Ehrlich und offen, erfrischend wie immer.« Er lächelte sie an, siegessicher. »Hier, ohne Tricks, alle Negative, jedes Foto zweifach. Alles für dich, danke, keine Ovationen, gern geschehen, aber einmal essen gehen, drunter läuft nichts.« Er schob die Bilder zurück in den Umschlag. Sein Grinsen war ansteckend. »Du siehst, ich kann auch erpressen. Aber ich bin nicht maßlos. Einmal essen gehen, nicht mehr und nicht weniger.«

Barbara seufzte geschlagen. Dann mußte sie unwillkürlich lachen. »Was versprichst du dir nur immer davon?«

»Dich irgendwann doch noch mit meinem ungebrochenen Charme zurückzugewinnen. Außer dir gibt es keine Frau für mich, keine richtige, meine ich.«

Sein Gerede ging ihr auf die Nerven, aber das Ergebnis seiner Arbeit besänftigte sie. »Also gut, einmal essen gehen, aber nicht heute und nicht morgen. Ich melde mich. Und bilde dir bloß nichts ein. Du hast keine Veranlassung, dir Hoffnungen zu machen.«

»Der Mensch lebt von der Hoffnung.« Er zwinkerte ihr verschmitzt zu. »Nichts für ungut. Ich bin guter Laune. Die Arbeit hat mir Spaß gemacht. Anscheinend habe ich voyeuristische Tendenzen. Apropos, hast du jemanden? Eine Frau, meine ich?«

»Siehst du, Max, das stört mich an dir. Was gibt dir das Recht zu dieser Frage?«

Er verneigte sich wie bei einem komischen Bühnenauftritt. »Euer Ehren, ich ziehe meine Frage mit Bedauern zurück.«

Barbara lachte. »Du bedauerst den Rückzug, nicht die Frage, du Schlitzohr. Und nun sei mir nicht böse, aber ich muß wirklich los. Ich danke dir sehr, und wir werden zusammen essen gehen.«

»Noch in diesem Leben?«

»Noch in diesem Leben.«

Sie fuhren gemeinsam mit dem Aufzug nach unten. Sie sah ihm nach, wie er durch den Flur zur Haustür ging. Natürlich würde es kein Zurück zu ihm geben, aber wie immer sie es auch einordnete, er war und blieb ein Stück ihres Lebens.

Der Lift setzte sich wieder in Bewegung und brachte sie in die Tiefgarage. Als sie den Aufzug verließ, stellte sie verärgert fest, daß zum zweitenmal in dieser Woche eine Neonröhre kaputt war, und wieder genau in dem Teil der Tiefgarage, in dem sich ihr Einstellplatz befand. Wenn man diesem Hausmeister nicht ständig auf die Füße trat, kümmerte er sich wirklich um rein gar nichts. So möchte ich auch mein Geld verdienen, dachte sie und nahm sich vor, noch heute mit ihm zu sprechen. Sie bemerkte nasse Fußspuren auf dem Boden. Sicher war gerade jemand von draußen hereingekommen. Nur seltsam, daß ihr niemand im Aufzug begegnet war. Sie suchte nach dem Autoschlüssel. Den Schatten hinter dem Pfeiler bemerkte sie erst, als er sich plötzlich bewegte.

Der Angriff erfolgte so schnell und heftig, daß ihr weder Zeit zum Schreien oder Weglaufen, noch zur Gegenwehr blieb. Brutal wurde sie mit dem Rücken gegen die Betonwand geschleudert, zwei starke Hände legten sich um ihren Hals. Im Halbdunkel erkannte sie dicht vor sich Jochen Stybermann.

»So, du perverses kleines Miststück, jetzt hab' ich dich. Du wagst es, mich zu erpressen?« Ohne all die glattzüngige Höflichkeit klang seine Stimme haßerfüllt und bedrohlich. Er drückte ihr die Kehle zu, gerade soweit, daß sie zwar in Todesangst geriet, aber nicht das Bewußtsein verlor.

»Du Dreckstück kriegst vielleicht diesen blöden Weiberhaufen auf deine Seite, aber ich glaube nicht, daß die Eltern deiner Schüler soviel Toleranz aufbringen werden, wenn sie erfahren, von was für einer ihre Kinder unterrichtet werden. Wage also nicht, mir zu drohen, ich werde dich fertigmachen, du bekommst kein Bein mehr auf die Erde, an keiner Schule dieser Welt, hast du verstanden? Und teil das auch deiner neunmalklugen Freundin mit, bestell ihr, ich weiß Bescheid. Ich mach euch beide fertig!«

Sein Atem stieß gegen ihr Gesicht. Luftmangel, Angst und Ekel drohten Barbara zu ersticken. Ihr Herzschlag dröhnte durch den Schädel. Stybermann riß sie an den Haaren, bog ihren Kopf zurück und schlug ihn gegen die Wand. Es gab einen dumpfen Ton. In seine Stimme kehrte jetzt etwas von der üblichen Öligkeit zurück. »Wie macht sie es dir denn, wo ihr doch das Werkzeug fehlt, es dir richtig zu besorgen?«

Barbara war starr vor Angst, sie konnte keinen Muskel rühren, keinen Ton hervorbringen. Unvermittelt ließ er sie los. »Sei gewarnt«, zischte er, »ich schrecke vor nichts zurück. Und das hier wirst du mir nie nachweisen können. Ich habe ein wasserdichtes Alibi für den ganzen Vormittag. Lauter glaubwürdige Zeugen. Eher sperren sie dich wegen Verfolgungswahn in die Klapsmühle, also versuch es gar nicht erst!«

Barbara wurde schwarz vor Augen, sie rutschte langsam an der Wand herunter, dann lag sie mit angewinkelten Beinen und ausgestreckten Armen auf dem Boden.

Eine Stimme in weiter Entfernung, eine schemenhafte Gestalt. Plötzlich wuchsen Stimme und Gestalt zu einer Einheit zusammen. Ein Männergesicht beugte sich über sie. Entsetzt schrie sie auf. Dann verstummte sie. Sie hatte das Gesicht erkannt. Es war Max.

Im Bad erbrach sie sich, wusch das Gesicht mit kaltem Wasser und taumelte, von Schwindelgefühlen begleitet, zurück ins Wohnzimmer. Max sah ihr mit großer Besorgnis entgegen. »Ich werde einen Arzt und die Polizei anrufen«, sagte er entschlossen.

»Das wirst du nicht tun.« Barbara legte sich auf die Couch und schloß erschöpft die Augen. »Ich habe keine Lust, wegen versuchter Erpressung vor Gericht zu landen.«

»Aber du hast doch noch gar nicht... Ich meine, ich habe dir eben erst die Mittel dazu gebracht.«

»Ja, offenbar hat er dich doch irgendwann bemerkt und heute beschattet. Zu dumm, daß du ihn nicht mehr gesehen hast.«

»Tut mir leid, aber dazu ist die Tiefgarage zu unübersichtlich.«

»Wieso bist du eigentlich zurückgekommen?«

Er sah verlegen vor sich hin. »Ich habe draußen auf dich gewartet. Ich wollte... wissen, zu wem du fährst. Als du nicht kamst, bin ich reingekommen, um nachzusehen, ob dein Auto noch da ist.«

»Der Beschattungsvirus geht um«, sagte Barbara. »Ich glaube, wir sind alle verrückt geworden.«

Max war ins Bad gegangen. Er kam mit einem kalten, nassen Tuch zurück und legte es ihr auf die Stirn. »Babsy, du solltest dennoch die Polizei...«

Sie schleuderte das Tuch wütend von sich. »Verdammt noch mal, Max, nein! Nun nerv mich nicht! Du hängst schließlich auch mit drin.«

»Ich? Aber wieso denn?«

»Wer hat denn die Fotos gemacht? Und der erste Blick darauf verrät einem, wozu. Ich sehe schon die Schlagzeile: Fotograf in schmutzige Sex-Erpressung verwickelt! Gute Werbung für dein Atelier, nein?«

Er sah sie wie betäubt an. »Daran habe ich überhaupt noch nicht gedacht.«

»Aber ich. Ich habe dich da nämlich mit hineingezogen. Also komm mir nicht mehr mit Polizei und Anzeige.«

»Aber wenigstens einen Arzt, Ärzte stehen unter Schweigepflicht ...«

»Mensch, nun halt deine Gedanken beisammen. Ein Arzt sieht doch sofort, daß ich überfallen wurde. Ich habe Würgemale am Hals, der ist direkt verpflichtet, das zu melden. Nein, so geht das nicht. Im übrigen lebe ich und habe das starke Gefühl, daß ich weiterleben werde, auch wenn ich mich jetzt nicht gut fühle.«

»Mylady, Sie sind ganz schön cool geworden.«

»Ja«, sagte sie und verzog das Gesicht vor Schmerz, »ich bin anscheinend noch lernfähig.«

Als das Telefon klingelte, machte Barbara auf der Couch eine Bewegung, aber Max kam ihr zuvor und hob ab. »Nein, Sie können Frau Bertram jetzt nicht sprechen«, sagte er. »Kann ich etwas ausrichten?« Er sah zu Barbara hin. »Eine Frau Valentin möchte gern wissen, wo du bleibst.«

»Juliane«, sagte Barbara. »Sag ihr, ich rufe später zurück.«

»Frau Bertram wird Sie später anrufen«, sagte Max in den Hörer. »Wer ich bin? Ich bin der Briefträger, Madame.« Er legte mit einem zufriedenen Grinsen auf.

»Du bist ein Idiot«, sagte Barbara. »In spätestens zehn Minuten steht sie vor der Tür.«

»Na, und? Dann lerne ich sie wenigstens endlich kennen. Ich sollte schließlich einen Blick auf meine Konkurrenz werfen, meinst du nicht? Sie ist doch meine Konkurrenz?«

»Mein Gott, Max!« rief Barbara, der plötzlich die Tränen übers Gesicht liefen, ohne daß sie etwas dagegen tun konnte. »Ich möchte einfach nur meine Ruhe haben. Ist das zuviel verlangt?«

»Na, dann schicken wir sie eben nach ein paar beruhigenden Worten wieder weg«, meinte er leichthin.

»Warte nur ab«, murmelte Barbara, »wer hier wen wegschicken wird.«

Nach weniger als zehn Minuten klingelte es Sturm. »Etwas gereizt, die Dame«, brummte Max und ging zur Tür. Dann sprang er verblüfft zur Seite, denn Juliane marschierte, ohne etwas zu sagen oder ihn auch nur zu beachten, schnurstracks ins Wohnzimmer.

»Was ist passiert?« Sie ließ sich neben Barbara auf der Kante der Couch nieder.

Barbara verdrehte die Augen, Max kam ins Zimmer. »Sie ist überfallen worden«, sagte er.

»Von Ihnen?«

Wütend sah er sie an.

»Lieber Gott«, flüsterte Barbara, »es geht los. Kannst du mich nicht nochmal ohnmächtig werden lassen? Vielleicht für eine halbe Stunde? Dann haben sie sich entweder gegenseitig umgebracht oder begriffen, daß wir das gemeinsam lösen müssen.«

»Du hast Blut auf dem Kissen!«

»Ja, ich bin ... ich habe ...«

»Warum haben Sie keinen Arzt geholt?« herrschte Juliane Max an. Er hatte sich etwas gefangen und maß sie nun mit dem gleichen feindseligen Mißtrauen.

»Aus dem einfachen Grund, daß ... weil sie es nicht wollte. Und weil mir der freie Wille eines Menschen immer noch als unveräußerliches Recht ...«

»Wer ist dieser Dummschwätzer?« Juliane hatte Barbaras Kopf hochgehoben und untersuchte vorsichtig die Wunde am Hinterkopf.

Barbara seufzte. »Das ist Max Bertram, mein geschiedener Mann.«

»Jetzt kann ich dich verstehen«, sagte Juliane, »von dem hätte ich mich auch scheiden lassen.« Sie ließ Barbaras Kopf vorsichtig wieder aufs Kissen gleiten, und drehte ihn etwas zur Seite, damit er nicht auf der Wunde auflag.

»Sie sind doch nur sauer, weil Barbara Sie nicht sofort angerufen und hergebeten hat«, konterte Max.

»Ach, du liebes Herzjesulein, für einen Denker hält er sich auch noch. Also?« Ihr zwingender Blick nahm Barbara jede Ausflucht. »War es Stybermann?«

»Ja«, sagte Barbara kleinlaut.

»Ach, Sie kennen den Herrn auch«, ließ Max sich spöttisch vernehmen. »In welcher Beziehung stehen Sie denn zu ihm?«

»Kannst du diesem Steiff-Teddy nicht sagen, daß er sich raushalten soll, wenn Erwachsene reden?«

Barbara griff nach Julianes Hand und hielt sie fest. Eine Welle von Zärtlichkeit erfaßte sie, unpassend wie selten. »Juliane, er hat mich gefunden und raufgetragen.«

»Oh, er kennt sich nicht nur in den unveräußerlichen Rechten aus, auch die unveräußerlichen Pflichten des Staatsbürgers sind ihm geläufig. Ein bemerkenswerter Mann.«

Barbara wußte nicht, ob sie gleich in hysterisches Lachen oder Weinen ausbrechen würde. »Bitte, Juliane, ich halte das nicht aus ...«

Juliane biß sich auf die Lippen. »Entschuldige«, sagte sie, beugte sich vor und gab ihr einen Kuß. Barbara schlang mit einer Heftigkeit, die sie selbst erstaunte, die Arme um sie und brach in haltloses Schluchzen aus. Juliane wiegte sie sanft hin und her, und eine Weile blieben sie eng umschlungen.

»Ich gehe gern in ein anderes Zimmer«, sagte Max, der die Szene mit zunehmendem Unbehagen betrachtete. »Ihr könnt ja nach mir pfeifen, wenn ich wieder reinkommen soll.«

Ohne Barbara loszulassen, sah Juliane ihn an. Mittlerweile war sie ganz beherrscht. »Setzen Sie sich doch«, sagte sie ruhig, »und haben Sie noch einen Augenblick Geduld.«

Stockend berichtete Barbara, was geschehen war. Juliane betrachtete sie mit kopfschüttelndem Erstaunen. »Du hast diese Fotos bei ihm in Auftrag gegeben? Ich kann es nicht glauben.

Du bist noch facettenreicher, als ich dachte. Das freut mich, auch wenn du dich in diesem Fall nicht besonders weitsichtig verhalten hast. Kann ich mal sehen?« Sie streckte gebieterisch den Arm aus, und Max reichte ihr wortlos den Umschlag. Ihr Gesicht verriet nicht, was sie beim Anblick der Bilder empfand. »Gute Arbeit«, sagte sie lobend, »die Fotos, meine ich«, schränkte sie sofort ein. »Der detektivische Teil der Arbeit ist dafür etwas dilettantischer ausgefallen, denn offenbar haben Sie Stybermann auf Barbaras Spur geführt.«

»Juliane«, rief Barbara, »er hat das alles in meinem Auftrag gemacht!«

»Ja, ja, meine Liebe, das habe ich schon begriffen. Aber das ändert nichts am Ergebnis und an der Situation, in der wir jetzt stecken. Ich möchte mir die Stelle ansehen, wo es passiert ist. Wenn Sie sie mir bitte zeigen würden?«

Er betrachtete sie eher neugierig als böse. »Wer sind Sie eigentlich, daß Sie sich diesen Kommandoton erlauben?«

»Max, sie ist eine neue Kollegin, und sie ist meine Freundin. Kapiert?«

»Eine Lehrerin? Na, in Ihrer Klasse möchte ich kein Schüler sein. Da muß es ja zugehen wie auf dem Kasernenhof.«

»Zeig ihr, wo es passiert ist«, sagte Barbara, »und nehmt den Schlüssel mit, ich werde nämlich nicht aufstehen, um euch reinzulassen.«

Als sie den Schlüssel im Schloß hörte und hochschreckte, wurde ihr bewußt, daß sie eingeschlafen sein mußte. Aber es hatte sie nicht erfrischt, sie fühlte sich nach wie vor völlig zerschlagen. Auch die Kopfschmerzen waren unverändert stark. »Du bist allein?« sagte sie, als Juliane die Tür hinter sich zuzog. »Wo ist Max?«

»Ich konnte ihn davon überzeugen, daß ich mich gut um dich kümmern werde und du jetzt Ruhe brauchst. Er wird morgen anrufen, um zu hören, wie es dir geht. Vermißt du ihn?«

»Du kannst es doch nicht lassen«, Barbara mußte wider Willen lachen. »Was habt ihr denn gemacht die ganze Zeit, die Szene nachgespielt?«

»Ich habe mich mit ihm unterhalten. Im Grunde ist er ein sehr verständiger, netter Kerl.«

»Ach, tatsächlich?«

»Aber nun zu etwas anderem«, sagte Juliane. »Ich werde eine Ärztin rufen, sie wird dich untersuchen. Ich vermute, du hast eine Gehirnerschütterung, und die Wunde am Hinterkopf muß auch versorgt werden.«

Barbara wollte hochfahren, doch Juliane drückte sie ebenso sanft wie bestimmt in die Kissen zurück. »Diese Frau ist mir persönlich bekannt, sie ist eine gute Ärztin und absolut zuverlässig, sie wird keine Polizei einschalten, darauf kannst du dich verlassen.«

»Aber ...«

»Ich dulde nicht die geringste Widerrede«, sagte Juliane.

»Das kam mir doch schon die ganze Zeit so vor«, murmelte Barbara.

Die Ärztin war groß und korpulent, etwa sechzig, mit altmodisch und sorgfältig onduliertem Haar und flinken, hellgrünen Augen. Sie untersuchte gewissenhaft und behutsam. »Können Sie sich daran erinnern, was vor dem Überfall gewesen ist?«

Erschrocken und verärgert sah Barbara zu Juliane. Hatte sie also doch die wirklichen Zusammenhänge erzählt. Die Ärztin war ihrem Blick gefolgt. »Mein liebes Kind«, sagte sie mit gönnerhafter Herablassung, »ich bin seit nahezu dreißig Jahren Unfallärztin. Versuchen Sie gar nicht erst, mir weiszumachen, Sie seien auf der Treppe ausgerutscht. Woran unmittelbar vor dem Überfall können Sie sich erinnern?«

»Ich wollte zu meinem Wagen gehen. Ich hatte die Autoschlüssel schon in der Hand, da kam er hinter dem Pfeiler hervor ... und ... und ...«

»Schon gut, mein Kind, schon gut. Es ist ja vorbei. Was war, kurz bevor Sie das Bewußtsein verloren, woran erinnern Sie sich da?«

»Er hat meinen Kopf gegen die Wand geschlagen, es gab … es gab ein krachendes Geräusch, ich …« Bei der Erinnerung an diese schrecklichen Sekunden kam erneut Übelkeit in ihr auf.

»Können Sie sich noch an mehr erinnern?«

»Er hat mich massiv bedroht, mit Worten, meine ich. Dann gaben meine Beine nach, ich konnte einfach nicht mehr stehen. Danach wird es dunkel.«

»Was ist das nächste, woran Sie sich wieder erinnern können?«

»Max … ich meine, mein geschiedener Mann …«

»Ja, ja, Frau Valentin hat mich informiert, ich weiß, wer Max ist.« Die Ärztin lächelte kurz, und Barbara staunte. Wenn Juliane ihr soviel erzählt hatte, mußte diese Frau wirklich vertrauenswürdig sein.

»Ja, also, Max beugte sich über mich.«

»Wieviel Zeit war seit dem Überfall vergangen?«

»Das weiß ich nicht«, sagte Barbara hilflos.

»Etwa zehn Minuten«, sagte Juliane.

»Woher weißt du das?«

»Ich habe dir doch gesagt, ich habe mich mit Max unterhalten. Das ließ sich ganz gut rekonstruieren.«

»Sie haben noch Glück gehabt«, sagte die Ärztin jetzt, »keine retrograde Amnesie. Kurze Bewußtlosigkeit. Erbrechen. Sie haben eine Gehirnerschütterung, und ich würde eine Röntgenaufnahme empfehlen. Weiterhin haben Sie Prellungen im oberen Rückenbereich, eine Platzwunde am Hinterkopf, mehrere Hämatome am Hals. Ich empfehle Ihnen auch, die Polizei einzuschalten. Es wäre sogar meine Pflicht …«

Sie sah Julianes Handbewegung und fing ihren Blick auf.

»Na schön, ich empfehle es Ihnen nur. Hier ist ein Rezept für einige Medikamente. Frau Valentin wird sie Ihnen besorgen.«

Ihre Stimme wurde strenger, während sie die kleine Platzwunde versorgte. »Und eine Woche strikte Bettruhe ist keine Empfehlung, sondern eine Anordnung, ist das klar?«

»Sie redet wie Rheinstauff«, murmelte Barbara, dem Einschlafen schon wieder nahe. »Gibt es überhaupt noch Menschen, die normal mit einem reden können?«

Sie schlief fast bis zum Abend durch. Als sie aufwachte, hatten die Schmerzen etwas nachgelassen. Juliane hatte sich in der Küche umgeschaut und mit ihren mageren Kochkünsten ein entsprechendes Abendessen bereitet. Es erfüllte immerhin die Funktion, sie vor dem Verhungern zu retten. Zum Glück hatte Barbara kaum Appetit.

Von ihrer geringen Begabung zur Köchin abgesehen, erwies sich Juliane als ausgesprochen geduldige Krankenpflegerin. Barbara fühlte sich in ihrer Nähe sehr aufgehoben und überließ sich beruhigt ihrer Fürsorge.

Sonntag früh ging es Barbara bereits wieder so gut, daß sie das Frühstück, das Juliane ihr ans Bett brachte, mit wahrem Heißhunger verschlang. »Phantastisch«, sagte sie schwärmerisch, strich sich Honig aufs Butterhörnchen und biß genußvoll hinein. »Gleich werde ich aufstehen.«

»Einen Teufel wirst du tun«, sagte Juliane zärtlich und gebieterisch gleichermaßen. »Erklär mir lieber, warum du dich so vehement dagegen sträubst, die Polizei einzuschalten.«

»Aber das habe ich dir doch gestern schon erklärt«, sagte Barbara mit vollem Mund. »Ich möchte mich weder selbst belasten noch Max da hineinziehen.«

»Aber du hast Stybermann nicht erpreßt. Barbara, irgend etwas stimmt nicht. Wenn er wirklich Max' Aktivitäten bemerkt hat und ihm gestern zu dir gefolgt ist, wieso wartet er dann in der Tiefgarage auf dich? Woher wußte er, daß du genau um diese Zeit dort erscheinen würdest? Bist du sicher, daß du mir alles erzählt hast?«

Barbara wischte sich die Krümel aus den Mundwinkeln und sah betreten zur Seite. »Ja, weißt du …« begann sie zögernd.

»Ja?«

Barbara sah sie jetzt voll an. »Du bekommst sowieso alles heraus, nicht wahr?«

»Da kannst du sicher sein«, sagte Juliane fröhlich. »Vorher gebe ich nie Ruhe, so bin ich nun mal.«

»Na schön, bringen wir's hinter uns. Es ist so, ich will auch Alexa nicht mit hineinziehen.«

»Alexa?« Juliane sah sie verblüfft an. »Was hat Alexa damit zu tun?«

»Aber sie hat doch die Cassette«, murmelte Barbara kleinlaut.

Juliane sagte ein paar Sekunden lang gar nichts. Sie schien weder zornig noch empört oder überrascht. »So, so. Alexa hat also die Cassette«, meinte sie dann nur und streichelte gedankenverloren Barbaras Wange. Barbara rührte sich nicht und genoß die ungewohnte Zärtlichkeit.

Juliane lächelte sie an. »Haben wir denn jetzt die Katze ganz aus dem Sack?« Die Worte klangen arrogant, aber der Tonfall weich.

»Ja«, sagte Barbara und fühlte sich auf einmal sehr erleichtert, »jetzt ist sie draußen.«

»Du hast Alexa die Cassette zur freien Verfügung überlassen, um dir dann hinter ihrem Rücken die Hände in Unschuld zu waschen. War es nicht so?« Juliane blieb weiterhin unverändert freundlich und geduldig.

»Ja«, flüsterte Barbara. Sie wurde immer kleiner in ihrem Kissen.

»Für diese erneute Kinderei hast du eine recht herbe Quittung bekommen, das muß ich schon sagen.«

»Juliane, was heißt hier Kinderei? Alexa und ich …«

»Kinderei heißt«, unterbrach Juliane sie sanft, aber unnachgiebig, »daß ihr euch über die Folgen eures Tuns nur unvollkommen Rechenschaft ablegt. Wenn man schon versucht, einem Menschen wie Stybermann ohne Polizei zu begegnen, wenn man also auf eigene Faust agieren will, dann muß man ihm nicht nur gewachsen, sondern überlegen sein, sowohl in der Skrupellosigkeit und Dreistigkeit als auch in der Körperkraft. Und das seid ihr alle beide nicht. Wut allein ist ein schlechter Regisseur.«

»Klugscheißer.«

»Klugscheißerin bitte, ja?«

Barbara lachte etwas gequält. »Na schön, was schlägst du nun vor?«

»Ich denke noch darüber nach. Auf alle Fälle werde ich erstmal Alexa anrufen und mir Gewißheit verschaffen.«

Sie blieb fast eine Viertelstunde draußen. Als sie ins Schlafzimmer zurückkam, sah sie sehr zufrieden aus. »So, ihr beiden Heldinnen. Jetzt werden wir das Drehbuch etwas umschreiben. Ich habe Alexa für heute nachmittag hergebeten. Sie wird die ominöse Cassette mitbringen.«

»Sie hat ihn erpreßt, nicht wahr?«

»Ja, sie hat es tatsächlich versucht. Als ich ihr allerdings sagte, damit hätte sie seinen Verdacht geradewegs auf dich gelenkt, und ihr erzählt habe, was passiert ist, war sie völlig am Boden zerstört.«

»Dabei empfindest du Genugtuung, stimmt's?«

»Wobei?«

»Mit deinem Bericht, Alexa am Boden zu zerstören.«

Juliane blieb neben Barbaras Bett stehen und betrachtete sie eher neugierig als gekränkt. »Unterstellst du mir grundsätzlich und in allem negative Motive?«

»Nein, nicht in allem.« Barbara grinste. »Was hast du also jetzt vor? Du hast doch etwas vor, das sehe ich dir an.«

»Ja, ich habe eine Idee, wie ich ihn dir vom Hals halten kann. Allerdings brauche ich dazu eine Art Blankoscheck von dir.«

»Wie meinst du das? Brauchst du Geld?«

Juliane lachte lauthals los. »Nein, mein Schatz, das brauche ich nicht.«

»Hm«, machte Barbara genüßlich, »du hast 'mein Schatz' gesagt!«

»Ja, das sagt man so daher ...«

»Klar«, Barbara kniff Juliane liebevoll in die Wange, »das sagt man so daher, es ist ohne jede Bedeutung ...«

»Willst du nun wissen, was ich meine oder nicht?«

»Aber natürlich. Laß dich von mir nicht unterbrechen.«

»Ich weiß, wie ich vorgehen könnte. Der Blankoscheck ist, daß du mich das regeln läßt, ohne nach Einzelheiten zu fragen. Er wird dich künftig in Ruhe lassen, das verspreche ich dir. Das hier ist ein Pokerspiel, weißt du, ein Pokerspiel der Gewalt, zugegeben, aber zufällig beherrsche ich die Regeln dieses Spiels.«

Barbara glaubte ihr jedes Wort — außer 'zufällig'.

»Ich weiß nicht, was dir im einzelnen vorschwebt, aber etwas ganz Legales scheint es nicht zu sein. Glaubst du, daß du ihm gewachsen bist?«

»Nein, ich bin ihm überlegen.«

»An mangelndem Selbstvertrauen leidest du nicht allzu schmerzlich?«

»Nein, sollte ich? Würdest du mir die Fotos überlassen?«

»Mein Gott, Juliane, jetzt willst *du* ihn erpressen. Darf *ich* ab heute um *dich* Angst haben?«

»Du darfst, wenn du willst, aber es ist unnötig. Und nun keine weiteren Fragen. Hast du soviel Vertrauen zu mir?«

Barbara zögerte einen Augenblick. Sollte sie ihr die Fotos überlassen? Sie hatte auch Alexa die Cassette überlassen, und aus diesem Grund lag sie nun hier. Aber Juliane war sicher von einem anderen Schlag als Alexa oder sie selbst, das war klar. Trotzdem, konnte ihre hohe Selbsteinschätzung nicht auch Größenwahn sein? Was wußte sie eigentlich von ihr? »Natürlich habe ich Vertrauen zu dir.«

»So natürlich ist das nicht. Ich habe nicht automatisch Vertrauen zu einer Frau, nur weil ich mit ihr ins Bett gehe.« Auf Barbaras bestürzten Blick hin fügte sie schnell hinzu: »Ich meine das nicht persönlich.«

Alexa kam am Nachmittag. Sie wirkte zerknirscht und war ungewohnt schweigsam. Juliane ließ es sich nicht entgehen, ihr noch weiter die Hölle heiß zu machen. »Ist dir wirklich nicht der Gedanke gekommen, daß Stybermann sofort auf Barbara tippen würde? Schließlich hat er ihr schon mal eine Erpressungscassette mit Gewalt entrissen. Er wußte doch, daß Ali ihr die mitgegeben hatte.«

Alexa sah betreten zur Seite. Sie war sehr blaß. »Ja, vermutlich war ich etwas leichtsinnig.« Sich Barbara in der Situation mit Stybermann vorzustellen, war schlimm genug. Daß Juliane sich in ihrer ewig besserwisserischen Art mit ihren Vorwürfen diesmal im Recht befand, setzte ihr fast noch mehr zu. »Was machen wir jetzt?« fragte sie.

»*Wir* machen gar nichts«, sagte Juliane entschieden. »Aber was *ich* mache, das weiß ich. Und es genügt, wenn ich das weiß.«

»Du traust dir zu, die Sache richtig anzupacken?«

»Allerdings.«

»Ich weiß nicht, durch welche Schule du gegangen bist«, sagte Alexa, ehrlich verwundert. »Vielleicht eine Boxerschule?«

Juliane setzte ein unergründliches Lächeln auf. »Wer weiß?« sagte sie.

21

Flämmchen

»Ein sehr schöner Erfolg«, sagte Onkel Adi. »Das beste Abitur der Schule seit fünf Jahren. Ich freue mich.«

»Ein schöner Erfolg«, sagte Tante Beatrix. »Wir freuen uns.«

Flämmchen sah von einem zur anderen. Onkel Adis Augen leuchteten in väterlichem Stolz, als habe er selbst dieses Super-Abitur hingelegt.

»Und es ist ein guter Gedanke, Lehrerin zu werden«, fuhr er fort. »Das ist immer noch und immer wieder der beste Beruf für eine intelligente Frau. Dort kann sie ihre Klugheit und ihre fraulichen Instinkte einbringen.«

»Dort kommt dein Frausein ganz zur Geltung«, sagte Tante Beatrix.

Flämmchen streifte sie mit amüsiertem Seitenblick. Tante Beatrix war gut fünfzehn Jahre jünger als Onkel Adi. Sie hatte zuletzt, das heißt, bis zu ihrer Heirat mit dem Onkel, als ungelernte Verkäuferin in Wagenbachs chaotischem kleinen Krämerladen an der Ecke gearbeitet, in dem Onkel Adi sich seit Jahren täglich seine Zeitung besorgte. Sie hatte ein hübsches Gesicht, wenn einem die zuckrige Schönheit von Porzellanpuppen gefiel.

Onkel Adi war guter Laune, sein Gesicht glänzte, als sei es mit Speck eingerieben. Großzügig schenkte er Flämmchen ein zweites Glas Sekt ein. »Nun trittst du also, beruflich gesehen, in meine Fußstapfen. Das ehrt mich. Als dein Vormund habe ich mir immer gewünscht, dir etwas fürs Leben mitgeben zu können. Dein Vater war ein guter und erfolgreicher Handwerker, er hatte einen anständigen Beruf. Aber Lehrersein, weißt du, das hat etwas mit Berufung zu tun.«

Flämmchen unterließ es, ihn über die Zusammenhänge aufzuklären und verschwieg, in wessen Fußstapfen sie in Wahrheit treten würde.

»Ich verstehe nur nicht, warum du unbedingt in Bonn studieren willst. Köln bietet doch die gleichen Möglichkeiten. Und du hättest während deines Studiums bei uns wohnen können. Du weißt, hier ist immer ein Platz für dich.«

»Hier wird immer ein Zimmer auf dich warten«, sagte Tante Beatrix.

»Ich teile mir lieber in Bonn die Studentenbude mit Elke«, sagte Flämmchen.

»Na gut, ganz wie du willst«, räumte der Onkel in jovialem Tonfall ein. »Dann komm jetzt mal auf die Straße. Ich habe nämlich eine Überraschung für dich.« Als sie den himmelblauen VW-Käfer vor der Tür stehen sah, schlug Flämmchen rasch die Hände vor den Mund, um den Schrei zu unterdrücken, der ihr in der Kehle aufstieg.

»Zu deinem erfolgreichen Schulabschluß und zu deinem neunzehnten Geburtstag. Na? Was sagst du?« Onkel Adi strahlte über das ganze runde Gesicht wie ein Honigkuchenpferd. Flämmchen hatte ihn lange nicht mehr so guter Dinge erlebt. Sie schwankte zwischen Unbehagen und Freude. Sie mochte dem Onkel nicht gern verpflichtet sein, aber ein eigenes Auto, wenn auch schon etwas betagt und mit einigen Roststellen verziert, war dann doch etwas, dem sie bei aller Prinzipientreue nicht widerstehen konnte. Außerdem würde es ihr zu einem Grad von Unabhängigkeit verhelfen, der ihr sehr gelegen kam.

»Das ist wahnsinnig toll, Onkel Adi! Vielen, vielen Dank!«

Er nahm sie ungefragt in seine kurzen, dicken Arme und drückte sie fest an sich. Sie ließ es einen Augenblick zu, dann entzog sie sich vorsichtig. »Danke«, sagte sie noch einmal und wanderte um den Wagen herum, »das ist eine Riesenüberraschung.«

»Nun wirst du dich nicht herausreden können, wenn wir dich einladen«, sagte der Onkel. »Mit dem Auto bist du in einer halben Stunde von Haus zu Haus. Und was heißt hier überhaupt einladen, du bist natürlich jederzeit willkommen.«

»Wir freuen uns immer, wenn du kommst«, sagte Tante Beatrix.

»Wir werden sehen«, sagte Flämmchen ruhig, »wie sich das alles anläßt.«

Der Wagen fuhr sich gut. Der Motor war ein wenig laut, irgend etwas am Armaturenbrett klapperte unaufhörlich, und die Wischerblätter würden wohl das erste sein, was sie erneuern lassen mußte, aber es war ein irres Gefühl, ein eigenes Auto zu fahren.

Mit liebenswürdigem Lächeln, aber unmißverständlicher Handbewegung hatte sie den Onkel abgewehrt, der sie bei der ersten Fahrt natürlich begleiten wollte. »Ich muß lernen, mit der Kiste allein klarzukommen«, sagte Flämmchen, »je eher, desto besser. Außerdem habe ich meinen Führerschein auch auf einem VW gemacht, er ist mir also vertraut.«

»Sie muß allein zurechtkommen«, sagte Tante Beatrix zu Onkel Adi. Etwas brummelnd hatte er schließlich nachgegeben.

Sie fuhr die Ringe entlang um die ganze Innenstadt herum. Der Berufsverkehr hatte eingesetzt, und sie mußte höllisch aufpassen. Dreimal würgte sie an einer Kreuzung vor der roten Ampel den Motor ab. An der dritten Ampel ärgerte sie das ungeduldige Hupen eines schnittigen Mercedes hinter sich. »Frau am Steuer«, rief ihr der Fahrer, ein Mittdreißiger im Nadelstreifenanzug, durchs geöffnete Wagenfenster zu, als er sie noch auf der Kreuzung überholte. »Bleibt doch an euren Kochtöpfen!«

»Hätten wir euch mal aus unseren Kochtöpfen nichts abgegeben«, brüllte Flämmchen zurück, »dann wäre eure Sorte schon ausgestorben!« Wütend fuhr sie weiter. Blöder Fatzke. Wahrscheinlich ließ er in irgendeinem großkotzigen Büro seine Vorzimmerdame den Kaffee für sich kochen, und seine Frau durfte zu Hause das Essen für ihn zubereiten. Nie würde sie eine solche Rolle übernehmen, weder im Beruf noch im Privatleben! Lieber sich zeitlebens allein durchschlagen, als einem solchen Typen auf den Leim gehen.

Sie bremste scharf ab. In der Nähe des Rheins war sie in die Südstadt abgebogen, und in einer schmalen Seitenstraße sprang ihr ein leuchtend roter Ball vor die Kühlerhaube. Als der Wagen stand, kam ein kleines Mädchen zwischen den parkenden Autos hervor. »Fast hast du meinen Ball überfahren«, sagte es vorwurfsvoll, bückte sich und hob ihn auf.

»Besser den Ball als dich«, sagte Flämmchen belustigt.

Das Mädchen trat zutraulich an die Fahrerseite und sah ungeniert durch das geöffnete Fenster ins Wageninnere. »Ich renne nie in fahrende Autos«, sagte es mit wichtiger Miene.

»Das sollte dir zum Lebensgrundsatz werden«, sagte Flämmchen. »Und ich fahre hoffentlich nie in rennende Kinder.«

»Meine Mama hat auch so ein Auto«, stellte das Kind sachlich fest, »genauso ein himmlisches Blau. Mein Papa fährt einen Porsche.«

»Ja, meine Kleine«, sagte Flämmchen, »so ist die Welt eingeteilt. Werd schnell groß, und hilf, es zu ändern.«

»Mach ich«, sagte das Kind und nickte, dann winkte es grüßend mit der Hand und titschte wieder den roten Ball vor sich her.

22

Stybermanns Büro lag in der Nähe des Sekretariats. Es war ein kleiner, ungemütlicher Raum mit einem schmalen, von außen nicht einsehbaren Oberlicht zur rückwärtigen Wand der Turnhalle hin. Das Zimmer war nur spärlich möbliert. Außer dem Rollschrank an einer der Längswände, einem großen Schreibtisch unterhalb des Fensters und zwei Stühlen gab es dort nichts. Der angenehmere Arbeitsraum blieb dem Schulleiter vorbehalten. An dieser Schule war alles sehr hierarchisch geordnet. Stybermanns Schreibtischstuhl, mit Blickrichtung zur Tür, besaß zwar auch eine höhere Rückenlehne als die normalen Kollegiumsstühle, aber keine Armlehnen. Dieses Privileg nannte nur einer sein eigen. Rheinstauff achtete peinlich genau auf solche Dinge, und vor allem darauf, daß die anderen auf sie achteten, besonders jene, die in der Hierarchie tiefer standen als er, und das waren schließlich alle. »In meiner Schule«, pflegte er zu sagen, »wird alles so gehandhabt, wie ich es wünsche.«

Jochen Stybermann hatte von Anfang an nur die Wahl gehabt, entweder zum Schulleiter oder zum Kollegium zu halten. Darin war Rheinstauff sehr direkt gewesen, und er hatte mehr als deutlich durchblicken lassen, daß andere Konrektoren und Konrektorinnen sich bei dieser Wahl unklugerweise für das Kollegium entschieden hatten. Von denen war hier niemand alt geworden.

Jochen Stybermann hatte eine kurze Rechnung angestellt. Er war fünfundvierzig Jahre und spekulierte auf den Posten des Schulleiters, wenn Rheinstauff in wenigen Jahren die Pensionsgrenze erreicht haben würde. Und er, Stybermann, konnte dann alt werden an dieser Schule, die so günstig zu seinem neuerbauten, hübschen Einfamilienhaus lag. Und mit Sicherheit würden sich seine Chancen mit einer positiven Beurteilung durch Rheinstauff wesentlich vergrößern. Er durfte sich nur von keinem daran hindern lassen, dieses Ziel zu erreichen.

Als Jochen Stybermann an diesem Nachmittag sein Büro aufschließen wollte, wunderte er sich. Er vergaß nie, seine Tür abzuschließen, das mußte einer dieser schlampigen Putzfrauen passiert sein. Morgen würde er sich diese Weiber alle einmal vorknöpfen. Er öffnete die Tür und blieb wie angewurzelt stehen.

An seinem Schreibtisch saß Juliane Valentin und sah ihm wieder mit diesem herausfordernden, arroganten Blick entgegen, der ihn jedesmal in sprachlose Wut versetzte. Er starrte sie an, vor Zorn unfähig, etwas zu sagen. Juliane hatte die Arme vor der Brust verschränkt, saß reglos auf seinem Stuhl, lächelte maliziös und schwieg.

Endlich fand er die Sprache wieder.»Was fällt Ihnen ein, sich in meinem ...« Er verstummte mitten im Satz, als sein Blick auf die Wände seines Zimmers fiel. Normalerweise waren sie, abgesehen von einem Kalender, nackt und kahl. Jetzt klebten dort vom Boden bis zur Decke postergroße Fotos. Und jedes einzelne dieser Fotos trieb ihm Schweißperlen auf die Stirn. Auf allen Bildern erkannte er sich selbst, sich und die drei Frauen. Die Situationen und Positionen, in denen er mit ihnen abgebildet war, waren mehr als eindeutig.

»Gute Arbeit, nicht wahr?« Juliane machte eine einladende Geste zu einem zweiten Stuhl hin. »Vielleicht möchten Sie sich setzen?«

Er trat einen Schritt vor, zögerte dann und sah sie haßerfüllt an. »Sie unverschämtes, infames ... hick ...«

»Schlucken, schlucken«, sagte Juliane, »dabei die Luft anhalten und Daumen und kleine Finger fest gegeneinander drücken. Das hat mir meine Mutter beigebracht. Sie werden sehen, es hilft vorzüglich gegen Schluckauf. Aber so setzen Sie sich doch endlich, Herr Stybermann.«

Er sank auf den leeren Stuhl. »Ich werde Sie anzeigen«, keuchte er.

»Na, na.« Sie drohte ihm mit dem Zeigefinger wie einem unartigen Kind. »Wer wird denn so mit einer lieben Kollegin sprechen, die es in der Hand hat, alles Unheil auf Sie zu ziehen oder es von Ihnen abzuwenden? Denn sehen Sie, ehe wir jetzt in ein nettes, kleines Gespräch einsteigen, muß ich Ihnen etwas sagen.« Sie schaute auf ihre Armbanduhr. »Es ist genau halb vier. Um halb fünf erwartet mich ein guter, zuverlässiger Freund. Und wenn ich nicht pünktlich bei ihm erscheine, wird er mit sieben Päckchen zum Postamt wandern. Möchten Sie wissen, was in den sieben Päckchen drin ist?«

Stybermann war aschfahl geworden. Juliane lächelte ihn wieder an. »Ich will Sie nicht auf die Folter spannen. In jedem Päckchen befindet sich ein gefällig formulierter Textbeitrag, eine Videocassette und ein Stapel dieser wunderschönen, gelungenen Fotografien, mit denen ich Ihren tristen Büroraum etwas zu schmücken versucht habe. Natürlich sind die Aufnahmen im Format etwas kleiner, was aber weder Schärfe noch Brisanz einen Abbruch tut.«

Stybermann quollen fast die Augen aus dem Kopf vor aufgestauter Wut.

Juliane griff ungeniert nach dem wertvollen, goldenen Füllhalter auf seinem Schreibtisch, schraubte ihn auf und kritzelte, während sie weitersprach, geometrische Formen auf ein Blatt Papier. Dabei drückte sie die Feder so fest auf, daß sie kleckste. »Möchten Sie nicht auch wissen, an wen diese Päckchen adressiert sind? Ah, ich sehe an Ihrem Blick, Sie brennen geradezu darauf, es zu erfahren. Mal sehen, ob ich es noch auswendig zusammenkriege: Schulamt, Pfarramt, der Pflegschaftsvorsitzende Ihrer Klasse, die Ehemänner der drei reizenden Damen ... das sind erst sechs ... ah, ich merke, Sie haben mitgezählt, ja, wer war noch der siebte ...« Sie kleckste jetzt ganz ungeniert mit seinem Füller herum, die Feder war bereits verbogen. »Ja, ich weiß es wieder«, rief sie. »Der siebte ist eine Empfänger*in* — Ihre liebe Frau.« Mit aller Kraft drückte sie die Feder aufs Papier. Die Tinte spritzte nach allen Seiten. Ein königsblauer Tropfen traf ihn am Kinn. »Die Gute ist im siebten Monat schwanger, wenn ich richtig unterrichtet bin. Wie schön für Sie, im vorgerückten Alter noch Vaterfreuden entgegensehen zu können.«

Seine ohnmächtige Wut schlug in panische Angst um. »Sie wollen mich erpressen«, sagte er heiser.

Juliane strahlte ihn an. »Ich finde es immer wieder schön, so schnell verstanden zu werden. Von Ihnen hätte ich das gar nicht erwartet, aber ich vergaß natürlich, daß Ihnen der Zustand, erpreßt zu werden, vertraut ist.«

Er schloß einen Moment hilflos die Augen. »Was wollen Sie?« fragte er dann.

»Ihnen eine Chance bieten, all den unangenehmen Aussichten zu entgehen. Ja, sehen Sie mich nicht so ungläubig an. Noch sind die Päckchen nicht auf der Post, und wenn wir uns einigen können, werden sie dort auch niemals landen.«

»Was soll ich tun?«

»Ach, wie schön, Sie kennen das Leben, Herr Stybermann. Geben und Nehmen, nicht wahr? Ja, was sollen Sie tun ...« Sie musterte sein Gesicht, betrachtete die käsige Hautfarbe, die farblosen Augen und die unablässig perlenden Schweißtropfen. Unfaßbar, was diese Frauen an ihm finden mochten, er hatte wirklich die Attraktivität eines Molches. »Wissen Sie, Herr Stybermann, es war ein großer Fehler von Ihnen, Frau Bertram tätlich anzugreifen. Vielleicht haben Sie geglaubt, sie damit einschüchtern zu können, möglicherweise ist Ihnen das sogar kurzfristig gelungen, aber nun haben Sie es mit mir zu tun, und mich, Herr Kollege, mich schüchtert niemand ein. Im übrigen waren Sie ohnehin im Irrtum. Ich hatte die Cassette, nicht Frau Bertram. Und von Ihrer Vorstellung, mich fertigzumachen, können Sie getrost Abschied nehmen.« Ihr bisher ironisch-freundlicher Tonfall wechselte unvermittelt zu schroffer, schneidender Kälte. »Sie Einfaltspinsel sind nicht imstande, mir irgend etwas anzutun, was schlimmer sein könnte als das, was ich bereits erlebt habe. Doch nun zu der Chance, die ich Ihnen biete. Eine Chance, versteht sich, und die biete ich auch nur einmal. Wollen Sie sie nutzen, ja oder nein?«

Er mußte sich räuspern, mehrmals setzte er vergeblich an. »Welche Chance meinen Sie?« brachte er endlich mühsam heraus.

Juliane schüttelte den Kopf. »Das werden Sie mir blanko zusagen. Ja oder nein?«

Er schluckte nervös, sein Adamsapfel hüpfte auf und ab. »Einverstanden.« Es war nur ein Flüstern.

Juliane beugte sich leicht vor. »Ich habe Sie nicht verstanden, Herr Stybermann. Was sagten Sie?«

Die Hände zu Fäusten geballt, starrte er sie an. »Ich bin einverstanden.« Es klang schon deutlicher als vorher.

»Schön«, sagte Juliane gleichmütig, »dann werden Sie jetzt meine Fragen beantworten, wahrheitsgemäß natürlich, und die Anweisungen, die ich Ihnen anschließend geben werde, genauestens befolgen.« Er nickte nur. Seine Demütigung war komplett, und Juliane geriet in Versuchung, die Szene genußvoll in die Länge zu ziehen. »Erste Frage. Wie hat Lukas Hendrich es geschafft, Sie zu erpressen?«

»Er will, daß sein Sohn ein gutes Abgangszeugnis mit positivem Gutachten erhält.«

»Diese Antwort entspricht Ihrem Intelligenzgrad«, sagte Juliane beißend. »Ich will wissen, wie es ihm gelungen ist, dieses Band in die Hände zu bekommen.« Stybermann schluckte wieder nervös und druckste herum. »Ich kann Hendrich auch selbst fragen«, schlug Juliane vor. »Oder seine Frau.«

Stybermann geriet immer mehr ins Schwitzen. Er wollte nicht antworten, aber er sah auch keinen Ausweg. »Er hat seine Frau mit Absicht auf mich angesetzt, um mich hinterher in der Hand zu haben.«

»Ach, Sie Ärmster, jetzt wissen Sie nicht einmal, ob es ihr Spaß gemacht hat oder ob sie nur alles vorgetäuscht hat. Na gut, es klingt glaubwürdig. Zweite Frage. Wie sind die Cassetten in Ihren Besitz gelangt?«

»Er hat mir nur Kopien zukommen lassen, als Warnung sozusagen, wenn die Noten von Jens nicht seinen Erwartungen entsprachen. Er hat sie dann irgendwo in der Schule versteckt und mir vage Anhaltspunkte gegeben, wo ich sie finden könnte.«

»Das muß ganz schön stressig gewesen sein.« Juliane grinste ihn mit aller Verachtung an. »Das war ja fast ein fernsehreifes Quiz. Dritte Frage. Was erwartet Rheinstauff von Ihnen als Konrektor?«

Stybermann fuhr sich mit der Zunge über die trockenen Lippen. »Er erwartet meine Loyalität.«

»Was heißt das im Klartext?«

»Das heißt, daß ich ihn decken muß in allen Anordnungen, die er trifft, egal wie ich selbst dazu stehe.«

»Dürfte doch nicht schwer sein für jemanden, der sowieso keine eigene Meinung hat, außer der, daß es immer besser ist, auf der Gewinnerseite zu stehen. Hat Rheinstauff Sie auch in der Hand?«

Stybermanns von Wut und Haß erfülltes Gesicht sah plötzlich sehr erschrocken aus. »Sie meinen, er wüßte von Hendrich...«

»Verstehe«, sagte Juliane. »Sie hoffen, daß er es nicht weiß. Sie sind in Ihrem beruflichen Weiterkommen auf sein Wohlwollen angewiesen, nicht wahr? Also gut, vierte Frage. Woher wußten Sie, daß Frau Bertram genau zu diesem Zeitpunkt in die Tiefgarage gehen würde?«

»Ich hatte freitags zufällig Ihre Verabredung für Samstag mitbekommen und mir ausrechnen können, wann ungefähr Frau Bertram losfahren würde.«

»Aha, so war das. Nun meine Forderungen: Sie werden nie wieder Frau Bertram oder jemand anderen aus dem Kollegium bedrohen, belästigen oder als Handlanger Rheinstauffs unter Druck setzen. Ich erwarte nicht, daß Sie sich jetzt dem Kollegium zuschlagen, Anbiederei ist mir verhaßt. Halten Sie sich einfach zurück. Das ist alles. Noch Fragen?«

Er schwieg, schüttelte nur den Kopf. Sie mochte sich täuschen, aber fast schien es ihr, als ständen ihm vor Wut und Demütigung die Tränen in den Augen.

Sie folgte seinem Blick zu dem Füllfederhalter auf dem Schreibtisch und lächelte. »Sie denken an Fingerabdrücke? Hier!« Sie hielt ihm ihre glatten, glänzenden Fingerkuppen hin. »Nagellack.« Er schwieg. Julianes Gesicht nahm einen süffisanten Ausdruck an. »Nein, das hier werden Sie mir nie nachweisen können. Ich habe ein wasserdichtes Alibi für den ganzen Nachmittag. Lauter glaubwürdige Zeugen. Eher sperrt man Sie wegen Verfolgungswahn in die Klapsmühle, also versuchen Sie es gar nicht erst!« Sie stand abrupt auf, ging an ihm vorbei, und die Tür fiel hinter ihr ins Schloß.

Am Wochenende durfte Barbara wieder aufstehen. Freitags war diese namenlose Ärztin noch einmal erschienen, hatte sie untersucht, gesund erklärt und ihr für die Schule eine Virusgrippe attestiert.

Samstags kam Juliane. »Wie geht es der Rekonvaleszentin?«

»Etwas wacklig auf den Beinen, aber davon abgesehen blendend. Ein Stybermann reicht nicht, mich kaputtzukriegen.«

»Werd nicht übermütig«, sagte Juliane und holte ein Päckchen aus ihrer Manteltasche. »Hier, für dich.«

»Ein Geschenk?« Barbara nahm das Päckchen freudig überrascht entgegen. »Du bist ja gar nicht der beinharte Typ, für den du dich immer ausgibst.«

»Nun halt keine psychologischen Vorträge, mach es auf!«

Barbara wickelte das Papier ab und bekam vor Überraschung den Mund nicht wieder zu. »Du bist verrückt!« sagte sie dann nur.

Juliane lächelte. »Gefällt es dir?«

Barbara sah auf das Buch in ihren Händen. Es war eine Erstausgabe von Hermann Hesses *Demian*. »Juliane, das kann ich nicht annehmen.«

»Wie bitte? Bist du übergeschnappt? Weißt du, wie lange ich dafür herumtelefoniert habe?«

»Juliane«, sagte Barbara sehr sanft und vorsichtig, »ich weiß, was solche Bücher kosten. Ich kann das nicht annehmen.«

»Wenn du jetzt noch ein Wort über Geld verlierst, schlage *ich* dich diesmal bewußtlos!«

Barbara legte das Buch sorgsam auf den Tisch und ging langsam auf Juliane zu. Sie war so gerührt, daß sie nicht sprechen konnte.

Juliane blickte ihr mit Unbehagen entgegen. »Also, was? Soll ich es zurücknehmen?«

»Nein«, sagte Barbara, »das sollst du nicht.«

»Na, dann tu mir einen Gefallen und mach nicht so viele Worte. Freu dich, und damit ist es gut.«

»Ich mache nicht viele Worte«, sagte Barbara und legte die Arme um Juliane, die sich ihr irritiert zu entziehen versuchte.

»Was soll das?«

»Was heißt denn hier 'was soll das'? Ich möchte dich umarmen.«

»Du kannst mich jederzeit umarmen, das muß ich mir wohl nicht mit einem Buch erkaufen.«

»Du bist unmöglich«, sagte Barbara und ließ nicht zu, daß Juliane sich ihr entzog. Diesmal kommst du mir nicht davon, dachte sie. »Du haßt es, Gefühle zu zeigen. Aber indem du mir ein solches Geschenk machst, zeigst du sie doch auch.«

»Na schön, mag sein ... aber nun laß es gut sein, ja?«

»Nein«, rief Barbara, »ich will, daß du meine Gefühle annimmst, hast du mich verstanden?« Und sie nahm sie in eine so feste Umarmung, daß Juliane zu keiner wie auch immer gearteten Antwort kam.

Es dauerte lange, bis sie ihren inneren Widerstand, der sich in körperlicher Starre ausdrückte, aufgeben und Barbaras Umarmung mit der gleichen Intensität erwidern konnte. »Gut so?« fragte sie, als sie sich endlich voneinander gelöst hatten.

»Na ja, für den Anfang nicht ganz aussichtslos.«

»Was meinst du, habe ich mir jetzt einen Kaffee verdient?«

Zum Kaffee gab's frische Brötchen mit Schinken und Käse. »Wirklich«, sagte Barbara kauend, »du hast an alles gedacht.«

»Ich hatte einfach Hunger. Übrigens, die Einheit Rheinstauff und Stybermann ist aufgespalten.«

Juliane war sich bewußt, welche Grenze sie überschritten hatte. Aber es bereitete ihr keine großen Sorgen. Sie schätzte die Mentalität dieses Mannes so ein, daß er vermutlich eher versuchen würde, seine Erpresserin umzubringen, als vor irgendeinem Menschen zuzugeben, daß eine Frau imstande war, ihn derart zu demütigen. »Man muß den Gegner von seinen Verbündeten trennen, das schwächt seine Schlagkraft.«

»Du hast eine sehr männliche Denkweise, und irgendwie widerstrebt mir das. Aber wenn du nur in meine Nähe kommst, werde ich innerlich weich wie Wachs. Du bringst mich ständig in einen verteufelten Zwiespalt.«

Juliane lachte, faßte sie bei den Handgelenken und zog sie zu sich heran. »Wie fühlst du dich? Können wir die Schonzeit als beendet betrachten? Ich leide unter Entzugserscheinungen. Bist du in der Lage, jetzt *meine* Gefühle anzunehmen?«

Es war wie jedesmal, schnell und rasant, und niemals, nicht im äußersten Augenblick, ließ Juliane sich die Führungsrolle abnehmen.

Auch nach einer Woche der Ruhe sah Barbara immer noch blaß und elend genug aus, daß am ersten Tag, den sie wieder zur Schule ging, mehrere Kolleginnen mitfühlende Bemerkungen machten. Christine und Heidi, die im Laufe der Woche mehrfach angerufen hatten, rieten ihr, noch ein wenig kurz zu treten. »Sagt das mal den Kindern«, meinte Barbara nur.

Aber es war nicht die Arbeit mit den Kindern, die ihr etwas ausmachte. Sie hatte Angst vor dem Augenblick, in dem sie Stybermann wiedersehen würde. Alexa und Juliane, die als einzige die Zusammenhänge kannten, bildeten einen schützenden Wall um sie, so daß sie Stybermann möglichst nie allein begegnete. Im Grunde war es eine unerträgliche Situation, und zum ersten Mal dachte sie ernsthaft darüber nach, sich versetzen zu lassen. Titus und Gabi, die in dieser Richtung einen Vorstoß bei Schulrat Sommer gemacht hatten, waren bereits so gut wie sicher, zum nächsten Schuljahr wegzukommen, zwar nicht an dieselbe Schule, aber das war ihnen jetzt, wo sie privat eng zusammen waren, nicht mehr wichtig.

Während ihrer Springstunde am Mittwoch sprach Rheinstauff Barbara in seiner üblichen poltrigen Art an. Die Batterie seines Autos streikte, und er mußte dringend zur Stadtverwaltung. »Sie könnten mir einen großen Gefallen tun und mir Ihren Wagen leihen, Frau Bertram. Sie wissen, wie umständlich es ist, mit Bus und Bahn dort hinzukommen. Würden Sie das machen?«

Warum ich, fragte sich Barbara, warum ausgerechnet ich? Nur weil ich gerade zufällig allein mit ihm im Lehrerzimmer bin? Was ist das für ein Mann? Er gibt mir zu verstehen, daß er mich für eine Psychoterroristin hält und bittet mich jetzt um mein Auto?

Nachdem sie ihre Zusatzerklärung zum Protokoll zurückgezogen hatte, war er allerdings wieder umgänglicher geworden, hatte sogar durchblicken lassen, mittlerweile jemand anderen in Verdacht zu haben.

Es war ihr nicht recht, aber sie wußte auch nicht, wie sie ihm die Bitte abschlagen sollte. »Sie wissen, daß ich heute nach der vierten Stunde mit Frau Valentin zu dieser Fortbildungsveranstaltung fahre?«

Er winkte ab. »Ja, ja. Herr Stybermann hat mich von der Stundenplanänderung unterrichtet. Das geht schon klar, bis dahin bin ich dreimal zurück. Ich bräuchte ihn dann zur Pause.«

Es gelang ihr nicht, rundheraus ‘nein’ zu sagen, und wortlos legte sie ihm vor der Pause Autoschlüssel und Papiere auf seinen Schreibtisch. »Sie brauchen sich keine Sorgen zu machen«, meinte er spöttisch, »ich fahre seit vierzig Jahren unfallfrei.«

»Ich zweifle nicht daran, daß Sie das Steuer fest in der Hand haben«, sagte sie zweideutig. Es war schon nach zehn, und wenn er bis zwölf wieder in der Schule sein wollte, mußte er sich beeilen.

Als er um halb eins noch nicht zurück war, machte Juliane den Vorschlag, mit ihrem Wagen zu fahren, aber Barbara fühlte eine unerklärliche Unruhe und wollte die Fortbildungsveranstaltung ausfallen lassen. »Hast du Angst um ihn oder um dein Auto?« frotzelte Juliane. Sie saß auf Barbaras Pult und blätterte in Olivias Aufsatzheft. »Ich glaube, ich muß eifersüchtig werden«, sagte sie, »hör dir das an: 'Meine Lehrerin ist ganz schlank, sie ist auch ziemlich groß, sie hat auch braune Haare, sie ist auch ziemlich hübsch. Sie ist auch ganz streng, aber sie ist trotzdem eine gute Lehrerin. Sie trägt immer lange Hosen, sie hat auch immer schicke Schuhe an. Wenn es zur Pause klingelt, holt sie einen Apfel aus ihrer Tasche und beißt hinein. Manchmal kann sie sich nicht beherrschen, dann ißt sie ihn mitten im Unterricht.'«

Barbara lächelte zerstreut. »Olivia? Ja, die liebt mich heiß und innig. Trotzdem hat sie sich mit dieser Personenbeschreibung weder stilistisch noch inhaltlich mit Ruhm bekleckert.«

Es war fast eins, als Titus den Kopf zur Tür hereinsteckte.

»Da seid ihr ja. Ich dachte, ihr würdet euch fortbilden, nötig hättet ihr es allemal...«

»Junge«, sagte Juliane grinsend, »du spielst mit deinem Leben.«

»Da wird mir doch glatt schlecht vor Angst«, gab er zurück. »Barbara, Rheinstauff möchte dich sofort in seinem heiligen Amtszimmer sprechen.«

Juliane und Barbara sahen sich an und sprangen beide auf.

»Dich allein«, sagte Titus und zuckte bedauernd die Achseln in Richtung Juliane. »Tut mir leid, aber so hat er mich ausdrücklich angewiesen.«

»Ich warte hier auf dich«, sagte Juliane.

»Seit wann ist er zurück?« fragte Barbara.

»Zurück?« Titus sah sie verblüfft an. »War er fort?«

Sie sah sofort, daß es diesmal bitter ernst war. Rheinstauff thronte auf seinem Rektorstuhl hinter dem Schreibtisch, Stybermann stand mit verschränkten Armen am Fenster. Barbara wurde blaß. Ich hätte Juliane mitnehmen sollen, der Teufel soll sich um Rheinstauffs Anweisungen scheren.

»Schließen Sie die Tür und setzen Sie sich«, sagte Rheinstauff. Vor ihm lag ein beschriebenes Blatt Papier. Am oberen Rand erkannte Barbara Alis Werkstattstempel. Der Idiot hat sich nach vierzig Jahren mein Auto ausgesucht, um es zu Schrott zu fahren, fuhr ihr durch den Kopf. Aber ein Blick in sein Gesicht sagte ihr, daß es etwas anderes sein mußte. Er wirkte nicht im geringsten schuldbewußt, und daß er sich Stybermann wieder als Verstärkung dazugeholt hatte, war auch kein gutes Zeichen. Jetzt würde sich erweisen, ob Juliane die Regeln des Gewaltpokers wirklich beherrschte.

Stybermanns Gesicht war bleich und absolut ausdruckslos. Bei seinem Anblick fühlte Barbara ein unkontrolliertes Zittern durch ihren Körper laufen, und eine aufsteigende Übelkeit drohte ihr den Magen umzudrehen. Sie preßte die Handflächen gegeneinander und konzentrierte sich auf Rheinstauff.

»Sie werden sich jetzt bei mir zu verantworten haben«, sagte Rheinstauff und legte eine Pause ein, in der er sie durchbohrend ansah.

»Weshalb?« fragte Barbara. »Weil ich Ihnen mein Auto geliehen habe und dadurch nicht zu meiner Fortbildung gekommen bin?« Sie war so wütend, daß ihre Angst fast schlagartig verschwand. Allmählich entwickelte sich dieser Zirkus hier zur reinsten Landplage.

»Weil Sie mir ihr fahruntüchtiges Auto geliehen haben.«

Barbaras Verblüffung war so groß, daß sie Rheinstauff nur sprachlos ansah. Es mußte noch eine Erklärung folgen, so war es nicht zu begreifen.

»Sie haben mir Ihren Wagen aus niedrigen Beweggründen, aus Heimtücke und Rachsucht zur Verfügung gestellt. Aber darüber wird noch zu befinden sein.«

Barbara brach in hysterisches Lachen aus. Sie konnte sich gar nicht beruhigen. Unverschämtheiten und Unterstellungen mußte man sich an dieser Schule öfter bieten lassen, aber das hier hatte eine Komik wie lange nicht mehr. Lachtränen standen ihr in den Augen. Rheinstauff wartete mit erschreckend kalter Ruhe, bis ihr Lachanfall verebbt war.

»Ich habe hier eine Bescheinigung des Kfz-Meisters Ali Ücürük vorliegen, in der bestätigt wird, daß an Ihrem Wagen die Bremsleitungen durch Fremdeinwirkung so beschädigt wurden, daß die Bremsen innerhalb kürzester Zeit versagen mußten. Ich habe mich nur retten können, indem ich den Wagen geistesgegenwärtig in das Gebüsch am Straßenrand gelenkt habe, wo er nach zehn bis fünfzehn Metern zum Stehen kam. Die Beschädigungen sind laut Ali Ücürük innerhalb der letzten sechs bis acht Stunden vorgenommen worden. Sie wissen, Ali Ücürük hat schon des öfteren als Kfz-Gutachter fungiert. Was haben Sie dazu zu sagen?«

»Sie haben den Verstand verloren«, sagte sie, als sein Blick ihr klarmachte, daß er meinte, was er sagte.

»So?« Ein unangenehmes Lächeln stand um seine Mundwinkel. »Wir werden sehen, wer hier den Verstand verloren hat, Frau Bertram. Nachdem ich Sie um Ihr Auto gebeten hatte, blieb Ihnen fast eine Stunde Zeit, den Wagen zu präparieren.«

»Aber klar, und ich wußte nichts Eiligeres zu tun, als mein Werkzeug zu schnappen, mich auf einem öffentlichen Parkplatz unters Auto zu legen und die Bremsleitungen anzusägen.«

»Ah, haben Sie gehört, Herr Stybermann? Das können wir als Geständnis werten. Wer hat behauptet, daß sie angesägt wurden? Ich habe das nicht gesagt. Eigenartigerweise sind sie tatsächlich angesägt worden. Aber Sie werden sich noch an anderer Stelle zu verantworten haben. Ich habe bereits alles Notwendige in die Wege geleitet. Ihr Wagen steht Ihnen natürlich im Augenblick nicht zur Verfügung. Sie können jetzt gehen.«

Sie verließ wortlos den Raum, und der erste klare Gedanke, den sie draußen fassen konnte, war, daß Stybermann nicht einen einzigen Laut von sich gegeben hatte. Das war ihr ein weiteres Rätsel, ob es nun positiv oder negativ zu bewerten war.

»Positiv natürlich«, rief Juliane, die etwas Mühe hatte, aus Barbaras konfusem Bericht schlau zu werden. »Es bedeutet, daß mein Vorgehen Wirkung zeigt, er hat Rheinstauff weder bestätigt noch sonstwie Stellung genommen. Er wird das nie mehr tun, verlaß dich drauf. Er ist zum Papiertiger geworden.«

Barbara ließ sich erschöpft und entnervt auf einen Stuhl fallen. »Das ist keine Schule mehr«, sagte sie, »das ist ein Tollhaus.«

»Ja, es ist ein ziemliches Verwirrspiel«, gab Juliane zu. In ihrem Kopf arbeitete es, sie schien nicht ganz bei der Sache zu sein, und als sie weiterredete, kam es Barbara vor, als spräche sie mehr zu sich selbst. »Rheinstauff tyrannisiert seit Jahr und Tag sein Kollegium. Dabei bedient er sich der willfährigen Hilfe Stybermanns, der im Windschatten seines Chefs Karriere zu machen hofft. Stybermann selbst wird von Hendrich erpreßt. Als wir davon erfahren und er das merkt, überfällt und bedroht er dich. Alexa erpreßt ihn, ich ... ja, ich spiele auch eine Rolle in diesem Stück, und irgend jemand bemüht sich seit Monaten ziemlich erfolgreich, Rheinstauff in Angst und Schrecken zu versetzen. Der, langsam wirklich voller Angst, sieht allmählich Gespenster und glaubt tatsächlich, du wolltest ihm ans Leder, vielleicht aus Rache wegen der Vorfälle in der letzten Konferenz. Aber das ist auch unlogisch, du hast deine Erklärung zurückgezogen. Ob er das für einen Trick hält? Vielleicht sieht er aber auch keine Gespenster, und wir sind diejenigen, die in die falsche Richtung starren, ja, vielleicht ...« Sie sah Barbara wieder voll an. »Vielleicht verhält sich alles auch ganz anders. Mir drängt sich ein Gedanke auf, der mir zwar nicht gefällt, aber er drängt sich nun mal auf. Ich glaube, einige Dinge stehen unmittelbar vor der

Aufklärung. Ich möchte, daß du heute nacht bei Alexa übernachtest. Nicht bei mir und nicht bei dir. Einverstanden?«

»Eine Erklärung für deine Bitte gibst du vermutlich nicht ab«, sagte Barbara müde, gar nicht mit einer Antwort rechnend.

»Du hast mich nicht ganz verstanden«, sagte Juliane. »Wir werden beide bei Alexa übernachten.«

»Fein«, sagte Barbara, »weiß sie es schon? Sie wird sicher begeistert sein. Ich schlage vor, wir decken uns mit Sekt ein und stoßen auf das Irrenhaus hier an.«

»Machen wir, machen wir. Aber vorher möchte ich noch mit jemandem sprechen. Komm bitte mit, damit du mich ihm vorstellen kannst.«

»Von wem redest du?«

»Na, von wem wohl, von Ali Ücürük natürlich.«

»Ali, natürlich. Ich weiß gar nicht, warum ich nicht von selbst darauf komme, wo doch alles so klar und übersichtlich vor mir liegt. Oh, Juliane, ich habe derart die Schnauze voll von allem ...«

Auf dem Werkstattgelände kam Ali ihnen entgegen. Er streckte die Arme aus, nahm Barbaras Hand in seine und drückte sie mit einer Anteilnahme, als sei nicht ihr Wagen auf mysteriöse Art beschädigt worden, sondern mindestens ein Anverwandter ersten Grades überraschend zu Tode gekommen. »Was ist das für eine üble Geschichte, Frau Bertram? Es tut mir leid, daß Sie solchen Ärger haben. Bitte, kommen Sie, Ihr Wagen steht hinten in der Halle.«

Barbara fand es völlig sinnlos, sich den Wagen anzusehen, denn von außen war ihm außer ein paar Kratzern, die bei Rheinstauffs Ausweichmanöver entstanden sein mußten, nichts anzusehen. Juliane dagegen hatte ein so offensichtliches Interesse daran, daß sie wahrscheinlich am liebsten unter das Auto gekrochen wäre, um sich alles anzusehen. Barbara stellte mit Erstaunen fest, daß, während sie selbst sich zunehmend am Rande des Nervenzusammenbruchs bewegte, Juliane mit jeder Aufregung mehr aufblühte. Das ist unser Hauptunterschied, dachte Barbara, sie genießt die Spannung, ich will nur meine Ruhe haben.

»Was ist denn genau los?« fragte Juliane. Ali musterte sie mit einem gerade noch höflichen, doch sehr distanzierten Blick.

»Das ist eine gute Freundin, du kannst vor ihr so offen reden wie vor mir.« Barbara konnte ein Lächeln nicht unterdrücken. Alis Loyalität rührte sie.

»Ja, das war so. Herr Rheinstauff rief an, um mich zu bitten, ihn abzuschleppen, er hätte eine Panne. Ich habe ihn dann samt Ihrem Auto hergeholt. Bei der Untersuchung des Wagens fand ich die Bremsleitungen eindeutig angesägt. Eine ziemlich frische Arbeit.«

»Hat Herr Rheinstauff schon den Verdacht der Manipulation geäußert, bevor Sie den Wagen genau in Augenschein genommen haben?« fragte Juliane, und Barbara war ihr dankbar, daß sie noch klar genug denken konnte, um die richtigen Fragen zu stellen.

»Nein«, antwortete Ali, »er sagte nur, die Bremsen hätten plötzlich versagt, ich solle mal nachsehen, es wäre ihm peinlich, mit einem geliehenen Auto eine Panne zu haben.«

»Und was war weiter?«

Ali zuckte die Achseln. »Weiter war nicht viel. Ich wollte Frau Bertram und die Polizei benachrichtigen, aber Herr Rheinstauff versicherte mir, er werde das alles sofort in der Schule erledigen, ich solle ihm nur eine Bescheinigung über den Befund an Ihrem Auto ausstellen, es sei zu Ihrem Schutz, Frau Bertram.«

»Zu meinem Schutz? Rührend.«

Ali betrachtete die zwei Frauen aufmerksam. »Hat er denn die Polizei benachrichtigt?« fragte er.

»Ja«, sagte Juliane schnell, »und bestimmt wird die sich bald mit Ihnen in Verbindung setzen. Bis dahin ist das Auto hier sicher gut aufgehoben und für alle unzugänglich, nicht wahr?«

»Aber natürlich. Da kommt niemand dran, darauf können Sie sich verlassen. Komische Geschichte.« Er sah dabei Barbara an. »Wer kann Ihnen etwas Böses wollen?«

»Mir? Wieso denn mir?«

»Das wird die Polizei schon alles herausfinden«, sagte Juliane und faßte Barbara leicht am Arm. »Wir wollten nur sehen, ob das Auto bei Ihnen in guten Händen ist.«

Ali lächelte höflich und ein wenig gekränkt. »Auf Ali Ücürük ist Verlaß«, sagte er. »Frau Bertram weiß das.«

»Natürlich weiß ich das.« Barbara legte ihm beruhigend die Hand auf den Arm und warf Juliane einen mißbilligenden Blick zu, den diese aber nur mit einem Achselzucken quittierte.

»Sobald ich etwas Neues weiß, gebe ich Ihnen Bescheid, Frau Bertram«, sagte Ali.

Barbara zog Juliane fast böse zur Straße zurück. »Mensch, so kannst du doch mit Ali nicht reden. Eine treuere Seele als den gibt es nicht.«

»Ich überzeuge mich gern selbst von allem«, gab Juliane kühl zurück und schloß ihr Auto auf. »Steig schon mal ein, ich habe noch was vergessen, bin gleich wieder da.«

Im Laufschritt näherte sie sich wieder der Werkstatt. Barbara sah ihr vom Beifahrersitz aus kopfschüttelnd nach. Sie ließ wirklich nie locker, ein hartnäckiges Weib. Jetzt stand sie vor Ali und redete lange auf ihn ein. Er nickte immer nur, von seinem eben noch gezeigten Stolz war nichts mehr zu sehen, er wirkte fast ein wenig devot. Barbara starrte fasziniert auf die Szene, die sich wenige Dutzend Meter von ihr entfernt abspielte. Sie macht jeden kirre, dachte sie, sie hat wahrhaftig etwas Unbezwingbares an sich. Sie sah, wie Juliane etwas aus ihrer Tasche holte und es Ali in die Hand drückte. Ali nickte nochmals, dann machte Juliane kehrt und kam zum Wagen zurück.

»Was hast du ihm gegeben?« fragte Barbara interessiert, als Juliane sich hinters Steuer setzte.

»Meine Visitenkarte. Ich will mir vielleicht einen anderen Wagen zulegen. Er soll mich anrufen, wenn er was Passendes an der Hand hat.«

Barbara lachte verblüfft. »Na, du hast wirklich Nerven, jetzt an so was zu denken.«

»Warum denn nicht? Wo ich doch gerade mal hier bin, und Ali macht tatsächlich einen vertrauenerweckenden Eindruck. So, und nun sollten wir langsam Alexa von unserem geplanten Überfall unterrichten, damit sie schon mal den Sekt kalt stellen kann. Was ist ihr Mann für ein Typ?«

»Heinrich Wagemuth?« Barbara grinste. »Genau der Typ, der man sein muß, um eine Ehe mit Alexa auszuhalten. Eine Seele von Mensch, der den Verrücktheiten seiner Frau mit ungewöhnlichem Verständnis begegnet.«

»Na, dann steht doch einem entspannenden Abend nichts mehr im Wege.«

23

Die Verbindungstür zwischen Lehrer- und Schulleiterzimmer stand eine Handbreit offen. Barbara kam aus der Teeküche, wo sie sich einen Kaffee geholt hatte. Sie stutzte, als sie im Nebenraum halblaut Julianes und kurz darauf Rheinstauffs Stimme hörte.

»Es ist zu früh«, sagte Juliane.

»Unsinn«, sagte Rheinstauff, »in drei Tagen ist der erste Dezember. Soll ich warten, bis es für alles zu spät ist?«

Julianes Hand erschien an der Klinke, und die Tür wurde von innen zugezogen. Die Stimmen waren jetzt nur noch gedämpft zu hören, und das ließ, bei Rheinstauffs Neigung zum lauten Reden, auf absichtlich leises Sprechen schließen.

Barbara stand mitten im Lehrerzimmer und starrte auf die Tür, die sich soeben vor und, wie es schien, auch ihretwegen geschlossen hatte. Sie spürte noch die Nachwirkungen des gestrigen Abends, ihr Reaktionsvermögen war etwas verlangsamt. Es war nicht bei einer Flasche Sekt geblieben. Alexa hatte sich immer mehr in Hochform getrunken, und von Glas zu Glas steigerte sich die Wildheit ihrer Planspiele über die Zukunft von Rheinstauff und Stybermann. Sie konnte sich lange nicht entscheiden, ob das Endziel der Friedhof, die Psychiatrie oder eine Zwangsversetzung in die pädagogische Diaspora sein sollte. Juliane hatte sich an den seelenerleichternden Phantasien nicht beteiligt, sondern nur, kannenweise Kaffee trinkend, dabeigesessen und amüsiert zugehört. Den Vorwurf kindischen Verhaltens, mit dem sie sonst so schnell bei der Hand war, hatte sie diesmal nicht erhoben.

In der großen Pause hing eine Nachricht am Schwarzen Brett.

Der Unterricht endet heute für alle Schüler nach der vierten Stunde. Das Kollegium findet sich um zwölf Uhr zu einer Dienstbesprechung im Lehrerzimmer ein. Rheinstauff

Das Kollegium hing wie eine Traube vor dem Aushang. »Nach der vierten Stunde?« hörte man Frau Simoneits etwas quengelige Stimme durch das allgemeine Gemurmel. »Da habe ich schon frei! Das kann er doch so kurzfristig nicht machen!«

»Unterrichtsfrei heißt nicht dienstfrei«, sagte Alexa spitz. Frau Simoneits Neigung, jede Minute Mehrarbeit genau aufzurechnen, ging ihr schon lange gegen den Strich. »Das ist genau die Art, die uns draußen das Image versaut.«

Frau Simoneit wandte sich Alexa empört zu. »Ich bitte Sie, ich habe kleine Kinder! Ich muß pünktlich nach Hause!«

»Ich habe auch zwei Kinder«, konterte Alexa wütend, »aber ich habe in die Betreuungszeiten genügend Spielraum eingebaut, für alle Eventualitäten.«

»Sie ist eine blöde Kuh, die nicht weiter als bis zu ihrer eigenen Nasenspitze denkt«, murmelte Barbara neben Alexa, »aber ganz Unrecht hat sie diesmal nicht. So kurzfristig kann er das eigentlich nicht machen.«

»Ach«, Alexa war immer noch ungehalten, »nimm sie nicht in Schutz. Wehr dich lieber auch mal! Von euch Kinderlosen wird sowieso automatisch mehr Einsatz erwartet. Wir mit unserem Anhang meinen immer, man müßte uns bevorzugt behandeln.«

»Ihr habt auch euren Beitrag zum Erhalt der Nation geleistet«, bemerkte Titus schmunzelnd.

»Ach, halt dich raus«, fauchte Alexa aufgebracht. »Euer Anteil daran ist doch nur das pure Vergnügen.«

»Was ist hier los?« fragte Heidi, die gerade erst hereingekommen war. »Gibt es etwas umsonst? Oh, eine Dienstbesprechung! Was hat das denn zu bedeuten?«

»Bestimmt nichts Gutes!« Barbaras Stimme klang müde. Sie sehnte sich nach einem Schulleben, bei dem sie nur an die Kinder und den Unterricht zu denken hatte.

Die Tür zum Lehrerzimmer ging wieder auf, und Juliane gesellte sich zu dem Pulk. Sie überflog die Mitteilung am Schwarzen Brett und schob sich durch das Gewühl neben

Barbara. »Heute früh hatte ich einen sehr interessanten Anruf«, sagte sie leise.

Barbara sah ihr argwöhnisch ins Gesicht. »Ach ja, und?«

»Die Dinge kommen ins Rollen. Noch ein wenig Geduld, und du wirst alles begreifen.«

»Mir reicht die ganze verdammte Geheimniskrämerei«, maulte Barbara. »Allmählich fühle ich mich in diesem Haus wie in einer Schlangengrube.«

»Kein schlechter Vergleich«, kicherte Juliane. »Kennst du den Film *Der Jäger des verlorenen Schatzes*? Da gibt es eine Szene mit einer Schlangengrube...«

»Ja, kenne ich. Schön gruselig im weichen Kinosessel, aber ich mag so was nicht erleben, auch nicht im übertragenen Sinn. Ich will ein ruhiges Leben führen, verdammt noch mal!«

»Das ist dein Fehler. Deshalb kommst du nie zur Ruhe.«

»Du hattest wohl schlechte Träume diese Nacht?« Barbara stellte fest, daß Julianes unbekümmerte Art sie in Zorn versetzte.

»Nein, ich habe gut geschlafen, auch wenn ich mir Bequemeres vorstellen kann als Alexas ausgeleierte Liege. Aber du scheinst nicht gut in Form zu sein.«

»Du gehst mir auf den Wecker mit deinen Stahlnerven«, sagte Barbara, wandte sich brüsk ab und ging nach draußen, um ihre Klasse vom Hof zu holen.

Bereits vor zwölf hatten alle im Lehrerzimmer Platz genommen. Eine erwartungsvolle Spannung hing im Raum, ein Knistern, das von einer zum anderen sprang, eine Mischung aus Ratlosigkeit, Neugier und Beklemmung.

»Hast du eine Ahnung, was hier gespielt wird?« fragte Alexa. »Und warum Juliane plötzlich neben Rheinstauff sitzt?«

»Nein«, Barbara starrte auf das Kopfende des Tisches, an dem Rheinstauff thronte, eingerahmt von Stybermann auf der einen und Juliane auf der anderen Seite, »aber ich habe das ungute Gefühl, daß wir es bald wissen werden.«

»Ich darf Sie um Ruhe bitten«, sagte Rheinstauff. Er war blaß, seine Hände zitterten leicht und seine Stimme auch. Es war genau zwölf Uhr. »Sie fragen sich nach dem Grund dieser unerwarteten Dienstbesprechung. Ich habe Sie alle hergebeten, um Sie über die Vorkommnisse zu unterrichten, die sich seit Monaten an dieser Schule ereignen und sich nun dermaßen zugespitzt haben, daß ich im Interesse meiner persönlichen Sicherheit keine andere Möglichkeit mehr sehe, die Sache zu einem Abschluß zu bringen.«

Er schwieg einen Augenblick und beobachtete die Wirkung seiner Worte. Die meisten Gesichter drückten weiterhin vollendete Ratlosigkeit aus. Innerhalb des ‘inneren Kreises der Eingeweihten’ wurden hier und da verstohlene Blicke ausgetauscht. Julianes scharfer, forschender Blick umspannte das gesamte Kollegium. Ihr schmaler Mund bildete eine harte Linie, ihre Augen wirkten kalt und undurchdringlich. Wie ein Raubvogel, der auf Beute aus ist, fuhr es Barbara durch den Kopf. Stybermann saß ausdruckslos und unbeweglich mit wachsfarbenem Gesicht da. Er machte einen überanstrengten und übernächtigten Eindruck.

»Seit Monaten«, setzte Rheinstauff wieder ein, »bin ich Zielscheibe sich langsam steigernden Psychoterrors. Es begann gegen Ende des vergangenen Schuljahres mit diesem zwar beleidigenden, aber noch relativ harmlosen Foto, das ich eines Morgens auf dem Schreibtisch vorfand.« Er öffnete eine Mappe und hielt eine Fotografie in die Höhe, die sein Gesicht zeigte. Darauf hatte jemand seine Glatze mit dunklen Haaren versehen, die in scharf gescheitelter Schräglage seine linke Stirnseite bedeckten. Über seine Oberlippe war ein dichter Schnurrbart gemalt, der nicht ganz bis zu den Mundwinkeln reichte.

Erstauntes und entsetztes Raunen ging durch die Reihen des Kollegiums. »Gar nicht so schlecht getroffen«, murmelte Alexa. »In die Zeit hat er bestimmt besser gepaßt als ins Jetzt und Hier.«

Rheinstauff legte das Foto mit dem Gesicht nach unten zur Seite und griff wieder in die Mappe. »Es folgten dann in Abständen von zwei bis drei Tagen verschiedenste ehrenrührige Angriffe oder auch Schreckmanöver mit Toncasseten, auf denen ich mit verstellter Stimme beschimpft wurde. Dann kam dieses Foto.« Wieder hielt er eine Fotografie hoch. Sie zeigte ihn in Portraitgröße. Seine Augen waren ausgestochen, die Herzgegend wies drei kleine Löcher auf. »In den fünf Löchern steckten Nadeln«, erläuterte er, »und von hier an betrachtete ich das als eine sehr ernst gemeinte Kampfansage, ja als direkte Bedrohung meiner Person. Die weiteren Vorfälle sind den meisten von Ihnen bekannt. Sie ereigneten sich nach den großen Ferien, das eingeritzte Z auf meiner Motorhaube, dieser Totenkopfaufkleber.«

Er hielt ihn hoch, und Barbars Blick wechselte in zunehmender Irritation zwischen dem Aufkleber und Juliane hin und her. Hatte er ihn ihr nicht für die skurrile Sammelleidenschaft irgendeines Freundinnensohnes überlassen?

»Es wurde das Gerücht in die Welt gesetzt, ich leide an Aids.« Mißbilligung und Verachtung in seinem Gesicht ließen unschwer erkennen, daß ihn dies am meisten getroffen hatte. »Dann folgte der abgewandelte Bibeltext mit dem Pfeil in der Tür meines Amtszimmers. Als letztes jedoch«, er klappte die Mappe wie abschließend zu, nachdem er ihr einen Briefbogen entnommen hatte, »wurde tatsächlich ein Mordversuch gegen mich unternommen.«

In den erschreckten Aufschrei einzelner Kolleginnen hinein sprach er sogleich weiter. »Gestern vormittag bat ich Frau Bertram, mir kurzfristig ihren Wagen zur Verfügung zu stellen, da ich dringend zur Stadtverwaltung mußte und meine Batterie nicht in Ordnung war. Frau Bertram überließ mir ihr Auto, und auf der Fahrt damit bin ich nur sehr knapp einem folgenschweren Unfall entgangen. Es stellte sich heraus, daß die Bremsleitungen angesägt waren. Ich habe hier diesbezüglich ein Gutachten von Ali Ücürük, den einige von

Ihnen noch von früher kennen und der in der Nähe eine Autowerkstatt führt. Nun will ich nicht unbewiesen behaupten, Frau Bertram habe versucht, mich umzubringen, obwohl nach den letzen Ereignissen ein Motiv aus ihrer emotionalen Lage heraus vielleicht denkbar wäre. Aber es wußten außer ihr exakt fünf Personen von meiner Absicht, mit Frau Bertrams Wagen zu fahren. Alle fünf Personen hätten zeitlich die Gelegenheit zur Tat gehabt. Aber Recherchen über den Hergang sollen nicht von mir vorgenommen werden. Ich maße mir keine Amtsgewalt an, die mir nicht zusteht.«

Er legte wieder eine Pause ein. Es war totenstill im Raum. Alle Blicke waren ausnahmslos auf ihn gerichtet. Stybermann wirkte, wenn das überhaupt möglich war, noch eine Spur blasser als sonst.

»Ich habe bereits vor den Ferien, um genau zu sein nach dieser Voodoo-Attacke mit dem Nadelfoto, Maßnahmen zu meinem Schutz ergriffen. Sie wundern sich vielleicht, zu meiner Linken Frau Valentin sitzen zu sehen, die ihren festen Platz doch in Ihrer Mitte zu haben schien.« Der Anflug eines triumphierenden Lächelns umspielte seine Mundwinkel. »Sie haben Frau Valentin als Ihre neue Kollegin kennengelernt. Das hat auch seine Richtigkeit, Frau Valentin ist ausgebildete Lehrerin. Aber ich sagte, es hat *auch* seine Richtigkeit. Richtig ist nämlich ebenso, daß Frau Valentin nach einigen Berufsjahren als Lehrerin eine weitere Berufsausbildung abgeschlossen hat. In diesem zweiten Beruf war sie dann jahrelang tätig. Ich darf sie Ihnen also heute nochmals vorstellen: Frau Juliane Valentin, Kriminalhauptkommissarin, Leiterin der Mordkommission.«

Eine Handgranate, in die Mitte des Tisches geworfen, hätte keine explosivere Wirkung haben können. Helle Aufregung und Empörung hatte alle erfaßt. Die Empörung der einen galt dem anonymen Täter, die der anderen mehr Rheinstauff und Juliane.

Nur Barbara saß wie gelähmt und forschte verzweifelt in Julianes Gesicht. Nichts in den grauen Augen ließ sich als

Hinweis deuten, daß sie die Tatsachen richtigstellen und die grausame Farce beenden würde. Ihr Blick war kühl und distanziert, und Barbara begriff, was es bedeutete, daß einer das Blut in den Adern gefriert. Ihr ganzer Körper verwandelte sich in einen gefühllosen Klumpen. Sie spürte weder Alexas Hand, die sich in hartem Griff um ihren Arm legte, noch nahm sie Heidis Stimme wahr, die Christine irgend etwas zurief.

Rheinstauff gab dem Chaos eine Zeitlang Raum, dann schlug er mit der flachen Hand fest auf den Tisch. »Ich bitte um Ruhe!« Er wartete einige Sekunden, bis der Lärm nachgelassen hatte. Seine Augen blitzten triumphierend. »Frau Valentin hat sich in meinem Auftrag bemüht, das Vertrauen des Kollegiums zu gewinnen, um so herauszufinden, wer die unverschämten Angriffe gegen mich bis zum Mordanschlag zu verantworten hat. Falls es Sie wundern sollte, wieso eine Hauptkommissarin von der Mordkommission sich mit der Angelegenheit befaßt und sich die Zeit nimmt, wochenlang jeden Morgen in der Schule tätig zu sein, teile ich Ihnen mit, daß Frau Valentin als Tochter eines meiner engsten Freunde ihren Jahresurlaub geopfert hat, um mir in meiner schwierigen Situation beizustehen. Dies zur Erklärung ihres intensiven Einsatzes. Ich gebe das Wort nun an Frau Kriminalhauptkommissarin Valentin.«

Julianes Stimme durchdrang den Raum. Jener rauhweicherotische Beiklang, der Barbaras Nerven stets zum Vibrieren gebracht hatte, war restlos verschwunden. Sie klang nur noch kalt und abweisend. »Ich habe den Ausführungen von Herrn Rheinstauff nur wenig hinzuzufügen. In einigen Gesichtern lese ich die Verachtung derer, die in mir eine Verräterin sehen. Darauf habe ich nur eine Antwort: Alle gegen Herrn Rheinstauff geführten Aktionen, vor allem im Zusammenhang gesehen, erfüllen bei einer strengen Auslegung des Gesetzes bereits den Tatbestand der Körperverletzung, selbst ohne den letzten Vorfall, der diese Interpretation zwingend macht. Ich hielt den Zeitpunkt der Aufdeckung meiner eigentlichen

Funktion an dieser Schule zunächst für verfrüht. Aber da die Aufklärung aller Vorfälle dicht vor dem Abschluß steht, ist das nicht länger von Belang. Ich weiß, daß der Täter, die Täterin hier in unserer Mitte sitzt, ich weiß, wer es ist, und lasse dieser Person eine Warnung zukommen. Jede weitere Aktion kann die Liste der Anklagepunkte nur vergrößern. Im übrigen ist eine Observation bereits im Gange. Ich hoffe, diese Mitteilung hält den Täter, die Täterin davon ab, mit einer letzten verzweifelten Aktion zu versuchen, doch noch anonym aus der Sache herauszukommen. Sobald es mir möglich ist, Ihnen das Ergebnis meiner Ermittlungen offenzulegen, werde ich das tun. Ich danke Ihnen.«

Sie stand unvermittelt auf, Rheinstauff mit ihr, und beide gingen, ohne sich umzuwenden, ins Schulleiterzimmer. Stybermann stand ebenfalls auf, wirkte unsicher und machte Anstalten, ihnen zu folgen, war aber dann gezwungen, abrupt stehenzubleiben, da Rheinstauff ihm die Tür vor der Nase zuschlug.

»Das hat er also nicht gewußt«, zischte Alexa. Ihre Kieferknochen schmerzten, so hatte sie bei Julianes Rede die Zähne zusammengebissen.

Panische Hektik und schrille Stimmen erfüllten den Raum. Niemanden hielt es auf dem Platz. Hedwig Mielenk quiekte durch das Chaos: »Bravo, bravo! Endlich ein Machtwort, das dem liederlichen Treiben hier ein Ende bereiten wird. Dieser Sumpf gehörte schon lange trockengelegt!« Ihre giftigen Blicke schossen wahllos zwischen Titus, Gabi, Alexa und Barbara hin und her. »An dieser Schule kann man als anständiger Mensch nicht arbeiten!«

Alexas alles übertönende tiefe Stimme brachte den Aufruhr noch einmal kurz zur Ruhe. »Ich kann mich nicht erinnern, daß es jemals der Fall war, aber diesmal, Fräulein Mielenk, bin ich einer Meinung mit Ihnen. Nur über die topographische Lage des Sumpfes sind wir garantiert unterschiedlicher Ansicht!«

Barbara hatte dem Ganzen angewidert den Rücken gekehrt und kämpfte sich, von Heidi und Gabi gefolgt, einen Weg nach draußen. Alexa eilte ihr nach und stieß kurz vor der Tür auf Christine, die gerade dabei war, ein Paar Handschuhe aus ihrem Fach zu nehmen.

»Wozu trägst du Autohandschuhe?« fragte Alexa, der auch in der chaotischsten Situation keine Nebensächlichkeit entging. »Du fährst doch seit Wochen mit der Straßenbahn.«

»Ich trage sie nicht, ich hatte sie nur vergessen«, sagte Christine und folgte den anderen nach draußen.

»Zwei Fragen«, sagte Alexa und legte den Arm um Barbara, die, grün im Gesicht, an der Wand lehnte. »Wer sind die fünf Leute, die wußten, daß Rheinstauff dein Auto benutzen würde, und wo ist nun dein verdammtes Auto?«

»Ich will nach Hause«, sagte Barbara, »ich will mir die Decke über die Ohren ziehen und nichts mehr hören und sehen.«

»Von wegen.« Alexa zog die Widerstrebende mit sich. »Ich lasse dich keinen Schritt allein gehen, so wie du aussiehst, und da ich Antworten auf meine Fragen will, wirst du mich begleiten.« Entschlossen schob sie Barbara zu ihrem Wagen. »Steig ein, wir fahren zu Ali.«

Im Auto begann Barbara zu weinen. Alexa biß wieder die Zähne zusammen und packte das Steuerrad, als sei es jemandes Hals. »Ich habe gewöhnlich keine Mordgedanken, aber eben war ich verdammt nah dran. Hör auf zu weinen, das ist sie nicht wert. Sag mir lieber, wer diese fünf Leute sind ... Wir beide wußten es, Heidi und Christine wußten es, Juliane wußte es — das sind fünf«, gab sie die Antwort gleich selbst.

»Juliane zählt wohl nicht mehr mit«, sagte Barbara und schluckte ihre Tränen herunter. Die Worte schienen sich auf mehr zu beziehen als auf die Frage nach den fünf Leuten.

»Dann fehlte noch einer«, stellte Alexa sachlich fest. »Aber wer?«

»Keine Ahnung. Titus jedenfalls nicht. Als er mich zu Rheinstauff rief, wußte er nicht mal, daß der weggewesen war.«

»Vielleicht hat er seine Unwissenheit nur vorgetäuscht«, brummte Alexa, mit der eigenen Vermutung unzufrieden. »Wer könnte denn die verdammte fünfte Person sein?«

»Ich weiß es«, rief Barbara plötzlich. Sie schien wieder lebendig zu werden und rappelte sich aus ihrer eingesackten Sitzhaltung hoch. »Die Wittlich!«

»Was?« Alexa fuhr abrupt bei Grün an. »Das sanfte Margarethchen, der gute Geist des Hauses? Na, das ist doch wohl nicht dein Ernst. Oder weißt du von Spannungen zwischen unserer Schulsekretärin und Rheinstauff?«

»Nein, ich will sie auch gar nicht verdächtigen, die wüßte wahrscheinlich nicht mal, wo die Bremsleitungen zu finden sind. Ich erinnere mich nur, sie stand im Türrahmen, als ich ihm Schlüssel und Papiere gab.«

»Wer sagt eigentlich, daß es einer dieser fünf gewesen sein muß?«

»Das weiß ich auch nicht. Vielleicht wußte es doch noch jemand. Ich hatte gedacht, Stybermann sei bei den Fünfen, ihm traue ich langsam alles zu. Außerdem, sollte er als Konrektor nicht gewußt haben, daß sein Chef für eine Stunde nicht im Hause ist?«

»Das hat er sicher gewußt«, sagte Alexa, »aber er muß nicht zwangsläufig gewußt haben, daß Rheinstauff mit deinem Auto fahren würde. Das wußten nur fünf Leute.«

»Hm. Will mir aber gar nicht gefallen, daß er aus dem Kreis der Verdächtigen ausscheiden soll.«

Alexa grinste. »Vor allem, wo wir noch drin sind...«

Sie hatten Alis Werkstatt erreicht. Vor Entsetzen prallten sie zurück. Das Gelände war ein rauchendes Trümmerfeld. Glassplitter, verbogene Metallteile, ausgebrannte Autos, Ascheereste, dazwischen weißer Löschschaum und über allem der intensive Geruch von verbranntem Gummi.

Etliche Gestalten liefen scheinbar planlos in dem Chaos

umher, an dessen Rand Ali verzweifelt die Hände rang. »Ein Unglückstag! Ich bin ruiniert! Sehen Sie sich das an!«

»Mein Gott, Ali, was ist passiert?«

»Die Polizei meint, das könnten Skinheads gewesen sein. Aber ich glaube kein Wort davon. Meine Familie lebt seit fünfundzwanzig Jahren in Köln, ich habe Gott sei Dank nie ernsthafte Probleme mit Deutschen gehabt.«

»Aber was hat die Polizei auf die Idee gebracht?« fragte Alexa fassungslos.

»Das kann ich Ihnen zeigen. Kommen Sie!« Er führte sie zu einer fensterlosen, rauchgeschwärzten Außenwand der Werkstatt. »Deswegen!« sagte er und zeigte auf eine mit weißer Farbe hingepinselte Schrift an der Wand. »Deutschland den Deutschen! Ausländer raus!«

»Ich habe hier in der Gegend noch nie Skinheads gesehen«, sagte Barbara.

»Die haben es aber verteufelt eilig gehabt.« Alexa betrachtete die flüchtig hingeschmierten weißen Schriftzeichen.

»Na sicher«, rief Ali, »die hatten auch nur wenig Zeit. Schließlich war ich bis halb sechs heute früh in der Werkstatt.«

»Wie?« rief Barbara erstaunt. »Du hast die ganze Nacht in deiner Werkstatt verbracht?«

Er schien plötzlich zu überlegen, ob er weiterreden sollte, sah verunsichert von einer zur anderen. »Sie hat mir eigentlich strikt untersagt, Ihnen davon zu erzählen«, sagte er unschlüssig.

Barbara fühlte, wie ihr das Blut in den Kopf schoß. »Wer ist ‘sie’?« rief sie und sah aus, als wollte sie ihm an die Gurgel springen.

Alexa faßte die Freundin am Arm. »Laß ihn, ihn hat’s schon hart genug getroffen.«

Barbara schloß einen Moment die Augen, um ihre Fassung zurückzugewinnen. »Entschuldige, Ali«, sagte sie dann, »du siehst, ich bin auch ziemlich aufgeregt. Kannst du mir nicht alles von Anfang an erzählen?«

»Aber Sie waren doch gestern mit ihr zusammen bei mir«, sagte Ali, »mit dieser Kommissarin.«

»Ach, das weißt du, daß sie bei der Polizei ist?«

»Aber ja, sie ist doch nochmal zurückgekommen. Sie bat mich, diese Nacht Wache zu halten in der Werkstatt.«

»Wache?«

»Ja, sie schien zu befürchten, jemand wolle an Ihrem Wagen rummanipulieren. Ich habe das nicht ganz verstanden. Ich meine, es hatte doch schon jemand dran rummanipuliert. Aber es war ihr sehr wichtig, und ebenso wichtig war ihr, daß ich Ihnen nichts davon erzähle, um Sie nicht aufzuregen. Sie gab mir ihre Karte mit den Nummern vom Präsidium und von der Schule. Ich habe ihr dann den Gefallen getan. Gegen halb sechs war ich müde und hatte Hunger. Ich bin nach Hause gefahren, habe geduscht und gefrühstückt und war um acht Uhr wieder hier. Und sah das da...« Er zeigte auf die Trümmer seiner Existenz.

»Mein Auto ist wohl hin«, sagte Barbara düster.

»Ja, und das von Herrn Stybermann auch.«

»Was?« brüllten beide synchron.

Bemüht, den Durchblick zu gewinnen, sah er von einer zur anderen. »Ja, gestern nachmittag brachte Herr Stybermann seinen Wagen zur Reparatur. Ich hatte wenig Zeit und sagte ihm, er müsse ihn über Nacht dalassen. Jemand hat es auf die Lehrer der Schule abgesehen, scheint mir.«

Alexa und Barbara sahen sich fassungslos an. Wenn ihr Besuch zum Ziel gehabt hatte, mehr Klarheit zu gewinnen, war er nicht gerade von Erfolg gekrönt. Alexa faßte sich als erste. »Was war denn mit seinem Wagen? Er hatte ihn doch neulich erst in der Inspektion.«

»Die Wasserpumpe war im Eimer. Er kam kochend hier an.«

»Hm. Hast du Frau Valentin heute morgen angerufen?«

»Ja, um acht in der Schule.«

»Ich erinnere mich«, rief Alexa. »Wir sind ja heute morgen

zusammen angekommen. Canstedt hat sie sofort ans Telefon gerufen.«

»Ja, ja, ich weiß«, sagte Barbara, »sie hat mir in der Pause was von einem interessanten Anruf erzählt. Und daß die Dinge langsam ins Rollen kämen.«

Alexa war auf dem Weg nach Hause. Barbara saß stumm neben ihr. Sie hatte Alexas Einladung zum Mittagessen nur widerstrebend angenommen und verspürte nicht den geringsten Appetit.

»Gutes Essen hält Leib und Seele zusammen«, sagte Alexa. »Laß den Kopf nicht hängen, soviel war dein Auto zum Glück nicht mehr wert. Wenn ich dagegen an den armen Ali denke. Da müssen wir uns etwas überlegen ...«

»Ich denke weiß Gott nicht an mein Auto«, fuhr Barbara auf, »wofür hältst du mich?«

»Beruhige dich. Nach dem Essen setzen wir uns zusammen und können den Rest vielleicht mit reinem Denken erledigen.«

Barbara hatte offenbar schon mit dem reinen Denken begonnen. »Jemand hat die Werkstatt hochgehen lassen, um die Spuren der Manipulation an der Bremsleitung zu vertuschen. Dieser Jemand muß einer von den fünfen sein. Stybermann ist aus dem Rennen, einmal weil er nicht zu den fünfen gehört, zum anderen weil sein eigenes Auto in der Werkstatt stand. Das ergibt aber alles keinen Sinn. Entweder stimmt die Zahl fünf nicht, oder ...«

»Oder?«

»Oder etwas anderes stimmt nicht. Was haben wir übersehen? Weshalb hat Juliane mich und sich bei dir einquartiert? Um mich zu schützen? Vor wem? Oder weil sie mich verdächtigt und in der Zwischenzeit von der Polizei meine Wohnung hat durchsuchen lassen? Alexa, fahr mich bitte nach Hause!«

Alexa plagte das schlechte Gewissen. Immer öfter überließ sie in der letzten Zeit ihre beiden Kinder nachmittags der Nachbarin oder der Oma. Christoph und Claudia waren zwar pflegeleichte Exemplare, begannen aber mittlerweile doch zu maulen, wenn es hieß, heute geht's zur Oma. Zwar liebten sie Alexas Mutter, die sie gut und reichlich mit Kuchen und Schokolade zu versorgen pflegte, aber andererseits mußten sie sich ständig die Hände waschen, durften all die tollen Wörter nicht benutzen — schon bei 'Esel' und 'Kamel' hob Oma den Zeigefinger, dabei waren das doch erzlangweilige Ausdrücke —, und bei der kleinsten Zankerei bangte Oma um ihr gutes Meißner Prozellan, das überall herumstand. »Würdest du Briefmarken sammeln, hättest du das Problem nicht«, war Alexas einziger Kommentar.

Aber heute hätten die zwei wirklich nur gestört. Alexa war den ganzen Nachmittag über konzentriert beschäftigt. Es war der Tag nach Julianes Enthüllungen. Sie waren nicht weitergekommen. Niemand hatte Barbaras Wohnung in ihrer Abwesenheit betreten. Juliane war morgens nicht mehr in der Schule erschienen. Das Spiel mit den verdeckten Karten hatte ein Ende.

Alexa sortierte ein Dutzend mühsam zusammengesuchter Telefonnummern, wählte sich die Finger wund und wechselte ihren stimmlichen Einsatz je nach Gesprächspartner von dankbar und schmeichelnd zu drohend und großspurig. Am Ende empfand sie vor ihren eigenen ungeahnten Talenten Hochachtung. Um kurz vor sechs legte sie den Hörer endgültig auf. Er war buchstäblich heiß geworden.

Fast eine Viertelstunde saß sie nahezu unbeweglich im Sessel und überdachte die neugewonnenen Informationen. Dann wählte sie Barbaras Nummer.

»Bertram.«

»Ich bin's. Ich habe Neuigkeiten. Sitzt du?«

»Ja, warum?«

»Bist du allein?«

»Verdammt, mach es nicht so spannend!«

»Bist du allein?«

»Ja!« schrie Barbara.

Alexa wählte ihre Worte mit Bedacht, ihre Stimme klang jetzt sanft. »Hör zu. Ich habe einiges in Erfahrung gebracht über Juliane.«

»Ich glaube nicht, daß ich mich mit Juliane noch weiter befassen möchte«, sagte Barbara steif.

»Ach, Quatsch, du mußt das einfach wissen, schon deshalb, weil ich es gar nicht für mich behalten kann. Sie ist noch gar nicht Leiterin der Mordkommission. Sie tritt ihren Dienst erst am ersten Dezember an. Ergibt das irgendeinen Sinn?«

»Ja«, antwortete Barbara zögernd, »teilweise. Ich habe Fetzen eines Gesprächs zwischen ihr und Rheinstauff mitbekommen. Sie sagte, es sei zu früh, er sagte, in drei Tagen ist der erste Dezember.«

»Sie wollte ihre Identität wohl nicht aufdecken, bevor sie eine amtliche Befugnis hat. Wahrscheinlich hat Rheinstauff, der Hitzkopf, ihr keine Ruhe gelassen. Aber hör weiter zu. Vor Jahren war sie im Polizeidienst in Aachen. Sie muß eine steile Karriere gemacht haben, war wohl unglaublich gut in ihrem Job. Von ihren neiderfüllten männlichen Kollegen wurde sie 'der Jäger' genannt. Keine schmeichelhafte Bezeichnung, wenn du mich fragst. Wenigstens hätten sie 'die Jägerin' sagen können, aber na ja, Männer... Julianes Aufklärungsquote lag sehr hoch, ihre Hartnäckigkeit war sprichwörtlich, ihre Methoden gnadenlos bis brutal. Sie stand kurz davor, als erste Frau in Aachen Polizeipräsidentin zu werden. Dann muß irgendwas passiert sein. Was, weiß ich noch nicht, niemand konnte oder wollte sich dazu klar äußern. Ihre Spur verliert sich. Für fünf Jahre. Und nun übernimmt sie die Leitung der Kölner Mordkommission. Vorher aber engagiert Rheinstauff sie noch schnell für seine eigenen Zwecke. Freundschaftsdienst.«

»Woher weißt du das alles?« brachte Barbara nach einer Pause mühsam heraus.

»Ach«, flötete Alexa selbstgefällig durch den Draht, »du weißt doch, wie so was ist. Man kennt einen und der kennt einen, der einen kennt. Wenn du zusätzlich noch meine überzeugende Natur in Betracht ziehst ...«

»Es klingelt«, sagte Barbara. »Ich danke dir, Alexa, du warst sehr aktiv, obwohl ich mit all dem eigentlich nicht mehr viel anfangen kann.«

»Mach lieber nicht auf«, sagte Alexa, »oder erwartest du jemanden?«

»Ich werde durch den Spion sehen und nur meine alte Tante oder Opa Hesselkamp vom dritten Stock reinlassen. Bitte hör auf, mich wie ein rohes Ei zu behandeln. Ich hab' mich durchaus noch im Griff.«

»War nur ein guter Rat, einmalig und gebührenfrei.« Alexa war enttäuscht. Hatte sie sich den lieben langen Nachmittag mit tausend Telefonaten um die Ohren geschlagen, nur um von Barbara zu hören, daß sie mit all dem nichts mehr anfangen könne? Gekränkt hing sie ein.

An Barbaras Tür klingelte es zum zweitenmal. Sie sah tatsächlich durch den Spion, schob aber sofort die Abdeckung vor das Guckloch und stand still, bemüht, ihren plötzlich rasenden Puls unter Kontrolle zu bringen.

»Ich weiß, daß du da stehst«, drang Julianes Stimme durch die Tür. »Willst du nicht wenigstens soviel Fairneß aufbringen, mir eine Chance zu geben?«

Barbara ging ins Wohnzimmer zurück und schloß die Dielentür hinter sich. Es klingelte noch drei, vier Mal, dann wurde es still. Fairneß, Chance, Vertrauen, Treue. Offenbar lebe ich in den falschen Begriffen, dachte Barbara. Menschen sind wie Streiflichter. Sie nähern sich dir und entfernen sich wieder. Du mußt mit ihrer Annäherung ebenso fertigwerden wie mit ihrem Weggang.

Eine gute Stunde war vergangen. Barbara stand auf, um in

die Küche zu gehen. Seelenschmerz hin, Seelenschmerz her, sie hatte Hunger.

In der Diele, nahe der Eingangstür, lag ein weißes Stück Papier. Es stand nur ein Satz darauf geschrieben, ohne Unterschrift. »Stybermann ist verhaftet.«

Plötzlich stieg ihr der Geruch einer brennenden Zigarette in die Nase. Sie riß die Wohnungstür auf. Juliane saß im Schneidersitz auf dem Boden, den Rücken gegen den Türrahmen gelehnt. »Wurde auch Zeit«, sagte sie, »ich brauche dringend einen Aschenbecher.«

Das Gespräch kam nur schleppend in Gang. Barbara war unzugänglich, Juliane überrascht, ohne es jedoch zu zeigen. Sie hatte mit Widerstand gerechnet, das gehörte zum Leben wie das tägliche Brot. Aber daß ihr Barbaras Verletztheit so unter die Haut ging, beunruhigte sie. Sie war es gewohnt, sich immer im Griff zu haben, auch ihre Gefühle, ja, vor allem die.

»Hast du dir deine Medaillen höherenorts schon abgeholt? Du solltest ins Spionagegeschäft einsteigen, du hast Talent zu einer zweiten Mata Hari.«

Juliane antwortete nicht. Sie hatte sich vorgenommen, zuerst den ganzen Ausbruch über sich ergehen zu lassen. Irgendwann mußte Barbara erschöpft sein, würden Bissigkeit und Zynismus, die nicht zu ihr paßten, umkippen.

»Und die hübsche Erstausgabe von Hesse? Hast du dein Spesengeld schon eingestrichen? War ein ziemlich hoher Einsatz, aber wenn Rheinstauff es dir wert ist...«

Juliane setzte sich unaufgefordert hin. Voller Panik stellte sie fest, daß Barbara imstande war, ihr weh zu tun. Dies war ein Vorrecht, das sie normalerweise keinem Menschen einräumte. »Was hat dich ganz konkret an meinem Verhalten verletzt?« fragte sie dann sehr ruhig, als Barbara endlich schwieg und erste Anzeichen emotionaler Ermüdung zeigte.

»Dein fehlendes Vertrauen«, sagte Barbara. Sie setzt sich Juliane gegenüber und sah ihr zum erstenmal, seit sie hier war, wirklich in die Augen. »Ich habe über deine wahre Aufgabe an der Schule auf die gleiche Art erfahren wie ein Fräulein Mielenk oder ein Herr Stybermann. Das kränkt mich, Juliane. Es kränkt mich so sehr, daß ich mich wundere, wie ich es überhaupt fertigbringe, das so ruhig vor dir auszusprechen.«

»Möglicherweise fühlst du außer Gekränktsein noch etwas anderes.«

»Möglich. Aber darüber diskutiere ich jetzt nicht.«

»Schade.«

Sie schwiegen beide. Bevor das Schweigen peinlich wurde, sagte Juliane: »Ali hat dir alles erzählt?«

»Ja, seine Loyalität mir gegenüber war erfreulicherweise größer als sein Respekt vor der Staatsgewalt.«

»Ach, komm, mach's nicht so feierlich. Staatsgewalt, daß ich nicht lache.«

Barbara war dabei, sich neu aufzuladen. »Etwa nicht? Hast du ihm nicht deinen Kommissarinnenstatus um die Ohren gehauen? Oder hast du ihm gesagt, daß du erst ab ersten Dezember eine amtliche Befugnis hast?« Das hatte gesessen! Befriedigt nahm sie ein irritiertes Zucken an Julianes Augen wahr. Jetzt fragt sie sich, was ich noch alles weiß. »Na, hat es dir die Sprache verschlagen?«

Juliane hatte sich bereits wieder in der Gewalt. »Ich sehe, du verfügst über gute Informationsquellen. Und du hast recht. Erst ab übermorgen bin ich das, als was Rheinstauff mich vorgestellt hat. Aber er konnte nicht warten.«

»Warum eigentlich nicht?«

»Er hatte Angst. Alles schien über seinem Kopf zusammenzubrechen.«

»Willst du einen Kaffee?«

In Anbetracht der Situation klang die Frage wie das reine Friedensangebot. Juliane sagte schnell: »Ja, sehr gern. Ich gehe mit in die Küche und helfe dir. Ich habe dich nicht wirklich hintergangen, Barbara, und ich habe auch nicht mit deinen Gefühlen gespielt.«

Barbara drückte den Einschaltknopf der Kaffeemaschine. Sie mußte mehrmals zielen, bis sie traf. »Siehst du das so?« Es kostete sie Mühe, Julianes Blick standzuhalten. »Und daß du mit meiner Hilfe und ohne mein Wissen für den Mann gearbeitet hast, der uns alle verachtet und nur für seine Machtspielchen ausnutzt, das kümmert dich nicht weiter?«

»Daß ich für ihn arbeite, heißt nicht, daß ich auf seiner Seite stehe.«

»Ach nein, das heißt es nicht? Weißt du überhaupt noch, auf welcher Seite du stehst?«

»Ja«, sagte Juliane, »auf meiner.«

Barbara lachte hart auf.

Juliane griff nach ihrer Hand, aber Barbara entzog sie ihr. Getroffen verschränkte Juliane die Arme. »Hör zu, Rheinstauff ist nicht mein Freund, und Stybermann schon gar nicht. Ich habe nicht mit ihnen paktiert. Mir ist klar, daß ich zwischen den Fronten stehe, aber das ist mir egal, das ist ein Zustand, den ich gut kenne. Rheinstauff wurde bedroht, und das ist ein strafbarer Tatbestand. So geht es nicht, auch wenn er menschlich ein noch so großer Versager ist. Ich habe versucht, euch beizubringen, wie man sich zur Wehr setzen muß, und ich dachte nach der letzten Konferenz, du hättest es begriffen und andere vielleicht auch.« Ihr kleines Zwiegespräch mit Stybermann verschwieg sie wohlweislich, das hätte in diese Theorie schwerlich hineingepaßt.

»Ich verstehe nur eins nicht.« Barbara schenkte ihr und sich Kaffee nach. »Weshalb hat Stybermann überhaupt versucht, Rheinstauff umzubringen? Ist er von ihm denn auch erpreßt worden?«

Juliane war dabei, die Tasse zum Mund zu führen. Sie hielt in der Bewegung inne. »Ja, hast du es immer noch nicht durchschaut?«

»Was denn? Stybermann hat doch die Bremsleitung angesägt. Er war es, der Alis Werkstatt in Brand gesetzt hat, um alle Spuren an meinem Wagen zu vernichten. Und um von sich abzulenken, hat er die ausländerfeindlichen Parolen auf die Wand geschmiert. Deshalb ist er verhaftet worden, nehme ich an.«

»Er ist wegen einer ganzen Reihe Delikte verhaftet worden. Und seine ausgeklügelten Ablenkungsmanöver haben den Verdacht nur um so mehr auf ihn gelenkt. Dadurch, daß er sein eigenes Auto zu opfern bereit war, hat er genau das Gegenteil von dem erreicht, was er beabsichtigte. Ich hatte ihn sowieso im Verdacht, aber das mit seinem Auto gab mir den letzten Rest von Gewißheit — soviel Zufall gibt's gar nicht. Und die kriminaltechnische Untersuchung hat ergeben, daß er die Wasserpumpe an seinem Wagen selbst beschädigt hat. Ein Auto mit kochendem Kühler mußte Ali annehmen, auch wenn er im Augenblick keine Zeit hatte. Stybermann konnte also sicher sein, daß sein Wagen über Nacht in der Werkstatt sein würde. Ganz schön geschickt überlegt. Einerseits.«

»Und andererseits?«

»Andererseits hat ihn genau der Trick überführt. Sein Pech. Aber fällt dir weiter nichts auf? Du bist doch sonst nicht auf den Kopf gefallen.«

»Auffallen? Was soll mir auffallen? Er gehörte nicht zu den fünf Leuten, die wußten, daß Rheinstauff mit meinem Wagen fahren würde. Das hat mich erst irritiert, weil ich gefühlsmäßig auch auf ihn getippt hatte, aber er hat es offenbar doch herausbekommen ...«

»Hat er nicht. Und die Bremsleitung ist nicht in der Pause angesägt worden, sondern schon in der Nacht.«

Barbara sprang auf. »Was sagst du da? Aber das bedeutet ja, er hat mich umbringen wollen?«

»So ist es. Dich, vielleicht auch noch mich, denn er wußte, daß wir mittags in deinem Wagen zu dieser Forbildung fahren würden.«

»Dann bin ich also schon mit angesägten Bremsleitungen zur Schule gefahren?«

»Ja, es war nur eine Frage der Zeit.«

Barbara war alle Farbe aus dem Gesicht gewichen. Sie umfaßte den Kaffeelöffel fester, um das unkontrollierte Klappern gegen den Tassenrand zu unterbinden. Sie brauchte mehrere Atemzüge, um wieder Worte zu finden. »Aber wie konnte er sicher sein, daß ich oder meinetwegen wir beide tödlich verunglücken würden? Ich meine, wenn es ein Mordanschlag sein sollte, war er ausgesprochen dilettantisch und ungeeignet.«

Juliane lächelte. Langsam redeten sie wieder in der alten, vertrauten Art miteinander. »Genau der Punkt seiner verbogenen Psyche. Für einen richtigen Mord ist er zu feige. Ein solcher Anschlag ließ seinem seltsam ausgestatteten Gewissen noch die Möglichkeit, es nicht als einen wirklichen Mord zu betrachten, sondern als gelenktes Zufallsereignis. Was immer dabei herauskam, er würde sich dafür nur bedingt verantwortlich fühlen.«

Barbara lächelte zaghaft zurück. »Aber den Poker der Gewalt hast du unterschätzt, nicht wahr?«

»Ein wenig, ja. Ich dachte nicht, daß er so weit gehen würde.«

»Du hast ihn gedemütigt, stimmt's?«

Juliane wich Barbaras Blick nicht aus. »Ja«, sagte sie. »Hätte ich ihn anbetteln sollen?«

»Nein«, Barbara sah sie lange in trauriger Nachdenklichkeit an. »Aber selbst ein Wurm wie er läßt das nur begrenzt mit sich machen, ohne zurückzuschlagen. Ich vermute, du hast es genossen.«

»Was?«

»Ihn zu demütigen.«

»Und du genießt es jetzt, mich zu demütigen?«

»Nein, Juliane. Das will ich nicht. Ich versuche nur, dich zu begreifen. Du machst es mir nicht gerade leicht. Was hast du eigentlich mit ihm angestellt?«

»Erinnerst du dich an den Blankoscheck? Du wolltest mir keine näheren Fragen dazu stellen.«

»Ich sollte keine stellen. Ich vermute, es bewegte sich an der Grenze des Legalen.«

Juliane lächelte belustigt. »An der Grenze? Nein, es ging deutlich darüber hinaus.«

»Bekommst du das in Einklang mit deinem Berufsethos?«

»Der Prüfstein meines Handelns ist mein Gewissen, nicht irgendein Berufsethos.«

»Aber du könntest damit in berufliche Schwierigkeiten geraten, bist es vielleicht schon ...«

»Das ist mein Problem, ich liebe hohe Einsätze. Wie dem auch sei, nachdem das mit dem Auto schiefgegangen war, wollte ich kein Risiko mehr eingehen, deshalb haben wir die Nacht bei Alexa verbracht. Das war übrigens ein hübscher Abend, findest du nicht?«

»Juliane, ich kann nicht einfach sagen, Schwamm drüber. Ich will akzeptieren, daß du versucht hast, Rheinstauff zu schützen, ohne innerlich gegen mich oder gegen uns zu arbeiten. Aber weiter bin ich noch nicht. Du hattest kein Vertrauen, aber ich vermute, Vertrauen ist etwas, das du lieber von anderen annimmst, als es selbst zu schenken.«

»Möglicherweise nicht völlig falsch.«

»Höchstwahrscheinlich völlig richtig.«

Ein wenig Spannung schien abgebaut, dennoch fühlte Barbara auch weiterhin eine Distanz, die ihr selbst weh tat, über die sie aber im Augenblick nicht hinauskam. Allein der Gedanke einer wie auch immer gearteten Verbindung zwischen Juliane und Rheinstauff gab ihrem Mißtrauen neue Nahrung.

Juliane stand auf, kam um den Tisch herum, stellte sich hinter Barbara und legte ihr die Hände auf die Schultern. »Es fängt an, mich am Denken zu hindern. Bringen wir es hinter uns.«

»Wovon redest du?«

»Ich möchte mit dir schlafen.«

Barbara befreite sich aus Julianes Händen und stieß aufspringend ihren Stuhl zurück. »Nein, so nicht. Ich bin kein Belag auf den Bronchien, den man abhustet, um wieder frei atmen zu können.«

»Du hast vielleicht eine Art, die Dinge zu verkomplizieren«, sagte Juliane, mehr erstaunt als verärgert. »Ich habe einfach Lust auf dich, was ist daran so schlimm? Es sollte dir zeigen, daß ich nicht mit dir ins Bett gegangen bin, um dein Vertrauen zu erschleichen. Was in aller Welt willst du nur von mir? Den berühmten Drei-Wort-Satz? Ich hasse ihn, er ist der verlogenste Satz, den Menschen je gebildet haben.«

Barbara stellte sich, in großem Abstand zu ihr, ans Fenster. Das hier waren zwei Welten, und zwischen ihnen fehlte die Brücke.

»Weißt du was, Juliane? Du gehst mir auf die Nerven mit deinem Hau-Ruck-Sex. So was von einem rabiaten Macho-Weib wie dir ist mir noch nie über den Weg gelaufen.«

»Dann eben nicht«, sagte Juliane bemüht gleichgültig und griff nach ihrem Mantel. »So wichtig ist es nun auch wieder nicht.« Sie verließ die Wohnung, und die Tür schlug hinter ihr zu.

Einige Minuten stand Barbara regungslos am Fenster und sah über die Dächer der Stadt. Weit hinten ragten die Domtürme aus dem Häusermeer. Wenn sie die Hand hob, waren sie zwischen zwei Fingern zu fassen. Dann ging sie ins Bad und betrachtete ihr Gesicht im Spiegel. Was ist los mit mir? Ihr eigenes Gesicht verschwamm ihr vor den Augen, und sie sah Juliane vor sich, fühlte ihre grauen Augen auf sich gerichtet. Und mit Schrecken erkannte sie, daß Widerwille und Verlangen sich die Waage hielten.

25

»Ich weiß überhaupt nicht, wie ich mich ihr gegenüber verhalten soll«, sagte Christine und biß in ihr Sahnetörtchen. Sie hatten schnell improvisiert und waren nach Unterrichtsschluß sofort zu Alexa gefahren.

Obwohl niemand Appetit hatte, war Christine zum Bäcker an der Ecke gelaufen und mit einem Riesentablett voller Sahnetörtchen zu Heidi ins Auto gestiegen. Heidi hatte sich beim bloßen Anblick der Magen umgedreht. »Wer soll das essen?«

»Ach, wenn's mal da steht...«, meinte Christine und behielt sogar recht. Als der Kuchen auf dem Tisch stand, griffen alle nach einem Stück, und Christine genoß die Bestätigung.

»Ich meine«, sie wischte sich die Sahnespuren aus den Mundwinkeln, »einerseits sehe ich ein, daß sie nur ihre Pflicht getan hat, aber andererseits finde ich es verdammt schäbig, uns wochenlang die Kollegin vorzuspielen, die angeblich im selben Boot sitzt.«

Alexa kam mit einer Tee- und einer Kaffeekanne herein und stellte beide auf den Tisch. Christoph und Claudia, die neugierig und fasziniert zwischen den Erwachsenen gestanden hatten, wurden kurzerhand nach oben ins Kinderzimmer geschickt. Maulend zogen sie ab. Es klingelte, und mit Barbara schloß sich der Kreis.

»Du hast wieder einen Wagen?« fragte Alexa überrascht, den schwarzen Honda erspähend, der vor der Haustür stand.

»Ja, stellt euch vor, Ali leiht ihn mir unentgeltlich, ist er nicht ein Schatz? Als ich ihm sagte, ich hätte bestimmt Anspruch auf einen Leihwagen, wurde er fast böse. Das tue er für mich, und niemand solle ihm das bezahlen. Dabei weiß er doch im Augenblick selbst nicht aus noch ein. Übrigens, Alexa und ich haben was überlegt, ich hoffe, ihr seid einverstanden...« Sie warf einen unschlüssigen Blick auf Alexa.

»Ja, ja, sag's ihnen ruhig«, rief Alexa, »ich werd' ihnen schon beibringen, daß sie einverstanden sind.«

»Wir haben gedacht, Ali unter die Arme zu greifen. Wir könnten zusammenlegen und ihm eine gewisse Summe als Überbrückungsgeld zur Verfügung stellen, bis seine Situation juristisch und versicherungsmäßig geregelt ist. Sozusagen ein zinsloses Darlehen. Wir wissen alle, er hat eine große Familie zu versorgen, und die Werkstatt ist — war alles, was er hat.«

Alexa hatte sich vorsorglich mit in die Hüften gestemmten Armen in Positur gestellt, aber sie mußte keine ihrer speziellen Überredungskünste anwenden. Alle erklärten sich sofort einverstanden und bestimmten Barbara dazu, die Transaktion zu koordinieren.

»Was man für nette Menschen alles zu tun bereit ist«, sagte Gabi. »Für weniger nette würde ich keine fünf Pfennige rausrücken. Glaubst du, eine Kanne Kaffee reicht?«

»Wenn sie mehr will, soll sie ihre Thermosflasche mitbringen«, knurrte Alexa.

»Sie kommt«, sagte Titus und stopfte seine Pfeife.

Juliane sah gut aus. Sie ging sehr aufrecht, und ihre Bewegungen waren sicher und gelassen. Sie trug eine knappe schwarze Lederjacke und enge Jeans, die ihre schmale Figur noch betonten. Barbara fand es verletzend, nach ihrer gestrigen Konfrontation so unverschämt gut auszusehen. Zumindest hätte Juliane die Ringe einer schlaflos durchlittenen Nacht unter den Augen haben müssen, fand sie. Aber es war wohl ihr Fehler, bei anderen die Reaktionen zu erwarten, die sie selber zeigte. Und wenn zwei Menschen auf Ereignisse so unterschiedlich reagierten, sollten sie das nicht als Aufforderung betrachten, wieder ihrer eigenen Wege zu gehen? Sie war zornig auf sich, zu solch kühl kalkuliertem Handeln nicht imstande zu sein. Gefühle waren oft mehr ein Hindernis als eine Hilfe.

»Wir haben gerade überlegt, ob der Kaffee reichen wird, wenn du mittrinkst«, sagte Alexa boshaft.

Juliane verzog keine Miene. »Er wird reichen. Ich trinke nicht mit. Ich werde nicht lange bleiben, sondern habe euch nur hergebeten, um einige kurze Informationen zu geben.«

Sie nahm mit geradem Rücken auf einer Stuhlkante Platz. »Zunächst zu dir, Barbara. Ich möchte dich bitten, in den nächsten Tagen zu mir aufs Präsidium zu kommen. Es geht um eine Anzeige gegen Stybermann wegen Körperverletzung. Der Staatsanwalt hat zwar schon genügend Punkte, in denen er gegen ihn ermittelt, und Stybermann wird die Schule mit Sicherheit auch ohne deine Anzeige nicht wieder von innen sehen, aber ich finde, du solltest es trotzdem tun.«

»In den nächsten Tagen«, sagte Barbara. »Richtig, es naht der erste Dezember. Ich weiß noch nicht, ob ich Anzeige erstatte. Ich habe alles gründlich satt...«

Juliane schenkte ihr ein mildes Lächeln. Es konnte Zärtlichkeit in ihrem Blick liegen, aber vielleicht war es auch nur gutmütiger Spott. Wie konnte Barbara sich bei ihr sicher sein?

»Warum willst du ihn schonen? Du bist wirklich eine gutmütige Idiotin. Liebenswert«, fügte Juliane rasch hinzu und verstärkte ihr Lächeln, so daß Barbara zur ersten Interpretation neigte und in Atemnot geriet. »Sehr liebenswert, aber etwas weltfremd. Im übrigen, stellt euch darauf ein, daß ihr alle noch eingehend vernommen werdet. Denk also noch mal darüber nach. Nächste Woche haben Herr und Frau Hendrich eine Vorladung. Stybermann ist nämlich weniger handlungsmüde, er hat Anzeige erstattet wegen Erpressung. Vielleicht hofft er, bessere Karten für sich zu mischen, wenn er nachweisen kann, unter welch seelischem Druck er gestanden hat. Aber bei der Liste der Anklagepunkte wird sich das Mitleid des Gerichts in Grenzen halten. Und nun zu euch allen.«

Sie schlug die Beine übereinander und schlang die Hände um ihr Knie. »Falls ihr glaubt, Stybermann sei auch verantwortlich für all die mysteriösen Anti-Rheinstauff-Attacken, so muß ich euch eines Besseren belehren. Das geht nicht auf sein Konto. Die Person, die das zu verantworten hat, sitzt hier mit uns in der Runde.«

Sie schwieg einen Augenblick, und ihr Blick schweifte zur Decke ab. Ein unruhiges Raunen ging zwischen den sechs Eingeweihten des inneren Kreises hin und her.

»Ich weiß, wer es ist«, fuhr Juliane fort, ohne jemanden anzusehen, »und ich biete dieser Person an, heute zu mir zu kommen. Ich werde ab achtzehn Uhr den ganzen Abend zu Hause sein. Noch besteht vielleicht die Möglichkeit, die Angelegenheit ohne Anzeige und Gericht aus der Welt zu schaffen. Das war's.« Sie stand abrupt auf. »Ich wünsche euch einen schönen Nachmittag.«

Sie wartete nicht darauf, ob Alexa sie zur Tür begleiten würde, sondern steuerte ohne ein weiteres Wort zielstrebig der Haustür zu. Sie hörten ihren schnellen Schritt auf dem kurzen Plattenweg, dann schlug die Autotür, und der Motor sprang an.

Allmählich kam wieder Leben in die Runde. »Das hat sie schon mal gesagt, daß sie glaubt, es sei jemand von uns«, rief Heidi, »wer zum Teufel ist das nun, wollten wir das nicht längst selber rausfinden? Wieso haben wir das nicht?«

»Wahrscheinlich weil wir uns so was alle gegenseitig nicht zutrauen«, sagte Christine und griff zum dritten Sahnetörtchen.

»Wir müßten klären«, schlug Gabi vor, »wer vom Stundenplan her überhaupt in der Lage war, zu all diesen Zeitpunkten etwas zu unternehmen.«

»Hast du eine Liste der Begebenheiten mit Zeitangaben?« fragte Titus zurück.

»Nein, habe ich nicht, wäre jetzt allerdings gut zu gebrauchen.«

»Ich habe eine«, sagte Heidi ruhig. Alle starrten sie an. »Nun seht mich nicht an, als sei ich damit schon als Täterin überführt. Ich habe es mir für alle Fälle notiert, einfach, weil man an dieser Schule nie weiß, wofür man etwas noch brauchen kann.«

»Du hast es dir notiert?« wiederholte Christine langsam und erstaunt. »Hattest du nicht selbst Gelegenheiten genug, zum Beispiel bei dieser Z-Geschichte? Du warst eine Weile nicht im Lehrerzimmer und kamst kurz vor Titus wieder rein, daran erinnere ich mich genau ...«

Heidi starrte Christine ungläubig an, dann wurde sie dunkelrot im Gesicht. War es Wut, oder war es etwas anderes? »Und Titus?« rief sie. »Wenn ich die Gelegenheit hatte, dann auch er, er kam als letzter und hat neben Rheinstauff geparkt.«

»Und die Pfeilgeschichte?« fragte Alexa nun. »Hast du nicht mal erzählt, du hättest früher Bogenschießen betrieben, Titus?«

Titus hob überrascht die Augenbrauen. »Mit achtzehn Jahren, ja«, gab er zu und klopfte den Tabak aus seiner Pfeife, die ihm ausgegangen war, »aber ich habe nie einen eigenen Bogen besessen.«

Mit wachsender Empörung sah Barbara von einem zur anderen. »Merkt ihr nicht, was hier vorgeht? Diese Person war keine fünf Minuten da und hat bereits erreicht, daß wir wie ein Haufen Denunzianten übereinander herfallen. Seid ihr denn noch ganz bei Trost? Soll sie auf der ganzen Linie triumphieren?«

Betretenes Schweigen, gesenkte Blicke.

»'Diese Person', he?« machte Alexa dann leise zu Barbara.

Gabi fing den kurzen Blick zwischen beiden auf. »Hör mal, Barbara, ich vermute, zwischen dir und ihr ist was gelaufen, was nun zu Ende ist. Ich finde das schade für dich, weil ich dich mag. Aber ich möchte schon, daß diese anonymen Geschichten aufgedeckt werden. Ich lege keinen Wert darauf, ständig in Verdacht zu stehen ...«

»Schluß!« rief Barbara. »Wo ist denn unsere Solidarität geblieben? Fangen wir jetzt an, uns vor Angst in die Hosen zu machen? Es ist doch alles gelaufen. Stybermann ist aus dem Verkehr gezogen, keiner weint ihm nach. Um den Rest soll die Polizei sich kümmern. Ich habe lange genug ungewollt Informationsquelle gespielt. Mir langt's!«

»Vielleicht warst du's selber«, brummte Gabi, gekränkt, auf ihre versöhnlichen Worte eine so heftige Abfuhr bekommen zu haben. Und daß in diesem Kreis ihr Titus in Verdacht geraten war, hatte sie auch nicht vergessen. »Grund genug hattest du schließlich.«

»Leute!« Alexa hob beschwörend die Hände. »Grund genug hatte jeder von uns. Niemand hat jemals großes Mitleid mit Rheinstauff empfunden, ich eingeschlossen, aber wir sollten nicht unfair werden, nur weil unsere Gefühle verletzt wurden.« Sie warf einen kurzen, aber deutlichen Blick auf Barbara. »Ich bin nicht der Meinung, daß Julianes kurzes Gastspiel eben dazu inszeniert war, uns gegeneinander aufzuhetzen. Wir sollten sie beim Wort nehmen. Sie will dem, der es war, eine Chance geben. Warum sollten wir ihr nicht glauben?«

»Du bist ja plötzlich wieder merkwürdig von ihr eingenommen«, sagte Christine verblüfft.

Barbara atmete tief durch. »Alexa hat recht«, sagte sie dann sehr ruhig, »und Gabi auch. Zumindest mit ihrer ersten Bemerkung. Ich bin im Augenblick zu enttäuscht, um vorurteilslos etwas sagen zu können. Wir sollten das Thema jetzt besser ruhen lassen. Jeder kann über Julianes Worte für sich nachdenken. Vielleicht wäre es sogar besser, wenn wir gar nicht herausfinden, wer es war.«

In betretenem Schweigen saßen sie vor den Tellern mit den zusammengefallenen Sahneresten.

Claudia Wagemuth kam schreiend die Treppe heruntergestürzt. »Mama, Mama, Christoph blutet ...«

Alexa erwachte wie aus einer Betäubung. Die Kinder — sie hatte sich nicht mehr um die Kinder gekümmert!

»Nun lauf schon hoch«, sagte Barbara und stieß sie an. »Wir finden allein raus. Heute löst sich offenbar alles in Chaos auf ...«

»Was ist passiert?« Alexa nahm zwei Stufen auf einmal, Claudia versuchte vergeblich, mit ihr Schritt zu halten.

»Es war das Taschenmesser, ich habe nur Spaß gemacht, es war das Taschenmesser ...«

Alexa hatte Christophs Zimmer erreicht. Er stand mit weißem

Gesicht in der Mitte des Raumes, von seinem Hals tropfte Blut auf den Boden.

»Ich wollte es nicht!« schrie Claudia. »Wir haben uns gestritten, sein Taschenmesser lag auf dem Tisch, ich wollte ihm nur Angst machen, ich habe ihm nichts getan, Mama. Mama, ist er tot?«

Alexa sank aufs Kinderbett, mit dem einen Arm zog sie den Sohn, mit dem anderen die Tochter an sich.

»Nein, er ist nicht tot. Es ist nur ein leichter Schnitt.«

»Aber er blutet!«

»Ja, man blutet schnell.«

»Aber wenn es nicht mehr aufhört zu bluten?«

»Es hört wieder auf. Wir werden ihn jetzt verbinden. Du hast Glück gehabt, Claudia. Es ist nicht die Stelle, an der es nicht mehr aufhört zu bluten.«

Sie verband die Wunde, ruhig und mit sachkundiger Hand. Kein Kind wurde groß ohne Verletzungen. Das wußte jeder, und damit lebte man. Aber mit einem Mal war ein Gefühl des Grauens in ihr, das zu der kleinen Schnittwunde in keinem Verhältnis stand und für das sie keine Erklärung hatte.

»Hol einen nassen Lappen«, sagte sie zu Claudia, »und wisch das Blut vom Boden.« Erleichtert, den Raum verlassen zu können, lief Claudia nach unten.

»Wer war die Frau, Mami?« fragte Christoph flüsternd.

»Welche Frau?«

»Die vorhin gegangen ist, vor den anderen. Die in der Lederjacke. Ich habe sie vom Fenster aus gesehen.«

Alexa spürte, wie das unerklärliche Grauen sich verstärkte, sie kämpfte fast gegen eine Panik an. Mein Gott, wir werden noch alle den Verstand verlieren, dachte sie in heller Verzweiflung.

»Sie ist eine Kollegin aus der Schule. Sie mußte früher gehen.«

»Claudia sagt, sie wäre bei der Polizei und würde mich verhaften.«

»Weshalb sollte sie dich verhaften?«
»Weil ich immer Claudias Sachen kaputtmache.«
»Tust du das?«
»Manchmal, Mami.«
»Dafür wird man nicht verhaftet, dafür kriegst du von mir höchstens mal ein paar hinten drauf, damit hat sich's.«
»Muß Claudia jetzt ins Gefängnis, Mami?«
»Mein Gott, Christoph, was redest du da, weswegen sollte sie denn ins Gefängnis?«
»Aber sie hat mich doch verletzt. Ich will nicht, daß sie ins Gefängnis kommt, Mami.«
Seine Hand kroch in Alexas Hand, sie fühlte sich kalt an. Alexa schloß die Augen. Es kostete sie zunehmend mehr Mühe, das unbegreifliche Entsetzen in sich niederzuhalten. »Kinder kommen nicht ins Gefängnis, nur Erwachsene.«
»Bestimmt, Mami?«
»Bestimmt, Christoph.«

26

Flämmchen

In jeder Turnstunde spielte sich das gleiche Theater ab. Hanni war immer die letzte beim Umziehen. Diesmal wartete Flämmchen im Umkleideraum der Mädchen, entschlossen, der Sache auf den Grund zu gehen. Hanni konnte laufen wie ein Wiesel, im Lesen und Rechnen übertraf sie alle Kinder der Klasse. Es war nicht einzusehen, weshalb sie sich nicht schneller umziehen konnte.

»Möchtest du, daß ich dir helfe, bei den Schuhen vielleicht?«

Aus dem Umkleideraum der Jungen drang ein Indianergeheul, das sämtliche feindlichen Stämme auf einmal in die Flucht geschlagen hätte.

»Nein«, sagte Hanni, »ich bin schon sechs, ich kann das allein.« Aber sie machte keinerlei Anstalten, es zu tun.

»Und du solltest in kurzen, luftigen Sportsachen turnen«, sagte Flämmchen. »Das hier ist sehr schön für draußen, aber für die Halle ist es viel zu warm. Hast du keine kurze Turnhose?«

»Nein«, sagte Hanni und kaute an ihren Fingernägeln, an denen es gar nichts mehr abzukauen gab. Das Indianergeheul schwoll weiter an.

»Ich muß rüber zu den Jungen«, sagte Flämmchen. »Wir treffen eine Abmachung. Wenn ich wiederkomme, hast du wenigstens deinen Trainigsanzug ausgezogen. Einverstanden?«

Hanni sagte nichts, sah sie nur an. Die anderen Mädchen kicherten.

»Sie zieht sich erst an, wenn wir draußen sind«, sagte Carla und stopfte ihr Turnzeug, zu einem unförmigen Stoffball zusammengeknüllt, in den Turnbeutel. »Das macht sie immer so.«

Flämmchen ging zu den Jungen und sorgte für Ruhe. Als alle Kinder fertig waren und die Turnhalle verlassen hatten, ging sie zurück zu Hanni, die immer noch auf der Bank saß. Ihre Kleider hingen am Haken. Allerdings hatte sie ihre Turnschuhe ausgezogen.

»Hanni, ich muß in fünf Minuten raus auf den Hof, weil ich Aufsicht habe. Ich kann dich hier nicht allein lassen. Dieses Spiel spielen wir jeden Mittwochmorgen. Kannst du mir nicht einfach sagen, was du für ein Problem hast?«

»Ich kann ja so nach Hause gehen«, sagte Hanni und griff zögernd nach ihren Straßenschuhen. Der Verdacht, den Flämmchen schon seit Wochen hegte, verstärkte sich schlagartig. Ich will es jetzt wissen, dachte sie.

»Nein, Hanni, das geht nicht. Die verschwitzten Turnsachen mußt du ausziehen. Und zwar hier und jetzt. Es gibt keine Ausrede mehr, klar?« Sie bemühte sich um einen strengen Tonfall, das Mädchen zupfte unschlüssig am Reißverschluß der Turnjacke herum.

»Fang an«, sagte Flämmchen. Hanni sah ihr erschrocken ins Gesicht und begann dann zaghaft, Jacke und Hose auszuziehen.

Ich habe es gewußt, dachte Flämmchen, verdammt nochmal, ich habe es gewußt. »Was ist mit dir passiert, Hanni?« fragte sie, bemüht, ihr Entsetzen nicht zu zeigen.

»Ich bin die Treppe runtergefallen«, sagte Hanni. Ihr Körper war übersät mit blauen Flecken und blutunterlaufenen Stellen. Ihr Gesicht war jetzt heiß und rot, und plötzlich konnte sie sich in Windeseile anziehen.

»Beruhigen Sie sich, liebe junge Kollegin«, sagte der Schulleiter freundlich und wies auffordernd auf einen Stuhl. »Ich verstehe Ihre Erregung, aber wir müssen mit Ruhe und Sachlichkeit an die Dinge herangehen.« Er lächelte, als er Flämmchens Schwierigkeiten sah, halbwegs ruhig zu sitzen. »Sie sind sehr jung, wie alt sind Sie? Vierundzwanzig? Fünfundzwanzig? Sie sind noch voller Engagement und Idealismus. Das ist sehr schön, aber manchmal kann es auch hinderlich sein.«

»Wobei?« fragte sie aggressiv.

»Es verstellt den klaren Blick für das Machbare«, sagte der Schulleiter. »Sie haben mir da von den blauen Flecken der kleinen Hanni Hansen berichtet. Aber was ist, wenn sie wirklich die Treppe hinuntergefallen ist?«

»Jeden Mittwoch?« fragte Flämmchen spöttisch.

»Haben Sie solche Hämatome jeden Mittwoch an ihr bemerkt?«

»Nein, gesehen habe ich sie vorher nie, aber ihr Geziere beim Umziehen läßt doch darauf schließen —«

»Vermutungen«, unterbrach er sie, »das sind nur Vermutungen. Natürlich sollen Sie das jetzt weiterhin im Auge behalten, das ist selbstverständlich, aber Sie müssen klar trennen zwischen dem, was Sie wissen, und dem, was Sie vermuten.«

»Aber es paßt alles zusammen«, sagte Flämmchen, sich ereifernd, »das ganze soziale Umfeld der Familie. Der Mann seit Jahren arbeitslos, Alkoholiker. Er hat sechs Kinder, die er regelmäßig durchprügelt, wahrscheinlich schlägt er auch seine Frau, so verhärmt und verschüchtert, wie sie mir vorkommt.«

»Seien Sie vorsichtig mit Behauptungen, die Sie nicht belegen können«, warnte der Schulleiter, »sonst geht es Ihnen noch an den Kragen wegen Verleumdung.«

»Aber ich posaune das doch nicht nach draußen«, rief Flämmchen aufgebracht, »ich rede vertraulich mit Ihnen als meinem Schulleiter.«

»Und das ist völlig richtig.« Er hob beschwichtigend die Hände. »Ich bin ganz Ihrer Meinung, der Fall muß beobachtet werden. Ich habe auch schon das Jugendamt eingeschaltet. Frau Wagenknecht wird gegen dreizehn Uhr zu einem Gespräch hier sein. Sie haben dann schon Unterrichtsschluß, ich hoffe, der Termin ist Ihnen recht?«

»Natürlich ist er mir recht, ich will nur, daß schnell etwas geschieht.«

»Auch solche Dinge darf man nicht über's Knie brechen«, sagte er.

Flämmchen sah ihn verständnislos an. »Aber dieses Kind wird von seinem Vater regelmäßig windelweich geprügelt, auch mit Gegenständen, Ledergürteln, Kleiderbügeln, sie hat es mir nach langem Zögern endlich erzählt. Ich mußte ihr jedes Wort einzeln rausziehen, solche Angst hat dieses Mädchen vor seinem Vater. Übers Knie brechen! Dieses Kind wird gebrochen, weil es ständig übers Knie gelegt wird, so sieht es aus! Es ist nicht nur meine Pflicht als Klassenlehrerin, etwas zu unternehmen. Ich bin nämlich nicht nur Lehrerin geworden, um Kindern das ABC beizubringen.«

Er lächelte sie nachsichtig an. »Wir reden um dreizehn Uhr weiter darüber. Bis dahin müssen Sie sich einfach gedulden.«

Frau Wagenknecht war eine elegant gekleidete jüngere Dame mit einer aparten Dauerwellenfrisur und dezent geschminktem Gesicht. Flämmchen schnupperte unauffällig. Aigner-Parfum, dachte sie. An Frau Wagenknechts Handgelenken klimperten mehrere Goldarmbänder. Wie kommt so eine Frau ins Jugendamt, dachte Flämmchen, die hat doch keine Ahnung, wie es in solchen Familien zugeht.

»Familie Hansen«, sagte Frau Wagenknecht mit einer sehr angenehmen Stimme und legte ihre schlanken und vollendet manikürten Hände gegeneinander, »ist uns schon länger bekannt. Ihre Vermutung der Mißhandlung deckt sich mit meinen eigenen Vermutungen.«

»Na bitte!« rief Flämmchen. Man soll eben keine Vorurteile haben, dachte sie und warf der Frau ein Lächeln über den Tisch zu.

Frau Wagenknecht erwiderte das Lächeln. »Wir gehen in unserer Dienststelle immer von dem Ansatz aus, der ganzen Familie zu helfen. Die Eltern Hansen sind mit der Erziehung ihrer sechs Kinder völlig überfordert. Sie leben zu acht Personen auf zweieinhalb Zimmern. Können Sie sich vorstellen, was das bedeutet?«

»Können Sie es?« konterte Flämmchen, ihr Vorurteil bekam wieder Nahrung.

Frau Wagenknecht blieb ernst. »Wir versuchen, Entlastung zu schaffen, die häusliche Situation zu verbessern und so die Anlässe für das Prügeln zu reduzieren. Wir bemühen uns um Hortplätze für die Kinder. Die beiden Ältesten können wir vielleicht in Kürze schon unterbringen. Das schafft Luft zu Hause, Druckentlastung, verstehen Sie?«

»Aber das dauert doch alles viel zu lange«, sagte Flämmchen, der allmählich aufging, daß gar nichts passieren würde.

Frau Wagenknecht nickte und lächelte jetzt wieder. »Sie sind noch sehr jung, nicht wahr?«

Oh, nein! Nicht schon wieder!

»Uns sind die Hände gebunden«, sagte Frau Wagenknecht bedauernd, »solange nicht unmittelbare Gefahr im Verzug ist. Es liegt keine Anzeige wegen Kindesmißhandlung vor. Können Sie beweisen, daß diese Verletzungen von Prügeln herrühren?«

»Ich nicht, aber vielleicht ein Arzt«, sagte Flämmchen.

»Ohne Einwilligung der Eltern kann ich ein Kind nicht ohne weiteres einem Arzt vorstellen. Wenn wir solchen Familien Hilfe anbieten, sind wir auf ihre Bereitschaft angewiesen mitzumachen. Wir leben in keinem Polizeistaat. Die Familie ist ein geschütztes Gut unseres Staates. Wenn ich nun auf diesen Mann, der mit Sicherheit sehr impulsiv und aggressiv in seinen Reaktionen ist, Druck ausübe, wird er mich beim nächstenmal nicht mal mehr in die Wohnung lassen. Und den Zorn, den er auf mich hat, wird er an seinen Kindern auslassen. Verstehen Sie, was ich meine?«

»Ich kann Ihnen gerade noch folgen«, sagte Flämmchen bissig.

»Wir müssen behutsam vorgehen«, Frau Wagenknecht lächelte schon wieder, »das ist unsere einzige Chance.«

»Behutsam!« Flämmchen war aufgesprungen, »Inzwischen schlägt er ganz behutsam sein Kind tot, und wenn nicht körperlich, dann seelisch. Ich habe keine Zeit, behutsam zu sein. Ich werde einen Hausbesuch machen, und wenn mir keine glaubwürdige, überzeugende Erklärung für die Hämatome gegeben wird oder wenn ich noch ein einziges Mal welche an Hanni sehe, werde ich Anzeige wegen Kindesmißhandlung erstatten!«

Den ganzen Tag und Abend, bis in die nächtlichen Träume hinein, wurde Flämmchen von den Gesprächen des Vormittags verfolgt. Ihr Inneres war in einem schrecklichen Aufruhr.

Das ist nicht das, was ich gewollt und gesucht habe, dachte sie. Ich will nicht mein Leben lang hilflos vor den Opfern stehen. Ich will die Täter jagen.

27

Das Licht blendete. Sie bog den Schirm der Schreibtischlampe zur Seite und begann, die Papiere auf dem Tisch zu ordnen. Das Flurlicht fiel durch die halbgeöffnete Tür und warf bizarre Schatten an die Wand. Es hatte angefangen zu schneien. Im kleinen Supermarkt gegenüber war man dabei, die Weihnachtsdekoration aufzuhängen. Girlanden aus unechtem Tannengrün, Kunststoffengel in weißem Gewand und mit einem Strahlenkranz um den Kopf hingen mit zum Singen geöffnetem Mund abwechselnd mit rotvermummten Weihnachtsmännern zwischen den Girlanden. Es wurde Zeit. Die meisten Läden hatten schon seit Wochen Kerzen und Tannenbäume um die Berge von Lebkuchen und Spekulatius drapiert.

Es war kalt im Raum. Als sie morgens das Haus verließ, hatte sie vergessen, die Heizung höher zu stellen.

Sie hörte das leichte Knacken der Dielenbretter, und als sie den Kopf hob, sah sie den Schatten, der auf die Wand fiel. Ohne sich im Stuhl umzudrehen, sagte sie: »Ich wußte, daß du kommen würdest. Ich habe mit Absicht die Wohnungstür nur angelehnt. Komm herein.«

Sie hörte hastigen Atem und sich nähernde Schritte. Der Schatten an der Wand wurde größer.

»Hast du keine Angst?« Die Stimme hinter ihr war sehr leise und sehr nah. Juliane drehte sich herum.

»Nein, ich habe keine Angst vor dir. Ich weiß, daß du mir nichts tun wirst.«

»Aber du bist der einzige Mensch, der weiß, daß ich es war.«

»Ich weiß noch viel mehr von dir. Setz dich doch. Kann ich dir etwas anbieten?«

»Nein, danke.«

»Nein? Ich dachte ... Nun, vielleicht trinken wir etwas, du ein Glas Wein und ich ...«

»Einen Kaffee.«

Juliane lachte. »Ja, ich einen Kaffee.«

»Du trinkst nie Alkohol, nicht wahr?«

»Nein, nie.«

»Weshalb nicht?«

»Ich bin Alkoholikerin.«

»Es ist das erste Mal, daß du mir etwas von dir persönlich erzählst. Warum? Möchtest du, daß ich dir vertraue?«

»Aber das tust du doch schon.«

»Woher willst du das wissen?«

Juliane lächelte. Aus ihren Augen war jede Härte verschwunden. »Wärst du sonst gekommen?« Sie holte Wein und eine Thermoskanne mit Kaffee. »Wenigstens etwas Gebäck zum Wein?«

»Nein.« Es kam erst zögernd, dann wurde die Stimme fester und sicherer. »Nein, danke, Juliane. Was meintest du damit, du weißt noch viel mehr von mir? Wie bist du überhaupt auf mich gekommen? Wir hatten alle ein Motiv.«

»Ein Motiv ja, aber nicht die innere Struktur, auf diese Art zu reagieren.«

»Ach, du verstehst etwas von inneren Strukturen?«

»Wenn ich das nicht täte, bräuchte ich meine Stellung übermorgen nicht anzutreten.«

»Wie wird man Polizistin? Ich meine, was für eine innere Struktur braucht man dazu?«

Juliane lachte wieder. »Das ist eine lange Geschichte, vielleicht erzähle ich sie dir mal an einem anderen Abend. Heute würde ich lieber über dich sprechen.«

»Seit wann weißt du es?«

Juliane betrachtete ihr Gegenüber mit aufmerksamer Sympathie. Sie hat sich wieder gefangen, dachte sie, ihr Puls geht normal, die Gesichtsfarbe wirkt wieder gesünder. »Seit der Pfeil-Aktion. Aber den ersten Verdacht hatte ich nach dem Totenkopfaufkleber.«

»Warum hast du mich nie darauf angesprochen?«

»Eine gute Frage. Vielleicht hätte ich manches noch rechtzeitig stoppen können. Aber ich wollte dich stellen, dich überführen, dich ausweglos in die Ecke treiben. Davon abgesehen habe ich ganz allgemein versucht, eure Verteidigungsstrategien in andere Bahnen zu lenken — mit zwar spektakulärem, aber leider nur kurzfristigem Erfolg. Niemand hat sich im übrigen die Mühe gemacht herausfinden, wer hinter allem steckte. Alle haben es insgeheim gebilligt.«

»Da magst du recht haben. Ich habe das ausgeführt, was vielleicht in vielen Köpfen spukte.«

»Die kleine Rächerin, die den mächtigen Bären mit Nadeln sticht.«

»Es war ziemlich aussichtslos, nicht wahr?«

Juliane hob die Schultern, wärmte sich die Hände an ihrer Kaffeetasse. »Ich weiß nicht, ob es aussichtslos war, es war einfach der falsche Weg.«

»Du redest gerade so, als ob du Verständnis für mich hättest.«

»Das habe ich auch. Glaubst du, ich hätte sonst dieses Angebot gemacht? Wer verletzt wird, wehrt sich, und du wurdest verletzt.«

»Woher weißt du das alles, Juliane? Niemand weiß das, nicht einmal Heidi.«

»Woher ich das weiß? Von Rheinstauff. Ich bin die möglichen Motive von euch allen mit ihm durchgegangen. Er hat mir erzählt, daß du damals den schweren Unfall verursacht hast, dein Mann war sofort tot, du hast überlebt. Das ist die Version, die Heidi weiß und einige andere vielleicht auch, habe ich recht?«

Christines Hände krampften sich zusammen. »Was heißt hier 'Version'? Es ist die Wahrheit.«

»Ja, aber nicht die ganze Wahrheit.«

Christine sah sie ungläubig an. »Weißt du sie etwa?«

»Ich denke ja, trotzdem wird es dir guttun, alles auszusprechen.«

»Ich habe dich noch nie so weich erlebt«, sagte Christine. »Ich kenne dich gar nicht wieder.«

»Niemand kennt mich«, sagte Juliane lakonisch. »Erzähl mir jetzt alles, Christine.«

Christines Hände fuhren unruhig auf der Sessellehne hin und her, zupften an der Polsterung. »Ich kann nicht, Juliane, ich kann nicht.«

»Du bist streng katholisch erzogen, nicht wahr?«

Die Hände zupften rhythmisch an der Polsterung, immer schneller. »Was hat denn das damit zu tun?«

»Ihr hattet Streit während der Autofahrt, du und dein Mann, war es so?«

»Ja«, sagte Christine und schloß, von der Erinnerung überwältigt, einen Moment die Augen. »Er hat mir schreckliche Vorwürfe gemacht. Ich konnte mich kaum noch aufs Fahren konzentrieren.«

»Vorwürfe? Weshalb?«

»Ich hatte ... abgetrieben.«

Juliane nickte. Sie schenkte Christine Wein nach. »Es war eine illegale Abtreibung, richtig?«

Christines Hände erwischten das Ende eines heraushängenden Fadens und begannen zu zwirbeln. Wenn sie so weitermacht, werde ich den Sessel neu beziehen müssen, dachte Juliane.

»Niemand hätte mir eine legale Abtreibung zugestanden. Ich war gesund und hatte keine Kinder. Ich war verheiratet und lebte in guten wirtschaftlichen Verhältnissen. Mein Mann hatte sich immer Kinder gewünscht. Ich habe versucht, die Abtreibung vor ihm zu verheimlichen, aber er ist dahintergekommen. Er war zornig und enttäuscht ... Ich war verwirrt und aufgewühlt, ich habe die Kontrolle über den Wagen verloren ... Ich habe ihn umgebracht!«

Ein Zittern durchlief den massigen Körper. Sie durchlebt das alles noch einmal, dachte Juliane. Sie löste den Blick von Christine. Falsches Mitleid tötet, sagte sie zu sich selbst. »Nein Christine, auch das ist nicht die ganze Wahrheit.«

Christine sah verstört hoch, ihre Augen waren gerötet. »Doch, doch, das ist alles, mehr gibt es nicht ... Ich wollte ...

ich wollte ... uns beide ... ich habe es mit Absicht getan, mit Absicht!« Sie schrie jetzt, zog dann krampfhaft die Luft ein und sackte in sich zusammen.

Juliane beugte sich vor, legte die Hände auf Christines Knie. »Wußte dein Mann, daß das Kind nicht von ihm gewesen wäre?«

»Nein!« Sie stemmte sich hoch, wollte ausbrechen.

Sie kämpften miteinander, dieser Koloß von Frau und ihr schmales Gegenüber. Juliane war ihr an Kraft wie an Technik überlegen. Christine hatte nur die Wucht ihrer Masse, aber das reichte nicht aus. Juliane faßte sie bei den Handgelenken und drückte sie langsam, aber unerbittlich in den Sessel zurück.

»Es war nicht sein Kind, Christine, deshalb hast du es abtreiben lassen. Sag mir, wessen Kind es war, sag es mir!«

»Nein«, flüsterte Christine. »Bitte Juliane, zwing mich nicht, ich bitte dich ...«

»Bist du durch eine Vergewaltigung schwanger geworden? Wenn es so war, mußt du es endlich einmal aussprechen!«

Christines schwerer Körper gab jeden Widerstand auf. Lautlos weinend hockte sie im Sessel, die Arme wie zur Abwehr gegen Juliane ausgestreckt, die sanft nach ihren Händen griff.

»Es ist gleich vorbei, Christine. Danach wirst du dich besser fühlen. Wer hat dich vergewaltigt? Sprich es aus!«

Christine hielt im Weinen inne. »Nein«, sagte sie tonlos, »eher wirst du mich totschlagen, als daß ich dir das sage.«

Juliane gestattete sich ein erleichtertes Aufatmen. Zumindest hatte Christine mit dieser Antwort indirekt die Vergewaltigung bestätigt.

»Dich totschlagen? Das würdest du als gerechte Strafe empfinden, ja? Aber ich schlage dich nicht tot. Bedaure, Christine, niemand wird dich totschlagen. Du wirst weiter damit leben müssen, aber du wirst besser damit leben, wenn es dir gelingt, darüber zu sprechen.«

Sie strich ihr sanft eine verschwitzte Haarsträhne aus der Stirn. Christine sah zu Juliane hin, als schaue sie durch Glas. Sie war totenblaß geworden, ihre Hände faßten plötzlich nach Julianes, krallten sich um ihre Finger, daß es schmerzte.

»Ja, Christine?«

»Es war ...«

»Ja?«

»Es war ... er ... er war es!«

»Er?«

»Ja, er ... Rheinstauff ...«

Vorhin hatte sie es als kalt empfunden, jetzt tat es gut, die frostige Winterluft in den Lungen zu spüren. Juliane hatte das Fenster weit geöffnet. Drüben war man mit dem Dekorieren fertiggeworden, die Schaufensterbeleuchtung war ausgeschaltet.

»Ich darf keinen Wein mehr trinken«, flüsterte Christine. Die Flasche war fast leer.

»Du bist doch nicht mit dem Wagen da, oder?«

»Nein, ich bin mit dem Bus gekommen. Aber trotzdem, ich ... oh, mein Gott!« Sie schlug die Hände vors Gesicht.

»Du kannst hier übernachten, wenn du möchtest«, sagte Juliane. »Ich werde auf der Couch schlafen.«

Christine sah sie traurig an. »Mit mir würdest du nicht in einem Bett liegen wollen, ist es nicht so? Weißt du, ich habe einmal mit einer Frau geschlafen, nachdem das alles ... Ich war sehr verzweifelt, hatte kein Vertrauen mehr zu Männern. Sie war sehr lieb zu mir, damals war ich noch richtig schlank. Nein, laß nur«, sie machte eine abwehrende Handbewegung, als sie Julianes bestürzten Gesichtsausdruck sah, »ich weiß durchaus, daß bei mir jede Erotik im Fett hängengeblieben ist.«

»Das ist nicht wahr, Christine, du bist nur dafür ... einfach nicht mein Typ, verstehst du?«

»Ja«, Christine gelang ein kleines Lächeln, »Schade, mit dir könnte ich es mir vorstellen, obwohl ich nicht glaube, daß ich von Natur aus so bin. Ich weiß es nicht. Im Grunde will ich gar nichts mehr wissen von Sex.«

»Ist das so, seitdem ...?«

»Ja, ich glaube ja. Ich bin froh, daß du mich zum Reden gezwungen hast. Er war betrunken damals. Es war nach einem Kollegiumsausflug, ich habe ihn im Wagen mitgenommen und nach Hause gefahren. Seine Frau war nicht da. Ich habe noch nie mit jemandem darüber geredet. Ich hatte solche Angst und habe mich so geschämt. Er hat sich übrigens entschuldigt am nächsten Tag.«

»Was? Er hat sich für eine Vergewaltigung entschuldigt, als hätte er dir auf den Fuß getreten? Was für Manieren! Warum hat du dich nicht versetzen lassen?«

»Ich weiß es nicht, ich wollte kein Aufsehen erregen. Als ich merkte, daß ich schwanger war, wollte ich mich umbringen. Dann habe ich über jemanden von dieser Klinik in Amsterdam gehört.«

»Aber dein Mann ist dahintergekommen?«

»Ja.«

»Wie hat Rheinstauff davon erfahren?«

»Ich hatte meinem Mann von einer Klassenfahrt nach Amsterdam erzählt, und in der Schule hatte ich mich krank gemeldet. Mein Mann hat Rheinstauff angerufen und gefragt, seit wann Viertkläßler ihre Abschlußfahrt nach Amsterdam machen würden. Daraufhin hat Rheinstauff wohl zwei und zwei zusammengezählt.«

»Du hättest einen glaubwürdigeren Ort für eine Klassenabschlußfahrt angeben können.«

»Ja«, sagte Christine, »aber bei all den Lügen ... ich wollte ein kleines Stück Wahrheit drin haben.«

»Amsterdam, das Stück Wahrheit, oh Christine!«

»Woher weißt du das alles? Du kannst das gar nicht von Rheinstauff haben, woher sollte er wissen, daß ich den Unfall provoziert habe?«

»Weiß er auch nicht. Er hat nur angedeutet, er habe durch Zufall erfahren, daß du einmal illegal abgetrieben hättest, und seitdem habe deine Ehe nicht mehr funktioniert. Und du würdest ihm die Schuld dafür geben, daß dein Mann von der Abtreibung erfahren hat.«

»Und das soll mein Motiv gewesen sein? Aber woher weißt du nun die wahren Zusammenhänge?«

Juliane lächelte. »Ich sagte doch, ich habe einen Sinn für innere Strukturen. Außerdem kenne ich Rheinstauff sehr gut.«

Christine sah sie neugierig an. »Weil dein Vater sein Freund ist?«

»Nein. Mein Vater ist seit über dreißig Jahren tot.«

»Aber woher kennst du Rheinstauff dann?«

»Ich bin seine Nichte. Adolf Edmund Rheinstauff ist mein Onkel.«

Christine schwieg lange. Dann sagte sie: »Du weißt, daß sie dich liebt?«

»Wer?« fragte Juliane automatisch, obwohl sie es wußte.

»Barbara. Ich weiß nicht, ob du nur mit ihr gespielt hast oder ihre Gefühle erwiderst, aber egal, du darfst ihr nicht weh tun, hörst du? Du bist ja richtig blaß geworden! Weißt du, du wirkst, als sei dir etwas dazwischen gekommen, ein Gefühl, das du nicht eingeplant hattest. Du mußt es ihr sagen.«

»Was sagen?«

»Daß du seine Nichte bist. Ich bin müde. Müde und betrunken. Ich nehme dein Angebot an, ich bleibe diese Nacht hier.«

»Aber ja, ich hätte dich auch gar nicht mehr weggelassen. Ich bringe dich morgen zur Schule, ich muß sowieso nochmal hin. Nein, keine Angst, niemand wird etwas erfahren. Du wirst mit deinen Aktionen aufhören, und die Angelegenheit kommt unerledigt zu den Akten. Du hast mein Wort.«

»Du hast mir noch immer nicht erklärt, wie du auf mich gekommen bist. Was hat mich überführt, ich meine, außer dem Motiv und meiner inneren Struktur?«

Juliane grinste. Jetzt kann sie sich schon ein Stück über sich selbst lustig machen, dachte sie, gut so. »Der Totenkopfaufkleber. Du warst als einzige im Lehrerzimmer, du hast zwar behauptet, du wärst erst nach Rheinstauff gekommen, aber genauso konntest du schon vor ihm dagewesen sein. Es war nicht zu kontrollieren, du kamst ja ohne Auto. Und bei der Pfeilgeschichte habe ich die Handschuhe in deinem Fach gefunden. Es waren Handschuhe, wie man sie beim Bogenschießen trägt. Dein Mann hat diesen Sport betrieben, daher hattest du die Geräte. Du hast dich erst später entschieden, das Loch in der Tür vorzubohren und den Pfeil von Hand hineinzustecken. Wahrscheinlich warst du dir nicht sicher, ob du aus der Entfernung treffen würdest. Warum hast du ausgerechnet vor den Sommerferien mit all dem angefangen? Gab es dazu einen bestimmten Grund?«

Christine gähnte. »Nein. Ich weiß nicht. Vielleicht, weil alles noch viel unerträglicher geworden war, seit dieser Schleimer Stybermann dazukam… Ich weiß es nicht, Juliane. Irgendwann hatte ich den Drang, diese Dinge zu tun.«

»Komm«, sagte Juliane, »ich zeige dir das Schlafzimmer.«

Christine gähnte erneut. »Dein Bett wäre wahrhaftig breit genug für uns beide. Aber keine Angst, ich bestehe darauf, daß du auf der Couch schläfst, du mußt nämlich wissen, ich schnarche entsetzlich. Dicke Menschen schnarchen oft.«

Sie war zu erschöpft, um sich auszuziehen, legte sich aufs Bett und war im gleichen Augenblick fest eingeschlafen. Juliane zog ihr vorsichtig die Schuhe von den Füßen und legte eine leichte Decke über ihre Beine. Sie blieb noch einen Augenblick stehen und sah auf sie herunter, dann löschte sie das Licht und verließ leise den Raum.

Sie saß lange rauchend auf der Couch, bevor sie zum Hörer griff.

»Ich hatte auch schon daran gedacht, dich anzurufen«, sagte Barbara zögernd, »aber ich wollte nicht stören, falls jemand bei dir sitzt und ein Geständnis ablegt.«

»Die Angelegenheit ist aus der Welt geschafft, ein für allemal.«

»Du wirst mir wohl nicht sagen, wer es war?«

»Nein, Barbara, das werde ich weder dir noch irgend jemandem sonst sagen. Weshalb wolltest du mich anrufen?«

»Ich glaube, nur um das zu hören. Es gibt mir ein Stück Vertrauen zu dir zurück. Ach, vielleicht noch was. Alexa hat am frühen Abend angerufen. Irgendein Zwischenfall mit ihren Kindern. Sie war ziemlich durcheinander, so habe ich sie noch nie erlebt. Ich habe nicht alles begriffen. Sie erzählte was von Christoph, der nicht will, daß seine Schwester ins Gefängnis kommt.«

»Wer will schon ins Gefängnis, mich würde da auch keiner reinkriegen. Oder würdest du mich dort besuchen?«

»Du machst dich lustig über mich.«

»Ein wenig. Ich denke, du verträgst das langsam wieder. Übrigens kann ich es auch ohne Hau-Ruck sehr genießen. Möchtest du, daß ich es dir einmal beweise?«

»Vielleicht komme ich gelegentlich darauf zurück. Ich brauche etwas Zeit, Juliane, kannst du das verstehen?«

»Wir brauchen alle Zeit. Und eines Tages müssen wir entdecken, daß wir keine Zeit mehr haben. Schlaf gut, Barbara!«

Es hatte aufgehört zu schneien. Ein dünner, weißer Film lag auf der Fensterbank. Juliane streckte den Finger durch das geöffnete Fenster und schrieb einen Satz in das Weiß. Er bestand aus drei Worten.

28

Nachts war die Temperatur unter Null gesunken und die dünne Schneedecke angefroren. Die Reifen griffen schlecht, und der Wagen schlingerte, vor allem in den Kurven.

»Ich sollte mir Winterreifen zulegen«, sagte Juliane, »ich komme mir vor wie auf Kufen. Ich hoffe, du hast keine Angst.«

»Ich habe nur Angst, wenn ich selber fahren muß«, sagte Christine. »Du magst Opern, sehe ich.« Sie nahm eine Cassette in die Hand, die auf der Beifahrerablage gelegen hatte.

»Ja, du auch?«

»Nein, nicht besonders, aber Heidi ist sehr opernbegeistert.«

»Ich liebe nur die italienische Oper«, sagte Juliane, »aber die liebe ich wirklich.«

»Hätte ich dir gar nicht zugetraut, daß ausgerechnet dich diese Theatralik des neunzehnten Jahrhunderts beeindruckt...«

»Der Mensch ist widersprüchlich.« Beide schwiegen eine Weile.

»Du solltest dir überlegen, ob du Rheinstauff nicht doch anzeigen willst, auch wenn es schon Jahre her ist. Viele Frauen brauchen eine lange Zeit, bis sie ihre Angst und Scham überwinden können, das ist nichts Ungewöhnliches. Und damit wäre diese unselige Kombination von Schulleitung endgültig weg vom Fenster, und bei euch könnten normale Zustände einkehren.«

Schon der bloße Gedanke verursachte Christine Herzjagen. »Ich kann das nicht«, stieß sie hervor, »ich würde das niemals durchstehen.«

»Du sollst nur mal drüber nachdenken. Ich will dich nicht bedrängen. Jedenfalls kannst du auf mich immer zählen, und sei es nur, um mit jemandem darüber zu reden. Das war's schon, was ich dir sagen wollte. Ich lasse dich hier an der Bushaltestelle raus. Braucht niemand zu sehen, daß ich dich mitgebracht habe.«

»Danke.« Christine öffnete die Wagentür. »Für alles. Am Anfang war ich etwas skeptisch. Aber jetzt weiß ich, daß du verdammt in Ordnung bist.«

Der angefrorene Schnee knirschte unter ihren Füßen. Sie steckte die Hände in die Manteltaschen. Es wird Zeit, die Winterhandschuhe aus dem Schrank zu holen, dachte sie und stapfte los.

Juliane packte die Sachen zusammen, die sie in den letzten Wochen für ihre Unterrichtsarbeit gebraucht hatte — Arbeitsmappen, Bücher, Farbkästen.

»Auszugsvorbereitungen?« Titus griff nach dem bis zum Rand gefüllten Karton.

»Ich kann das sehr gut selbst tragen«, sagte Juliane. »Du weißt, daß mir solche ritterlichen Anfälle nichts bedeuten.«

»Und du weißt hoffentlich, daß ich es so nicht meine. Ich möchte einfach was Nettes für dich tun, bevor du gehst. Du hast uns immerhin Stybermann vom Hals geschafft, das macht manches andere wieder wett.«

Sie verzog die Mundwinkel. »Gut, dann will ich es so sehen. Rheinstauff ist nicht da?«

»Nein, er ist zur Schulleiterkonferenz, kommt aber nochmal zurück. Er hat die letzte Stunde Vertretung in Stybermanns Klasse.«

Juliane fuhr sich mit der Hand über die Stirn. Merkwürdigerweise machte es ihr Mühe, Titus' Worte einzuordnen. Sie hatte schlecht geschlafen auf ihrer Couch, war in den kurzen, flachen Schlafphasen von Alpträumen verfolgt gewesen, sah sich als Kind vor etwas wegrennen, vor einem merkwürdig gesichtslosen Schatten, der lautlos immer größer wurde, ins Unermeßliche wuchs, bis sie dann naßgeschwitzt, aber mit einem Gefühl der Erlösung aufwachte.

Die letzte Stunde. Rheinstauff. Onkel Adi. Christine. Die Vergewaltigung. Und wieder der Onkel. Und dann war da dieser Hund, der riesige irische Wolfshund, der kleine Mädchen biß, die nicht lieb sein wollten. Wie hieß er noch? Richtig, Nelson.

»Entschuldige, Titus, ich war gerade etwas zerstreut, was sagtest du?«

»Du hast nach Rheinstauff gefragt, ich sagte, er kommt nochmal zurück.«

»Ja, danke, Titus, fürs Tragen, meine ich.«

Er hievte den Karton in ihren Kofferraum, dann gingen sie gemeinsam ins Schulgebäude zurück.

Juliane sah Barbara kurz in der Pause, ohne mit ihr sprechen zu können. Barbara hatte eine Mutter zum Gespräch in die Schule bestellt und war nur schnell hereingekommen, um sich einen Kaffee zu holen. Alexa wirkte ungewöhnlich blaß und zerfahren, irgendein Schrecken stand ihr im Gesicht, der sich noch zu verstärken schien, als sie Juliane sah. Sie wich ihr merklich aus. Die meisten verhielten sich kühl und zurückhaltend. Nur Heidi ging offen auf Juliane zu.

»Du hast uns von Stybermann befreit«, sagte sie, »dafür müssen wir dir sicher dankbar sein. Bestimmt war das gute Arbeit, die du geleistet hast, aber ein schlechter Geschmack im Mund bleibt dennoch zurück. Tut mir leid, Juliane, meine Gefühle sind sehr zwiespältig.«

Juliane verzog keine Miene. »Nicht nur deine. Mach dir nichts draus, ich bin es gewohnt, zwischen den Stühlen zu sitzen.«

In der zweiten Pause wirkte Alexa nicht nur blaß, sondern regelrecht abwesend, sie nahm Juliane nicht einmal wahr, lief, halblaute Selbstgespräche führend, an ihr vorbei. Barbara war auf dem Hof, sie hatte Aufsicht.

Wie geplant erschien Rheinstauff zur sechsten Stunde. Er wirkte schlecht gelaunt, vermutlich hatte Schulrat Sommer ihm bei aller Menschenfreundlichkeit doch ein paar passende Worte zu der ganzen Geschichte mit Stybermann gesagt.

Rheinstauff winkte Juliane mürrisch aus dem verwaisten

Lehrerzimmer in sein Amtszimmer. Juliane ließ die Verbindungstür halb offen. »Setz dich. Vermutlich wirst du mir jetzt vorwerfen, daß ich Stybermann nicht eher durchschaut habe. Was kann ich dafür, daß er ein krimineller und hirnloser Idiot ist?«

Sie sah ihren Onkel verächtlich an. »Du hast ihn zu deinem nützlichen Idioten gemacht«, sagte sie, »so wie du alle Menschen für deine Zwecke mißbrauchst.«

Das letzte Wort hallte in ihr nach. Was war los? Was wollte dieses Wort?

»Was erlaubst du dir!« rief er. Sein Gesicht lief zornrot an. »Hat er versucht mich umzubringen oder nicht?«

»Nein, Onkel Adi, das hat er nicht versucht.«

Edmund Rheinstauff verschlug es vor Verblüffung einen Augenblick lang die Sprache, dann holte er tief Luft. »Was redest du da? Aber deshalb ist er verhaftet worden, du hast ihn doch selbst überführt! Was ist denn heute los mit dir? Mir ist schon länger aufgefallen, daß du infiziert bist von diesem emanzipationsbeduselten Weiberhaufen.« Er marschierte vor Empörung in dem kleinen Raum auf und ab.

Juliane setzte sich ruhig hin. »Er hat nicht versucht, dich umzubringen, sondern Frau Bertram und mich.«

Rheinstauff blieb abrupt stehen und sah aus wie einer, der in vollem Lauf abgebremst wird und keine Zeit hat, sich umzuorientieren.

Juliane schlug lässig die Beine übereinander. »Mir wäre viel lieber gewesen, ich hätte dich in dem Glauben lassen können, er sei für alles, was hier geschehen ist, verantwortlich. Aber da du durch den Prozeß alle Zusammenhänge erfahren wirst, bleibt mir keine andere Wahl, als es zu sagen.«

»Frau Bertram und dich? Aber warum denn das in aller Welt?«

»Er wußte, daß ich — daß wir ihm dicht auf den Fersen waren wegen der Erpressungsgeschichte.«

Rheinstauff kniff die Augen zu schmalen Spalten zusammen,

er wippte auf den Fußspitzen auf und nieder. »Aber das würde bedeuten, daß dieser Psychoterror gegen mich nicht von ihm ausging?«

»Natürlich nicht. Er hatte doch gar keinen Grund, dich unter Druck zu setzen oder gar umzubringen. Wenn es einem an der Schule gut ging durch dich, dann ihm.«

»Na, na! Jetzt ist es aber bald genug, Juliane, ich verbitte mir deine herablassende, ironische Art. Dieses Kollegium muß straff geführt werden, es ist ein fauler, unproduktiver Haufen. Du hast die Aufgabe übernommen, den Urheber all dieser Attacken herauszufinden. Ich nehme an, du weißt es. Also, wer ist es?«

Lange sah sie den Onkel an, diesen mittelgroßen, untersetzten Mann mit dem schütteren Haarkranz um den runden Schädel. Hatte sie wirklich ihr Lebtag vor diesem Mann Angst gehabt?

»Das wirst du nie erfahren. Diese Aktionen werden nicht wieder vorkommen. Die Person, die sie verübt hat, trachtet dir nicht nach dem Leben. Sie wird jede Art von Bedrohung oder auch nur Belästigung einstellen. Darauf hast du mein Wort. Und damit mußt du dich begnügen.«

Er stemmte die Hände in die Hüften und blieb breitbeinig vor ihr stehen. »Mich begnügen?« Er klang heiser vor Wut. »Oh nein, verehrte Frau Hauptkommissarin, du wirst deinen Dienst morgen ja wohl nicht mit einer Strafvereitelung beginnen! Das könnte dich teuer zu stehen kommen! Pokere nicht zu hoch, liebe Nichte! Also, wen versuchst du zu schützen? Deine neue Geliebte, die Bertram, diese verdrehte Person? Ich weiß Bescheid über dich, Juliane, mir kannst du nichts vormachen. Willst du dich denn immer wieder neu in die Nesseln setzen? Also los, sag schon, ist es diese Lesbe?«

Juliane stand langsam auf. »Und wenn es mich meine Stelle kosten wird, ich sage dir nicht, was du hören willst. Es wird unerledigt zu den Akten gelegt, basta. Mich wirst du nicht mehr unter Druck setzen. Du hast schon genug Menschen in deinem Leben zur Verzweiflung gebracht, damit ist jetzt Schluß. Dir werde ich niemanden hier ausliefern.«

Abwechselnd rot und weiß im Gesicht, stand er schwer atmend vor ihr. »Du verweigerst die weitere Zusammenarbeit? Du lehnst es ab, den von dir freiwillig übernommenen Auftrag zu Ende zu führen? Du bist ein undankbares Geschöpf! Wer hat dich großgezogen, wer hat dir das Studium finanziert? Wer hat dir mit seinem Einfluß und seinen Verbindungen zu dem Posten verholfen, den du morgen antrittst, und das nach all dem, was du dir in den letzten Jahren geleistet hast? Wem hast du es zu verdanken, daß du noch einmal eine Chance bekommst?«

Nur mit größter Anstrengung gelang es ihm, seine Lautstärke wieder etwas zu dämpfen. Statt polternder Wut lag jetzt Bosheit in seiner Stimme. »Ich werde es auch ohne dich herausfinden, verlaß dich drauf, nicht umsonst hast du eine Reihe von Verdachtsmomenten mit mir durchgesprochen. Vielleicht ist es auch Frau Wagemuth, diese hitzköpfige, unbeherrschte Person.« Er behielt Juliane fest im Auge, sie verzog keine Miene.

Seine Wut machte ihn redselig. »Die käme mir gerade recht... Was die sich heute geleistet hat... Hat sie doch um halb zehn die kleine Nadja aus der 1b nach dem Sportunterricht in der Turnhalle eingeschlossen, ohne es zu merken. Erst Herr Canstedt, der um halb zwölf zufällig rüber mußte, hat das Mädchen gefunden. Zwei Stunden war es dort eingeschlossen, ein sechsjähriges Kind. Weißt du jetzt, was hier für Leute arbeiten? Aber daraus werde ich ihr einen Strick drehen, verlaß dich drauf, darauf warte ich schon lange, daß der mal ein Fehler unterläuft...«

»Und das Kind? Was ist mit dem Kind?«

Er hörte gar nicht zu. »Die werde ich in die Mangel nehmen, daß ihr Hören und Sehen vergeht, die kriegt an dieser Schule kein Bein mehr auf die Erde, damit werde ich ihr das vorlaute Maul endgültig stopfen...«

Juliane sah die Szene förmlich vor Augen. Alexa, ohnehin nervös und verwirrt wie alle in den letzten Tagen, hatte in der Hektik nicht bemerkt, daß noch ein Kind in der Halle war. Und da die Klasse danach schulfrei hatte, fiel es auch nicht sofort auf. Nadjas Mutter war berufstätig, das Kind ging solange zu einer Nachbarin. Doch auch die hatte wohl keinen Verdacht geschöpft, Nadja kam selten pünktlich nach Hause, sie war bekannt für ihre Trödelei.

Jetzt war auch Alexas Zustand in der zweiten Pause nicht mehr rätselhaft. Vor lauter schlechtem Gewissen war sie einem Zusammenbruch nahe gewesen.

Aber was Rheinstauff wollte, war etwas anderes. Ihm ging es nicht um die Angst eines sechsjährigen Kindes, er sammelte nur händereibend weitere Schwachpunkte seiner Leute ein, um sie in der Hand zu haben, zu disziplinieren und kleinzumachen.

Sie empfand nur noch Abscheu. Und plötzlich sah sie Nelson vor sich, den großen Wolfshund. Ich werde es Nelson sagen, du weißt, daß er kleine Mädchen beißt, die nicht gehorchen wollen... Das Bild ging irgendwie weiter, aber da war der Vorhang, der undurchdringliche Vorhang.

»Ich habe die Drohcassetten«, sagte Rheinstauff jetzt, »die mit der verstellten Stimme. Ich werde sie von Fachleuten entzerren lassen, dann weiß ich, wen ich mir vornehmen muß. Und dann gnade ihm Gott! An dieser Schule regiere ich, ob dir das paßt oder nicht. Dein Unterricht ist beendet. Für dich ist das hier die letzte Stunde.«

Der Vorhang riß. Das Bild war da. Sie sah es vor sich. Sie sah ihn. Und sie sah sich selbst.

Ihre Handflächen wurden feucht, aber sie nahm es nicht wahr. Sie griff nach der langen Papierschere, die neben der Stiftschale auf seinem Schreibtisch lag.

»Es ist für uns beide die letzte Stunde«, flüsterte sie und stieß zu. Wie eine Fontäne spritzte das Blut. Sie hatte die Stelle getroffen, an der es nicht mehr aufhört zu bluten.

Rheinstauff griff sich mit beiden Händen an den Hals, aber bevor er die Bewegung zu Ende führen konnte, stürzte er schwer zu Boden. Das Blut floß aus ihm heraus und bildete eine Lache neben dem Fuß des Schreibtischs.

Ein Geräusch kam von der halb geöffneten Tür. Im Rahmen stand Barbara. Sie starrte auf Rheinstauff und Juliane, und ihr Gehirn weigerte sich, die Bilder, die von der Netzhaut geschickt wurden, aufzunehmen.

Die blutige Schere noch in der Hand, stand Juliane neben Rheinstauff, der rücklings auf dem Boden lag. Niemand brauchte ihr zu sagen, daß er tot war.

Barbara war wie paralysiert, auch noch, als Juliane die Schere langsam aus der Hand legte und nach dem Telefonhörer griff.

»Kommissar Rademacher? Valentin hier, Juliane Valentin. Nein, es geht nicht um morgen. Ich werde meine Stelle nicht antreten. Ich möchte ein Tötungsdelikt melden. — In den Verwaltungsräumen der Grundschule Spichernstraße. — Der Tote ist der Schulleiter, Rektor Adolf Edmund Rheinstauff. — Der Täter? Ich bin die Täterin. Ich habe ihn getötet.«

Sie legte den Hörer auf die Gabel. »Ich gehe in kein Gefängnis«, sagte sie halblaut, drehte sich um und verließ den Raum, ohne Barbara anzusehen.

Die Gänge waren leer, es war die sechste Stunde, die meisten Klassen hatten schon frei. Julianes Schritte klangen hohl von den Wänden wider. Sie hatte bereits den Ausgang erreicht, als vom Verwaltungstrakt her weitere Schritte zu hören waren.

Barbara setzte ein Bein vor das andere. Sie hatte alles gesehen und nichts erfaßt. Sie holte Juliane erst ein, als diese in ihren Wagen stieg und die Tür zuschlug. Barbara trommelte mit den Fäusten gegen das Seitenfenster. Juliane drehte die Scheibe eine Handbreit runter. Barbaras Hände griffen so fest um die Kante, als wolle sie das Fenster von Hand ganz nach unten drücken.

Juliane drehte den Zündschlüssel, der Motor sprang sofort an. »Ich bin nie dazu gekommen, es dir zu sagen«, ihr Blick war starr durch die Windschutzscheibe gerichtet, »ich liebe dich.«

Sie kurbelte die Scheibe hoch und Barbara zog mit einem Aufschrei die Hände zurück. Der Wagen schoß aufheulend aus der Parklücke.

Barbara stolperte ins Lehrerzimmer und riß ihre Handtasche an sich. Auf dem Weg nach draußen tastete sie suchend darin herum, bis sie den Autoschlüssel fand und in der geschlossenen Faust hielt. Alis Leihwagen stand neben der Lücke, die Juliane hinterlassen hatte. Barbara hatte keine Ahnung, in welche Richtung sie gefahren war.

An der dritten Kreuzung sah sie den Wagen vor sich. An einer Einfahrt schob sich ein Lastwagen zwischen sie. Barbara scherte aus, geriet auf einer frostglatten Stelle kurz ins Schleudern und überholte dann, ohne auf den Gegenverkehr zu achten. Das wilde Hupen drang nur bis in ihr Ohr, nicht weiter.

Juliane fuhr Richtung Dom. Es gelang Barbara nicht, näher als vier, fünf Wagen an sie heranzukommen. Immer wieder schoben sich Autos aus Seitenstraßen und Parklücken dazwischen. Im Rheinufertunnel schaffte sie es endlich, zwei Wagen aufzuholen, aber auf der Auffahrt zur Deutzer Brücke drängte sich wieder ein Wagen zwischen sie.

Kurz vor der Deutzer Seite, dort, wo unter der Brücke nicht mehr der Rhein, sondern die Uferstraße liegt, mußte sie plötzlich auf die Bremse treten. Aber es nützte nichts mehr — sie fuhr ihrem Vordermann auf, der wiederum seinem aufgefahren war. Die Ursache war Juliane. Sie hatte ihren Wagen in voller Fahrt abgebremst, war ausgestiegen und hatte das Auto mit geöffneter Fahrertür mitten auf der Fahrbahn stehenlassen.

Barbara begriff sofort. Sie sprang aus dem Wagen und lief auf Juliane zu. Bei jedem Schritt schrie sie ihren Namen.

Aber es war zu spät. Juliane hatte das Brückengeländer erreicht. In Sekundenschnelle überwand sie das Gitter und war im nächsten Moment aus Barbaras Blick entschwunden.

Als Barbara das Geländer erreichte, sah sie Julianes Körper unten auf dem Pflaster liegen, in einer unnatürlich verdrehten Körperhaltung, die Arme weit ausgebreitet.

Jemand löste Barbaras verkrampfte Finger vom Geländer und führte sie sanft, aber unnachgiebig einige Schritte zurück. Sie standen neben Julianes Auto, und aus der geöffneten Tür klang die Stimme von Maria Callas.

Der Mann, der neben ihr stand, hielt sie stützend an den Armen.

»Das ist Tosca, dritter Akt«, sagte Barbara.